최문정 신작소설

허스토리

Her Story

최문정
신작소설

다빈치원북스

그 아이는 나의 부모님을 빼앗았습니다.

그런데도 나는 그 아이를 위해 뭐든 양보해야만 했습니다.

그래서 나는 그 아이를 사랑할 수 없었습니다.

아주 오랜 세월이 흐른 뒤에야 깨달았습니다.

그 아이는 부모님이 제게 주신 가장 큰 선물이었습니다.

나의 여동생 최혜경에게 이 책을 바칩니다.

차례

1

하얀 햇살이 반짝이는 스테인드글라스를 통과하며 세상의
모든 빛깔로 분산되어 교회 안을 가득 채웠다. 화려한 조명
을 대신해 곳곳에 자리 잡은 촛불들은 은은한 빛을 발하며
교회의 성스러움을 드높였다. 양옆으로 늘어선 촛불이 만든
통로 사이로 경훈이 세상에서 가장 사랑하는 여자가 그를 향
해 걸어오고 있었다. 얼마나 오랫동안 이 장면을 상상했었는
지 헤아릴 수조차 없었다. 수많은 하객들이 가득 찬 교회에
서 혜인이 결혼행진곡에 맞추어 아버지의 손을 붙잡고 그를
향해 걸어오고 있었다.

혜인이 다가올수록 경훈의 손에는 진땀이 났다. 처음 혜인
을 사랑한다는 것을 깨달은 게 언제였을까? 기억나지 않았
다. 태어날 때부터 정해져 있는 운명이라고 생각했다.

두 사람의 아버지들은 가장 친한 친구 사이였다. 따라서
그들의 자식인 혜인과 경훈도 어렸을 때부터 자주 어울렸고,

자연스레 가까워졌다. 처음 봤을 때, 혜인은 기저귀를 차고 울기만 하는 아기였다. 다섯 살이었던 경훈의 눈에 혜인은 한없이 연약해 보였다. 그래서 나이도 다섯 살이나 많고 남자인 자신이 혜인을 평생 지켜주겠다고 맹세했었다. 그때부터였을까? 혜인을 사랑하게 된 것이……

부모님들은 그들이 자라면 결혼시키겠다고 농담처럼 말하곤 했다. 당연하다고 생각했다. 경훈은 어떤 여자도 사랑할 수 없었다. 혜인 외에는……

혜인은 아름다웠다. 경훈이 항상 꿈꾸던 모습보다 훨씬 더……. 순백색의 웨딩드레스를 입은 혜인의 얼굴은 긴 베일 때문에 희미한 형체만 보였다. 하지만 경훈은 눈을 감고도 혜인의 모습을 그려 낼 수 있었다. 희미한 베일 뒤에서 혜인은 활짝 웃고 있을 것이다. 경훈은 혜인의 행복한 미소에 환한 웃음으로 답했다. 마침내 혜인이 긴 통로를 지나 경훈의 바로 앞에 와서 섰다. 그는 무의식적으로 혜인을 향해 손을 내밀었다. 언제나 그랬듯이 그의 손은 혜인을 향해 본능적으로 움직였다.

하지만 혜인의 손은 경훈의 손을 그대로 지나쳤다. 그리고 희성의 손을 잡았다. 그녀가 가장 사랑하는, 경훈의 가장 친한 친구인 희성과 손을 잡은 혜인은 행복해 보였다. 혜인의 눈 안에는 희성만 가득했다. 힘없이 손을 내려뜨리는 경훈이 들어갈 틈은 없었다.

"오늘 우리는 이희성 군과 김혜인 양의 결혼을 위해 이 자리에 모였습니다……."

주례사는 귀에 들어오지 않았다. 다만 그가 가장 사랑하는 여자가 그가 가장 믿었던 친구와 결혼한다는 사실이 악몽처럼 머릿속을 떠돌았다.

"야!"

작지만 단호한 목소리에 경훈은 정신을 차렸다. 희성은 경훈을 향해 손을 내밀고 있었다. 그제야 주례사가 끝났다는 것을 알았다. 경훈은 양복 윗주머니에 넣어 두었던 반지를 꺼내 희성의 손에 건넸다. 그리고 그 반지가 혜인의 손에 끼워지는 것을 바라보았다. 가난한 고아인 희성은 경훈이 결혼 반지를 선물하겠다고 하자 마냥 기뻐하기만 했다. 희성은 혜인에 대한 경훈의 감정을 전혀 눈치채지 못했다. 그 반지가 경훈이 혜인에게 청혼하기 위해 마련한 것이라는 사실을 희성은 꿈에도 상상하지 못할 것이다. 비록 그의 신부가 되지 않는다고 해도 경훈은 혜인에게 싸구려 반지를 끼워 주고 싶지 않았다. 경훈의 예상대로 반지는 혜인의 희고 부드러운 피부에 완벽하게 어울렸다.

그렇게 결혼식은 끝났다. 하지만 경훈의 사랑은 끝이 날 것 같지 않았다. 아니, 아마 영원히 계속될 것이다.

2

혜인은 불러오는 배를 감당할 수 없어 침대에 주저앉았다. 남산처럼 부른 배가 고통스럽지는 않았다. 다만 병실 밖으로 나가지 못한다는 사실이 조금 답답할 뿐이었다.

결혼한 지 5년 만에 겨우 가진 아이였다. 아니, 아이들이라고 해야 하나? 혜인은 터져 나오는 웃음을 참을 수 없었다. 이제 얼마 뒤면 이 꼬맹이들을 볼 수 있겠지? 혜인은 배를 쓰다듬으며 다시 미소를 지었다.

경훈은 아기가 4명이라고 했다. 보통 시험관 시술의 성공확률은 20% 정도이기 때문에, 한 번에 5개 정도의 수정란을 시도한다고 했다. 하지만 혜인은 단 한 번의 시술로 4명의 아기를 가질 수 있었다. 같이 불임치료를 받던 환자들은 운이 좋았다며 부러워했지만, 혜인은 태아가 많을수록 위험요인도 다양하고 유산확률도 높다는 경고에 불안하고 두렵기만 했다. 하지만 이제 두 달 뒤면 산달이었다. 그들만의 가족을 가지고 싶다는 혜인과 희성의 꿈이 이루어질 날이 얼마 남지 않았다.

희성은 갓난아기일 때 고아원에 버려진 뒤 부모님의 이름조차 모르고 자랐다. 그래서인지 연애시절에는 결혼하면 자식은 무조건 많이 낳을 거라고 입버릇처럼 말하곤 했다. 혜인도 희성의 가족계획에 찬성이었다. 이북에서 혈혈단신으

로 내려왔던 부모님 밑에서 자라면서 언제나 삼촌이나 이모
가 많은 아이들이 부러웠으니까. 하지만 혜인의 난관이 기형
이라 자연적으로 아기를 가지기 불가능하다는 것을 알자마
자 희성은 말을 바꾸었다.

"자식이 무슨 소용이냐? 친구들이 그러는데 자식이 원수
라더라. 우리 둘만 행복하게 살자. 어쩌면 잘된 일인지도 몰
라. 넌 혈액형도 Rh 음성이잖아. 건강하게 아기 가지고 멀쩡
하게 분만실로 들어가서도 죽어나오는 산모도 많은데……
나 사실은 네가 저번에 임신했다고 했을 때 며칠 동안 밤에
잠을 못 잤어. 혹시나 수혈해야 되는 상황이 생기면 어떻게
해야 하나 걱정되고 무서워서……. 병원에서 상상임신이라
고 진단받았을 때 기쁠 정도였어. 그러니까 우리 이대로 둘
이 행복하게 살자. 우리 둘만으로도 행복하잖아."

하지만 혜인은 희성이 가졌던 가족에 대한 꿈을 무너뜨리
고 싶지 않았다. 희성이 꿈을 포기하는 이유가 그녀 때문이
라는 사실이 견딜 수 없었다. 게다가 결혼 후 얼마 되지 않아
부모님까지 잃고 나니 대가족을 가지고 싶다는 희망이 더 절
실해졌다. 혜인이 시험관 시술을 시도하자고 했을 때 희성은
듣자마자 고개를 내저었다.

"호르몬제를 비롯해서 이런저런 약물 투여해서 몸이 다 망
가진다고 하더라. 난 네 건강 해치면서까지 자식 가지고 싶
지 않아."

산부인과 의사인 경훈에게 얻어들은 지식 덕분에 희성은 잔뜩 겁을 집어먹었다.

"나한테는 너밖에 없어. 아무리 사소한 부작용이라고 해도 싫어. 나한테 넌 전부야. 전부를 걸고 모험을 하는 사람이 어디 있어?"

희성은 막무가내였다. 하지만 희성이 아무리 반대를 해도 혜인의 결심은 변하지 않았다. 결국 혜인은 희성과 이혼하겠다는 협박 아닌 협박 끝에 단 한 번의 시술을 허락 받았다.

희성은 병원진료나 시술일정에 대해 단 한 번도 묻지 않았다. 그 차가운 무관심에 경훈이 화를 낼 정도였다.

"아무리 아기를 원하지 않는다고 해도 그렇지. 조기배란 억제주사나 과배란 유도제 주사 정도는 도와줄 수도 있는 거 아냐?"

언제나 희성의 편을 들어주던 혜인이었지만 그날만은 희성을 위해 변명할 힘이 없었다. 어지럽고 숨이 차서 몸을 가누기도 힘들었다. 희성의 무관심이 진심일지도 모른다는 의심과 그녀가 겪고 있는 끔찍한 과정이 부질없을 지도 모른다는 불안감이 영혼까지 힘들게 만들었다.

혜인도 희성의 거짓된 무관심에 속을 뻔했다. 마트에서 마주친 동네 아주머니가 희성과 함께 새벽예배에 나오라며 안달하지 않았다면 끝까지 속았을 터였다. 혜인은 희성이 새벽에 교회를 나가는지조차 모르고 있었다. 그저 회사 업무가 많아 새벽에 출근한다고만 생각했었다.

　순간 울컥했다. 고아원에서 나온 뒤로 한 번도 가 본 적이 없다던 교회에 갑자기 나가기 시작한 희성이 무엇을 기도하는지는 뻔했다. 혜인도 시험관 시술이 성공하기를 매일 기도했으니까. 혜인은 권사라는 동네 아주머니를 따라 희성이 매일 새벽예배를 본다는 교회로 향했다.

　"정말 그렇게 간절히 기도하는 사람 처음 봤다니까. 매일 이 소원나무에 소원을 적어서 매달더라고. 혹시 신랑이 어디 아픈 건 아니지? 어찌나 절실해 보이는지 꼭 말기 암 환자가 살려달라고 비는 거 같더라. 무슨 소원을 그리 비냐고 물어도 대답도 하지 않고."

　혜인은 아주머니의 말을 한 귀로 흘려들으며 익숙한 희성의 필체를 바라보았다.

　'우리 혜인이 아프지 않게 해주십시오.'

　'우리 혜인이 슬프지 않게 해주십시오.'

　'고통, 상처, 슬픔, 절망…… 혜인이에게 주어진 그 모든 부정적인 감정은 제게 주십시오. 혜인이만 곁에 있다면 세상의 모든 불행을 끌어안고서도 행복할 수 있습니다.'

　카드는 셀 수도 없이 많았다. 혜인의 예상이 틀렸다. 희성의 기도는 혜인만을 향해 있었다. 시험관 시술의 성공을 기원했을 거라는 단순한 추측이 미안할 정도였다. 혜인에게도 희성은 전부였다. 혜인은 정성스럽게 소원을 적어 소원나무에 매달았다.

'어떤 일이 벌어져도 우리가 헤어지지 않게 해주세요. 함께 할 수 있다면 죽음도 감사할 수 있습니다.'

***

다행히 시술은 기적처럼 단 한 번에 성공했다. 혜인은 임신 소식을 직접 알리러 희성의 회사로 찾아갔다. 그리고 다짜고짜 회의실의 문을 열었다.

"임신했대."

혜인의 말이 떨어지기 무섭게 희성은 직원들이 다 있는 자리에서 엉엉 울기만 했다. 그리고 곧바로 경훈을 찾아가 고맙다는 말을 수없이 했다.

"이제는 정말 모든 것을 다 가졌구나."

경훈은 부럽다는 듯 말했다.

"그래. 정말 이제는 모든 걸 다 가졌어. 모두 네 덕분이야. 혜인이를 만날 수 있었던 것도, 아기를 가질 수 있었던 것도, 네가 없었다면 불가능했어. 정말 고마워."

경훈은 그 순간 웃기만 했다.

***

처음 희성과 사귄다는 것을 알게 되었을 때 경훈은 불같이 화를 냈다.

"너 미쳤니? 네 부모님이 그 결혼을 허락할 거 같아?"

오빠처럼 따랐던 경훈의 말처럼 부모님은 빈털터리 고아인 희성과의 결혼을 반대했다.

"가난한 것까지는 받아들일 수 있어. 돈이야 우리 집에 많으니까. 하지만 고아라는 것까지는 도저히 받아들일 수 없다. 혹시 그놈이 우리 집 돈 보고 접근하는 거 아닌지 어떻게 그렇게 확신하니?"

하지만 부모님은 외동딸인 혜인의 고집을 끝내 꺾지 못했다. 결국 부모님은 희성의 가능성을 믿고 전 재산을 털어 희성의 컴퓨터 프로그램에 투자하기까지 했다. 다행히 희성의 컴퓨터 프로그램은 얼마 지나지 않아 날개 돋친 듯 팔려나갔다. 부모님이 살아 계셨다면 정말 기뻐하실 텐데……. 혜인은 한숨을 내쉬었다.

희성은 올해 초에 개발한 컴퓨터 프로그램의 수출 때문에 미국 출장 중이었다. 겨우 나흘이 지났을 뿐인데 벌써 희성이 그리웠다. 혜인의 출산을 이유로 희성은 이번 출장을 끝까지 망설였다. 하지만 혜인은 희성을 떠밀었다.

"내가 임신했다는 핑계로 너무 오랫동안 회사 내팽개쳐 뒀잖아. 오빠가 고집 부리는 통에 임신 6개월부터 병원에 갇혀 있는데 도대체 무슨 일이 생기겠어? 이제 아이들 태어나면 돈 들어갈 일도 많은데 부지런히 벌 생각해야지."

"와, 너도 그런 말 할 줄 알아?"

"무슨 말?"

"마누라들이 매일 한다는 돈타령."

희성은 웃으며 말했다.

"당연하지. 이제 점점 더 심해질 걸?"

억지로 출장을 간 희성은 일주일 일정을 사흘 만에 마무리해 버렸다. 지금쯤 희성이 탄 비행기는 태평양을 건너 혜인을 향하고 있을 터였다. 혜인은 어두운 밤하늘을 바라보았다. 저 하늘 먼 곳에 희성이 있겠지. 그 생각만으로도 따뜻했다.

똑똑, 노크 소리에 혜인은 뒤로 돌아섰다.

"좀 어때?"

경훈이었다.

"그렇지 뭐. 이러다 배가 터져 버리는 건 아닌지 몰라."

"많이 힘들지? 그래도 견딜 수 있을 때까지 견디는 게 애들한테는 좋아."

"나도 알아. 근데 오빠는 병원장이 이렇게 한가해도 돼?"

"뭐?"

"한 시간이 멀다 하고 나한테 오니까 하는 소리야. 내 담당 의사는 김 선생님이라는 거 잊었어? 오빠가 자꾸 이러니까 김 선생님이 불편해하잖아. 우리 그이랑 오빠랑 경쟁하는 거 같아."

경훈은 대꾸하지 않았다. 부모님까지 돌아가신 뒤 친오빠 같은 경훈이 자신을 챙겨주는 것이 큰 힘이긴 했지만, 가끔은 경훈이 부담스러웠다. 어쩌다 경훈의 시선에서 느껴지는 무언가가 혜인을 불편하게 만들었다.

"간단한 사항만 체크하고 퇴근할 거야."

경훈이 병실을 나간 뒤, 혜인은 침대에 모로 누워 텔레비전을 켰다. 개인병실이 편하긴 했지만 텔레비전을 보거나 책을 읽는 것 외에는 할 수 있는 것이 없어 너무 심심했다. 이리저리 무심하게 채널을 돌리던 혜인은 빠르게 지나가는 뉴스 자막을 보고 소스라치게 놀라 일어났다.

"미래소프트웨어 이희성 사장 뉴욕에서 사망."

혜인은 눈을 깜박였다. 지금 내가 본 게 뭐지? 내가 제대로 본 게 맞아? 내가 꿈을 꾸고 있는 걸까? 머릿속이 멍해졌다. 자막은 이미 사라져 있었다. 혜인은 재빨리 다른 채널로 돌렸다. 하지만 다른 채널들은 아무렇지도 않게 드라마나 쇼 프로그램이 나오고 있었다. 혜인은 다시 아까 보았던 24시간 뉴스프로그램으로 채널을 돌렸다. 건강뉴스를 전하고 있는 아나운서 따위는 보이지 않았다. 혜인은 침대에서 내려와 화면 하단을 스쳐 가는 자막을 뚫어져라 바라보았다. 하지만 희성의 이름은 다시 보이지 않았다. 혜인은 한숨을 내쉬며 침대로 돌아왔다. 너무 피곤해서 글자를 잘못 본 거겠지. 혜인은 베개에 머리를 기대며 쓴웃음을 지었다. 너무 놀라서인지 배 아래쪽이 당기며 욱신거렸다. 혜인은 배를 쓰다듬으며 아기들을 달랬다.

"미안. 엄마 때문에 너희들도 놀랐지? 태교에는 신경 안 쓰고 텔레비전이나 본다고 벌 받았나 보다. 이제 텔레비전 꺼버릴게."

혜인이 리모컨의 전원 버튼을 누르려는데 갑자기 화면이 바뀌며 아까 보았던 자막이 화면을 가득 채웠다. 곧이어 뉴스속보가 전해졌다.

"뉴스속보를 말씀드리겠습니다. 미래소프트웨어의 이희성 사장이 뉴욕에서 사망한 것으로 전해지고 있습니다. 미래소프트웨어는 최근 몇 년 동안 가장 빠른 성장을 한 컴퓨터 관련 회사로 눈길을 모았습니다. 한국의 빌 게이츠라 불리던 이희성 사장은 작년 미래소프트웨어를 재계 서열 50위권에 올리면서 '대학생이 닮고 싶은 인물 1위'에 꼽히기도 했습니다. 이 사장은 사업 확장을 위해 출장 중이었던 것으로 알려지고 있습니다. 그럼 현지를 연결해 보겠습니다."

꿈일 거야. 꿈이야. 혜인은 덜덜 떨며 고개를 저었다. 리모컨의 전원 버튼만 누르면 사라져 버리는 꿈일 거야. 혜인은 리모컨을 찾으려 주변을 더듬거렸다. 하지만 화면에서 고개를 돌릴 수 없었다.

"이희성 사장은 묵고 있던 호텔에서 숨진 채 발견되었습니다. 일반인들의 접근이 힘든 스위트룸이었기 때문에 발견되기까지 시간이 다소 걸렸던 것으로 보입니다. 경찰은 일단 단순강도의 가능성은 배제했습니다. 이 사장이 차고 있던 롤렉스시계와 결혼반지는 없어졌지만, 지갑에 있던 현금 1만 달러는 그대로 남아 있었다고 합니다. 또한 이 사장이 사망한 호텔은 경비가 철저한 것으로 유명해 단순강도가 침입하기엔 무리가 있습니다. 이 사장이 묵고 있던 스위트룸에 가기 위해서는 전용 엘리베이터를 타야 하는데, 그 엘리베이터조차 반도체 키가 없으면 탈 수 없습니다."

"그렇다면 의도적인 살인일 수도 있다는 건가요?"

"경찰은 그런 가능성도 배제하지 않고 있습니다. 이 사장은 몇 년 만에 빈손에서 재계 서열 50위의 그룹을 일구어낸 기적의 사나이로 통하고 있습니다만, 그만큼 적도 많으리라 생각됩니다. 또한 경쟁이 심한 컴퓨터 업계에서는 이 사장으로 인해 부도 직전까지 몰린 회사가 한둘이 아니었다고 합니다."

점점 기자의 목소리가 희미해져갔다. 사실이 아니었다. 단 한 번도 누구에게 상처 준 일 없는 희성이었다. 살인이라니……. 믿을 수 없었다. 혜인은 가물거리는 정신을 붙잡으려 했지만 소용없었다.

"혜인아!"

누군가 부르는 소리에 눈을 떴지만 아무것도 보이지 않았다. 희성이 죽었다. 그녀의 남편이 죽었다. 혜인은 눈을 감았다.

3

"아기들은 어떻게 하죠, 원장님?"

비서인 명인이 물었다. 경훈은 듣고 싶지 않았다. 혜인이 죽었는데, 그가 사랑하던 여인이 죽었는데. 그 무엇도 경훈의 관심을 끌 수는 없었다.

희성의 피살 소식에 달려갔을 때 이미 혜인은 피투성이가 되어 있었다. 이제 겨우 7개월에 접어들고 있었지만, 선택의 여지가 없었다. 제왕절개 수술로 태어난 4명의 아기들은 다행히 무사했다. 하지만 그 아기들을 그렇게 보고 싶어 했던 혜인은 마취에서 깨어나지 못했다.

경훈은 주치의가 사망선고를 하고 나서도 혜인을 살리기 위해 할 수 있는 모든 시도를 했다. 하지만 결국 혜인은 아기들을 품에 안아 보지도 못한 채 영안실로 가야 했다. 그리고 경훈은 미친 사람처럼 병원 영안실에 틀어박혔다. 직원들이 뭐라고 수군대건 상관이 없었다. 혜인의 장례식 후에도 경훈은 아기들을 보러 가지 않았다.

의료진의 보고에 따르면, 아기들은 보통 신생아의 절반도 안되는 무게였지만 워낙 예뻐서 간호사들의 관심을 독차지하고 있었다. 게다가 시험관 시술이라 해도 네쌍둥이는 흔한 일이 아니었다. 혹시나 아기들에게 무슨 문제라도 생길까 병원 의료진들의 신경이 곤두서 있었다. 하지만 경훈은 아니었다. 그 아기들 때문에 혜인이 죽었다는 생각에 아기들의 얼굴도 보고 싶지 않았다.

"벌써 한 달이 흘렀어요. 주치의 말로는 이젠 인큐베이터에서 나와도 된다고 하던데 어떻게 하죠?"

명인은 어린아이에게 하듯 또박또박 다시 물었다. 어떻게 해야 하는 걸까? 경훈은 멍한 머릿속을 헤집었다.

"글쎄요."

"아주 먼 친척이라도 찾아보시는 것이 어떨까요?"

혜인의 아버지는 이북에서 혈혈단신으로 내려와 같은 처지였던 혜인의 어머니와 결혼했다. 그나마 그들은 3년 전 사고로 죽었다. 혜인도, 희성도 장례식을 치러줄 사람은 경훈밖에 없었다. 아기들에게는 이제 아무도 없었다.

"아무리 그래도 유산이 엄청나잖아요. 아마 생판 남이라도 나서서 맡으려고 할 걸요. 게다가 아이들이 전부 엄마를 닮아서 얼마나 예쁜지……."

"엄마를 닮았어요?"

성급한 경훈의 질문에 명인은 깜짝 놀랐다.

"예. 딸들이라 그런지 엄마를 많이 닮았어요. 특히 이 아기는 얼마나 많이 닮았는지 아마 크면 엄마랑 똑같을 거예요."

명인은 휴대폰을 꺼내 버튼을 조작했다.

"아기 사진을 휴대폰에 넣어 가지고 다녀요?"

"그냥 너무 예뻐서요."

명인은 쑥스럽다는 듯이 말하며 휴대폰 속 사진을 보여주었다. 부모의 병 때문에, 동생들의 학비 때문에 노처녀로 늙은 명인은 유난히 아기들에게 약했다. 경훈은 물끄러미 사진을 보았다. 4명의 아기들은 조산에도 불구하고 이젠 통통하게 살이 올라 있었다. 사실이었다. 그중 하나가 혜인을 많이 닮았다. 처음 봤던 혜인의 처음 모습이 기억났다. 너무 작고 연약한 아기였던, 경훈에게 꼭 안기던 혜인과 똑같았다.

　'내가 기를까?'

　문득 든 생각에 경훈은 고개를 저었다. 아기들은 혜인의 핏줄인 동시에 희성의 핏줄이었다. 그의 사랑을 처참하게 짓밟았던, 결국 혜인까지 죽게 만든 희성의 핏줄이었다. 사진의 가운데 있는 아기는 여자아인데도 불구하고 희성의 모습을 빼닮았다. 이 아이를 맡는다면 평생 희성의 모습을 봐야 할 것이다.

　"이 아기는 오히려 원장님 닮은 것 같지 않아요? 김혜인 씨가 입원했을 때 하루에도 몇 번씩 원장님 얼굴을 봐서 그런가. 모두들 원장님 닮은 것 같다고 하던데요."

　순간, 경훈은 들고 있던 휴대폰을 떨어뜨렸다.

　"아, 원장님!"

　휴대폰이 부서졌을까 봐 걱정하는 명인의 말 따위는 경훈의 귀에 들리지 않았다. 잊고 있었다. 그 엄청난 사실을……. 혜인의 죽음에 놀라 까맣게 잊고 있었다.

"하긴 아무리 그래도 4명의 아기를 동시에 맡는다는 건 무리가 있겠죠. 평범한 아기들도 아니고, 어차피 재산이야 아기들 몫이니……. 머리 검은 짐승은 키우는 게 아니라고, 나중에 키운 공 모른 척할 수도 있으니까……."

명인은 끊임없이 지껄였다. 하지만 경훈은 명인을 내버려 둔 채 신생아 중환자실로 내려갔다. 그곳에 아기들이 있었다.

4

원장은 명인을 불러놓고도 한참 동안 말이 없었다. 도대체 무슨 말을 하려고 저렇게 망설이는 걸까? 거침없는 원장의 태도에 익숙해졌던 명인은 망설이는 원장이 딴사람처럼 낯설었다. 하긴 혜인의 죽음 이후 원장은 제정신이 아니었다. 원장의 비서가 된 지 7년이었고, 누구보다 원장을 잘 안다고 생각했었다. 하지만 요즘 들어 명인은 원장의 생각을 가늠조차 할 수 없었다.

아버지의 장례식날도 병원에 출근했던 원장은 혜인이 죽은 뒤 병원 경영에서 거의 손을 뗐다. 혜인의 시신을 붙들고 수술실에서 대성통곡을 한 걸로도 모자라 영안실에 틀어박히기까지 했다. 아무리 친남매처럼 자랐다고 해도 조금은 과하다 싶을 정도로 비통해했다. 어찌나 슬퍼하는지, 명인이 원장 사모님을 보기가 민망할 정도였다. 원장 사모님은 혜인의 출산 보름 전에 출산을 했는데도 불구하고 병원 정상화를 위해 거의 매일 출근하다시피 했다.

한 달 동안 쳐다보지도 않던 아기들을 보러 갔다 온 뒤, 원장은 연구실에 틀어박혀 며칠을 보냈다. 그리고 연구실에서 나오자마자 명인을 불렀다.

"연구하시다 뭐 대단한 거라도 발견하셨어요? 무슨 일인데 이렇게 뜸을 들이세요?"

원장은 헛기침을 한 뒤 입을 열었다.

"아버지 신장병은 좀 어때요?"

"예?"

명인은 뜬금없는 질문에 되물었다.

"아직도 투석 받고 계신가?"

"예, 그렇죠."

"요즘에는 돈만 있으면 신장腎臟도 살 수 있지 않나? 중국인들이 밀매 많이 한다고 하던데."

명인은 힘없이 웃음을 지었다.

"동생들 학비도 없어요. 둘 다 벌써 2년째 휴학하고 아르바이트 중인데요. 아무리 그래도 대학교는 졸업시키고 싶었는데……."

암울한 집안 사정에 한숨만 나왔다.

"힘들겠구먼."

갑자기 웬 걱정? 월급이라도 올려주려고 그러나? 명인은 이상하다는 듯 경훈을 바라보았다.

"박 비서, 지금부터 내 말 잘 들어요."

경훈은 목소리를 낮췄다. 뭔가 비밀스러운 이야기라는 생각에 명인은 경훈에게 다가섰다. 그리고……, 그 이야기에 소스라치게 놀라 움찔했다.

"하지만……."

명인은 반사적으로 거절의 말을 내뱉으며 뒤로 물러났다. 말도 안 되는 이야기였다.

"아, 아뇨. 전 못합니다."

하지만 명인의 목소리는 작았다. 원장은 명인의 주저함을 눈치챘다.

"가족을 생각해야지. 아픈 아버지랑 공부도 못하고 일하고 있는 어린 동생들 구할 방법은 이것뿐일 텐데. 기회라고 생각하라고. 하늘이 주신 기회."

명인은 두 눈을 질끈 감았다. 천사 같은 아기들……. 엄마 품에 안겨 보지도 못한 불쌍한 영혼들……. 하지만 집에서 죽을 날만 기다리고 있는 아버지는……, 남들 공부할 나이에 돈 버느라 주유소에서 편의점에서 일하고 있는 동생들은……. 명인은 조용히 고개를 끄덕였다. 그리고 경훈은 만족의 미소를 지었다.

5

경훈은 CCTV를 교체하는 시간에 맞춰 일부러 전체회의까지 소집했다. 각 층에는 비상사태를 대비해 간호사 한 명만이 남아 있었다. 명인은 간호사가 화장실에 간 틈에 아기들이 있는 VIP병실로 몰래 들어올 수 있었다. 빨리 아기들을 유모차로 옮겨야 했다. 하지만 손이 덜덜 떨려서 아기를 안아 올릴 자신이 없었다. 잘못하다가는 아기를 떨어뜨릴 것만 같았다.

명인은 덜덜 떨리는 양손을 마주잡으며 진정하려 노력했다. 순간, 셋째가 눈살을 찌푸리며 뒤척였다. 아기가 울기라도 하면 큰일이었다. 명인은 핸드백에서 마취약에 적신 손수건을 꺼냈다. 잠에서 깨려는 듯 셋째의 눈꺼풀이 파르르 떨렸다. 아직 어린 아기들이라 마취시간 조절을 조금만 잘못해도 목숨이 위험할 수 있었다.

'제발 이걸 쓰지는 않게 해줘.'

명인의 기도를 듣기라도 한 듯 셋째는 칭얼거리기는커녕 눈꺼풀만 몇 번 끔뻑이다 잠에서 깼다. 그리고 숨을 죽이고 자신을 바라보며 떨고 있는 명인의 눈을 마주하며 생긋 웃었다. 순간 꾹 눌러왔던 죄책감이 울컥 올라왔다. 과연 이게 옳은 일일까? 너무나 확실한 정답을 알기에 미뤄두었던 질문이었다. 당연히 옳지 못한 일이었다. 하지만 필요한 일이었다. 옳은 일만 하고 살기엔 삶이 너무 힘들었다.

명인은 이를 악물고 아버지를 생각했다. 경훈은 국내 최고의 병원에서 아버지가 신장이식수술을 받게 해 준다고 약속했다.

명인은 아기를 들어올렸다.

경훈이 약속한 돈이면 동생들도 대학을 졸업할 수 있었다. 동생들마저 자신처럼 가난 때문에 공부를 포기하게 할 수는 없었다.

명인은 인큐베이터에 있던 아기를 꺼내 유모차에 뉘였다. 그리고 유모차 아래 짐칸에 있던 아기를 꺼내 인큐베이터에 넣었다. 유도분만으로 아기를 낙태하려던 산모는 이 아기가 아직도 숨을 쉬고 있다는 것을 절대 알지 못할 터였다. 원장은 낙태를 원했지만 어영부영 시기를 놓쳐 산달이 가까워진 산모들과 접촉했다. 산모들은 유도분만으로 아무런 문제없이 불법낙태를 할 수 있다는 말에 혹했다. 보통 그런 불법낙태 시술 시에는 과도한 약물로 아기의 사산을 유도하지만 원장은 교묘하게 약물의 양을 조절했다. 아기들은 모두 가늘게 숨을 쉬는 채로 의료용 폐기물 박스에 넣어져 원장의 연구실로 옮겨졌다. 모든 과정을 단 하루 만에 명인과 원장 둘이서 해치워야 했다. 하루 종일 세 명의 아기들을 유도분만하는 것을 보조하는 동안에도 명인은 계속 갈등했다. 내가 과연 옳은 일을 하는 걸까? 명인은 고개를 가로저었다. 이제 아기만 무사히 바꿔치기하면 모든 것이 끝난다. 이제 와서 그만

둘 수는 없었다.

경훈은 명인의 정년과 승진을 보장하겠다고 약속했다. 가난 때문에 대학을 가지 못한 비정규직 고졸자에게는 솔깃한 제안이었다.

명인은 마지막 아기를 바꿔치기한 뒤 유모차의 덮개를 내려 내부를 감췄다. 간호사가 돌아오기 전에 서둘러야 했다. 다행히 명인이 VIP실을 나와 엘리베이터를 탈 때까지 간호사는 돌아오지 않았다. 전체회의 덕분인지 병원을 빠져나올 때까지 명인은 아무도 마주치지 않았다. 그렇게 명인은 쌍둥이들을 무사히 집으로 데려올 수 있었다.

다음 날, 한 달 동안 아기들을 보살폈던 간호사가 명인에게 전화를 해 통곡을 했다.

"분명 어제까지 멀쩡했는데, 어떻게 갑자기 세 명이 한꺼번에 죽을 수가 있냐고? 갑자기 보직 변경이 되어서 다른 과로 옮기자마자 이런 일이 생기다니 말도 안 돼. 이제 겨우 얼굴 익숙해지려는 참이었는데. 인큐베이터에서 나오면 많이 안아 주려고 했는데. 차마 시신 확인도 못했어. 다른 간호사들도 마찬가지고. 기도삽관을 비롯해 온갖 응급처지하면서 아기 상태가 못 알아볼 정도라서 보지 않는 게 좋겠다고 하더라. 세상에 어떻게 이런 일이 있을 수 있어?"

원장은 끝까지 주도면밀했다. 아기들에게 접근하는 의사나 간호사의 수를 최소한으로 제한했고 아기들을 인큐베이터에서 꺼내지 못하게 했다. 그동안 아기들을 보살피던 간호사나 의사들은 모두 보직 변경했고, 새로운 간호사들이나 의사들이 아기들의 얼굴에 익숙해지기 전에 아이들을 바꿔치기했다.

그리고 열흘이 지났다.

명인은 아기들을 쳐다보았다. 아무것도 모르는 아기들은 명인에게 안아 달라며 두 팔을 내밀고 버둥거렸다. 열흘 동안 세 명의 쌍둥이들을 보살피느라 제대로 자지도 못하고 씻지도 못했지만 애정을 표시하는 아기들의 작은 몸짓에도 가슴이 뻐근할 정도로 기뻤다.

경훈이 준 열흘 동안의 휴가는 오늘로 끝이었다. 이제는 결정해야 했다. 아기들을 보지 못한다는 생각만으로도 눈물이 났다. 하지만 아기들을 키울 수는 없었다. 자신의 가족들도 가난에 허덕였다. 비록 경훈이 준 돈으로 가난을 면한다고는 해도 병치레가 잦은 아버지나 대학으로 돌아갈 동생들은 아기들을 보살필 수는 없었다. 어차피 명인의 인생은 항상 그 모양이었다. 원하는 것을 모두 가질 수는 없었다. 어떤 것을 얻기 위해, 어떤 꿈을 이루기 위해 죽을힘을 다해 노력해도 될 수 없는 게 있었다. 명인은 노력하는 것보다 포기하는 법을 먼저 배워야만 했다.

명인은 거의 외우다시피 한 조간신문 기사를 다시 바라보았다.

    작년 가장 빠른 성장을 한 회사로 눈길을 모았던 미래소프트웨어 이희성 사장의 피살 사건이 결국 미제로 남게 될 전망이다. 이 사장은 미국 진출을 위한 출장 중 뉴욕의 모 호텔 스위트룸에서 흉기에 찔려 숨진 채 발견되었다. 뉴욕경찰에 따르면 이 사장의 비서인 양모 씨가 사업약속에 나오지 않은 이 사장에게 연락이 되지 않아 호텔 측에 확인을 부탁하였고, 호텔 매니저와 경비담당자가 처음으로 이 사장의 시신을 발견해 경찰에 신고했다.

    발견 당시 이 사장은 흉기에 의해 손목의 동맥이 잘린 채 스위트룸 거실 바닥에 엎드려 있었으며 유서는 발견되지 않았다. 이 사장은 미국 내 대기업들의 인수나 합병제안을 모두 거절하고 직접 미국 시장개척을 하겠다고 나서 일반대중들에게도 많은 지지와 사랑을 받았다.

    특히 이희성 사장이 두 살 무렵 고아원에 버려진 뒤 자수성가를 했다는 인터뷰가 전파를 타면서 이 사장은 '대학생들이 닮고 싶은 인물' 1위로 뽑히기도 했다. 인터넷상에서는 이 사장의 피살에 인수합병을 제안했던 미국이나 한국의 대기업이 연관되어 있다는 설, 몇 년 만에 재계 서열 50위권에 진입할 정도로 갑작스런 성장을 했던 미래소프트웨어의 경영권 분쟁이 의심스럽다는 설 등 각종 추측과 루머가 쏟아지고 있다. 이 사장의 죽음을 믿을 수 없어 하는 국민들과 이 사장의 죽음을 안타까워하는 국민들의 사랑이 빚어내는 음모설이다.

하지만 뉴욕경찰은 외부인이 침입하는 것이 불가능한 호텔의 경비 상태와 이 사장이 반항한 흔적이 발견되지 않았다는 이유로 스스로 목숨을 끊었을 가능성에 무게를 두고 있는 것으로 전해졌다. 이 소식에 측근들은 이 사장에게는 자살할 만한 이유가 전혀 없었다며 황당함을 넘어서 분노를 표시하고 있다. 이미 충분한 정도를 넘어선 부를 손에 쥐었고, 사업은 밀려들어오는 인수합병이나 투자제안을 따로 검토하는 부서를 만들어야 할 정도로 성공적인 상황이었으며, 개인적으로도 얼마 후엔 그렇게나 바라던 '아버지'가 된다며 들뜬 표정을 감추기 힘들어 했다는 것이다.

이런 뉴욕경찰청의 성의 없는 부실수사가 알려지자 더 이상 사태를 관망할 수 없다는 사람들이 속속 등장하고 있다. 각종 포털 사이트에서는 뉴욕경찰청에 항의하기 위한 연대서명운동이 벌어지고, 뉴욕경찰청의 업무를 마비시킬 수 있는 방법을 알려주는 사이트나 뉴욕경찰청을 해킹하기 위한 카페가 생기는 등 시민들의 거센 반발이 구체적으로 드러나고 있다. 게다가 사고소식을 들은 부인이 충격으로 조산을 하다가 숨졌다는 소식에 시민들은 우리 정부나 경찰이 수사에 개입해야 한다며 목소리를 높이고 있다.

획기적인 소프트웨어의 개발을 주도했던 이 사장의 사망으로 인해 미래소프트웨어의 앞날도 불투명해졌다. 부인 김혜인 씨의 사망까지 더해지며 미래소프트웨어의 주가는 열흘 연속 하한가를 기록하며 부도설까지 나돌았으나 미래소프트웨어를 살리자는 모금운동까지 전개되며 현재는 이 사장의 사망 전보다 상한가를 기록하고 있다.

국민들의 성원과 기도 덕분인지 조산으로 태어나 생명이 위험하다던 이 사장의 네 딸 중 한 명은 다행히도 살아남았으며 무척 건강한 상태로 알려졌다. 부인 김혜인 씨의 유언대로 딸은 그들 부부의 가장 친한 친구 부부에게 입양이 되었다. 신분노출을 피해달라고 부탁한 양부모들은 양녀를 대신해 미래소프트웨어의 모든 지분을 관리하게 되었지만 경영에는 참여하지 않을 것이라고 선언했다.

—대한일보

기사 옆에 실린 사진 속의 이희성 사장은 자수성가한 사람 특유의 독기라고는 찾아볼 수 없는 선한 인상이었다. 명인은 사진 속의 이 사장을 바라보며 물었다.

"절 이해해 줄 수 있으시죠? 저처럼 지독한 가난과 편견에 허덕이면서 살았다면서요. 그러니까 제발 이해해주세요."

희성은 여전히 웃는 얼굴이었다. 그 웃음이 지금 자신이 벌이는 일에 대한 이해이기를 바라며 명인은 신문기사를 가위로 오려 아기들이 모두 함께 찍은 사진 뒷면에 풀로 붙였다. 그리고 며칠 동안 몇 번이나 고쳐 쓴 편지를 3장 인쇄했다.

관계자 님께

피치 못할 사정으로 인해 이 아이들을 도저히 보살필 수 없습니다. 그래서 가슴 아프지만 어쩔 수 없는 선택을 하게 되었습니다. 아기들이 더 나은 환경에서 행복하게 자랐으면 좋겠습니다. 제발 아이들이 함께 입양될 수 있도록 노력해 주시길 부탁드립니다. 혹시나 아기들이 헤어져 입양되는 경우라도 아이들이 서로 가까운 곳에서 자랐으면 좋겠습니다. 세상에 아무런 피붙이 없이 혼자가 아니라는 것을 아이들이 알았으면 좋겠습니다. 사진은 아기들이 태어난 지 한 달 뒤에 찍은 것입니다. 나중에 아기가 자신의 출생에 대해 궁금할 때 도움이 될까 해서 동봉합니다. 꼭 아기가 지닐 수 있도록 제발 배려 부탁드립니다.

　명인은 신문기사를 붙인 사진을 가로로 네 조각으로 찢어 편지와 함께 각각의 봉투에 담았다. 그리고 마지막 봉투에는 온전한 원본 사진과 기사를 더 넣었다. 이것으로 명인의 죄책감이 조금은 덜어질 터였다.

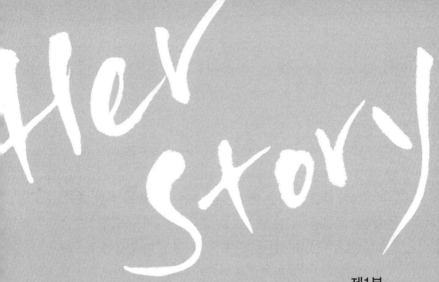

제1부

뿌리

뿌리가 같은 대나무는
제아무리 세상 멀리 떨어진 곳에 심어도
똑같은 날에 꽃을 피우고 똑같은 날에 죽는다.
– 파스칼 키냐르

나에게 헤어진 자매가 있다는 걸 알았던
바로 그 순간부터 키냐르의 말이 머릿속을 맴돈다.
그들의 운명은 나와 다르기를,
그들의 삶은 나와 다르기를, 그 순간부터 기도했다.
– 베스의 일기 중에서

7세

조, 워싱턴, 미국

파티에서 주스를 너무 마셨는지, 조는 한밤중에 잠이 깼다.
방에서 화장실까지는 꽤 먼 거리였다. 게다가 복도의 전등은
희미했다. 양아버지는 절약해야 한다며 밤에 전등을 켜두는
걸 싫어했다. 어두운 복도에 나가야 한다는 생각만으로도 머
리카락이 곤두섰다. 하지만 아침까지 소변을 참는 건 불가능
했다. 결국 조는 이를 악물고 방을 나섰다.

어두운 복도는 평소보다 훨씬 길어 보였다. 등 뒤에서 무
언가 덮치기라도 할 것 같아 조는 일부러 벽에 등을 대고 조
심스레 발걸음을 뗐다. 순간 복도 끝에 그림자가 보였다. 조
는 숨을 멈췄다. 복도 끝 전등 바로 옆 벽에 걸린 시계는 3시
를 가리키고 있었다.

'도둑일까?'

조는 재빨리 어두운 구석으로 숨었다. 초등학교의 모든 아
이들이 부러워하는 빅토리아풍 건축양식의 웅장한 집이 조
는 싫었다. 특히 새벽이면 어디선가 무언가가 튀어나올 것
같아 화장실에 가는 것도 두려웠다. 하지만 양아버지인 가이
는 그녀가 다섯 살이 되던 해부터 혼자서 방을 쓰라고 했다.

"침실이 15개나 되는 집에서 누군가와 방을 함께 쓰는 것도 우습지 않니? 언니오빠들은 너희보다 어렸을 때부터 혼자 방을 썼어. 너희들은 좀 늦은 편이지. 쌍둥이라고 해도 너무 붙어 있는 건 그리 좋은 생각이 아닌 것 같아. 특히 조, 너는 베스한테 의지하려고만 하잖아. 방을 따로 쓰는 것도 베스는 의연하게 잘 받아들이는데 너만 싫다고 징징대고 있고. 자신만의 공간을 가지고, 그 공간을 책임지는 사람이 되는 법을 익히는 것도 네가 어른이 되는데 필요한 거야."

가이는 3선 상원의원답게 기나긴 연설로 자신의 주장을 관철시켰다. 게다가 베스와 붙어 있는 방을 쓰게 해달라는 조의 간절한 부탁에 일부러 가장 먼 방을 쓰게 만들었다.

'이럴 줄 알았으면 그냥 내가 베스 침실을 쓰는 건데 괜히 방을 바꿨어. 좀 시끄럽더라도 화장실이 가까우니까 한밤중에 벌벌 떨면서 화장실에 갈 일은 없었잖아.'

가이가 처음에 조에게 사용하라고 했던 침실은 지금 베스의 침실이었다. 조는 하룻밤을 그 방에서 자고는 베스에게 침실을 바꿔달라고 졸랐다. 그 침실은 계단에서 올라오자마자 있는 화장실과 붙어 있어 이런저런 소음에 시달려야 했다. 유난히 겁이 많은 조는 밖에서 소리가 들릴 때마다 깜짝 놀라며 깨어나는 바람에 도저히 그 침실을 쓸 수가 없었다. 베스는 아무런 불만 없이 조와 침실을 바꾸어 주었다.

괜히 침실을 바꿨어. 어두운 구석에 숨어 입을 비죽이던 조는 순간 숨을 멈추었다. 복도 끝 그림자가 미끄러지듯 움직였다.

마침내 창문 틈으로 들어오는 희미한 빛에 남자의 모습이 드러났다. 혹시나 숨소리가 새어나갈까 입까지 틀어막았던 조는 다리에 힘이 풀려 스르르 주저앉았다. 가이였다.

'다행이다. 이젠 화장실에 혼자 가지 않아도 되겠어.'

조는 가이의 이름을 부르려 입을 열었지만 너무 긴장했었던 충격 때문인지 목소리가 나오지 않았다. 게다가 힘이 풀린 다리는 아직도 요지부동이었다.

'그런데 아버지가 이 시간에 3층에는 왜 오셨지?'

부모님의 침실은 2층이었다. 일곱 남매가 북적이던 3층이었지만 오늘은 조와 베스밖에 없었다. 대학생인 큰언니 린다는 유럽여행 중이었고, 큰오빠 티모시는 대입준비를 한다며 방학인데도 고등학교 기숙사에서 돌아오지 않았고, 중학생인 엠버는 파자마 파티에, 초등학생인 빅터와 메그는 여름캠프에 갔다. 조가 고개를 갸웃하는 사이 가이는 계단 바로 옆, 베스의 방문을 열고, 주위를 둘러보고는, 재빨리 문을 닫고 들어가 버렸다. 조는 무슨 일인지 알 수 없어 어리둥절했다.

'새벽 3시, 모두들 잠든 시간에 왜 아버지가 베스의 방에 들어간 걸까?'

이해되지 않았다.

'설마 나 몰래 또 베스한테만 선물을 주려는 걸까?'

그 이유가 아니라면 아버지가 주위를 살피면서까지 늦은 시간에 베스의 방에 갈 리가 없었다. 가이는 항상 베스만 편애했다. 조는 살금살금 베스의 침실로 향했다. 문틈으로 베스의 희미한 목소리가 흘러나왔다.

"제발이요. 아버지. 그만두세요. 제발 부탁드려요. 정말…… 무서워요."

지금 베스가 우는 건가? 꼭 흐느끼는 것처럼 들리는데……. 도대체 뭐가 무섭다는 거지? 세상에서 가장 든든한 아버지와 함께 있는데……. 조는 방문에 귀를 바짝 가져다 댔다. 베스는 언제나 기어들어 갈 듯 작은 목소리로 말했는데, 방문이라는 장애물까지 있으니 더 알아듣기 힘들었다.

"네가 싫다면 당연히 그만둬야겠지."

부스럭거리는 소리와 함께 가이의 목소리가 들렸다.

"정말이요? 정말 이대로 그만두실 건가요? 이제 다시는……."

믿지 못하겠다는 듯 커진 베스의 목소리를 가이의 목소리가 덮었다.

"그럼. 내 딸이 싫은 일을 내가 시킬 리가 있겠니? 넌 싫다고 하지만 조세핀은 어떨지 모르겠구나."

가이의 입에서 '조세핀'이라는 이름이 나온 순간, 베스가 후다닥 달려오는 소리가 들렸다.

"제발이요. 아버지. 조한테는 가지 마세요. 제가 더 잘할게요. 그러니까 조한테 가지 마세요."

베스의 애원소리가 들렸다.

"그래. 그래야 착한 우리 딸이지."

가이의 목소리에는 베스에 대한 사랑이 넘쳤다. 가이는 항상 조보다 베스를 더 귀여워했다. 도대체 무슨 일일까? 조는 도저히 더 이상은 소변을 참을 수 없어 화장실로 후다닥 달려가면서도 의문을 지울 수 없었다. 다행히 화장실은 베스의 방 바로 옆에 붙어 있어 조는 간신히 속옷을 적시는 실수를 모면할 수 있었다.

아버지가 무슨 부탁을 했기에 베스는 그리도 싫다고 했을까? 만약 아버지가 조에게 부탁을 했다면 그녀는 아무런 거리낌 없이 그 부탁을 들어주었을 텐데. 소변을 보고 변기 레버를 내리며 조는 자신이 베스 대신 아버지의 부탁을 들어주어야겠다고 결심했다. 그러면 아버지도 베스보다 조를 귀여워 할 터였다. 하지만 손을 씻고 베스의 침실 문을 열었을 때 아버지는 없었다. 게다가 베스는 조의 인기척에도 침대에 누운 채 일어나지 않았다. 이상하다. 방금 전까지 아버지와 이야기하고 있었는데.

"가이는?"

조는 베스를 흔들며 물었다. 베스는 잠에 취한 듯 눈살을 찌푸리며 일어났다.

"뭐?"

"방금 전에 아버지가 네 침실에 오시지 않았어?"

"무, 무슨 소리야? 꿈꿨어?"

"이상하다. 분명히 화장실 가기 전에 네 침실에 아버지가 들어가는 거 봤는데. 네가 아버지랑 얘기하는 것도 들었고."

"도대체 무슨 얘기야? 난 네가 깨우기 전까지 잠만 자고 있었는데."

"정말 아냐?"

"그래. 꿈꾼 모양이네. 빨리 가서 자. 이러다 완전히 잠 깨면 다시 잠들기 힘들어."

베스가 거짓말을 할 이유는 없었다. 하지만 조는 이상하게도 발걸음이 떨어지지 않았다. 어디선가 서늘한 기운이 몰려드는 것 같아 무섭고 오싹했다.

"나 여기서 자면 안 돼?"

"뭐? 왜?"

"네가 아니라고 하니까 갑자기 더 무섭잖아. 혹시 귀신이었을까?"

"그냥 꿈꾼 거야."

"그래도 무서워. 오늘은 여기서 잘래."

조는 베스의 옆에 누우며 말했다. 베스는 벌떡 일어나 앉으며 조를 밀어냈다.

"그냥 네 침실로 가서 자. 아버지 아시면 혼나."

하여간 베스는 겁이 너무 많았다.

"아버지가 어떻게 아시냐? 오늘 파티 때문에 늦게 주무셨을 테니 내일은 늦잠 주무실 텐데. 걱정 마. 아버지 깨시기 전에 일어나서 내 침실로 갈 테니까."

"싫어. 그냥 네 침실 가서 자. 나 이제는 누가 옆에 있으면 못 자."

"쳇, 혼자 자기 시작한 지 얼마나 되었다고?"

"574일."

베스가 무심결에 웅얼거렸다.

"뭐? 설마 날짜를 세고 있었어? 너도 나랑 떨어져서 자기 시작한 게 싫었구나? 난 네가 아무 말 없기에 좋아하는 줄 알았잖아. 얼마나 섭섭했는데."

"섭섭했어?"

"당연하지. 난 세상에서 널 제일 사랑하는데, 넌 아닌 거 같아서⋯⋯."

조는 말끝을 흐렸다. 그래도 베스는 조가 입 밖으로 내지 못한 말이 무언지 알아챌 터였다. 그들은 서로에게 유일한 진짜 가족이니까. 이 세상에 서로밖에 없는 사람들이니까.

조와 베스는 입양된 아이들이었다. 가이와 알리시아는 친자식인 린다와 티모시와 입양아들을 차별하지 않으려 노력했다. 그래도 가끔은 설명할 수 없는 그리움이 밀려들 때가 있었다. 그나마 조와 베스는 다른 아이들보다는 나은 편이었다. 서로가 있었으니까. 쌍둥이가 동시에 입양되는 예는 드물었다.

"나도 널 세상에서 제일 사랑해. 널 위해서라면 뭐든지 할 수 있어."

"그러면 오늘 여기서 자도 돼?"

조의 어리광에 베스는 희미한 미소를 지었다.

"아니. 안 돼!"

조는 고개를 젓는 베스를 보며 입을 비죽였다. 베스는 그런 조를 물끄러미 바라보며 조용히 덧붙였다.

"널 위해서야. 그러니까 빨리 네 침실에 가서 자."

그 말에 실린 묘한 단호함에 조는 더 이상 아무 말도 하지 못하고 베스의 침실에서 나왔다. 하지만 발걸음이 무거웠다. 이상하게도 베스의 눈빛은 조가 계속 곁에 있어 주길 원하는 듯했다.

'내가 뭔가 착각했겠지. 베스가 나한테 거짓말을 할 리가 없잖아. 우리는 숨기는 게 없는 쌍둥이인 걸.'

따뜻한 침대로 돌아오자 이런저런 생각은 사라지고 졸음이 쏟아졌다. 그래서 조는 더 이상 베스에 관해 생각하지 않고 잠들어 버렸다.

8세

베스, 워싱턴, 미국

베스는 침실 문틈 사이로 조가 복도를 걸어가는 것을 지켜보았다. 조가 베스의 침실에서 자신의 침실까지 가는 데 걸리는 시간은 정확히 26초였다.

'가지 마. 무서워.'

그 26초 동안 베스는 목구멍으로 치밀어 오르는 말을 억지로 삼키려 입을 막았다.

'제발 날 여기에 혼자 버려두지 마.'

침실을 따로 쓰기 시작하면서 한밤중 조가 베스의 침실에 온 건 정확히 37번이었다. 그 37번의 26초 동안 베스는 마음속으로 애원했다.

'제발 가지 마.'

하지만 언제나 그랬듯 조는 베스의 마음속 애원을 듣지 못하고 무심하게 느릿느릿 자신의 침실로 향했다. 조가 복도 끝 자신의 침실 문을 열고 들어가기 전, 베스 쪽을 돌아보았다. 베스는 재빨리 몸을 숨겼다. 조의 방문이 드디어 닫혔다. 베스도 방문을 닫았다. 두꺼운 양탄자는 베스의 무거운 발걸음 소리를 삼켰다.

'나도 그렇게 삼켜 버리면 좋을 텐데. 아니면, 저 벽장을 삼켜 버리거나.'

하지만 베스의 바람은 언제나 그랬듯 이루어지지 않는다. 베스는 빅토리아풍 벽장의 문을 두드렸다.

"이제 됐어요. 아버지."

가이가 활짝 웃으며 벽장 안에서 나왔다.

"진짜 착한 우리 베스. 잘했다."

베스는 머리를 쓰다듬는 가이의 손을 피하지 않으려 이를 악물며 눈을 감았다. 이제 다시는 그 어떤 무엇도 꿈꾸지 않을 것이다. 베스는 감은 눈꺼풀 아래 차오르는 눈물을 닦아내며 결심했다. 이제 다시는 산산조각 깨져버린 꿈에 상처 입지 않을 것이다.

9세

성은, 한국, 서울

아빠가 현관으로 들어서자마자 성은과 성재는 아빠의 가방을 빼앗다시피 해서 거실로 가져와 풀어헤쳤다.

"어떻게 외국에서 일주일 만에 오는 아빠보다 선물을 더 기다렸던 것 같다. 섭섭한데?"

그렇게 말하면서도 아빠는 남매를 도와 짐을 풀기 시작했다.

"이건 당신 거, 이건 성재 거, 이건 우리 성은이 거."

아빠는 나이순으로 선물을 건넸다. 마지막까지 기다려야 했던 성은은 건성으로 감사인사를 하며 포장을 뜯기에 바빴다. 엄마는 화장품을 성재는 리모컨으로 조정할 수 있는 로봇을 받았다. 설마 내 선물도 흔해빠진 건 아니겠지? 성은은 기대감을 낮추려 노력하며 상자 속의 선물을 꺼냈다. 치즈를 모티브로 디자인한 시계였다. 성은은 상자에서 시계를 꺼내 손목에 차보았다.

"진짜 한 번도 본 적이 없는 특이한 디자인이네. 내일 학교에 가면 아이들이 부러워서 죽으려고 하겠는 걸. 난 아빠가 맘에 안 드는 선물 사 오면 어쩌나 걱정했었는데, 역시 아빠는 내 맘을 잘 알아. 고마워요, 아빠."

성은은 아빠의 목에 매달려 뺨에 쪽 입을 맞추며 말했다.

"와, 우리 공주님. 진짜 아빠 선물이 맘에 들었나 보네. 다행이다. 아빠가 성은이 네 까다로운 취향 때문에 선물 살 때 얼마나 고민했는지 알아?"

"정말이요?"

"그럼. 내가 세상에서 제일 무서워하는 게 우리 공주님이잖아. 연수받고 나서 저녁에는 내내 우리 공주님 선물로 뭘 사야 할지 고민하면서 쇼핑몰만 돌아다녔다고. 자세한 얘기는 일단 아빠 샤워하고 나서 하자."

아빠가 욕실로 향한 뒤, 성은은 왼쪽 손목에서 시계를 풀어 손에 들고 요리조리 훑어보았다. 그때 성재가 벌떡 일어났다.

"에이씨."

"왜 그래?"

선물로 받은 화장품의 설명서를 보고 있던 엄마가 놀라서 성재를 바라보았다.

"내가 애야? 벌써 나도 아홉 살이라고! 로봇이 뭐냐? 차라리 성은이처럼 시계를 사 오던지."

성재가 성은의 시계를 보며 입을 비죽였다.

"왜? 성은이 시계가 맘에 들어?"

엄마의 질문에 불안해진 성은이 시계를 든 손을 등 뒤로 감췄다.

"말도 안 돼. 이건 여자 거잖아."

"그게 왜 여자 거냐?"

성재가 기다렸다는 듯이 대답했다.

"노란색이잖아."

"노란색이면 여자 거야?"

"우리 성재가 시계가 진짜 맘에 드나 보네. 성은이 네가 양보하면 안 되겠니? 성재랑 선물 바꿔 줘라. 네가 동생이잖아."

엄마는 항상 그랬다. 모든 일에는 성재가 우선이었다. 엄마뿐만이 아니었다. 할아버지나 할머니도 제사상을 차려줄 장손이라며 성재만 아꼈고, 이모나 고모도 성재만 귀여워했다. 성은도 세상의 중심인 성재에게 익숙해져야 하는데 불행히도 그렇지가 못하다는 게 문제였다.

"오빠라고 해 봤자 몇 분 빨리 태어났을 뿐인데."

엄마는 구시렁거리는 성은을 노려보았다. 성은은 재빨리 엄마의 눈을 피했다. 가끔은 엄마가 성재를 편애하는 게 아니라 성은을 미워한다는 생각이 들 때가 있었다. 정말 내가 엄마의 친딸이 맞긴 한 걸까?

"말도 안 돼. 오빠 선물은 로봇이잖아요. 그리고 보통은 오빠가 양보하지 않나요?"

성은은 일부러 '오빠'라는 말에 힘을 줬다. 분위기가 이럴 때는 반드시 성재를 오빠라고 불러야 했다.

"그러지 말고 바꿔 줘. 오빠가 저렇게 갖고 싶다는데. 넌 내가 내일 백화점 가서 시계 사줄게."

"싫어요. 이거랑 똑같은 디자인은 없단 말이에요. 게다가 똑같은 디자인이 있다고 해도 아빠가 선물해준 건 이거잖아요. 싫어요."

"됐어요. 그렇게 억지로 바꿨다가 나중에 아빠한테 무슨 소리를 들으려고. 아우 짜증 나."

성재가 발로 로봇을 차 버리고는 방으로 들어가 버렸다. 그런 성재를 바라보다 성은에게 고개를 돌린 엄마의 표정은 싸늘했다.

"하긴 내가 미쳤지. 네가 어떤 앤데 바꿔 주겠니? 네 성질을 알면서도 오죽했으면 엄마가 이렇게 부탁하겠니? 그깟 게 뭔데 엄마랑 오빠 기분을 이렇게 엉망으로 만들어야겠어? 어떻게 넌 그렇게 너만 생각하니? 정말 이기적이야. 어떻게 예뻐하려야 예뻐할 수가 없어."

엄마의 목소리는 낮고 차가웠다. 엄마는 성은에게 화를 낼 때 목소리를 높이는 법이 없었다. 그렇게 자그마한 목소리로 치는 야단이 더 무섭다는 것을 성은은 일찌감치 깨달았다. 엄마의 목소리가 낮아질 때면 성은은 엄마를 사랑할 수 없을까 봐 두려웠다. 친구들은 세상에서 엄마를 가장 사랑한다고 했다. 성은도 그래야만 할 것 같았다. 하지만 그 의무감을 실행하려는 성은의 노력은 엄마에 의해 항상 물거품이 되었다. 엄마는 너무 자주 화를 내고, 어이없게 짜증을 부리고, 이유

없이 야단을 쳤다.

성은에게 화풀이를 하던 엄마는 한숨을 내쉬며 성재의 방으로 향했다. 성재의 잠긴 방문 앞에서 성재를 달래는 엄마의 목소리는 성은에게 말할 때와 완전히 달랐다.

"엄마가 내일 백화점에 가서 제일 비싼 시계로 사줄게. 그러니까 그만하고 나와. 이러다 아빠 아시면 큰일 나."

성은은 애원하는 엄마를 뒤로 한 채 방으로 숨어들었다. 성재의 어이없는 짜증이 풀릴 때까지 숨어 있는 게 상책이었다. 그나마 아빠가 집에 있어 다행이었다. 엄마가 무슨 조건을 내걸었는지 저녁식사 자리에 앉은 성재는 기분이 좋아보였다. 그래도 성재가 언제 변덕을 부릴지 몰라 마음을 졸여야만 했다.

식사가 끝나자마자 방에 처박혀 있던 성은은 노크 소리에 놀라 재빨리 불을 끄고 침대로 가서 누웠다.

"우리 공주님 자니?"

아빠의 목소리에 성은은 침대에서 벌떡 일어나 앉았다.

"아빠였어? 아니, 아직 안 자요. 왜?"

아빠가 재빨리 어두운 방으로 들어와 품 안에 있던 상자를 꺼냈다.

"초콜릿 사탕이야. 기내에 하나밖에 없어서 이것밖에 못 샀어. 너무 양이 적어서 나눠 먹기도 그렇고 해서 너한테만 주는 거야. 엄마랑 성재한테는 비밀이다. 또 너만 편애한다고 모자가 나 잡아먹으려고 할 거야."

아빠는 어둠 속에서 속사포처럼 내뱉고는 방을 나가버렸
다. 성은은 상자를 붙들고 할 말을 잃었다. 갑자기 목이 메어
왔다. 이제는 더 이상 엄마의 사랑을 구걸하거나 엄마의 편
애에 상처입지 않을 것이다. 아빠는 엄마 몫까지 그녀를 사
랑하니까 그것으로 충분했다.

10세

히미코, 일본, 도쿄

"또요?"

히미코의 질문에 마사히로는 당황한 표정을 감추려 노력
했다. 그렇게 되묻는다는 건 히미코가 할 수 있는 유일한 거
절의 표현이었다. 하지만 아빠는 히미코의 간곡한 거절을 완
벽하게 무시했다.

"그래. 너한테는 미안한 일이지만 그렇게 되었다. 하지만
언제나 말했듯이 네가 허락하지 않는다면 그 어떤 것도 하지
않을 거란다. 알지?"

히미코는 대답하지 않았다. 히미코의 '허락'따위는 아무 의
미도 없다는 것을 경험으로 잘 알기 때문이었다. 기억할 수
조차 없는 어린 시절부터 츠바사에게 무언가를 주어왔다. 림
프구, 골수, 과립구, 말초혈액 줄기세포…….

"네가 원하지 않으면 우린 네게 어떤 것도 강요하지 않을
거야."

마사히로는 매번 그렇게 말했다. 하지만 마사히로의 눈은
항상 다른 말을 하고 있었다. 그래서 히미코는 항상 고개를
끄덕여야만 했다.

"아무래도 조금 더 생각해 볼 시간이 필요한 것 같구나. 그래, 우리 오늘은 이만 자고 내일 다시 얘기하자."

마사히로는 끝내 고개를 끄덕이지 않는 히미코의 머리카락을 쓰다듬어 주고는 방을 나섰다. 그리고 돌아보며 말했다.

"네가 어떤 결정을 해도 아빠와 엄마는 널 사랑한단다."

마사히로가 문을 닫을 때까지 히미코는 눈물을 참았다. 그리고 마사히로가 안방으로 걸어가 문을 닫는 소리가 들리고 나서야 베개에 얼굴을 묻고 울음을 터뜨렸다. 다시 또 시작이었다.

히미코의 첫 기억은 병원에서 시작되었다. 우락부락한 남자 간호사들이 히미코를 꼼짝 못하도록 짓누르고 하얀 옷을 입은 의사가 히미코의 팔뚝 길이만한 주사기를 들고 다가오던 순간에도 마사히로는 웃으며 말했다.

"착하지, 우리 아기. 조금만 참으면 된단다. 엄마와 아빠가 얼마나 널 사랑하는지 알지? 울지 마라, 히미코. 이번 한 번만 참으면 모두 끝난단다."

마사히로는 항상 그렇게 말했다. 츠바사에게 기증해야 할 림프구의 양이 모자라 한 번에 충분한 양을 얻지 못해서 7번이나 그 끔찍한 바늘을 꽂아댈 때마다, 츠바사에게 이식해야 할 줄기세포의 양이 모자라 줄기세포를 발화시키기 위한 주사를 매일 맞을 때마다, 약하디약한 츠바사가 감염으로 인해 과립구가 부족할 때마다, 히미코의 양부모는 그렇게 말했다.

"이번이 마지막이야. 이번 한 번만 참으면 된단다. 엄마 아빠는 널 사랑한단다."

그 말이 전부 다 거짓이라고는 생각하지 않았다. '이번 한 번만'이라는 단어에는 그게 정말 마지막이길 바라는 부모의 바람이 담겨 있다고 생각했다. 그래서 그들의 말을 믿었다. 그들의 사랑을 믿었다. 얼마 전까지는······.

* * *

열흘 전, 히미코는 마사히로의 손길에 잠이 깼다. 히미코가 잠에서 깰 무렵에는 퇴근해 들어와 이미 잠들어 버리기 일쑤인 마사히로를 보고 히미코는 반가워 소리를 질렀다.

"아빠가 이 시간에 웬일이야?"

"아빠가 그동안 너무 바빠서 우리 딸 얼굴 잊어버릴 거 같아서. 오늘 하루는 우리 딸이랑 둘이서 데이트하려고 완전히 비웠지. 자, 아빠랑 뭐하고 싶은지 말해 봐. 뭐든지 다 들어줄 테니까."

그날 마사히로는 완벽한 아빠였다. 히미코는 동화 속 공주처럼 디즈니랜드에서의 하루를 신나게 즐겼다. 아무리 많은 사람들이 북적여도 삼촌*들은 히미코가 사람들에게 치이지

---

*오지키(オジキ), 아저씨라는 뜻. 야쿠자 최고 서열인 쿠미쵸組長의 동생뻘 서열.

않도록 길을 터 주었고, 놀이기구를 타기 위해 기다리고 있던 사람들은 히미코와 아빠에게 당연히 양보를 했으며, 캐릭터 분장을 한 사람들은 기다리고 있는 사람들을 제쳐두고 히미코와 먼저 사진을 찍기 위해 다가왔다.

"왜 사람들이 우리한테 양보를 하는 거야?"

히미코의 순진한 질문에 마사히로는 화려한 색색의 이레즈미*로 뒤덮인 손으로 히미코의 머리를 쓰다듬었다.

"그거야 우리 공주님이 정말 공주님이라는 걸 사람들이 알아서 그런 거 아닐까?"

"치, 아빠는 내가 아직도 어린애인 줄 아나 봐."

"그럼. 아빠는 네가 자라지 않고 영원히 아빠의 어린 공주님으로 남아 있어 줬으면 좋겠는 걸?"

마사히로는 히미코를 번쩍 안아 올려 머리 위로 들어 올린 채 빙빙 돌며 말했다.

"빨리 약속해. 아빠 말 잘 듣는 착한 공주님으로 영원히 남아 있겠다고."

"아빠, 어지러워. 그만해."

히미코는 까르르, 웃으며 마사히로에게 투정을 부렸다. 하지만 마사히로는 멈출 생각이 없어 보였다. 결국 히미코는 마사히로가 원하는 대로 약속을 하고서야 땅바닥을 밟을 수

---

*일본의 전통문신. 야쿠자 문신으로 알려져 있다.

있었다.

"분명히 약속했다. 아빠 말 잘 듣는 공주님으로 남겠다고."

어지러워서 바닥에 주저앉은 히미코를 향해 마사히로는 다시 한 번 약속을 상기시켰다. 순간, 장난처럼 여겨졌던 마사히로와의 약속이 섬뜩하게 다가왔다. 하지만 디즈니랜드의 발랄한 분위기에 그 느낌을 잊어버렸다. 그 느낌이 되살아난 건 밤이 되어서였다. 너무 피곤한 하루였는데도 히미코는 쉬이 잠이 들지 못했다. 어른들이 너무 피곤하면 잠이 오지 않는다고 한 말이 정말인 모양이었다. 히미코는 뒤척이다 목이 말라 부엌으로 향했다.

"하지만 히미코가 허락할까요?"

양어머니인 유라메키의 목소리는 언제나 들릴 듯 말 듯 작았지만 히미코는 자신의 이름을 분명히 알아들었다. 히미코가 안방 쪽으로 다가섰을 때 마사히로의 짜증 난 목소리가 울렸다.

"허락이라니? 감히 그 아이가 허락을 하고 말고 할 권한이 있기는 해?"

"하지만 의사가 아직 어린 나이라서 위험할 수도 있다고 했는데……."

"그래서? 지금 히미코가 위험할 수도 있으니까 츠바사가 저런 고통을 당하게 내버려두자는 거야? 한창 뛰어놀아야 할 나이에 침대에 누워 꼼짝도 못하고 지내는 것만으로도 모자라서 일주일에 두 번씩 투석을 하는 고통을 당하면서 저 아이가 죽어가는 게 안 보여? 저 아인 내 뒤를 이어 우리 구미*를 이끌 와카카시라**라고."

"하지만 히미코는 아직 어려요. 주치의 말이 일 년만 더 기다리면 히미코도 커서 수술 후유증도 훨씬 적어질 수 있다고……."

"설마 당신, 히미코에게 정이라도 든 거야? 잊지 마. 저 아이는 우리가 츠바사를 위해 사 온 거야. 저 아이를 사 오기 위해 얼마나 많은 돈을 들였는지 잊었어? 한국이 세계 제일의 입양아국이라는 오명을 벗겠네 어쩌네 하면서 관련규정을 강화하는 바람에 몇 년이나 걸려서 찾아낸 아이라고. 버려진 아이들이라고 해도 유전자 검사를 마음대로 할 수 있는 줄 알아? 갖은 방법을 써서 겨우 찾아낸 아이야. 미국으로 입양되기로 했던 아이를 빼돌리는 것도 돈이 얼마나 많이 들었는지 알아? 그렇게 큰돈이 들지만 않았어도 내가 마피아 쪽에 우리 쪽 정보를 넘기는 일도 하지 않았을 거라고. 그 모든 게 무엇 때문이었는데? 모두 우리 츠바사를 위한 거였다고!"

"하지만 히미코가 잘못되기라도 하면……."

"상관없어. 저 아이는 우리 츠바사가 나으면 아무 쓸모가

＊구미組. 야쿠자 조직.
＊＊와카카시라若頭. 젊은 두목이라는 뜻. 야쿠자 최고 서열인 쿠미쵸組長의 장남이다.

없게 되니까. 죽든지 살든지……."

히미코는 조용히 방으로 돌아와 베개에 얼굴을 묻고 울었다. 그 뒤로 며칠 동안 히미코는 매일 밤 모두가 잠들고 나면 몰래 울었다. 마사히로는 우는 아이라면 질색했다.

자신이 입양되었다는 것은 이미 알고 있던 사실이었다. 하지만 유라메키는 자주 말했다.

"네가 준 골수에서 만들어진 피가 우리 츠바사의 몸에 흐르고 있단다. 너와 츠바사에게는 같은 피가 흐르고 있는 거야. 세상 그 누구도 우리가 가족이 아니라고 말할 수 없을 게다. 같은 피가 흐르는 게 가족이라면 우린 그 정의에 정확히 들어맞으니까."

어쩌면 그래서 그 오랜 세월 츠바사를 위해 몸을 파내면서도 견뎠는지 모른다. 그렇게 자신의 몸을 파내 츠바사에게 나눠 주면 그들이 더 견고한 가족이 될 거라고 믿었다.

***

얼마나 울었을까? 집 안이 부산스러워지며 마사히로가 출근 준비를 하는 소리가 들렸다. 마사히로의 구미는 신주쿠 유흥가인 가부키쵸의 술집들을 관리하는 일을 하고 있었다. 그래서 다른 집과 달리 히미코의 집은 저녁에 하루가 시작된다.

마사히로가 나오길 기다리고 있던 삼촌 두 명이 마사히로가 대문을 나서자 깍듯이 인사했다. 마사히로의 차가 골목길을 돌아서고 나서야 유라메키는 다시 집 안으로 돌아와 목욕을 하러 욕실로 향했다. 욕조에 수돗물을 받는 소리가 집 안을 울렸다. 유라메키는 오늘도 진한 장미향의 입욕제를 가득 풀어 넣었는지 히미코의 방까지 장미향이 스며들었다. 히미코는 수돗물 흐르는 소리가 그치고 찰랑거리는 물결 소리가 들릴 때까지 기다렸다가 츠바사의 침실로 향했다.

츠바사의 침실은 밤에도 위급상황을 대비해 희미한 수면등이 켜져 있었다. 츠바사는 언제나처럼 침대에 똑바로 누운 상태였다. 제 기능을 못하는 신장(콩팥) 때문에 가슴에 찬 마후카 카테터와 수면 중 무호흡을 대비한 산소호흡기 덕분에 츠바사는 모로 누울 수가 없었다.

쿨럭이며 기침을 하던 츠바사가 몸을 뒤틀며 실눈을 떴다. 히미코는 재빨리 자리를 뜨려했지만 이미 츠바사와 눈이 마주친 뒤였다. 츠바사는 문가에서 어쩔 줄 모르고 서 있는 히미코에게 손짓했다. 히미코는 창백하다 못해 파리한 안색의 츠바사와 눈을 맞추지 못했다.

"왜 아직 안 자고 있어? 나한테 무슨 할 말 있어? 아니면 나쁜 꿈이라도 꿨니?"

츠바사는 항상 히미코에게 다정했다. 아무리 아프고 고통스러워도 히미코에게만은 사소한 짜증조차 내는 법이 없었다.

"많이 아파?"

츠바사가 피식 웃었다.

"네가 말하는 많이가 어느 정도인데? 칼에 손가락이 베어 피가 나는 거? 넘어져서 무르팍이 까져 피가 나는 거?"

츠바사가 말할 때마다 산소호흡기에 하얀 입김이 차올랐다. 비꼬는 건 츠바사답지 않았다.

"미안. 겁먹었구나. 그럴 생각은 아니었는데. 내가 오늘은 컨디션이 별로 좋지 않네."

희미한 목소리는 산소호흡기 안에 갇혀 윙윙거렸다. 츠바사는 눈을 뜨고 있는 것조차 힘든 듯 눈을 감았다. 정말 컨디션이 좋지 않은 모양이었다.

"만약 내가 신장이식을 하지 않겠다고 하면 오빠는 날 미워하겠지?"

츠바사는 희미한 웃음을 지으며 힘없이 고개를 저었다.

"아니. 절대로."

"거짓말."

히미코는 입을 비죽였다.

츠바사도 히미코도 언젠가는 신장이식을 해야 된다는 사실을 알고 있었다. 골수이식 후 후유증 중에 하나인 이식편대숙주병* 증세가 심해졌을 때 주치의가 미리 경고했었다.

---

*graft-versus-host disease, 이식편대숙주병移植片對宿主病. 타인의 림프구가 면역 기능이 저하된 숙주를 공격하여 발열, 발진, 간 기능 장애, 설사 등의 증상을 일으키는 질환으로 주로 골수이식으로 발생한다.

이식편대숙주병을 억제하기 위해 사용하는 스테로이드와 시클로스포린 때문에 신장에 무리가 갈 수도 있다고. 그때 츠바사는 코웃음을 쳤었다.

"그 약물 때문이 아니더라도 제 신장은 이미 망가져 있을 거예요. 어차피 해야 할 신장이식이 겁나서 이 고통을 당하고 싶지는 않다고요."

츠바사는 열에 들떠 대변주머니를 툭툭 쳐내며 짜증을 냈다.

"이 끔찍한 설사만 멎을 수 있었으면 좋겠어요. 내 나이가 몇인데 동생 앞에서 완전히 체면 구겼어요."

"하지만 네 경우에는 신장이식도 쉽지 않은 거 알잖니? 일단은 히미코가 조금 더 자라기를 기다려야 해."

주치의의 길고 지루한 설명의 요점은 간단했다. 츠바사에게 신장이식을 해줄 수 있는 사람은 히미코뿐이라는 것.

"결국 난 히미코가 없으면 목숨을 부지하지 못하는 인생이네요."

츠바사는 열꽃이 가득 핀 얼굴로 한숨을 내쉬었다.

"걱정 마. 오빠. 난 괜찮아. 신장이 필요하면 내가 얼마든지 줄게."

히미코는 황달로 노란색이 되어 버린 츠바사의 손을 잡으며 약속했다. 하지만 츠바사는 터질 듯한 수포 때문에 히미코의 손길이 아픈지 비명을 지르며 재빨리 손을 빼낼 뿐이었다.

마사히로는 약속은 목숨을 걸고 지켜야 하는 거라고 누누

이 강조했다. 그래서 약속은 함부로 하는 것이 아니라고 입 버릇처럼 말했다. 야쿠자의 세계에서는 약속을 지키지 못하면 손가락을 잘라야 한다고……. 어쩌면 마사히로는 히미코가 흔들릴 줄 미리 알고 그렇게 말했던 게 아닐까? 마사히로는 츠바사에게 신장을 준다고 약속했던 순간 함께 있었다.

"이리 가까이 와."

츠바사의 손짓에 히미코는 하는 수 없이 츠바사의 곁으로 다가갔다. 간단한 손짓조차 츠바사에게는 힘들어 보였다.

"아빠가 너한테 신장이식을 해야 한다고 말씀하셨니?"

히미코는 고개를 끄덕였다.

"그런데 넌 하기 싫고?"

히미코는 침만 꿀꺽 삼켰다. 자신의 마음을 도무지 알 수 없었다. 츠바사를 위해 당연히 신장을 주고 싶다고 생각하면서도 한편으로는 끝없이 무언가를 내어주어야만 하는 자신의 처지가 억울했다. 수술 때문에 생길 고통은 생각하기도 싫었다.

"괜찮아. 네가 하기 싫은 건 나도 하기 싫어."

"하지만……."

"네가 신장이식을 거절해도 넌 여전히 내가 세상에서 가장 사랑하는 동생이야. 그까짓 이유로 내가 널 미워할 거라고 생각했어? 이거 섭섭한데. 왜 내가 널 미워해야 하지?"

"내가 신장이식을 하면 오빠는 나을 수 있는데……."

"신장이식을 한다고 해도 살 수 있다는 보장도 없어. 차라리 네가 신장이식을 거부했으면 좋겠다는 생각도 많이 했어. 괜히 너까지 아프게 만들고 싶지 않으니까."

"하지만 내가 신장이식에 동의하지 않으면 오빠는 죽는다고 그랬어."

"아빠 말을 전부 다 믿을 필요는 없어."

"하지만 의사 선생님도……."

"죽는 게 그렇게 나쁜 건가?"

"뭐?"

"모든 사람이 꼭 살아남아야만 할 필요가 있는 건 아니잖아. 내가 살아서 이 세상에 도움이 될 것 같지도 않은데."

히미코는 이해할 수 없는 말에 고개를 갸웃했다.

"그게 무슨 뜻이야?"

"그저 내가 살아남는다면 세상에 도움이 되기보다는 해를 끼치지 않을까 하는 생각이 들어서……. 와카카시라가 되는 건 그런 거니까……."

이해할 수 없었지만 츠바사의 어투에 체념이 어려 있다는 것 정도는 알 수 있었다. 어쩔 수 없이 해야만 하는 경우에 생기는 감정, 히미코도 수없이 느껴야 했던 감정이었다. 림프구를 뽑는 고통을 알면서도 또다시 림프구를 뽑으러 갔을 때, 시간에 맞춰 골수 성장인자 주사를 맞느라 놀이터에서 노는 친구들을 남겨둔 채 혼자 돌아와야 했을 때, 골수이

식을 위해 격리실에 혼자 갇혀 있을 때……. 언제나 그녀가
겪어야 하는 고통만 생각했었는데, 처음으로 츠바사는 히미
코보다 더 많은 것들을 포기하며 살아야 했다는 생각이 들었
다. 츠바사는 고개를 숙인 히미코의 손을 잡았다.

"내가 매일 뭘 기도하는지 알아?"

"내가 신장이식에 동의하게 해달라고?"

츠바사는 고개를 저었다.

"살 수 있게 해달라고?"

츠바사는 다시 고개를 저었다.

"아프지 않게 해달라고?"

"비슷하네. 그래. 매일 그렇게 빌어. 아프지 않게 해달라
고. 하지만 살아가는 건 끊임없는 고통의 연속이잖아. 그래
서 매일 밤 내일은 깨어나지 않게 해달라고 빌어."

"오빠."

"히미코, 누가 뭐라던 너와 나는 같은 피가 흐르는 사람이
야. 잊지 마. 너와 내 몸에는 똑같은 피가 흐르고 있다는 걸.
그래서 난 어떤 일이 있어도 너를 지킬 거야. 어떤 일이 있어
도 나 때문에 네게 해가 가는 일은 하지 않을 거야. 손가락이
아니라 내 목숨을 걸고 맹세할게. 너를 위해서라면 뭐든 할 거
야. 내가 살아야 할 이유가 있다면 그건 모두 너 때문일 거야."

히미코는 눈물을 뚝뚝 흘리며 방으로 돌아왔다. 때때로 차
라리 츠바사가 죽어버렸으면 했다. 그렇다면 히미코가 수많

은 고통을 겪지 않아도 된다고 생각했다. 다른 평범한 아이들처럼 살 수 있다고 생각했다. 하지만 츠바사가 있었기에 지금의 히미코가 있다는 것을 잊고 있었다. 마사히로는 매일 말했다.

"네가 태어난 나라가 어떤 나라인지 알아? 너무 가난해서 개도 잡아먹는 나라야. 버려진 아이들이 수두룩하고 그 버려진 아이들을 정부가 다른 나라에 팔아치우는 나라라고. 넌 그 끔찍한 나라를 벗어나 이렇게 배불리 먹고 편안하고 따뜻한 곳에서 잠잘 수 있다는 게 얼마나 큰 행운인지 모를 거야. 아직도 그 나라에는 부모에게 버림받고 거리를 떠도는 아이들이 많다는데……."

마사히로의 말이 맞았다. 히미코가 한국을 벗어나 일본에 입양될 수 있었던 건 엄청난 행운이었다. 그리고 그 행운은 츠바사가 만들어준 거였다.

'내일은 오빠에게 신장이식을 해주겠다고 말해야지. 수술이 끝나고 오빠가 완전히 나으면 오빠랑 축구경기도 보러 가고 놀이동산에도 놀러 가야지. 아무리 힘들어도 오빠한테 힘들다는 티는 내지 않을 거야. 나도 이제 열 살이나 되었으니까.'

히미코는 이런저런 다짐을 하면서 잠이 들었다.

그리고 다음 날, 츠바사는 산소호흡기를 뗀 채 혼수상태로 발견되었다.

***

츠바사가 남긴 유언장에는 단 한 줄만 쓰여 있었다.

'더 이상 히미코를 괴롭히지 말아요.'

츠바사가 혼수상태에 있는 17시간 동안 히미코는 중환자실 앞에서 한 발자국도 움직이지 않았다. 엄마와 아이린 언니가 집으로 잠을 자러 갈 때도, 아빠와 삼촌들이 식사를 하러 갈 때도, 히미코는 중환자실 앞 의자에 앉아 기도만 했다.

'제발 츠바사 오빠를 살려주세요. 오빠만 살려주시면 뭐든 다 할게요.'

항상 불안했다. 언제나 의심스러웠다. 자신이 입양아라는 것을 모르던 순간에도 그랬다.

'난 츠바사를 살리기 위해 존재하는 걸까?'

'내가 츠바사를 위해 무언가를 내어주지 않으면 가족들의 사랑과 이해도 사라지는 건 아닐까?'

하지만 아니었다. 다른 사람들은 몰라도 츠바사만은 그녀를 사랑했다. 히미코를 위해 자신의 목숨을 포기할 정도로 츠바사의 사랑은 절실하고 깊었다. 그 절대적인 사랑 앞에서 히미코는 무너졌다. 츠바사의 사랑만으로도 충분했다. 하지만 히미코는 그 사랑을 불신하고, 이기심으로 그 사랑을 죽일 뻔했다. 만약 츠바사가 깨어나기만 한다면 신장이 아니라 심장마저도 떼어 줄 수 있을 것 같았다. 히미코는 밤새워 기도만 했다.

"제 모든 걸 다 바쳐서 츠바사 오빠를 살릴 겁니다. 제발 츠바사 오빠를 살려주세요. 차라리 제 목숨을 가져가세요."

***

다음 날 아침, 유라메키는 히미코가 먹을 죽을 사 왔다. 히미코는 고개를 저었다. 도저히 인스턴트 죽이 넘어갈 거 같지 않았다.

"어제부터 아무것도 못 먹었잖아. 잠도 못 자고. 이거라도 먹어라."

유라메키가 인스턴트 죽이 담긴 통의 뚜껑을 열었을 때, 멀찌감치 앉아 있던 마사히로가 다가왔다. 마사히로는 한마디도 하지 않고 유라메키의 손을 내리쳤다. 병원 바닥에 엎어진 죽을 보며 유라메키가 한숨을 내쉬었다.

"아무리 그래도 밥은 먹여야 하잖아요."

"뭐가 어쩌고 어째? 이 아이가 밥을 먹을 자격이 있어? 너 츠바사에게 뭐라고 했어? 도대체 츠바사에게 뭐라고 했기에 츠바사가 스스로 죽을 생각을 하냐고?"

히미코는 변명을 하려고 입을 열었지만 목소리가 나오지 않았다. 그저 꺼이꺼이 신음 소리만 났다.

'전 아무 말도 안 했어요. 정말 아무 말도 안 했어요…….'

히미코는 유라메키를 바라보며 고개를 저었다. 유라메키는 자신의 결백을 믿어줄 거라 생각했다. 유라메키는 그런 히미코를 껴안고 달랬다.

"그만 울어. 먹지도 자지도 않았는데 울기까지 하면 너까지 쓰러진다. 그러니까 그만해. 네가 아무 짓도 안 했다는 거 엄마는 믿는단다. 그러니까 괜찮아. 그러니까 그만해."

유라메키의 위로에 꾹꾹 눌러 담았던 설움이 쏟아졌다. 눈물이 뚝뚝 떨어졌다. 히미코의 눈물에 마사히로의 얼굴이 분노로 벌게졌다.

"이게 뭘 잘했다고 울어? 감히 어디서 울어? 재수 없게! 누가 죽기라도 했어? 당장 울음 그쳐. 그렇지 않으면 여기서 죽도록 두들겨 맞게 될 테니까."

마사히로가 고함을 지르며 손을 들어 올린 순간, 히미코는 눈을 질끈 감았다. 마사히로의 주먹 한 방이면 덩치 큰 성인 남자도 나가떨어졌다. 하지만 둔탁한 충격과 함께 뒤로 살짝 밀렸을 뿐, 마사히로의 무시무시한 손은 히미코에게 닿지 않았다. 히미코는 살그머니 눈을 떴다.

"으……."

유라메키가 오른쪽 어깨를 움켜쥐며 신음하고 있었다.

"엄마!"

"유라메키!"

히미코와 동시에 마사히로가 유라메키에게 다가왔다.

"괜찮아? 도대체 왜 그랬어? 이딴 것을 감싸기 위해 몸을 던지다니……."

유라메키는 고통으로 신음하며 마사히로를 노려보았다.

"히미코 몸에 손가락 하나라도 대려면 날 먼저 죽여요. 그러기 전에는 이 아이한테 손끝 하나 못 닿을 줄 알아요."

"여보!"

서슬 퍼런 유라메키의 협박에 놀라 마사히로가 한 걸음 뒤로 물러섰다. 히미코는 새삼스레 유라메키를 바라보았다. 유라메키는 히미코에게 항상 무덤덤한 편이었다. 그렇다고 유라메키가 아이린 언니를 특별히 더 귀여워하는 것도 아니었기에 히미코는 유라메키의 태도에 그다지 신경 쓰지 않았다. 유라메키에게 가장 중요하고 소중한 것은 츠바사였다. 그건 아픈 아이가 있는 집에서는 당연한 일이었다. 냉정하게 계산해 보자면 유라메키는 아이린 언니보다 히미코에게 더 많이 신경을 썼다. 히미코는 항상 츠바사에게 무언가를 내어주고 있었으니까. 유라메키의 히미코에 대한 감정이란 그저 미안함과 고마움이 섞인 교묘한 경계에서 머문다고만 생각했다. 하지만 그 추측은 완벽히 어긋났다. 급박한 상황에서 드러난 유라메키의 진심에 히미코는 울컥해서 눈물이 났다. 언젠가 유라메키가 말했다.

"어떤 엄마는 배가 부르고 배가 아파서 아이를 낳지만 넌 내가 가슴으로 낳은 아이야."

유라메키의 말이 맞았다. 히미코는 유라메키가 가슴으로 낳은 아이였다. 그래서 히미코가 아프면 유라메키의 가슴도 아픈 거였다.

"괜찮아?"

마사히로가 유라메키를 향해 손을 내밀었지만 유라메키는 마사히로의 손을 뿌리쳤다.

"어깨가 빠진 거 같아요."

"그러니까 무슨 생각으로 거기에 끼어들어서는……."

마사히로는 유라메키의 서슬 퍼런 눈빛에 말끝을 흐렸다. 유라메키는 똑바로 일어서서 마사히로와 마주했다.

"츠바사가 깨어나면 당장 수술해야 한다고요. 그러기 위해서는 히미코가 건강해야……."

유라메키는 황급히 다음 말을 삼켰다. 하지만 그 말이 무언지는 듣지 않아도 알 수 있었다. 아무리 열 살 어린 나이라고 해도 그 정도는 짐작할 수 있었다. 유라메키는 재빨리 히미코를 돌아보며 주섬주섬 변명을 챙겼다.

"히미코, 오해하지 마. 난 그저……."

히미코는 자신을 향해 손을 내미는 유라메키에게서 뒷걸음질 쳤다. 도망치고 싶었다. 도망쳐야만 했다.

히미코는 본능적으로 뒤돌아 달리기 시작했다. 멀리서 마사히로와 유라메키의 고함 소리가 들렸다.

"야! 너 거기 안 서!"

"당장 쫓아가지 않고 뭐하는 거예요?"

자신의 뒤를 쫓는 마사히로의 발길 소리가 가까워졌을 때, 히미코는 마침 도착한 엘리베이터에 올라탈 수 있었다. 엘리베이터 문 사이로 이 상황을 믿을 수 없다는 듯 황당한 얼굴의 마사히로가 보였다.

엘리베이터가 서서히 움직이기 시작했다. 중환자실은 1층이었다. 마사히로는 지금쯤 전화로 삼촌들에게 연락해 병원 각층으로 삼촌들을 보내기 시작했을 터였다. 차라리 빨리 엘리베이터에서 내리는 게 나았다. 히미코는 엘리베이터가 3층에 서자마자 주위를 둘러보고 의사 무리에 섞여 내렸다. 멀리서 익숙한 얼굴의 삼촌 한 명이 두리번거리는 게 보였다. 히미코는 재빨리 여자 화장실로 숨었다.

"아이를 찾습니다. 열 살 가량으로 분홍색 상의와 청바지를 입고 있습니다. 아이를 보신 분은 안내 데스크로 아이를 데려와 주시기 바랍니다."

갑작스레 나오는 방송에 세면대에서 손을 씻고 있던 여자의 눈길이 히미코를 향했다. 히미코는 아무렇지도 않다는 듯 여자를 지나쳐 화장실 문을 닫고 안으로 들어갔다. 칸막이로 된 작은 공간에 얼마나 숨어 있을 수 있을까? 얼마 되지 않아 노크 소리가 들렸다.

"거기 안에 있는 꼬마. 뭐 필요한 거 있니?"

좌변기 위에 앉아 있던 히미코는 심장이 철렁했다.

"아뇨. 괜찮아요."

"휴지라도 필요할까 싶어서."

"아뇨. 괜찮아요."

히미코는 연이어 대답했다. 하지만 문 아래로 보이는 새빨간 구두는 사라지지 않았다. 아무래도 문 앞에서 기다릴 모양이었다. 오히려 오래 숨어 있을수록 더 의심을 살 가능성이 높았다. 히미코는 심호흡을 하고 레버를 눌러 물을 내린 뒤 화장실 문을 열었다. 문에 바싹 다가와 있던 여자가 놀라서 뒤로 물러섰다.

"쓰세요."

히미코는 아무렇지도 않게 말하며 세면대로 향했다. 여자가 히미코의 뒤를 따랐다.

"그런데 엄마는 어디 있니?"

"병실에요. 감기로 쓰러지셨거든요."

히미코의 말에 여자의 얼굴에서 의심이 걷히고 동정이 자리 잡았다.

"정말? 난 또……. 괜히 오해했구나."

"네?"

히미코는 모른 척 되물었다.

"아무것도 아냐."

여자는 어깨를 으쓱하고는 뒤돌아섰다. 히미코가 안도의 한숨을 내쉬는데 여자가 갑자기 뒤돌아 다가왔다. 히미코는 순간 놀라서 얼음처럼 굳어 버렸다.

"엄마가 빨리 쾌유하시길 빌게."

여자는 얼어붙은 히미코의 머리를 쓰다듬고 다시 멀어져 갔다. 한참을 멍하니 서 있던 히미코는 다리에 힘이 풀려 화장실 바닥에 주저앉아 버렸다.

탈출은 생각보다 어렵지 않았다. 화장실에 숨어 있으려 했던 게 더 우스웠다. 히미코는 병원 로고가 새겨진 옷들이 잔뜩 쌓인 카트에서 아동용 병원복 하나를 훔쳐 입은 뒤 마스크를 썼다. 드디어 병원 현관이었다. 몇 발자국 옆에서 삼촌 한 명이 히미코 쪽을 바라봤지만 아무런 의심을 받지 않고 지나칠 수 있었다. 히미코는 그 상황이 우스워 마스크 안에서 혀를 쏙 내밀었다. 어차피 삼촌은 눈치챌 수 없을 테니까. 현관문을 나서려는데 안내방송이 울렸다.

"코드 블루, 코드 블루, 어린이 중환자실 코드 블루."

코드 블루Code Blue란 긴급 소생이 필요한 환자가 발생했다는 뜻이었다. 의사와 간호사에서 사용되는 은어라고는 하지만 병원에 살다시피 하는 츠바사 덕분에 히미코도 알고 있는 단어였다. 히미코는 두꺼운 유리문 밖의 세상을 마주하고 발걸음을 멈췄다. 어린이 중환자실이라면 츠바사가 있는 곳이었다. 귓가에는 계속 '코드 블루'의 안내방송이 울렸다.

병원 앞에 조성된 작은 공원에는 은행나무가 노랗게 물들어 있었다. 무성하게 떨어진 은행 나뭇잎 덕분에 공원은 온

통 황금빛이었다. 아이들은 은행 나뭇잎 더미에서 구르며 까르르 웃었다. 아이들이 서로에게 던져대는 은행 나뭇잎이 눈처럼 바람에 날렸다. 그렇게 아무 걱정 없이 웃고 싶었다. 그 아이들처럼 시시한 장난질을 치며 시간을 때우고 싶었다. 병원 현관만 나서면 되는 거였다. 히미코는 현관문을 향해 한 발자국 걸음을 옮겼다.

"코드 블루, 코드 블루, 어린이 중환자실 코드 블루."

또다시 안내방송이 울렸다. 히미코는 눈을 감았다. 아니, 그녀가 틀렸다. 이렇게 도망친다면 다시는 웃을 수 없을 터였다. 츠바사의 죽음을 알면서도 웃을 수는 없었다. 그래서 히미코는 돌아섰다.

11세

성은, 한국, 서울

성은은 손세수를 하며 쏟아지는 졸음을 내쫓았다. 내일 시험 과목은 과학과 영어였다. 언어에 소질이 있는 편이라 영어는 자신이 있었지만 과학은 공부를 하면 할수록 모르는 것이 늘어났다. 밤을 새워도 시험범위를 끝내기엔 모자랄 거 같았다.

'도대체 우주에 처음으로 생긴 입자에 대해 알아서 뭐에 쓰려고 이걸 해야 하는 건지.'

성은은 한숨을 내쉬며 자리에서 벌떡 일어섰다. 세수라도 하고 와야 잠이 깰 것 같았다. 하지만 세수를 하고 나서도 쏟아지는 잠은 여전했다.

'도저히 안되겠다. 딱 10분만 텔레비전을 보면 잠이 좀 깨겠지.'

성은은 커피 한 잔을 들고 거실로 향했다.

"간단한 방법이 있는데 뭘 그렇게 복잡하게 생각하는 거예요?"

안방에서 들려오는 엄마의 목소리에 짜증이 실려 있었다. 아빠가 무리해서 분원을 개설한 뒤로 집안 분위기는 항상 아슬아슬했다. 아무래도 텔레비전 시청은 포기해야 할 것 같았다. 커피는 반이나 남아 있었다. 엄마는 성은이 커피를 마시건 말건 아무 상관하지 않았지만 아빠는 달랐다.

처음 커피를 마시는 성은을 봤을 때 아빠는 호통을 쳤다. 시험공부를 위해서라는 변명도 소용이 없었다.

"도대체 초등학생이 시험공부하느라 커피까지 마시고 밤을 새운다는 게 말이 돼? 카페인이 칼슘 흡수에 얼마나 치명적인지 알아? 그러다가 키가 더 이상 자라지 않으면 어떻게 하려고 그래?"

"어차피 지금도 중학생 언니들보다 훨씬 크다고요. 성재보다도 훨씬 크고. 그리고 우리 학교 애들 전부 시험 때는 밤새워요. 시험 때가 아닐 때도 네 시간 밖에 안 자고 공부하는 애들이 수두룩해요. 아빠는 내가 꼴등했으면 좋겠어요?"

부유층 자녀들이 다니는 사립 초등학교의 아이들은 입학 때 이미 고등학교 과정을 배우고 있는 경우도 있었다. 부모님이 성적으로 스트레스를 주는 일은 없었지만 성은은 누군가에게 지는 것은 참을 수 없었다.

"꼴등 좀 하면 어때서? 그리고 넌 일등만 하잖아."

"그러니까요. 일등 지키기가 쉬운 줄 아세요?"

"그래도 커피는 안 된다."

아빠는 성은이 손에 든 커피 잔을 빼앗아가며 못 박았다.

"내가 없을 때는 당신이 잘 감시해. 혹시나 성은이가 커피 마시지 않는지."

아빠가 엄마에게 당부하자 엄마는 건성으로 고개를 끄덕이며 구시렁거렸다.

"이젠 어린애도 아니고 내가 어떻게 일일이 감시해요? 하여간 독한 건 알아줘야 해. 성재는 아무리 공부하라고 해도 안 듣는데 어떻게 쟤는 시키지도 않았는데 죽어라 공부만 파는지……."

시험 때면 엄마는 성은보다 신경이 날카로워졌다. 매번 꼴등 언저리에서 맴도는 성재의 성적 때문이었다. 하지만 그런 사정을 알 리 없는 아빠가 엄마의 말꼬리를 물고 늘어졌다.

"꼭 말을 그렇게 해야겠어? 어린애한테 독하다니?"

그렇게 또 시작이었다. 이상하게도 '성은'이라는 주제는 항상 부부싸움의 발단이 되었다.

'들키기 전에 빨리 마셔버려야지.'

성은은 재빨리 커피 잔을 비웠다. 요즘처럼 부모님의 사이가 좋지 않을 때는 뭐든 주의해야 했다. 시험 때면 성재의 옆에 붙어 성재가 공부를 하는지 감시하던 엄마가 성재를 내팽개치고 아빠와 있는 것을 보면 병원 사정이 정말 좋지 않은 모양이었다. 성은은 완벽한 범죄를 위해 주방으로 가서 커피 잔을 씻어두고 살금살금 걸어서 자신의 방으로 향했다.

"간단한 방법이라니?"

"성은이 주식 있잖아요."

성은은 자신의 이름이 불리자 놀라서 멈칫했다. 설마 또 나 때문에 싸우는 거야? 요즘에는 엄마 신경 거슬리지 않으려고 노력했는데. 성은은 발뒤꿈치를 들고 안방 쪽으로 향했다.

"무슨 소리야?"

"성은이 주식 팔면 분원 내느라 진 빚 전부 갚을 수 있잖아요."

"그 돈은 건드릴 생각하지 마. 엄연히 성은이 거야."

"성은이 거요? 이제껏 먹여 주고 입혀 주고 재워 줬어요. 그 정도 돈은 들었다고요."

"돈? 그 돈이 당신 돈이야?"

"당신이 벌어온 돈으로 키웠다고 말하는 거예요? 아이 키우는 게 돈만으로 되는 일이었어요?"

"그래서?"

"내 수고와 노력에 대한 보상으로 그 정도 돈을 받을 권리는 있다고 생각해요."

"보상? 당신 지금까지 성은이 키운 게 돈 때문이었어?"

"그런 식으로 말하지 말아요. 난 성은이한테 할 만큼 했어요."

"할 만큼 해?"

"그래요. 아니면 나까지 당신처럼 친딸도 아닌 애 물고 빠느라 내 아들 상처 줬어야 해요?"

"뭐가 어쩌고 어째?"

"누구한테라도 물어봐요. 당신이 성은이한테 하는 게 정상인가? 친아들한테는 그렇게 냉정하면서 성은이는 무슨 짓을 해도 받아주잖아요. 모르는 사람이 보면 성재가 주워 온 아이고 성은이가 친딸인 줄 알겠어요."

"다른 사람이 뭐라고 하건 성은이는 내 딸이야."

"진짜요?"

"무슨 뜻이야?"

"아무리 제일 친한 친구랑 여동생처럼 여겼던 여자의 딸이라고 해도 그 아이는 물론이고 세상 사람들에게 그 딸을 친딸이라고 거짓말까지 하면서 키우는 게 정상이에요? 저번에는 막내 동서가 뭐라고 했는지 알아요? 아무래도 유전자 검사해 봐야 할 거 같다고 하더라고요. 내 표정 싸늘해지니까 농담이라면서 대충 지나갔지만 말 속에 뼈가 있다고요. 당신이 성은이한테 하는 거 반 만이라도 성재한테 해 봐요. 그런 말이 나오나? 정말 누가 봐도 이상하잖아요. 어머님한테 들으니까 당신이랑 혜인 씨랑 약혼 얘기까지 오고갔었다고 하던데."

"빙빙 돌리지 말고 정확히 말해. 당신 도대체 지금 뭘 확인하고 싶은 거야?"

"혹시 성은이 당신 딸 아니에요?"

"결국 그거였어? 내가 몇 번이나 말해야 믿겠어? 말이 되는 소리를 해! 당신 지금 하는 말은 나뿐만 아니라 혜인이까지 모욕하는 말이야, 알아?"

아빠의 목소리가 커졌다. 하지만 성은은 더 이상 들리지 않았다. 지금 자신이 듣고 있는 대화가 현실인지 분간할 수도 없었다. 벼락치기로 기말고사를 준비하느라 며칠 동안 제대로 잠을 자지 못했다. 분명 잠이 너무 모자라 환청을 들은 것이리라. 그게 아니면 지금 책상 위에 엎어져서 자고 있던지.

성은은 방으로 돌아와 책상에 앉았다. 그리고 자신의 볼을 한 번 꼬집어보았다. 아팠다. 괜찮다. 전에도 악몽을 꾸면서 꿈인지 현실인지 확인한답시고 볼을 꼬집었는데 너무 아파서 그 악몽이 현실이라 확신하며 운 적이 있었다. 그런데 그게 어떤 악몽이었더라. 성은은 멍한 머리로 기억을 더듬었다. 맞아. 엄마가 내가 주워 온 아이라고 하면서 내쫓는 꿈이었어. 어이없는 일로 엄마에게 야단맞고 울다 잠들었을 때 꾼 악몽이었다. 지금 이것도 악몽일 거야. 요즘 엄마가 신경이 날카로워서 나한테 짜증을 많이 부렸잖아. 또 어린아이처럼 꿈을 꾸는 거라고. 성은은 그렇게 생각하며 책상에 엎드려 잠들었다.

***

집 안에는 아무도 없는지 조용했다. 가정부 아줌마가 냉장고에 붙여 놓은 포스트잇만이 성은을 맞이했다.

'엄마와 아빠는 저녁 모임이 있으셔서 늦으실 거야. 엄마는 모임 때문에 준비한다고 아침 일찍 미용실 가셨고. 아줌마도 집에 일이 있어 일찍 퇴근한다. 식탁 위에 점심은 차려놓았고 저녁은 피자 시켜 먹으라고 엄마가 용돈 놓고 가셨어.'

성은은 포스트잇을 떼서 쓰레기통에 버렸다. 엄마도 성은과의 잦은 말다툼이 피곤한 모양이었다. 며칠 전부터는 성은에게 직접 말하기보다는 가정부를 통해 용건을 전달했다. 차라리 이게 편할 수도 있어. 성은은 애써 위로하며 식탁에 앉았다. 혼자서 밥을 먹으려니 입맛이 없었다. 성재는 기말고사가 끝났으니 친구들과 PC방에서 놀겠다며 스쿨버스에도 오르지 않았다. 아마 부모님이 늦게 오실 것을 미리 알고 있었을 것이다. 엄마는 하루에도 몇 번씩 성재에게 전화를 하니까. 성은은 한숨을 내쉬며 숟가락을 놓고 식탁 위의 반찬 그릇을 정리하기 시작했다. 어차피 성재는 부모님이 돌아오기 직전에야 간신히 들어올 터였다. 괜히 성재를 위해 식탁을 정리하지 않았다가는 엄마에게 또 야단을 맞을 게 뻔했다.

설거지를 마치고 식탁 위를 행주로 훔치던 성은은 갑자기 화가 치밀어 행주를 집어 던졌다. 정말 내가 주워 온 아이인 걸까? 그것만이 엄마의 태도를 설명할 유일한 이유였다. 아직도 며칠 전 부모님의 다툼이 생생했다. 그게 정말 꿈이 아니었을까? 그걸 어떻게 확인해야 할까? 끊임없이 밀려드는 의문에 이번 기말고사는 완전히 망쳤다. 엄마 아빠에게 물어

본다고 제대로 대답해줄 리 없었다. 그렇다고 해결되지 않는
의문에 시달리면서 살아가는 것도 싫었다. 성은은 명확하게
정리되지 않은 상황을 꺼려했다.

'참, 인터넷이 있었지.'

성은은 컴퓨터를 켜고 인터넷에 접속했다. '친부모 확인'이
라는 검색어를 치자마자 각종 관련단어가 줄줄이 이어졌다.
'친자 확인'을 누르자 유전자 검사 기관이 주르르 떠올랐다.
검사신청은 간단하고 쉬웠다. 성은은 그나마 제일 믿음이 가
는 사이트를 고른 뒤 잠시 망설였다. 갑자기 두려웠다.

'내가 진짜 주워 온 아이라면 어떻게 해야 하는 거지?'

'하지 말까?'

'아냐, 아냐. 내가 주워 온 아이일 리가 없어. 아빠가 날 얼
마나 사랑하는데. 그럴 리가 없어. 그냥 확인하는 거야. 며칠
전에 꾼 꿈이 너무 생생해서. 계속 똑같은 악몽을 꾸지 않으
려면 확인하는 수밖에 없어.'

성은은 혼잣말을 하며 거실을 서성거렸다. 그 꿈이 실제
벌어진 일이라고는 생각하지 않았다. 전에도 종종 비슷한 꿈
을 꾼 적이 있었다. 그래서 더 확인과정을 거쳐야 할 것 같
았다. 그래야 더 이상 같은 악몽을 꾸지 않을 테니까. 성은
은 안방 문을 열었다. 다행히 엄마와 아빠는 머리빗을 따로
썼다. 촘촘한 꼬리 빗에서는 짧고 굵은 아빠의 머리카락을,
패들 브러시에서는 구불구불하고 긴 엄마의 머리카락을 몇

올씩 떼어내 따로따로 비닐 봉투에 넣고 봉했다. 그리고 마지막으로 자신의 머리카락을 몇 올 뽑았다. 손이 떨려서인지 자꾸 머리카락이 끊어졌다. 모근이 있어야 한다고 했는데……. 성은은 손가락 사이에서 빠져나가는 머리카락을 거세게 잡아당겼다. 너무 세게 잡아당겼는지 눈물이 고였다. 성은은 이를 악물고 웃으려 노력했다.

'바보. 겨우 머리카락 몇 올 뽑으면서 아프다고 울기는.'

성은의 억지 웃음에 눈가에 고여 있던 눈물이 떨어져 내렸다.

12세

베스, 미국, 워싱턴

"일어나. 이러다 학교 늦겠어. 너 때문에 나까지 늦기는 싫다고!"

조의 닦달에도 베스는 도저히 일어날 수가 없었다. 배가 끊어질 듯이 아파 밤새 한숨도 못 잤다.

"미안. 나 너무 아파서 학교 못 갈 거 같아."

겨우겨우 말했지만 조는 혀를 찼다.

"쯧쯧, 또 시작이다. 그놈의 꾀병. 내가 어쩌 이번 주는 결석 없이 조용히 다닌다 했어. 빨리 못 일어나? 너 때문에 또 교장 선생님한테 불려가기 싫다고!"

조가 소리를 지르며 베스의 이불을 확 젖혔다. 베스는 이를 악물고 몸을 웅크리며 조의 다음 공격을 피할 준비를 했다. 조는 베스가 아파서 학교에 가지 못한다고 할 때마다, 온몸으로 베스를 밀어서 침대에서 떨어지게 만들었다. 하지만 이불을 젖히는 것과 동시에 날아오던 조의 애정 어린 공격 대신 조의 비명이 공기를 갈랐다.

"엄마! 알리시아!"

베스는 무거운 눈꺼풀을 겨우 떴다. 도대체 무슨 일이기에 조가 저렇게 놀란 거지?

"왜? 혹시 나한테 덤비다 침대에 부딪쳤어?"

베스의 걱정 어린 질문에도 조는 공포어린 눈으로 고개만 저었다.

"그게 아니라…… 엄마! 알리시아!"

엄마를 부르면서도 조의 눈은 베스에게서 떨어지지 않았다. 베스는 조의 눈길을 따라 고개를 돌렸다. 침대가 핏자국으로 얼룩져 있었다. 그 피가 자신에게서 흘러나온다는 것을 깨닫자 베스는 놀라서 그대로 굳어 버렸다.

"무슨 일이야?"

헐레벌떡 달려온 알리시아가 숨을 고르며 물었다. 조는 대답 없이 베스의 아랫도리를 손가락으로 가리켰다. 걱정으로 일그러졌던 알리시아의 얼굴이 금세 웃음으로 펴졌다.

"난 또 뭐라고…… 이제 드디어 우리 베스도 여자가 되는구나."

다가오는 알리시아의 뒤로 다른 가족들이 몰려왔다. 엠버, 빅터, 메그…….

"무슨 일이야?"

여기저기서 같은 질문이 터져 나왔다. 알리시아는 손사래를 치며 아이들을 내쫓았다.

"베스가 드디어 여자가 되었거든. 일단 너희들은 학교나 가. 그리고 일찍 들어오는 거 잊지 말고. 베스가 여자가 된 기념으로 축하파티를 해야 하니까."

알리시아의 말에 엠버와 메그는 간단한 축하인사를 하며, 빅터는 능글맞은 미소를 지으며 등을 돌렸다.

"그게 무슨 뜻이에요?"

그때까지 놀라서 얼어 있던 조가 간신히 질문을 했다.

"베스는 괜찮을 거야. 그래도 오늘 하루는 학교를 쉬는 게 좋겠구나. 일단 너도 학교에 가. 운전사 아저씨 기다리게 하지 말고."

"하, 하지만……."

"별일 아니야. 여자라면 누구나 한 달에 한 번씩 겪는 일이거든. 너도 곧 겪게 될 일이고. 자세한 설명은 엄마가 저녁에 따로 해 주마."

"월경에 관해서라면 저도 배웠어요. 하지만 저렇게 많은 피를 흘린다고는 하지 않았는데……."

조는 베스에게 다가오기도 두려운지 멀찌감치 서서 말했다.

"사람마다 차이가 있는 법이니까. 일단 학교에 가. 너 때문에 언니랑 오빠들까지 학교에 늦겠다."

알리시아의 닦달에도 조는 베스를 바라보며 꼼짝하지 않았다. 베스가 생각하기에도 지금 자신의 상황은 학교에서 배운 것과 너무 달랐다. 선생님은 생리통이 있을 수 있지만 죽을 만큼 아프다고는 하지 않았다. 하지만 베스는 퉁퉁 부어올라 꽉 막힌 듯한 목으로 억지로 침을 삼키고 나서 온 힘을 다해 입을 열었다.

"난 괜찮아. 그러니까 가."

알리시아는 같은 말을 여러 번 하게 만들거나 시키는 일을 즉시 하지 않으면 엄청나게 짜증을 냈다. 자신 때문에 조를 야단맞게 만들고 싶지 않았다. 하지만 조는 베스의 침대 발치에서 머뭇거리기만 했다.

"가, 라, 니, 까."

그 말에 조는 억지로 발걸음을 뗐다. 그리고 멀어지는 조의 뒷모습을 가리며 가이가 뛰어들어 왔다.

"우리 베스가 드디어 여자가 되었다면서!"

가이는 신나서 환호성을 지르며 베스에게 다가왔다. 가이가 2명이 되었다가 다시 4명으로 늘어났다. 뭔가 이상했다. 4명이 된 가이가 흐릿해지면서 다시 합쳐졌다가 갈라졌다. 선생님은 눈에 이상이 생긴다는 말은 단 한마디도 하지 않았다. 뭔가 이상해요, 엄마. 베스가 그 말을 하려는데 알리시아가 걱정스럽게 중얼거렸다.

"진짜 이건 너무 많은 양인데."

'그러니까요, 엄마. 뭔가 이상하다고요.'

그렇게 말하고 싶었지만 숨을 쉬는 것만으로도 힘들었다. 하나로 합쳐서 거대하게 변했던 가이의 모습이 꿈속에서처럼 산산조각 나며 흩어지기 시작했다.

"베스! 베스!"

알리시아가 자신을 흔들며 불렀지만 베스는 눈을 감았다. 차라리 꿈속이 편할 것 같았다. 언제나 그랬듯이……. 그 어떤 악몽이라도 깨어나고 싶지 않았다.

* * *

"아무 이상 없을 거다."

베스가 깼을 때 처음 들려온 목소리의 주인공은 가이였다. 그래서 베스는 눈을 뜨지 않았다. 하지만 흘러나오는 신음은 삼킬 수가 없었다.

"출혈은 멎었다고 해도 병원에 가서 자세한 검사를 해 봐야……."

주치의인 리처드 칼슨 박사의 말을 가이가 잘랐다.

"이상이 있으면 저희가 당연히 병원에 데려갈 겁니다. 그냥 코데인*이 든 타이레놀이나 처방해주고 가세요."

"하지만……."

"박사님, 저희가 박사님에게 일 년에 몇 번 받지도 않는 진료를 위해 몇 십만 달러를 지불하는 건 이럴 때를 위해서입니다. 그걸 잊지 마세요."

가이의 말에 주치의는 몇 번 헛기침을 하더니 방 밖으로

---

*아편에서 채취되는 성분으로 진통을 억제하고 수면을 유도한다.

나갔다. 방문이 닫히는 소리가 들린 뒤에도 베스는 눈을 뜨지 않았다. 하지만 가이의 숨소리가 바로 귓가에 들려왔다.

"착한 우리 베스, 조금만 더 견뎌라. 운전사가 처방전을 받자마자 약을 사 올 거야. 약을 먹으면 금세 괜찮아 질 거야."

가이의 말투에는 사랑이 넘쳐흘렀다. 그 사랑을 부서 버릴 수 있다면 뭐든 할 수 있을 것 같았다.

13세

히미코, 일본, 도쿄

히미코는 가라데 도장의 간판이 보이는 편의점 앞에 쭈그려 앉아 자신의 손과 도장 입구를 번갈아 보았다. 히미코의 손은 도저히 열세 살 여자아이의 손으로 보이지 않았다. 손가락 마디는 모두 거친 굳은살이 박여 있었고, 굳은살이 없는 부분도 하얗게 각질이 일어나 부르터 있었다. 히미코도 다른 친구들처럼 피아노나 미술을 배우고 싶었다. 하지만 마사히로는 코웃음을 쳤다.

"그딴 걸 배워서 뭘 하게? 피아노 따위가 널 지켜줄 수 있을 거라 생각하냐? 네가 누구인지 잊었어? 아니, 정확히 말하면 네가 누구의 딸인지 잊었어? 네 목숨 따위를 지키기 위해 우리 다나카 구미가 희생하게 만들지는 않을 게다. 정 네가 가라데가 싫다면 네 목숨을 지키는 방법은 스스로 찾아서 익혀. 그때까지는 가라데를 배우는 수밖에 없다. 네 목숨을 지키기 위해서야."

히미코는 따져 묻고 싶었다. 과연 마사히로가 지키길 원하는 게 그녀의 목숨이 맞냐고 되묻고 싶었다. 하지만 히미코는 결국 아무 말도 하지 못했다.

'넌 츠바사를 위해 존재하는 거야. 츠바사를 살리기 위해 몸을 파내고, 츠바사를 지키기 위해 훈련해야 하는 거야.'

마사히로는 아마 그렇게 말하고 싶었을 것이다.

마사히로는 츠바사가 신장이식수술을 거부하며 호흡기를 뗀 그날 이후로 더 이상 히미코에게 본색을 숨기지 않았다. 히미코가 단 한마디의 투정도 없이 신장이식수술을 끝내고 나서도 마사히로는 고맙다는 인사조차 없었다.

츠바사는 신장이식수술을 한 뒤에도 완벽하게 건강해지지 않았다. 언제나 잔병치레가 잦았다. 마사히로는 그게 모두 히미코 때문이라고 생각했다.

"네가 나쁜 맘으로 골수를 줬던 건 아니니? 억지로, 강제로 빼앗긴다는 악한 기운을 신장에 가득 담아 준 건 아니니?"

억울하고 분했다. 하지만 가끔은 히미코도 마사히로의 말이 진실일까 봐 두려웠다. 츠바사의 사랑을 깨닫기 전에는 끊임없는 이식스케줄이 귀찮고 짜증 나기만 했었다. 그 분노와 화가 히미코의 몸속 어딘가에 쌓여 있다가 츠바사에게 전해졌을까 봐 미안했다. 츠바사는 그런 히미코의 생각을 읽기라도 한 듯 히미코를 다독였다.

"내가 몇 번이나 말해야 깨달을래? 아버지의 말은 절대적으로 흘려버려야 한다고! 과거에도, 앞으로도 계속!"

그래서 견딜 수 있었다. 츠바사의 사랑만으로도 충분했다.

핸드크림만 발라도 굳은살이 없는 부분이 이렇게 거칠게

갈라지고 하얗게 일어나지는 않을 텐데. 히미코는 한숨을 내
쉬었다. 마사히로는 핸드크림 따위를 바르면 애써 만든 굳은
살이 없어진다고 바르지 못하게 했다. 어제 정권* 단련을 위
해 마끼와라**를 너무 오래 쳤는지 손목이 시큰거렸다. 오늘
있을 대련을 위해서였다. 꽤 오랫동안 가라데를 했는데도 대
련은 두려웠다.

히미코가 배우는 것은 극진 가라데였다. 보통 가라데 경기
는 논 콘택트로 실제로 가격하거나 차지 않고, 상대방의 몸
에 닿기 직전에 공격을 멈춘다. 하지만 극진 가라데는 풀 콘
택트뿐만 아니라 거의 모든 잔인한 공격이 가능했다. 시합
중에 상대방이 실신을 하면, 상대가 깨어날 때를 기다렸다가
다시 싸워야 할 정도였다.

오늘 대련할 상대는 비겁하고 야비한 방법을 쓰기로 유명
한 아이였다. 게다가 히미코보다 머리 하나는 더 크고 덩치
는 히미코의 딱 두 배였다. 자꾸만 도망치고 싶었다. 하지만
어디선가 츠바사의 목소리가 들리는 것 같았다.

"엔젤, 엔젤, 나의 엔젤."

츠바사는 항상 히미코를 '엔젤'이라고 불렀다. 히미코를 그
렇게 다정하게 불러주는 사람은 츠바사밖에 없었다. 그래서
히미코는 자신의 이름보다 '엔젤'이라는 호칭에 더 익숙했다.

* 정권正拳. 주먹 쥐었을 때 손등과 직각을 이루는 손가락의 마디 부분.
** 새끼줄이나 볏짚으로 감아 놓은 정권단련기구.

히미코는 츠바사의 '엔젤'이었다. 태어나자마자 부모에게 버림받고, 나라에게서 다시 버림받고, 양부모에게 이용당한 초라하고 볼품없는 아이가 아니라 아름답게 빛나는 천사이고 싶었다. 그러기 위해서는 강해져야 했다.

14세

조, 미국, 워싱턴

조는 가이가 반짝이는 다이아몬드 목걸이를 베스의 목에 걸
어주는 것을 지켜보기만 했다. 조 뿐만 아니라 가족들 모두
가 놀라서 아무 말도 못하는 것 같았다. 식탁에는 오래간만
에 온 가족이 모여 있었다. 대학교 기숙사 생활을 하느라 집
을 떠나 있던 린다 언니와 티모시 오빠도 추수감사절을 모
두 함께 보내야 한다는 가이의 명령을 어기지는 못했다. 작
년 크리스마스 이후 처음으로 가족이 모두 모였다는 설렘 때
문인지 집 안은 하루 종일 시끄러웠다. 하지만 베스의 목에
서 반짝이는 커다란 다이아몬드에 정신이 팔린 가족들은 모
두 할 말을 잃었다.

"여자가 된 기념을 너무 혹독하게 치렀잖니? 열두 살 땐가
월경을 시작한 줄 알고 좋아했었는데 아니어서 실망도 많이
했고, 그 뒤로 너무 오래 기다리느라 마음고생도 많이 했고.
아빠가 축하와 위로를 함께 담아 주는 선물이야."

가이는 베스의 머리를 쓰다듬으며 만족스러운 듯이 말했
지만 베스는 '고맙다'라는 한마디조차 없이 조각상처럼 앉아
있기만 했다.

"설마……, 진짜예요?"

마침내 베스의 목걸이를 집어삼킬 듯이 바라보던 메그가 입을 열었다.

"그런 질문은 예의에 어긋나는 거야."

알리시아가 차가운 목소리로 메그의 질문을 막아섰다. 하지만 오히려 가이가 자랑스러운 듯 나섰다.

"그럼. 진짜지. 우리 공주님에게 가짜가 어울리니?"

엠버 언니가 놀라서 숨을 들이키는 소리가 들렸다. 엠버 언니는 재빨리 베스에게 다가가 목걸이의 펜던트를 자세히 들여다보며 말했다.

"적어도 3캐럿은 되어 보이는데요. 4C*가 전부 최상등급인 거 같은데, 도대체 얼마예요?"

엠버의 질문에 알리시아가 재빨리 받아쳤다.

"천박하게 선물의 가격을 묻다니. LMC나 할 만한 말이구나."

LMC란 중하류층low middle class의 약자로 알리시아가 자녀들을 야단칠 때 입에 담는 가장 강한 강도의 비난이었다. 엠버는 입을 비죽이며 자리로 갔지만 알리시아의 찌푸린 얼굴은 풀리지 않았다.

"아직 어린데 그건 좀 과하지 않나요?"

알리시아는 고개를 꼿꼿이 세운 채 가이 쪽은 보지도 않고

---

*다이아몬드의 등급을 결정하는 색상Color, 투명도Clarity, 무게Carat, 연마Cut의 4가지 요인.

물었다. 모두가 하고 싶었던 질문이었다. 가이는 알리시아를 흘끗 쳐다보고는 어깨를 으쓱했다.

"이제 베스도 어엿한 여성이잖아. 어린 여자아이들이나 하는 자그마한 보석 따위는 어울리지 않는다고."

모두들 더 이상 아무 말도 하지 않았다. 가이가 유독 베스에게 약하다는 건 가족 모두가 알고 있는 사실이었다. 게다가 가이는 베스에 대한 편애를 숨기지 않았다. 열네 살이 된 지금도 가이는 베스를 자신의 무릎에 앉히고 밥을 먹이거나 텔레비전을 보는 일이 잦았고, 항상 베스를 꼭 껴안고 입술에 뽀뽀를 하며 인사를 했다.

이해할 수 없을 정도의 편애를 문제 삼는 사람은 아무도 없었다. 친자식인 린다와 티모시는 고등학교 때부터 기숙사 생활을 해서 사정을 자세히 몰랐고, 가이와 사이가 좋지 않은 알리시아는 되도록 가이와 함께 있는 것을 피했다.

나머지 남매들은 모두 입양아들이었다. 태어나자마자 부모에게 버림받고 한국, 에티오피아, 캄보디아, 베트남이라는 나라에게서 다시 버림받은 입양아들은 언제든 다시 버려질 수 있다는 불안감에 함부로 불만을 얘기할 수 없었다. 사실 가이가 그들에게 해주는 것들은 미국에서 태어난 아이들도 갖지 못하는 것이 대부분이었으니까. 정원사와 가정부가 상주하는 으리으리한 집에서 살며 최상류층만 다니는 사립학교에 운전사가 태워다 주고, 텔레비전에서 보는 유명 인사를 파티에서 볼 수 있는 생활은 모든 아이들이 꿈꾸는 생활이었다.

그래도 조는 항상 사랑에 목말랐다. 가이와 알리시아가 입양을 많이 한 건 세금, 체면, 과시욕이 복잡하게 얽힌 결과일 뿐이었다. 부모님은 결코 조를 사랑하지 않았다. 하지만 베스는 달랐다. 베스를 바라보는 가이의 눈은 항상 사랑이 넘쳐 흘렀다. 차라리 가이가 남매 모두에게 똑같이 냉정했더라면 견디기 쉬웠을 지도 모른다. 아니, 가이가 친자식을 더 예뻐했더라면 이해했을 터였다. 그것도 아니면 엠버나 빅터, 메그 중 누구 하나를 편애했더라면 괜찮을 수 있었다. 하지만 가이는 조와 거의 똑같이 생긴 베스만 예뻐했다. 더 분통이 터지는 건 베스의 태도였다. 베스는 가이의 편애에도 불구하고 너무하다 싶을 정도로 가이에게 냉랭했다. 아무리 우울증이 있다지만 가끔 가족들을 대하는 베스의 태도가 얼마나 적대적인지 괜스레 조가 미안해지는 때도 있었다. 게다가 조는 두 번이나 자살시도를 할 정도로 심각한 베스의 우울증이 이해되지 않았다. 도대체 뭐가 불만이라서 우울하다는 건지.

"베스가 막내라서 아빠가 베스를 많이 아끼시는 거야. 막내들은 부모님과 함께하는 시간이 짧잖아. 그래서 부모들은 본능적으로 막내를 더 예뻐하기 마련이래."

빅터는 가이의 어이없는 편애를 억지로 변명하곤 했었다. 하지만 빅터의 추측은 완전히 틀렸다.

열 살 때 막내인 에이미가 입양되면서, 조는 가이의 편애가 에이미에게 옮겨가길 바랐다. 하지만 가족 모두가 에이미에게 홀딱 빠져 있을 때도 가이는 베스만 예뻐했다. 그 뒤로는 모두들 점점 심해져가는 가이의 편애를 지켜보기만 했다. 가이의 편애에 대한 불만은 쌓이고 쌓여 언제 터질지 모르는 불씨였다.

제2부

가족

가족이란 네가 누구 핏줄이냐가 아니야.
네가 누구를 사랑하느냐는 거야.
−트레이 파커

엔젤은 나와 닮았다.
쌍둥이인 조보다 더 나와 닮은 아이,
엔젤에게서는 누구에게도 말할 수 없는 상처와 고통을
깊숙이 파묻은 사람 특유의 슬픔이 느껴진다.
그래서 그 아이를 보면 엉엉 울고 싶어진다.
그 아이가 간신히 눈물을 참고 있다는 걸 아니까.
그 아이 대신 엉엉 울어주고 싶다.
− 베스의 일기 중에서

15세

히미코, 일본, 홋카이도

히미코는 마사히로가 부른다는 삼촌의 귓속말에 노천탕에서 나와 유카타를 걸쳤다.

"왜 아버지가 히미코만 부르는 건데요?"

노천탕의 건너편에 있던 츠바사가 다가와 물었다. 역시 츠바사는 눈치가 빨랐다.

"나야 모르지. 어쨌든 히미코만 오라고 하셨어."

삼촌의 분명한 의도를 무시하며 츠바사는 노천탕에서 걸어 나왔다. 츠바사의 몸에서 희미한 김이 피어올랐다.

"오빠는 그냥 있어. 나만 오라고 하셨다잖아."

히미코의 말에 힘을 실어주듯 삼촌이 츠바사를 막아섰다. 츠바사는 어쩔 수 없다는 듯, 한 걸음 뒤로 물러났다. 히미코는 앞서가는 삼촌의 뒤를 따라 마사히로가 있는 객실로 향했다. 히미코가 가라데 승급심사에 합격한 기념으로 가족여행을 가는 거라는 말과 달리 마사히로는 료칸*에 도착한 뒤 한 번도 모습을 보이지 않았다. 걸음을 뗄 때마다 온천의 희미

---

*전통요리와 온천욕을 즐길 수 있는 일본의 전통적인 숙박시설.

한 유황냄새가 코를 찔렀다.

마사히로는 객실에 딸린 독탕에 혼자 들어앉아 있었다. 유황 냄새가 풍기는 수증기가 마사히로를 감싸고 있었다.

"데리고 왔습니다."

삼촌이 꾸벅 인사를 하고 물러났다. 하지만 마사히로는 히미코는 쳐다보지도 않았다. 유카타 사이로 바람이 들어와 으슬으슬 몸이 떨리기 시작했다. 확실히 홋카이도의 날씨는 도쿄보다 추웠다.

히미코는 독탕 옆 벤치에 앉아 온천우물에서 삶은 달걀을 하나 꺼내들어 까먹기 시작했다. 마사히로의 성격상 히미코가 닦달을 하면 더 오래 기다리게 만들 게 뻔했다. 히미코가 달걀을 2개나 먹고 나서도 마사히로는 독탕에서 나올 기미가 없었다. 히미코는 조금이라도 서늘한 기운을 이기려고 온천우물에 손을 담그면서도 마사히로에게 먼저 말을 걸지 않았다. 마사히로는 느긋하게 눈을 감은 채 미동도 하지 않았다.

"에취!"

히미코의 입에서 기침이 터져 나오자 마사히로가 눈을 뜨고 히미코에게 고개를 돌렸다. 히미코는 재빨리 온천우물에서 손을 빼고 똑바로 섰다. 히미코의 얕은수를 비웃기라도 하듯 마사히로의 입술이 묘하게 뒤틀렸다.

히미코는 마사히로가 가리킨 의자에 가서 앉았다. 일주일 전 대련에서 발목을 삐끗한 것을 들키지 않으려 무리를 했는지 발목이 욱신거렸다. 하지만 히미코는 눈썹 하나 움찔하지 않았다. 상대에게 약점을 보이면 동정은커녕 짓밟아버리는 사람이 마사히로였다. 그래서 히미코는 마사히로가 왜 그녀를 따로 불렀는지 질문도 하지 않았다. 호기심조차 약점이 될 수 있으니까.

"네가 츠바사 대신 심부름 좀 해야겠다."

마사히로의 말에 히미코는 고개를 끄덕였다.

"무슨 심부름인지 묻지 않을 거냐?"

'물으면 뭐가 달라지나요?'

히미코는 반사적으로 나오는 질문을 삼켰다. 마사히로에게는 부정의 대답이 허락되지 않았다. 그 심부름이 무엇이든 해야 했다. 아무런 질문 없이 자신의 명령만 기다리는 히미코를 보며 마사히로는 만족스런 웃음을 지었다.

"너도 이제 많이 컸구나. 심부름을 시켜도 전혀 불안하지 않을 만큼. 내일 삼촌이 널 지옥계곡에 데리고 갈 거다. 노보리베츠 온천수는 모두 그곳에서 나오지. 거기에 어떤 사람이 와 있을 거야."

마사히로가 바로 옆에 놓인 유카타 아래 있던 사진을 꺼내 내밀었을 때 츠바사가 뛰어들어 왔다.

"지금 뭐하시는 거예요?"

"그러는 넌 지금 이게 뭐 하는 짓이야? 분명 내 허락 없이는 오지 말라고 했을 텐데……."

마사히로의 말이 끝나기도 전에 삼촌이 뛰어들어 츠바사의 어깨를 붙잡았다. 하지만 츠바사는 간단히 그 손길에서 벗어나 다가왔다. 비록 아직 어리긴 하지만 츠바사는 엄연히 삼촌들보다 서열이 높았다. 삼촌은 어떻게 해야 할지 모르겠다는 듯 마사히로를 바라보았다. 마사히로는 못마땅하지만 어쩔 수 없다는 듯 턱짓으로 삼촌에게 나가라는 신호를 보냈다. 마사히로도 츠바사의 권위를 손상시키기는 싫은 모양이었다.

"설마 엔젤에게 그 일을 시키시려는 건 아니죠?"

마사히로는 '엔젤'이라는 호칭에 이맛살을 살짝 찌푸렸다.

"내가 몇 번이나 말했지만 저 아이의 이름은 히미코야. 그리고 함부로 내 명령을 어기지 마. 아무리 네가 삼촌들보다 서열이 높다고 해도 엄연히 내 명령이 우선이야. 극단적인 경우에는 목숨이 위험할 수도 있어. 비록 지금은 사소한 명령을 어겨서 삼촌들이 별다른 대처를 하지 않았지만……."

"알아요. 함부로 아버지의 명령을 어겼다가는 삼촌들 손에 죽을 수도 있다는 거요. 그러니까 또다시 설명하지 않으셔도 돼요. 지금은 엔젤의 일이 더 급하니까요."

"엔젤이 아니라 히미코라니까."

츠바사가 이를 악물고 한숨을 내쉬었다.

"그래요. 히미코. 저 대신 히미코를 보내시려는 건 아니죠?"

"맞아."

"왜요? 제가 갈 수 있어요."

"오늘 아침에 네 체온이 몇 도였는지 알아? 그렇게 열이 나는데 어떻게 간단 말이냐? 게다가 넌 이미 성인이야. 아무래도 성인남자가 접근하는 것보다는 십대 소녀가 접근하는 게 쉽겠지."

"아버지!"

츠바사가 발을 구르며 히미코를 보았다.

"엔젤, 아버지와 얘기가 끝날 때까지 자리 좀 비켜줄래? 아무래도 얘기가 길어질 거 같아."

히미코가 일어서려는데 마사히로가 소리를 질렀다.

"그대로 자리에 앉아 있어."

히미코는 다시 자리에 주저앉았다.

"엔젤, 제발 나가 있어."

츠바사의 부탁에 히미코는 고개를 저었다. 어차피 밖에 나가서 엿듣느라 고생하느니 자리에 있는 게 나았다. 츠바사는 히미코 생각을 눈치챘는지 더 이상 설득하지 않았다. 대신 마사히로를 설득하기로 결정한 모양이었다.

"제가 갈게요. 내일까지는 감기가 나을 거예요. 그 일을 하기에 히미코는 아직 너무 어려요."

"어려? 네가 처음 일을 시작했을 때는 일곱 살도 안 됐을 때였다. 게다가 아프기까지 했었고. 히미코도 엄연히 우리 구미의 일원이야. 언젠가는 겪어야 할 일이다."

"아이린도 있잖아요. 아버지 말대로라면 나이가 많은 아이린이 먼저예요."

"아이린은 안 돼. 우리 집안 여자들의 손까지 피로 물들일 수는 없다."

"히미코도 우리 집안 여자예요!"

"정확히 말해 저 아이는 우리 집안사람이라고 볼 수 없지."

"잊으셨나 보네요. 히미코와 제 몸에는 같은 피가 흐른다고요. 제 몸의 독소를 걸러주는 신장은 히미코 거구요."

"그래서? 맞아. 그게 히미코의 용도였지. 네게 피를 만들어주고, 네게 신장을 내어주고, 널 살아 있게 해주는 것. 그리고 이제는 완전히 쓸모없어졌지."

"아버지."

츠바사가 놀라서 히미코에게 달려왔다. 츠바사의 손이 히미코의 귀를 막았다. 하지만 바들바들 떨리는 츠바사의 손아래에서도 마사히로의 음성은 똑똑히 들렸다.

"그래서 하는 말이야. 쓸모없다고 폐기처분할 수는 없는 노릇이니까. 그러기엔 너무 비싼 값을 치렀거든. 히미코가 진정한 우리 집안사람이 되기 위해선 이 방법밖에 없다. 그리 어려운 일도 아냐."

마사히로는 그제야 히미코를 쳐다보았다.

"어떻게 할래, 히미코? 네가 선택해라. 진정한 우리 집안 사람이 되든지, 열이 펄펄 나는 츠바사의 뒤에 숨든지."

* * *

마사히로가 시킨 일은 그다지 어렵지 않았다. 마사히로는 삼촌과 나서는 히미코에게 껌이 가득 든 가방을 내밀었다.

"가방 속의 껌을 파는 게 네가 할 일이야. 사람들은 어린 아이에게 약한 법이지. 게다가 너처럼 예쁜 여자아이라면 더 더욱. 껌 값도 바가지를 씌울 필요는 없어. 그냥 정가로만 팔 아. 너무 싸게 팔면 수상하게 생각하는 사람도 있을 테니까. 껌을 판 돈은 네가 전부 가져도 좋아."

마사히로는 가방 속주머니에 든 껌을 꺼내 히미코의 눈앞에 흔들며 덧붙였다.

"단, 사진 속의 남자에게는 이 껌을 건네주면 되는 거야. 간단하지?"

히미코는 고개를 끄덕이고 삼촌을 따라 지옥계곡으로 향했다. 계곡에 도착하기도 전에 자동차 안으로 달걀 썩는 냄새가 스며들었다. 삼촌은 계곡에서 꽤 멀리 떨어진 곳에서 차를 세우고 주위를 살폈다.

"아무도 없는 거 같으니까 내려. 이제부터는 내 뒤를 따라오면 되는 거야. 절대 나를 아는 척하지는 말고."

삼촌은 다시 한 번 주위를 살피고는 재빨리 차에서 내렸다. 그리고 엄청난 양의 수증기를 내뿜고 있는 지옥계곡 입구로 향했다. 히미코는 덜덜 떨리는 손으로 가방을 들고 내렸다. 가방이 꽤 무거운데다 오르막이라 자꾸 삼촌과의 거리가 벌어졌다. 삼촌은 한 번도 뒤를 돌아보지 않았다. 삼촌을 놓칠까 봐 조마조마했다. 다행히 삼촌을 놓치기 직전 주위에 관광객들이 늘어나기 시작했다. 관광객들이 향하는 방향이 지옥계곡일 터였다. 히미코는 가방 안에서 껌을 꺼내 관광객에게 내밀기 시작했다.

"50엔이에요. 정가로 파는 거랍니다."

다행히 관광객들은 아무 거리낌 없이 히미코에게 껌을 샀다. 예상보다 껌이 팔리는 속도가 빨라 당황스러울 정도였다. 아직까지 사진 속의 남자는 보이지 않았다. 히미코는 어떻게 해야 할지 몰라 화장실로 피신해서 한참을 기다렸다 나오기도 했다. 벌써 2시간이 흘렀다. 남자가 언제 나타날지는 알 수 없었다. 껌은 이제 20통도 남지 않았다. 히미코는 다시 화장실로 피신했다. 화장실에서 뭉그적거리며 시간을 때우느라 화장실 안에 설치된 자동판매기 안의 상품을 이것저것 살펴보는 척하던 히미코의 머릿속에 번개처럼 좋은 생각이 떠올랐다.

"100엔이에요. 이제 몇 개 남지 않았답니다."

2배의 가격이 되자 히미코에게 다가와 껌을 사가는 사람은 거짓말처럼 뚝 끊겼다. 1시간 동안 겨우 껌 한 통을 팔았다.

껌을 사가는 사람이 없으니 시간이 더디게 가는 것 같았다. 히미코는 수증기가 뭉게뭉게 구름처럼 피어오르는 지옥계곡을 내려다보며 시간을 때웠다.

정말 지옥은 이렇게 생겼을까? 그렇다면 왜 사람들은 모두 이곳으로 모여드는 걸까? 모두들 지옥으로 가기 싫어하면서도 말이야.

히미코는 그 아이러니한 상황이 도무지 이해되지 않았다. 골똘히 생각에 잠겨 있던 히미코는 누군가 툭 치고 지나가자 바닥으로 고꾸라질 뻔했다. 히미코를 치고 간 사람은 사과조차 없었다. 히미코는 잔뜩 화가 나서 그 사람을 노려보았다. 삼촌이었다.

'절대 아는 척하지 마.'

삼촌의 말이 귓가에 울렸다. 히미코는 재빨리 주위를 훑어보았다. 사진 속 남자가 지옥계곡을 배경으로 사진을 찍고 있었다.

"껌 사세요."

히미코는 이 사람, 저 사람에게 껌을 내밀며 남자에게 한 걸음 한 걸음 다가갔다. 단숨에 남자에게 달려가고 싶었지만 수상하게 보일까 봐 일부러 지그재그로 움직였다. 마침내 남자가 가까워졌다.

"껌 사세요. 정가에 파는 거예요. 껌 사시면 저 분이랑 사진도 찍어드릴게요."

히미코는 사진을 찍어주고 있는 사람을 가리키며 말했다. 남자는 히미코를 바라보더니 지갑을 꺼내 백 엔을 내밀었다.

"됐다. 껌은 필요 없어."

히미코는 당황해 그 돈을 바라만 보았다. 남자가 뭔가 이상하다는 것을 눈치챈 걸까? 입안이 바짝 말라왔다.

"아, 아뇨. 전 거지 아니에요. 안 사실 거면 괜찮아요."

쩍쩍 달라붙는 입술을 떼며 겨우 말하고는 돌아서려는데 남자와 같이 있던 여자가 히미코의 어깨를 붙잡았다.

"아냐. 살게. 얼마라고 했지?"

"50엔이요."

히미코는 속주머니에 감춰 두었던 껌을 건네주며 말했다. 여자는 껌을 받아들고 백 엔을 건넸다.

"잔돈은 필요 없어."

히미코는 기어이 잔돈을 꺼내 내밀었다.

"감사합니다."

인사를 하고 돌아서는 히미코의 등 뒤로 여자의 말소리가 들렸다.

"어쩌면 저렇게 올곧을까? 우리 아기도 저렇게 바른 사람으로 자랐으면 좋겠다. 그치 자기야?"

남자가 뭐라고 대답하는지는 들리지 않았다. 다행이었다. 그만큼 그들에게서 멀어졌다는 뜻이니까. 히미코는 그 사람들이 눈치채지 못하도록 그들이 떠날 때까지 껌을 팔며 돌아

다녔다. 다행히 남자 일행은 금세 자리를 떴다.

히미코는 한숨을 내쉬며 삼촌이 자동차를 세워 둔 곳으로 향했다. 무사히 일을 마쳤는데도 심장은 더 거세게 요동쳤다. 오늘 히미코가 한 심부름이 단순한 껌팔이가 아니라는 건 당연히 눈치채고 있었다. 지옥계곡의 입구를 지나치는데 염라대왕 사당 쪽에서 무시무시한 소리가 들렸다. 염라대왕이 히미코가 한 일을 알고 있다는 듯 무서운 얼굴로 히미코를 노려보며 표정을 바꾸었다. 히미코는 놀라서 걸음을 빨리 했다.

히미코도 이젠 마사히로가 말하는 가족, 집안이 무엇인지 알았다. 야쿠자. 마사히로가 말하는 가족은 야쿠자였다. 중학교에 입학하고 나서 얼마 되지 않았을 때 학부모들이 수군거리는 것을 들었다.

"우리 반에 야쿠자 딸이 있다던데요?"

"맞아요. 히미코라고. 내가 우리 애한테 주의하라고 얼마나 당부를 했는지. 우리 애는 순진한 건지 착한 건지 히미코가 모범생이라며 친하게 지내고 싶다고 하더라고요."

"정말이요? 그러다 큰일 나려고?"

"그래서 걱정이에요. 얼굴도 예쁘장하게 생겨서 그런지 우리 애가 영 정신을 못 차리더라고요."

그 아이는 히미코의 첫 짝꿍이었다. 히미코와 짝꿍이 되었다고 팔짝팔짝 뛰면서 좋아해 다른 아이들의 놀림을 받았던 그 아이가 멀어지는 데는 그리 오랜 시간이 걸리지 않았다. 히미코에게 함부로 하는 아이는 아무도 없었다. 모두들 히미코가 준비물을 챙겨오지 않았다거나 연필이나 지우개를 잃어버리면 자신의 것을 내어주기 바빴다. 그렇게 히미코는 야쿠자가 얼마나 무서운 건지 깨달았다.

***

히미코와 가족들은 온천에서 하룻밤을 더 보내고 도쿄로 돌아왔다. 돌아온 날 저녁 히미코는 가족들과 함께 뉴스를 보다 자신이 껌을 팔았던 남자의 사망 소식을 보았다.

"임명되자마자 야쿠자와의 전쟁을 선언하며 야쿠자 소탕에 열의를 보였던 야마시타 이치로 경시총감이 어젯밤 자택에서 연인과 함께 숨진 채 발견되었습니다. 별다른 외상은 발견되지 않았으며 약물검사 결과는 내일 오후에나 나올 예정입니다. 외부 침입 흔적은 전혀 발견되지 않았으나 경시총감이 발령받은 직후부터 야쿠자 측의 협박을 받아왔다는 점을 고려한다면……."

마음속에 소용돌이가 몰아쳤다. 자신이 저지른 일의 결과를 예측하는 것과 직접 맞닥뜨리는 것은 달랐다. 울컥, 신물이 넘어왔다. 하지만 마사히로의 시선은 히미코에게 박혀 있었다. 히미코는 뉴스가 끝날 때까지 버티다 방으로 들어왔

다. 이제 다시는 텔레비전을 보지 않겠다고 결심했다. 혹시
나 또 뉴스를 보게 될까 봐 두려웠다. 그 뉴스에서 어떤 소식
을 듣게 될지 무서웠다. 그녀의 짐작이 증거를 가지고 그녀
에게 덤빌 것만 같았다.

히미코는 침대 옆 협탁 위에 놓인 붉은색 단도를 집어 들
었다. 묵직한 손잡이를 잡아당기자 칼날이 거칠고 구부러진
단도가 칼집에서 빠져나왔다. 칼날이 거칠면 칼이 들어가는
순간뿐만 아니라 나올 때도 상대방에게 상처를 입힌다. 히미
코가 심부름을 마치고 돌아왔을 때 마사히로가 준 단도였다.
붉은색 단도는 다나카 구미의 상징이었다. 히미코를 제외한
다른 가족들은 이미 가지고 있었던 단도이기도 했다.

"이제 넌 진정한 우리 다나카 구미의 일원이 된 거야. 이제
는 아무도 너를 주워 온 아이라고 하지 못할 게다."

마사히로는 단도를 주며 그렇게 말했다. 히미코는 멍하니
단도를 바라보았다. 한때는 이 단도를 갖고 싶어 몸이 달았
다. 전등에 칼날이 푸르스름하게 빛났다. 그 빛깔이 시체의
피부를 연상시켜 히미코는 재빨리 칼집에 칼을 집어넣었다.
그리고 단도를 탁자 위에 놓아두고 눈을 감았다. 아무 생각
도 하고 싶지 않았다. 그저 잠들어 모든 것을 머릿속에서 몰
아내고 싶었다.

저녁도 먹지 않고 잠들어서인지 히미코는 깊이 잠들지 못
했다. 히미코는 잠결에 누군가 옆에 있다는 느낌에 소스라치

게 놀라 탁자 위 단도를 집어 들었다. 하지만 그 사람이 더 빨랐다. 히미코의 팔은 탁자에 닿기도 전에 공중에서 남자의 손에 붙잡혔다. 손아귀의 힘으로 보아 분명 남자였다. 그것도 훈련을 받은 남자가 분명했다. 평범한 사람이었다면 히미코의 팔을 잡는 동시에 히미코의 입을 막을 수는 없었을 것이다.

"나야 나, 츠바사."

히미코의 턱이 부서질 정도로 거센 손길이 부드러워졌다. 히미코는 안도의 한숨을 내쉬었다.

"무슨 일이야? 이 한밤중에 내 방에는 왜?"

츠바사가 속삭이자 왠지 자신도 속삭여야 할 거 같아 히미코의 목소리가 낮아졌다. 눈이 어둠에 익숙해져서인지 츠바사의 모습이 어느 정도 보였다. 히미코는 일어나 앉으며 츠바사를 마주했다.

"절대 소리 지르면 안 된다."

"뭐?"

어리둥절해 있는 히미코의 앞에서 츠바사가 마술이라도 부리는 듯 갖은 폼을 잡으며 장난을 치다 품에서 강아지를 꺼냈다. 히미코는 너무 놀라서 입만 떡 벌린 채였다.

"네 거야."

히미코는 작고 보드라운 강아지의 털을 쓰다듬으며 한숨을 내쉬었다. 일곱 살 때부터 강아지를 키우고 싶다고 마사히로를 졸랐지만 마사히로는 완강했다. 개털 알레르기가 있어 안 된다는 이유였다. 하지만 거짓이라는 건 모두가 알았다. 마사히로는 면역력이 약한 츠바사에게 해가 될까 봐 반대하는 것이었다.

"하지만 아버지가 안 된다고……."

"아직 어리니까 방에서 몰래 키우면 될 거 같아. 가게 주인이 그러는데 이 강아지는 말티즈 중에서도 몸집이 작아서 토이말티즈라고 부른대. 몸집이 작은 대신 그리 튼튼하지는 않아서 키울 때 많이 조심해야 된다고 하더라. 그나마 미니 강아지 중에서 말티즈는 적응력도 좋고 제일 키우기가 쉽다고 해서 얘로 골랐어. 네가 전에 갖고 싶다면서 찍어두었던 강아지도 말티즈였잖아."

"하지만 아버지가 눈치채면 분명히 빼앗기겠지. 끝까지 함께할 수 없다면 괜히 정들여서 좋을 거 없잖아."

히미코는 냉정하게 강아지에게서 손을 떼며 말했다. 츠바사는 그런 히미코를 애잔하게 바라보았다.

"걱정 마. 지금 이 상태에서 그렇게 많이 자라지 않는데. 그리고 넌 걱정할 거 없어. 내 방에서 키울 거니까. 아버지한테 들켜도 내가 혼날 테니까."

"하지만 오빠!"

히미코는 츠바사를 말리려고 입을 열었지만 츠바사는 고개를 흔들었다.

"엄마처럼 개털이 호흡기에 나쁘다느니, 어떤 병균을 내게 옮길지도 모른다느니 엉터리 걱정할 거라면 그만둬. 어쨌든 난 키울 거니까. 항상 깨끗이 씻기고 조심하면 괜찮아. 네가 도와주면 잘할 수 있어. 너와 내가 함께 키우는 거야. 어때?"

츠바사는 한번 고집을 부리기 시작하면 아무도 말릴 수 없었다. 히미코는 하는 수 없이 고개를 끄덕였다.

"이름은 뭐라고 지을 거야?"

"아직 이름을 안 지었어?"

"그럼. 너랑 같이 키우는 강아지잖아. 이름은 네가 지어줘."

"펠리시티."

히미코는 반사적으로 이름을 내뱉었다. 오래전부터 강아지를 가지면 지어주고 싶었던 이름이었다.

"그게 무슨 뜻이야?"

"영어로 행복이라는 뜻이래."

"그래. 이제 펠리시티는 진짜 네 것이 되는 거야."

츠바사가 히미코의 손에 강아지를 넘겨주며 말했다. 강아지는 히미코의 손바닥만 했다. 강아지의 심장 울림이 히미코의 손에 전해졌다. 강아지는 눈을 뜨고 히미코를 흘낏 보고는 다시 눈을 감고 잠들었다. 새로운 주인이 맘에 든다는 듯이.

"너무 예쁘다."

히미코는 강아지에게서 눈을 떼지 못했다.

"다행이다. 네가 좋아해서."

츠바사의 말투에 안도감이 어렸다.

"배는 안 고파? 너 저녁도 안 먹었잖아. 강아지 사러 가는 길에 네가 좋아하는 초콜릿 사 왔는데 먹을래?"

츠바사가 부스럭거리며 초콜릿을 꺼내 건넸지만 히미코는 강아지를 도저히 내려놓을 수 없었다. 그 자그마한 심장박동이 주는 묘한 떨림에 복잡했던 마음이 가라앉았다.

"내려놓으면 잠에서 깰까 봐 무서워."

히미코의 말에 츠바사는 초콜릿의 비닐봉지를 뜯으며 말했다.

"그럼 받아먹기만 해."

히미코는 입을 벌려 츠바사가 내미는 초콜릿을 받아먹었다. 입안에 달콤한 초콜릿 향기가 퍼졌다. 모든 것을 잊을 수 있을 것 같았다. 그렇게나 갖고 싶었던 보송보송한 강아지가 손안에 있었고, 제일 좋아하는 초콜릿을 먹고 있는 이 순간이 너무 행복했다. 츠바사는 히미코 입안의 달콤함이 사라지기 전에 다시 초콜릿을 내밀었다. 히미코는 강아지가 깰세라 조심스레 츠바사의 손을 향해 입을 벌리다 깜짝 놀랐다. 츠바사의 피부에 붉은 발진이 나 있었다. 마사히로의 예상이 맞았다. 츠바사는 면역력이 약했다.

아이린 언니는 항상 불만이었다.

"왜 오빠는 나보다 히미코를 더 위해 줘? 히미코는 오빠 친동생도 아니잖아."

"너랑 나는 같은 엄마 아빠의 유전자를 물려받았을지는 모르지만 내 몸속에는 히미코의 피가 흐르고 있어."

단순히 그 이유만이라고 하기엔 히미코를 위한 츠바사의 노력은 가끔 부담스러울 정도였다.

"이제 그만 먹을래. 오빠는 가서 자."

"강아지랑 더 있고 싶지 않아?"

"당연히 더 있고 싶지. 그러니까 내가 데리고 잘게."

"안 돼. 그러다 아버지에게 들키면 어쩌려고?"

"들키면 혼나면 되는 거지."

"안 돼. 그냥 내가 데리고 가서 잘 거야."

히미코는 한숨을 내쉬며 강아지를 내려놓고 츠바사의 손목을 잡았다.

"이 발진, 강아지 때문에 생겨난 거 아냐?"

츠바사는 히미코에게 잡힌 손목을 빼냈다.

"증거 있어?"

"오빠!"

"내가 데리고 잘 거야."

"일단 오늘은 내가 데리고 잘게. 내일 동물병원에 가서 목욕도 시키고, 주사도 맞히고 나서, 오빠가 데리고 자."

"히미코!"

"오빠가 잘못한 건 아무것도 없어. 오빠가 아프고 싶어서 아팠던 것도 아니고, 오빠가 아버지더러 날 데리고 와서 오빠를 살려달라고 한 것도 아니고, 오빠가 그 심부름을 피하고 싶어서 열이 났던 것도 아니고……. 오빠 잘못이 아냐."

"그래도……."

"오빠가 아버지의 아들로 태어나고 싶어 태어난 게 아닌 것처럼, 나도 아버지의 딸로 입양되고 싶어 입양된 게 아냐. 우리의 잘못이 아냐. 전부 다……."

갑자기 츠바사가 흐느끼기 시작했다.

"하지만 너만은 피하게 만들고 싶었는데……."

히미코는 츠바사의 어깨를 다독였다.

"우린 피할 수 없어. 너무 깊이 들어와 버렸으니까. 이제는 어쩔 수 없어."

히미코의 눈에도 눈물이 흘렀다.

"우리의 잘못이 아냐. 우리의 탓이 아냐."

히미코는 그 말만 되뇌었다. 그렇게 생각하지 않으면 살아남을 수 없었다.

16세

히미코, 일본, 도쿄

"뭘 하고 싶다고?"

마사히로가 눈살을 찌푸리며 되물었다. 히미코는 예상과 다른 마사히로의 반응에 당황했다. 불같이 화를 낼 줄 알았는데. 마사히로는 눈살만 살짝 찌푸렸을 뿐이었다. 어쩌면 희망이 있을 지도 모른다.

"다시 한 번 물을게. 뭘 하고 싶다고?"

"의대에 가고 싶어요."

"의대를 가겠다고?"

히미코가 힘겹게 꺼낸 말을 비웃던 마사히로는 히미코의 심각한 표정을 보고 아예 박장대소를 하기 시작했다. 히미코는 처음 보는 마사히로의 모습에 놀라 입만 벙긋거렸다. 마사히로는 잘 웃는 법이 없었다.

"의사, 의사가 되고 싶다고? 왜?"

"안 될 이유가 있나요? 절대 일에 방해되지 않을 거예요. 그러니까 보내주세요."

어차피 누군가를 죽여야 한다면 누군가를 살리는 일도 하고 싶었다. 누군가를 죽이는 일만 하고 싶지 않았다. 그녀가 죽이는 사람만큼 살리는 사람도 있다면 삶을 견디는 게 조금은 수월할 거 같았다.

"분명히 우리 구미에도 도움이 될 거예요."

"난 이유를 물었어."

"구미를 위해서라면요?"

마사히로는 코웃음을 쳤다.

"그런 거짓말 따위를 믿을 거라고 판단할 만한 멍청한 짓을 내가 저질렀나?"

히미코는 자그맣게 한숨을 내쉬었다.

"이유가 중요한가요? 내가 어떤 이유를 댄다고 해도 아버지가 내키지 않으면 허락하지 않을 거잖아요. 언제나 말씀하시지 않았나요? 이유 따위는 중요하지 않다. 넌 그저 내가 원하는 걸 행해라. 그 말씀대로 전 아버지 명령에 단 한 번도 질문을 한 적이 없어요. 그러니 아버지도 그 정도는 충분히 해 줄 수 있잖아요. 구미에 방해만 되지 않는다면 자유롭게 살 수 있다고 말씀하셨잖아요."

"맞아. 그렇게 말했었지."

"그러니까 제발……."

히미코는 애원에 마사히로는 손을 휘휘 저었다.

"아버지."

"생각해 보마."

히미코가 나가자마자 마사히로는 츠바사에게 고개를 돌렸

다. 하지만 츠바사는 히미코를 바라보느라 마사히로의 시선을 눈치채지 못했다. 히미코가 얼마나 힘겹게 그 말을 꺼냈는지 알고 있었다. 하지만 히미코는 이미 포기한 것처럼 보였다.

"넌 알고 있었냐?"

마사히로의 말에 츠바사는 고개를 끄덕였다.

"언제부터?"

"꽤 오래전부터였어요."

"그런데도 말리지 않았다고?"

"네."

"저 아이가 우리 구미에서 어떤 존재인지 몰라? 저 아이 없이 우리 구미가 제대로 돌아갈 거 같아?"

"히미코가 아니어도 그 일을 할 사람들은 많아요. 그리고 구미를 이끌어나갈 사람은 이제 저라고요. 삼촌들은 어땠는지 몰라도 제 형제들은 히미코보다 실력이 좋은 아이들이라고요."

"실력? 사람을 죽이는데 실력이 중요한가?"

"무슨 뜻이에요? 당연히 암살을 기획하거나 실행하는 능력이 중요한 거 아닌가요?"

"물론 그렇긴 하지. 하지만 사격으로 올림픽에 나갈 것도 아니잖아. 어차피 권총의 사정거리는 정해져 있어. 요즘에는 워낙 파괴력이 우수한 권총들이 많아서 어느 정도만 맞추면 충분히 사람을 죽일 수 있다고. 솔직히 사격이나 칼 쓰는 건 히미코보다 잘하는 놈들도 많아."

"그런데 왜 히미코를 놓아줄 수 없다고 하시는 거죠? 충분히 하지 않았어요? 히미코가 이제까지 해 온 살인이나 피습이 몇 건인지 아세요? 모르시겠죠. 히미코가 그런 일을 치를 때마다 죽어간다는 건 아세요? 충분했어요. 그 정도면 히미코는 우리 구미를 위해 넘칠 만큼 희생을 했다고요. 이제는 히미코를 놓아주고 싶어요."

"아니. 다른 놈들에겐 없는 재능이 히미코에겐 있거든. 그래서 히미코를 놓아줄 수 없어."

"그게 도대체 뭔데요?"

어떤 것이라도 더 나은 놈을 찾아내야만 했다. 그래야 히미코를 이 끝없는 구렁텅이에서 건져 낼 수 있었다.

"히미코는 감정이 없거든. 어릴 때부터 골수이식, 신장이식 수술로 고통을 견디는 법을 익혀서 그런지 감정에 얽매이는 법이 없어. 자신이 해야 한다고 생각하면 반드시 해내고 말지. 아마 히미코라면 자신이 가장 사랑하는 사람도 죽일 수 있을 게다."

마사히로가 틀렸다. 히미코는 그저 고통을 드러내지 않는 법을 익혔을 뿐이었다. 고통을 드러내지 못해 속이 타 들어가는데도 견디는 법을 익혔을 뿐이었다.

* * *

히미코는 마사히로가 갑작스레 등산을 하자고 할 때부터 무언가 있다는 것을 눈치챘다. 하지만 마사히로의 계획이 어떤 건지는 감을 잡을 수가 없었다. 몇 달 동안 히미코는 의대에 진학하겠다는 뜻을 드문드문 내비쳤다. 허락해주지 않으면 구미에서 나가겠다는 협박조의 말까지 했지만 마사히로는 묵묵부답이었다. 마사히로는 히미코가 실업계 고등학교가 아닌 인문계 고등학교에 진학하는 것까지는 막지 않았다. 대학에 갈 때까지는 2년이 넘는 시간이 남아 있었다. 어떻게든 그 안에 마사히로의 허락을 얻어내야 했다.

츠바사는 어떻게든 히미코를 의대에 보내주겠다고 약속했다.

"걱정 마. 앞으로 우리 구미를 이끌 사람은 나야. 아버지가 은퇴하고 나면 절대 네 손에 피를 묻히는 일은 없을 거야. 내가 모두 다 해결해 줄 테니까 넌 아무 걱정 말고 공부나 해. 아무래도 일본에서는 아버지에게서 완전히 벗어나기 힘들 테니 미국이 어떨까?"

츠바사는 미국 유학에 관한 자료까지 준비해둔 상태였다.

"이런 걸 언제 다 준비했어?"

"오래전부터. 내가 약속했었잖아. 너만은 여기서 빼낼 거라고. 잊었어?"

잊지 않았다. 하지만 그 약속을 믿지도 않았다.

'그러는 오빠는 괜찮아?'

히미코는 그렇게 묻고 싶었다. 츠바사는 히미코의 속마음을 읽은 듯 히미코의 눈을 피했다. 어릴 때부터 학교조차 제대로 다니지 못할 정도로 허약했던 츠바사가 조직원의 반대없이 와카카시라가 될 수 있었던 건 암살에 뛰어난 재능을보였기 때문이었다. 모두들 아무런 감정 없이 살인을 저지르는 츠바사를 두려워했다. 하지만 히미코는 절대 드러나지 않는 츠바사의 죄책감을 꿰뚫고 있었다. 되도록 히미코를 끌어들이지 않기 위해 츠바사는 신장투석을 받은 날도 살인을 저질러야 했었다. 하지만 그 모든 노력이 물거품이 되던 날, 히미코는 츠바사의 손을 잡으며 말했다.

"이젠 오빠 혼자서 견디지 마. 우리 같이 짊어지고 가자."

그 말에 츠바사는 처음으로 히미코 앞에서 울음을 터뜨렸다. 히미코는 어린아이처럼 우는 츠바사를 품에 안았다. 그 품안에서 츠바사는 아무에게도 하지 못했던 말들을 쏟아냈다.

"내가 처음 살인을 했던 게 언제였더라. 백혈병 치료에 최고라는 미국 뉴욕 병원에 있을 때였어."

"뭐? 그때 오빠가 몇 살이었는데? 다섯 살? 일곱 살? 아무리 급해도 그렇지 그렇게 어릴 때……."

"아버지가 언제 그런 걸 계산하고 염려하는 사람이었니? 어떤 남자에게 초콜릿을 팔면서 디지털 키를 슬쩍 해서 복사하고는 돌려주는 일이었지. 굉장히 부유한 한국인이었어. 디지털 키로만 들어갈 수 있는 스위트룸에 묵고 있는 사람이었는데, 아버지는 그 남자와 이야기를 하고 싶은데 남자가 자꾸 거절을 해서 곤란하다고 했어. 별로 나쁜 일 같지 않았어. 남자가 일을 마치고 건물에서 나올 때 디지털 키를 떨어뜨렸다면서 돌려줬어. 남자는 100달러나 주면서 내 머리를 쓰다듬어 줬었지. 영어로 뭐라고 말했는데 알아듣지는 못했지만 칭찬이라는 건 알고 있었어. 아버지와 남자의 이야기가 잘 끝나서 그 뒤에도 남자를 만날 수 있었으면 좋겠다고 바랐어. 병원 로비에서 방송을 보고서야 그 사람이 죽었다는 걸 알았어. 그 사람의 죽음으로 만삭이던 부인이 조산을 하다 죽었고, 태어난 아이들도 위독하다고……. 그때 생각했지. 내가 겪는 모든 고통은 그들에게 내가 준 고통을 되돌려 받는 것뿐이라고. 내가 왜 피할 수 있었는데도 야쿠자가 되었느냐고? 되돌려 받기 위해서야. 너한테 내가 준 모든 고통을 되돌려 받기 위해서."

"오빠, 난……."

"너만은 그 고통에서, 그 죽음에서 구해내고 싶었어. 그게 내가 야쿠자에 들어온 이유야. 그러니 딴생각은 하지 마. 그저 네 꿈을 이루기 위해 노력만 해. 나머지 것들은 내가 다 알아서 할 테니까. 난 괜찮아. 정말로. 아버지의 아들로 태어난 이상 피할 수 없는 일이니까. 하지만 넌 다르잖아. 너만은 여기서 빼낼 거야. 무슨 수를 써서라도."

히미코에게 츠바사는 언제나 아프고, 약하고, 무언가를 해
주어야만 하는 존재였다. 히미코 없이 츠바사는 존재하기 힘
들었다. 하지만 이제 더 이상 츠바사는 히미코를 필요로 하
지 않았다. 그만큼 강한 존재였다. 처음으로 츠바사가 진짜
오빠처럼 느껴졌다.

츠바사의 계획은 세밀하고 꼼꼼했다. 히미코는 그저 츠바
사가 시키는 대로 공부만 하면 됐다. 이제 며칠 뒤면 SAT시
험이었다. 준비는 완벽했다. 츠바사는 이미 뉴욕에 집까지
구해 두었다고 했다. 그때까지 마사히로에게 들키지만 않으
면 이 끔찍한 생활에서 탈출할 수 있었다. 그러기 위해선 마
사히로의 비위를 건드리지 않아야 했다. 의대에 가겠다고 조
르는 것 외에 히미코는 몇 달 동안 마사히로의 명령을 단 한
번도 어기지 않았다. 츠바사는 갑자기 히미코가 의대에 가겠
다는 고집을 꺾으면 마사히로가 의심할 수도 있으니 적당한
간격으로 그 얘기를 꺼내라고 충고했다.

오늘 등산에 따라나선 것도 마사히로의 비위를 맞춰주기
위한 것이었다.

"조금만 천천히 가요."

츠바사의 부탁에도 마사히로는 뒤돌아보지도 않았다. 오히
려 성큼성큼 올라가는 발걸음이 더 빨라진 것 같았다. 초겨
울, 산바람은 매서웠다. 게다가 츠바사는 등산과는 거리가 먼

복장이었다. 얇은 모직코트에 구두. 츠바사는 히미코와 마사히로가 산행을 위해 나설 때 현관에서 마주쳤다. 츠바사는 같이 가겠다고 우겼다. 히미코가 아무리 만류해도 소용이 없었다. 히미코는 목도리를 풀어 츠바사의 목에 둘러 주었다.

"그러니까 따라오지 말라고 했잖아."

"아버지가 무슨 속셈인지 몰라 불안에 떠는 것보다는 추위에 떠는 게 나아."

히미코는 장갑을 벗어 내밀었지만 츠바사는 고개를 저었다.

"너한테 도움이 되려고 온 거야. 네가 이러면 내가 너무 미안해져."

츠바사의 고집도 히미코 못지않았다.

"난 펠리시티랑 붙어 있어서 그다지 추운 거 모르겠거든. 그러니까 이건 오빠가 껴."

펠리시티가 자신의 이름을 듣고 히미코의 품에서 고개를 내밀었다.

"얘도 데리고 왔어?"

"아버지가 데려가도 좋다고 하더라고. 하룻밤 자고 올 거니까 데리고 가는 게 좋지 않겠냐고."

츠바사가 이맛살을 찌푸렸다.

"진짜 이상하네. 펠리시티를 키우고 있다는 걸 들켰을 때 아버지가 어떻게 했는지 잊었어? 당장이라도 갖다 버릴 것처럼 굴었잖아. 그런데 펠리시티를 데리고 가자고 했다고?"

히미코도 이상하다는 건 알았다. 마사히로는 펠리시티가 츠바사에게 아무런 해를 끼치지 않는다는 것을 확인하고 나서도 못마땅해 했다.

"그런 것 따위에 쓸데없이 정들이지 않는 게 좋아. 네가 주는 사랑이 결국 너를 공격할 테니까."

마사히로의 말이 불안해 히미코는 되도록 펠리시티를 떼놓고 다니지 않았다. 오늘도 히미코가 먼저 펠리시티를 데려가겠다고 말했다.

"아버지가 먼저 데리고 가자고 했던 건 아냐. 내가 데리고 가겠다니까 허락해준 거지."

"그래도 좀 이상하지 않아?"

츠바사가 따져 물었지만 히미코는 대답하지 않았다. 어차피 마사히로는 이성으로 이해할 수 있는 사람이 아니었다.

"정말 장갑 끼지 않을 거야?"

히미코의 질문에 츠바사는 고개를 저었다. 히미코는 결국 다시 장갑을 끼고 마사히로의 뒷모습을 좇았다. 하지만, 마사히로는 보이지 않았다. 히미코는 놀라서 주위를 두리번거리며 고함을 질렀다.

"아버지!"

사위가 어둑해지고 있었다. 초겨울인데다 일반인들이 자주 이용하는 등산로가 아니었기에 올라오는 길에 아무도 마주치지 못했다. 휴대폰을 켰지만 발신이 되지 않는 지역이라는 표시만 떴다.

"아버지!"

츠바사의 고함 소리가 메아리쳐 울렸다. 하지만 마사히로는 모습을 드러내지 않았다. 정상까지는 아직 멀었다. 그렇다고 이대로 내려갈 수도 없었다. 히미코는 당황해 츠바사를 바라보았다.

"이거였나 보구나. 산속에 혼자 남겨두는 거."

츠바사가 힘없이 내뱉었다.

"그래도 혼자 남지는 않았네. 오빠가 같이 있으니까."

히미코는 한숨을 내쉬었다. 산속의 해는 순식간에 지는 법이었다. 빨리 밤을 보낼 곳을 찾아야 했다. 히미코는 일단 위로 올라가기로 했다. 정상에는 휴게소 비슷한 것이라도 있을 터였다.

"빨리 올라가자. 이러다 눈 속에서 얼어 죽겠어."

히미코는 앞장서 산을 올라가기 시작했다. 급한 마음에 발걸음이 빨라졌다. 하지만 츠바사는 점점 뒤처지기 시작했다. 비록 정상적인 생활을 하고 있다고는 하지만 허약한 체질이었다.

"괜찮아?"

히미코의 질문에 츠바사는 대답도 못하고 계속 올라가라는 뜻의 손짓만 했다. 히미코는 츠바사에게 달려 내려갔다.

"정말 괜찮아?"

츠바사의 호흡이 심상치 않았다. 히미코는 재빨리 츠바사의 이마에 손을 가져갔다. 열이 엄청났다. 히미코는 입고 있던 패딩점퍼를 벗어 츠바사의 어깨에 걸쳐 주었다. 하지만 츠바사는 힘없이 옷을 쳐냈다.

"괜찮다니까!"

히미코는 바닥에 떨어진 옷을 집어 들어 다시 츠바사의 어깨에 걸쳐 주었다.

"여기서 기다리고 있어. 내가 뭐든 찾아볼 테니까."

히미코는 품 안에서 펠리시티를 꺼내 츠바사의 품 안에 넣어 주며 말했다.

"내가 부르는 소리를 들으면 멍멍 짖는 거야. 내가 길 잃지 않고 찾아올 수 있게."

히미코의 말에 펠리시티가 알았다는 듯 멍멍 짖었다. 히미코는 그대로 돌아서 주위를 미친 듯이 헤맸다. 산에는 순식간에 어둠이 내려앉았다. 게다가 눈까지 내리기 시작했다. 츠바사 때문이 아니더라도 눈이 오는 어둠 속에서 산을 올라가는 건 무리였다. 다행히 두 사람이 겨우 들어갈 만한 동굴을 찾을 수 있었다.

히미코가 돌아왔을 때 츠바사는 열에 들떠 정신이 혼미했다. 나무에 기대앉은 츠바사의 머리 위로 하얗게 눈이 쌓여 있었다. 히미코는 츠바사를 들쳐 업고 동굴로 향했다. 다행히 동굴이 그리 멀지 않아 덩치 큰 츠바사를 겨우겨우 끌고 갈 수 있었다. 츠바사를 눕혀 놓고 땔감을 구하러 나섰다. 얼마 되지 않아 손이 꽁꽁 얼어 빨갛게 부어오르기 시작했다. 땔감을 질질 끌고 돌아오는데 동굴 입구에서 펠리시티가 히미코를 반기며 뛰어나왔다.

"추운데 왜 나와 있어? 츠바사랑 같이 있으라니까."

히미코는 펠리시티를 들어 츠바사의 품에 넣어 줬지만 펠리시티는 금세 빠져나와 히미코의 주위를 돌았다. 라이터를 찾기 위해 츠바사의 옷을 뒤지는데 츠바사가 신음을 하며 돌아누웠다.

"추워."

츠바사는 오들오들 떨기 시작했다. 히미코는 츠바사의 이마에 손을 얹었다. 손이 얼어서 그런지 이마가 더 뜨겁게 느껴졌다.

"조금만 기다려. 내가 금방 불을 피울 테니까."

츠바사가 라이터를 가지고 있는 게 그나마 행운이었다. 하지만 눈에 젖은 나무는 쉽게 불붙지 않았다. 히미코는 다시 츠바사의 옷가지를 뒤졌다. 가지고 있는 종이라고는 지갑 속의 돈밖에 없었다. 얇은 나뭇가지를 라이터 불로 그슬리며 말렸다. 지갑 속에 든 지폐를 한 장 빼고 다 태우고 나서야 겨우 불을 피울 수 있었다. 매캐한 연기가 동굴 안에 차기 시작했다. 히미코는 팔을 내저으며 연기를 동굴 밖으로 몰아냈다. 동굴 밖의 눈발은 점점 거세지고 있었다. 휴대폰은 여전히 먹통이었다. 펠리시티가 히미코의 품으로 파고들었다. 따뜻하고 보드라운 감촉에 눈이 감겼다.

'내일까지만 견디면 되는 거야. 아버지가 츠바사 오빠를 버릴 리는 없어. 나라면 몰라도.'

히미코는 자신에게 되뇌며 모닥불에 장작을 던져 넣었다. 그리고 자신도 모르게 스르르 잠이 들었다.

* * *

히미코의 예상은 완벽히 빗나갔다. 사흘이 지났다. 하지만 마사히로는 아무 소식이 없었다. 히미코는 낮이면 자신들이 있는 곳을 알려주기 위해 이런저런 표식을 하러 돌아다녔다. 칼날이 망가질 정도로 나무마다 자신들의 위치를 새겼다. 땔감이 모자라지 않도록 나뭇가지를 꺾고, 모닥불이 꺼지지 않도록 주의를 했다. 혹시나 먹을 걸 찾을 수 있을까 싶어, 미친 듯이 헤매고 다녔다. 밤이면 2시간마다 깨어서 동굴 밖을 살폈다. 눈은 계속 내렸다. 히미코가 만든 표식을 덮어버리고, 히미코의 발자국을 지웠다. 츠바사의 상태는 점점 심해졌다. 약은커녕 먹을 것도 없었다. 눈을 퍼다 녹여서 먹이고는 있지만 그것만으로는 부족했다.

자꾸 나쁜 생각이 들었다. 마사히로가 등산을 가자고 말한 뒤 등산복을 갈아입기 위해 방으로 향할 때, 거실의 열린 창

문으로 까마귀 울음소리를 들었다. 까악, 까악, 까악, 까악,
그 4번의 울음소리를 들었을 때 재빨리 귀를 막았어야 했다.
잠시 정원을 거닐던 까마귀는 다시 2번 울었다. 까악, 까악.
죽음의 까마귀였다. 죽음과 같은 발음 시니死二. 평소에 비웃
었던 미신이 서늘하게 다가왔다.

* * *

나흘째, 츠바사는 잠결에 뒤척이며 말했다.

"배고파. 엔젤. 배고파."

히미코는 츠바사의 이마에 손을 올렸다. 열이 엄청났다.

"엔젤, 엔젤…….'"

정신이 혼미한지 츠바사는 계속 히미코의 이름만 불러댔
다. 츠바사의 곁에 꼭 붙어 누운 펠리시티도 츠바사가 신음
할 때마다 살그머니 눈을 떴다 감을 뿐, 뒤척일 힘도 없는 모
양이었다.

'잊지 마. 넌 츠바사를 위해 존재하는 거야. 너와 같은 피
가 흐르고 있는 츠바사를 살리기 위해, 츠바사를 지키기 위
해 네가 존재하는 거야.'

마사히로의 말이 귓가에 울렸다. 히미코도 이제 동굴 밖으
로 나갈 힘이 없었다. 너무 지쳤다. 히미코는 동굴 벽에 기대
눈을 감았다. 이대로 가다가는 모두 죽을 판국이었다.

'넌 내 은혜를 잊어서는 안 돼. 한국에 계속 있었다면 넌 굶어 죽었을 거야. 거기가 얼마나 지저분하고 더러운 나라인지 알아? 사람들이 먹을 것이 없어서 개를 죽여서 먹는다고 하더라.'

마사히로의 말이 귓가에 계속 울렸다.

'그런 나라에서 구해줬어. 그 대가로 내가 요구하는 건 딱하나뿐이야. 우리 츠바사를 살리는 거. 그게 힘든 일이니?'

힘든 일이라고 생각해 본 적 없었다. 언제나 기꺼이 츠바사를 위해 모든 일을 해냈다. 그 대가로 히미코가 얻은 것은 아무것도 없었다. 무언가를 얻기 위해서 하는 일이 아니었다. 사랑이라는 건 그렇게 주기만 하는 것이라 생각했다.

추운 날씨에 굶기까지 해서인지 점점 정신이 희미해졌다. 히미코는 츠바사의 품으로 파고들었다.

히미코는 펠리시티와 츠바사를 번갈아 쳐다보았다. 이대로 가다간 모두 죽을 터였다. 히미코는 펠리시티를 껴안았다. 펠리시티는 오랫동안 먹지 못해 기력이 떨어졌는지 눈꺼풀을 완전히 뜨지도 못했다.

그리고 다시 잠에서 깼을 때, 펠리시티는 차갑게 식어 굳은 채였다. 도저히 그 사실을 믿을 수 없어 멍한 히미코에게 츠바사의 목소리가 들렸다.

"엔젤, 배고파. 배고파······."

츠바사의 호흡이 거칠어졌다. 끼익, 끼익, 금속성의 쇳소리를 내는 츠바사를 바라보는데 어디선가 마사히로의 말이 울렸다.

'사람들이 먹을 것이 없어서 개를 죽여서 먹는다고 하더라.'

갑자기 겁이 났다. 히미코는 펠리시티를 꼭 껴안고 고개를 저으며 앉은 채로 뒤로 엉금엉금 물러났다. 하지만 츠바사가 히미코의 팔을 붙들었다.

"제발……, 살려줘."

어느새 츠바사가 눈을 뜨고 히미코를 바라보고 있었다.

"제발……."

츠바사의 눈동자는 히미코를 향하면서도 히미코를 보지 못했다. 또다시 마사히로의 목소리가 울렸다.

'그런 나라에서 구해줬어. 그 대가로 내가 요구하는 건 딱 하나뿐이야. 우리 츠바사를 살리는 거. 그게 힘든 일이니?'

눈물이 뚝뚝 흐르기 시작했다. 눈물에 앞이 보이지 않았다. 아무것도 보이지 않았다. 차라리 눈이 멀어버렸으면 했다. 이대로 눈이 멀어 아무것도 보지 않았으면 했다. 살려달라는 츠바사의 눈빛도, 아직도 살아 있는 듯한 펠리시티의 눈빛도 보지 않았으면 했다.

과연 어떤 목숨이 더 소중한 것일까? 내가 처음으로 마음을 열었던 강아지? 아니면 나와 같은 피가 흐르는 츠바사? 인간의 목숨이 동물이나 식물의 생명보다 더 중요한 것은 아니었다. 아무런 계산 없이, 아무런 대가 없이 그녀를 사랑해

준 유일한 생명이었다. 아무리 죽었다고 해도 펠리시티에게 손을 대느니 다 같이 죽는 게 나았다.

* * *

츠바사는 병원에 도착한 지 열두 시간 만에 깨어났다. 단순한 감기였지만 영양 부족과 추위, 스트레스가 겹쳐져 심각한 상황이었다. 츠바사는 깨어나자마자 히미코부터 찾았다.

"히미코? 걔는 지금 제정신이 아니지."

츠바사의 머리맡을 지키고 있던 아이린이 고소하다는 듯 웃으며 말했다. 아이린은 언제나 샘이 많은 편이었다.

"왜? 혹시 히미코가 다쳤어?"

"아니. 히미코가 다친 건 아니고."

"그러면 왜? 아버지랑 무슨 일 있었어?"

"오빠 정말 아무것도 기억나지 않나 봐?"

"무슨 소리야?"

"난 이제까지 오빠가 히미코 귀여워하는 게 이해되지 않았거든. 그래도 내가 친동생인데 어떻게 그 애를 더 귀여워할 수 있는지. 샘도 많이 났었거든. 그런데 이제는 그러지 않으려고."

"요점만 말해! 짜증 나게 하지 말고."

"그 애가 오빠를 위해 손에 피를 또 묻혔더라고. 닷새나 산속에서 고립된 채로 열에 시달리는 오빠가 죽을까 봐 겁났나 봐. 뭐라도 먹여야 된다고 생각했겠지. 그래서…….”

“그래서?”

“오빠에게 먹을 걸 먹였더라고.”

아이린은 잠시 망설인 뒤 말했다.

“그게 왜?”

츠바사는 이해되지 않아 되물었다.

“눈 오는 산속에 먹을 게 있었겠어?”

츠바사는 차마 자신의 예상을 입 밖으로 내뱉지 못했다.

“설마 엔젤이, 설마 히미코가?”

“그래. 독하고 무서운 년이지.”

아이린이 눈물이 글썽해 내뱉었다.

“나도 펠리시티 진짜 귀여워했는데.”

“그런 쓸데없는 얘기 지껄일 거면 다시는 병원에 병문안 오지 마.”

갑자기 병실에 울려 퍼지는 마사히로의 고함 소리에 아이린이 소스라치게 놀라 도망쳤다.

“아버지가 꾸민 일이죠?”

츠바사의 말에 마사히로는 코웃음을 쳤다.

“아버지가 꾸민 일이에요. 그렇죠?”

“내가 내 아들을 죽일지도 모르는 일을 벌였다는 거냐? 그래?”

되묻는 건 대답을 회피하는 가장 흔한 수법이었다.

"그러고도 남으실 분이니까요."

"그렇게 생각해주니 고맙구나. 어쨌든 이번 일로 너희 둘
다 깨달았을 거다. 내 명령을 함부로 어기려고 계획을 세우
는 것만으로도 인생에서 가장 소중한 무언가를 잃을 수도 있
다는 것을……."

* * *

아이린이 노크 없이 방문을 열어 젖혔다.

"엄마가 츠바사에게 문병을 다녀오래."

아이린은 그 말만 하고는 방문을 다시 닫았다. 히미코는
어두운 방 안 한구석에서 웅크린 채 움직이지 않았다.

츠바사에게……. 히미코는 그 이름에 자신도 모르게 움찔
했다. 누구보다 사랑했던 사람이었다. 자신의 몸속을 파내
살린 사람이었고, 자신의 사랑을 죽여 살린 사람이었다. 하
지만 더 이상은 츠바사를 보고 싶지 않았다. 츠바사에게서
멀리 도망치고 싶었다. 츠바사를 보지 않으면 잊을 수 있을
것 같았다. 그 잔인하고 끔찍했던 순간에서 도망치고 싶었
다. 어디선가 역겨운 피 냄새가 몰려들었다. 츠바사의 이름
을 듣는 것만으로도 히미코는 눈 내린 산의 동굴 속으로 빨려
들어갔다. 이제 더 이상 츠바사를 사랑하지 않았다. 도망치
고 싶다는 생각이 들게 만드는 사람을 사랑할 수는 없었다.

17세

1. 성은, 한국, 서울

성은은 현관문을 열기 위해 열쇠를 찾다가 불쑥 나타난 박명인 실장 때문에 놀라 소리를 질렀다.

"아줌마. 아니, 박 실장님, 여기서 뭐하시는 거예요?"

"성은아, 나랑 얘기 좀 할 수 있을까?"

성은은 명인의 심각한 모습에 말없이 고개를 끄덕이며 현관문을 열며 비켜섰다.

"그래요. 들어가세요."

"아니. 집에서 말고. 다른 곳에서."

대체 무슨 일이야? 성은은 속으로 구시렁거리면서도 명인의 심각함에 주눅이 들어 아무 말없이 명인의 뒤를 따라나섰다.

"몸은 괜찮으세요?"

성은은 동네 어귀에 위치한 카페에 자리를 잡고 나서야 명인의 안부를 물었다. 얼마 전 엄마와 아빠가 명인의 치료비 때문에 다투는 소리를 들었다. 엄마는 왜 명인의 암 치료비까지 대주어야 하냐고 따져 물었지만 아빠는 단호했다.

"나를 위해서, 우리 병원을 위해서, 이십 년이 넘게 일한 사람이야. 남편과 자식을 보살피는 대신 우리 병원을 보살펴 준 사람이야. 아버지는 돌아가시고 동생들은 이민 가버려서 주위에 아무도 없다고. 그런데 겨우 그 정도 돈이 아깝다고?"

아빠의 고함 소리에 엄마는 입을 비죽이면서도 아무 대꾸를 하지 못했다. 아빠의 주장도 일리는 있었지만 엄마의 주장도 부당하지는 않았다. 아무리 병원을 위해 오랜 시간 일을 했다고는 했지만 거액의 암 치료비까지 대주는 건 조금 과장된 처사였다. 하지만 초췌한 명인의 얼굴을 대하니 그런 생각을 했던 자신이 조금 냉정했던 것도 같았다. 명인은 성은의 생일은 물론이고 입학이나 졸업 선물까지 모두 챙겨 주었고, 가끔 안부를 물으며 몰래 용돈을 쥐어 주기도 했었다.

"내가 암이라는 얘기 들었어?"

성은은 고개를 끄덕였다.

"저한테 하실 말씀이 뭔데요?"

성은은 일부러 시계를 보며 물었다. 빨리 용건만 말하고 끝내라는 뜻이었다. 오랫동안 비서로 있었던 만큼 명인은 눈치가 빠른 편이니 알아들을 터였다.

"행복하니?"

엉뚱하고 황당한 질문에 성은은 피식 웃었다.

"그건 갑자기 왜요?"

"그냥. 걱정이 돼서."

성은은 한숨을 내쉬었다. 이상하게도 성은은 명인이 껄끄러웠다. 과하다 싶을 정도로 호의를 보이는 명인이 부담스러운 적도 많았다. 아마 결혼을 하지 않고 자식이 없다보니 아기 때부터 보아 왔던 성은에게 집착하는 모양이었다. 그래도 오늘은 많이 지나쳤다. 죽어가는 마당에 내 걱정을 하다니, 누가 보면 혈육이라도 되는 줄 알겠군. 스쳐 지나가는 생각에 성은은 화들짝 놀라 뒤로 물러섰다. 명인은 계속 고개를 숙이고 있었다. 성은의 눈을 피하기 위해서였다. 성은은 떨리는 손을 움켜쥐었다. 누구에게도 약한 모습을 들키고 싶지 않았다. 다행히 종업원이 주문한 음료수를 가지고 왔다. 성은은 따뜻한 허브차를 마시며 심호흡을 했다.

"빙빙 돌려 말하는 거 좋아하지 않아요. 정확하고 분명하게 말씀하세요."

"너 그렇게 말할 때면 정말 한 원장님이랑 똑같아."

성은은 본능적으로 침을 꿀꺽 삼켰다.

"당연한 거 아닌가요? 아빠 딸이니까."

명인은 아무 말이 없었다.

"행복하니?"

"불행할 이유 없잖아요. 가진 게 많으니까."

"네 것은 확실하고?"

성은은 벌떡 일어섰다.

"저 곧 있으면 시험이에요. 아무리 죽어가는 말기암 환자라고 해도 노닥거려 주기엔 제 인내심이 모자라네요."

"부모님을 사랑하니? 부모님도 널 사랑해 주시고? 내, 내 말은 어릴 때는 특히 사춘기 때는 그런 생각을 하기도 하잖아. 내가 과연 이 사람들과 한 가족이 맞는 걸까? 어딘가에서 아기가 뒤바뀐 건 아닐까? 그런 부질없는 생각들……."

"서론이 너무 긴데요."

"제발."

성은은 자신의 소맷자락을 잡은 명인의 손을 쳐냈다.

"오랫동안 아빠 비서 일 해오셨죠. 고졸자로서는 누리지 못할 지위와 명예와 부를 누리셨고요. 거기에는 그럴만한 이유가 있었을 거예요. 누리고 잘 살았으면 끝까지 입을 다무는 게 당연한 대가겠죠."

명인의 눈이 커졌다.

"너, 너 알고 있었니?"

성은은 눈썹만 치켜 올렸다. 하지만 성은의 머릿속은 하얗게 비어 가고 있었다.

오 년이었다. 그 오랜 세월 동안 성은은 그날 밤의 일이 생생한 악몽이었다고 자신을 세뇌하며 살아왔다. 그 악몽을 확인하는 일을 계속 미뤄왔다. 그 의심이 자신을 파먹어도 의심하는 편이 나았다. 중학교에 들어가면, 고등학교에 들어가면, 그렇게 계속 미루기만 했다. 그동안 유전자 검사결과가 담긴 봉투는 성은의 침대 매트리스 아래에서 성은의 악몽을 부추겼다.

시간은 언제나 느린 듯하면서도 빨랐다. 엄마가 성재의 유학을 고민하기 시작했을 때 더 이상은 미룰 수 없다는 걸 알았다. 엄마는 지나가듯 말했다.

"어떻게 같이 있고 싶은 자식은 떼어 놓아야 하고, 떼어 놓고 싶은 아이는 같이 있어야 하는지. 내 팔자도 참⋯⋯."

성재는 '자식'이었지만 성은은 '아이'였다. 더 이상 엄마 때문에 상처입고 싶지 않았다. 그래서 성은은 그날 밤 매트리스 아래 숨겨져 있던 봉투를 뜯었다. 그게 일 년 전이었다. 그 뒤로는 다시 엄마의 말이나 행동에 상처받지 않았다.

"네 출생에 관해 알고 있었어? 누가 말해 줬어? 혹시 한 원장님이? 아니면 사모님이?"

명인은 놀라서 되물었다.

"세상에는 숨길 수 없는 것도 많으니까요. 꼭 말해 줘야 알 정도로 내가 멍청하지도 않고요."

"그 사람들이 네가 친딸이 아니라는 걸 티냈다는 말이야? 그런데 왜 모른 척하고 살았어? 혹시 그 사람들이 그러라고 시켰니?"

"아뇨. 내가 출생의 비밀을 알고 있다는 사실은 아무도 몰라요. 왜 모른 척하고 살았냐고요? 그러면 내가 어떻게 했어야 하는데요? 나는 친딸이 아니니까 집이라도 나갈까요? 어떻게 먹고살고요? 대한민국에서 미성년자가 혼자 살 수 있는 쉬운 방법이라도 알고 계신가 보죠?"

"난, 난……."

"박 실장님이 어떻게 제 출생에 관해 알고 있는지는 모르겠어요. 궁금하지도 않아요. 하지만 왜 저한테 그 말씀을 해 주시는 건지는 궁금하네요. 분명히 아버지한테 입을 다무는 조건으로 돈을 꽤 받으셨을 거 같은데. 계속 돈을 뜯어낼 수 있는 황금거위를 죽이는 이유가 뭐예요? 어차피 죽을 거니까 착한 일 한 번 하고 가자? 착한 일이라고 확신하는 이유가 뭔데요?"

만일 유전자 결과지를 열어 보지 않고 이 자리에 있었더라면 성은은 충격으로 반쯤 정신이 나갔을 터였다. 아직 미성년인 아이에게 출생을 비밀을 이야기해 주는 건 현명하지 못한 처사였다. 명인의 의도가 뭔지는 모르겠지만 결코 성은을 위해서가 아니라는 건 분명했다.

"넌, 어떻게 그렇게 냉정할 수 있는 거니? 도대체 언제 안 거야?"

"결정적인 말을 엿들은 건 열한 살이었어요. 뭔가 이상하다는 걸 깨달은 때는 기억도 나지 않는 어린 나이였고요."

박 실장의 눈이 더 커졌다.

"그런데 어떻게 이제껏 아무것도 티내지 않고?"

"티낼 이유가 없었으니까요. 티를 내면 어떻게 되는데요? 열한 살짜리 어린아이가 할 수 있는 게 뭐가 있는데요? 우연히 부모님 대화를 엿들은 게 시작이었어요. 처음에는 꿈이라고 생각했어요. 아니면 거짓말이라고 생각했어요. 그래서 유전자 검사를 신청했던 거구요. 그래도 사실을 확인하기가 두려워 몇 년을 망설였어요. 매일 기도했어요. 내가 우리 부모님의 친딸이기를 매일 빌었어요. 일 년 전에야 더 이상 미룰 수 없다는 생각이 들었어요. 결과는……."

성은은 피식 웃고 나서 말을 이었다.

"신도 몇 년 동안 매일 기도한 정성을 모른 척하기는 힘들었나 보더군요."

명인은 무슨 말인지 모르겠다는 듯 어리둥절해 성은을 바라보았다.

"모른 척하지 마세요. 반만 사실이더군요. 아빠의 딸은 맞지만 엄마의 딸은 아니더라고요."

"뭐?"

명인의 당황한 얼굴에 성은이 더 놀랐다.

"그럴 리가 없어. 그럴 리가……."

명인이 횡설수설하자 성은은 이맛살을 찌푸렸다.

"무슨 뜻이에요? 그럴 리가 없다니……."

성은은 결과를 붙들고 일 년간 고민했다. 그렇다면 생모는 어디에 있는 걸까? 혹시나 주위에 있는 건 아닐까? 생모로 짐작되는 인물은 몇 명으로 좁혀졌다. 그리고 가장 유력한 후보가 명인이었다. 아빠는 이상할 정도로 명인에게 너그러운 편이었고, 명인이 유난스러울 정도로 성은에게 집착하는 게 그 증거였다. 명인이 아프다는 소식을 들었을 때 명인이 머지않아 자신을 찾아올 거라고 짐작했었고, 그 예상은 틀리지 않았다. 오늘 명인과 마주하면서 성은의 추측은 확신으로 변했다. 하지만 지금 명인의 태도는 전혀 뜻밖이었다. 성은은 명인의 입으로 확인하고 싶었다. 확인을 하지 않기엔 세상은 너무나 거짓으로 넘쳐났다. 거짓에 속으면서 사는 것보다는 진실에 아파하는 게 나았다.

"박 실장님이 생모라고 생각했는데 아니었어요?"

명인이 황당하다는 듯 고개를 거세게 저었다.

"아냐. 난 절대로. 아냐. 어떻게 네가 한 원장의 친딸일 수 있어? 어떻게? 어떻게? 설마……, 그래서 너만……."

횡설수설하던 명인의 말꼬리가 걸렸다.

"나만, 이라니요?"

명인은 침을 삼켰다.

"혹시 숨기고 있는 게 또 있어요? 어차피 이렇게 된 거 편을 분명히 하는 게 좋지 않을까요? 이미 아빠를 배반했는데 그 편으로 다시 붙고 싶은 건 아니죠? 아빠 성격에 한 번 배반했던 사람을 다시 받아주실 거 같지는 않은데요."

"너희들은 시험관 시술로 태어났어."

"너희들이요?"

"그래. 네 명이었지."

성은의 눈이 휘둥그레졌다.

"네 명이라니요? 그러면 나머지 세 명은 어디 있는데요?"

"몰라."

"정확하게 말해요. 숨기지 말고."

"내가 버렸어. 입양기관 앞에다 세 명 모두. 한 원장이 시킨 일이었지. 어쩔 수 없었어. 돈이 필요했으니까. 난 그저한 원장이 네 재산을 탐내서 한 명만 남겨두라고 하는 건 줄알았어. 너희들의 아버지가 엄청난 부자였거든. 한 원장도남부럽지 않게 돈이 많은 사람이었는데도, 기어이 다른 아이들을 버리고 너만 남겨두는 게 이상하다고는 생각했어. 분명히 콕 집어 너를 남겨두라고 했었거든. 하필이면 너였을까,도대체 무슨 기준으로 너를 선택한 걸까 이상하다고 생각했었는데……, 그래서였구나. 네가 친딸이었어. 시험관 시술시수정란을 만들 때 한 원장이 자신의 정자를 이용해 수정란을만들었던 거야. 한 원장은 유난히 네 엄마에게 집착했었지."

성은은 갑작스레 쏟아지는 이야기에 멍한 채였다. 도대체명인의 이야기를 어디까지 믿어야 하는 걸까? 게다가 명인은성은이 아빠의 친딸이라는 사실에 당황했는지 횡설수설했다.

"그러면 나머지 세 명은 아빠 아이들이 아니었다는 건가요?"

"아마도."

명인은 고개를 끄덕이며 말을 이었다.

"나도 네가 친딸일 거라는 사실은 상상도 못했어. 네가 다른 아기들보다 김혜인 씨, 그러니까 네 엄마를 많이 닮아서 일지도 모른다는 생각은 했었지만. 한 원장이 네 엄마를 사랑했던 건 알고 있지? 정말 한 원장이란 사람, 대단하구나. 아무리 그래도 그렇지 어떻게 그런 일을 저지를 수 있었을까? 만약 그 사고가 없어서 네 엄마나 이희성 씨가 살았다면 어떻게 하려고? 어쩌면 그래서 그 많은 주식을 한꺼번에 팔았는지도 모르겠구나. 난 단지 병원 확장을 하느라 돈이 필요해서 그랬다고 생각했었는데. 회사가 어려운 지경이었는데 한 원장이 갑자기 주식을 파는 바람에 결국 부도가 났어. 아마 그렇게 해서라도 친구의 흔적을 모두 지우고 싶었던 것 같아."

성은은 명인의 횡설수설을 뒤로 한 채 머릿속을 정리하느라 눈을 감았다. 얼마나 시간이 흘렀을까? 명인의 목소리가 드디어 멈췄다. 눈을 뜨자마자 명인이 가방에서 천으로 감싼 봉투를 내밀었다.

"내가 죽기 전에 해결해야 한다고 생각했어. 나도 최선을 다했어. 이게 도움이 되었으면 좋겠다."

성은은 집으로 돌아와서도 멍한 눈빛으로 편지와 사진을 바라보았다. 사진 속의 어린 아기들은 너무 비슷해서 누가 누구인지 분간하지 못할 정도였다. 명인은 원본사진 한 장을 남겨두고 나머지 한 장은 신문기사와 함께 네 개의 조각으로 나누었다고 했다. 그 네 개의 조각으로 서로를 찾는 데 도움이 될 거라고 생각한 거 자체가 우스웠다.

'이 아이들이 내 자매라고? 비록 아버지가 다를지는 모르지만? 나에게도 가족이 있다고?'

가족에 대한 핑크빛 환상이 깨진 것은 이미 오래전이었다. 열한 살, 그녀를 두고 다투는 부모님의 목소리를 들은 그 순간부터 금가기 시작한 환상은 일 년 전 유전자 검사를 확인한 뒤 와장창 깨져버렸다. 오히려 그 뒤로는 가족이라는 굴레를 쓰고 자신을 둘러싼 뒤틀린 관계를 이해하기 쉬워졌다. 특히 엄마라고 불러야 했던 사람을 이해할 수 있었다.

성은은 언제나 엄마가 바라보면 움츠러들었다. 엄마의 눈빛을 마주하면 마치 엄마가 성은을 때리기라도 할 듯이. 엄마는 그런 성은에게 짜증만 냈다. 엄마가 성은에게 손찌검을 한 적은 없었다. 하지만 언제나 엄마가 자신을 때릴까 봐 무서웠다. 그래도 키운 정이란 게 있는데 어떻게 엄마는 날 미워하기만 할까? 엄마의 눈빛이나 태도는 친딸이 아니라는 이유만으로는 설명하기 힘들었다. 그건 사랑의 모자람이 아니라 경계와 의심이었다. 그러니까 엄마는 성은이 남편의 자식임을 본능적으로 알고 있었던 것이다.

성은은 손거울에 비친 자신의 모습을 꼼꼼히 살펴보았다. 까무잡잡한 피부와 볼록한 이마, 높은 코는 아버지를 닮았다. 혼혈이라고 오해받을 정도로 옅은 갈색의 눈과 도톰한 입술은 분명 어머니를 닮은 것이리라. 박 실장이 준 신문기사에는 생모의 남편 사진만 있었다. 이희성. 남자답지 않게 창백할 정도로 하얀 피부에 가녀린 선을 지니고 있었다. 다른 자매들은 이 남자를 닮았을까? 성은은 손거울을 엎어버렸다.

성은은 일 년 전 유전자 검사 봉투를 열고나서 가족들 몰래 수능이 아니라 SAT를 준비하고 있었다. 성은의 꿈은 영화 감독이었다. 초등학교 시절부터 계속된 엄마의 은근한 유학 권유에도 굴하지 않고 한국에 남은 건 언어가 완벽하지 않으면 시나리오 단계에서부터 밀릴 수 있기 때문이었다. 영화 감독으로 데뷔한다는 건 좋은 시나리오를 쓸 수 있는 능력이 우선되어야 했다.

어떤 상황이라도 꿈을 위해서라면 견딜 수 있다고 생각했다. 모국어인 한국어로 시나리오를 쓰는 게 훨씬 더 가능성이 높았다. 하지만 꿈보다 가족에게서 벗어나고픈 욕망이 더 간절해졌다. 미국에 있는 대학에 진학한다면 거짓으로 묶인 가족을 탈출할 수 있다고 생각했다. 그런데 나한테 진짜 가족이 있다고? 아니, 그들도 진짜 가족이라고 할 수 없었다. 그렇게 받아들인다면 아빠나 성재도 자신의 가족이었다.

성은은 얼굴을 감싸 쥐었다.

어쨌든 한 가지만은 분명했다. 그녀의 곁에 완벽한 가족은 없었다.

"무슨 일이냐?"

경훈은 서재 책상 위에 엎드려 있다가 문소리에 인상을 찌푸리며 고개를 들었다. 잔뜩 찌푸린 얼굴은 성은을 보자마자 활짝 펴졌다.

"어, 우리 성은이구나. 그렇지 않아도 아빠가 기분이 좋지 않았는데 우리 성은이 보니까 갑자기 어디선가 힘이 불끈 솟는데."

성은은 경훈의 농담에도 미소를 지을 수가 없었다.

"무슨 일이야? 설마 나쁜 소식이니?"

"모르겠어요. 나쁜 소식인지, 좋은 소식인지. 아빠가 듣고 판단하세요."

성은은 등 뒤에 감추고 있던 사진을 내밀었다.

"박 실장님한테 이걸 받았어요."

경훈의 눈이 휘둥그레졌다.

"박 실장이 뭐라고 했는지는 모르겠지만……."

경훈의 굳은 얼굴에서 떨리는 목소리가 나왔다. 오른쪽 눈썹이 살짝 뒤틀렸다. 경훈이 거짓말을 할 때 나오는 버릇이었다. 성은은 어설픈 변명 따위를 건너뛰기 위해 입을 열었다.

"유전자 검사를 했었어요."

경훈이 벌떡 일어서며 소리를 질렀다.

"뭐?"

"일단 제가 얘기를 끝낼 수 있게 도와주세요."

성은은 아빠의 눈을 피하며 말을 이었다.

"열한 살 때 부부싸움을 하시는 걸 어쩌다 듣게 됐어요. 엄마가 아빠를 닦달했죠. 주워 온 아이에게 집착한다면서. 도저히 믿을 수 없었어요. 절대로 믿을 수 없었어요. 하지만 맘속 깊은 곳에서는 그게 사실일지도 모른다는 생각이 들었어요. 그러면 모든 게 설명이 되니까요. 엄마가 왜 날 그렇게 미워했는지, 그래서 유전자 검사신청을 했죠. 그런데 우습죠? 결과지가 왔는데 확인을 못했어요. 그걸 확인하는 순간 정말 믿어야 하니까요. 얼마 전에야 결과지를 열었어요. 아빠의 자식이더군요. 그 순간의 기분을 어떻게 설명할 수 있을까요? 난 최악의 대답을 기대하고 있었어요. 엄마의 말대로 내가 아빠의 가장 친한 친구 부부의 아이라는……. 그래. 그 정도까지는 견딜 수 있어, 몇 년 동안 내 자신을 세뇌했어요. 몇 년 동안 그 시나리오에 맞춰 대본을 쓰고 연습했어요. 대사 한 줄 한 줄 전부 다. 각각의 경우의 수에 따라 수백 개의 대본을 머릿속에서 쓰고, 지우기를 반복했죠. 그런데 결과가 뭐였는지 아세요? 내가 쓴 대본이 아무 소용이 없었던 거예요. 내가 쓴 대사들과 완전히 다른 대사들을 외운 배우들이 공연하고 있는 거예요. 하는 수 없이 다시 대본을 쓰기 시작했어요. 아빠와 내 생모는 정말 많이 사랑했지만 아빠는 이미 정략결혼을 한 상태였고, 날 낳다 생모는 죽었을 거라고. 아빠는 마침 친한 친구 부부가 죽어버리자, 날 그 친구 부부의 아이로 위장해서 나를 데려다 키웠을 거라고. 그렇게 견뎠어요. 그 대본이 완성되는 날 아빠에게 말하고 싶었어요. 날 낳아준 사람이 누구예요? 왜 날 친한 친구 부부의 아이라고 속인 거죠? 그 대본은 그렇게 시작돼요. 그런데 오늘 박 실장님이 오셔서 다시 내 시나리오가 아무 소용이 없다고 말하더군요. 이젠 그만하고 싶어요. 도대체 진실이 뭔가요? 정말 아빠가 마음대로 시험관 시술에 아빠 정자를 이용한 건가요? 도대체 왜요?"

"그 사람을 사랑했다."

예상했던 대답이었지만 성은은 바들바들 떨기 시작했다. 또다시 자신이 쓴 시나리오가 무너지고 있었다. 세상에서 일어나는 모든 일들을 이해할 수 있다고 생각했다. 어떤 끔찍한 일도, 어떤 행운도, 어떤 불행도, 어떤 인생도 담아내는 작가가 되고 싶었다. 그래서 받아들일 수 있다고 생각했다. 하지만 지금 이 순간, 자신이 생각했던 세상이 무너지고 있었다.

"내 목숨보다, 세상 그 무엇보다 사랑한 여자였어. 하지만 혜인이는 내가 아닌 나의 가장 친한 친구를 사랑했지. 그들의 행복을 볼 때마다 내가 얼마나 절망했었는지. 혜인이가 희성이를 닮은 아기를 가지는 게 소원이라고 말했을 때, 나도 소원했어. 혜인이를 닮은 아기를 가질 수 있다면 모든 걸 걸 수 있다고. 정말 단 한 개의 수정란이었어. 다섯 개 중의 하나. 성공할 거라고 생각하지 않았다. 다섯 개 모두가 실패로 끝나는 게 당연한 확률이었으니까. 성공할 거라고 기대하지도 않았어."

할 말이 없었다.

"희성이가 갑자기 피살당하고, 그 충격으로 혜인이가 아이를 낳다 죽었을 때, 나도 제정신이 아니었어. 세상 전부가 무너진 거 같았지. 하지만 네가 있어서 살 수 있었어."

"세상 전부가 무너졌다고요? 그래도 유전자 검사를 해서 본인 자식만 빼내고 다른 아이들을 몰래 버릴 정신은 있으셨네요."

"성은아!"

성은은 눈앞이 잘 보이지 않아 몇 번이나 눈을 깜박였다.

"제 엄마라는 사람은 아빠를 믿었을 거예요. 오랫동안 알고 지냈다면서요. 여동생처럼 아꼈다면서요? 어떻게 그런 사람을 속일 수 있었어요? 아니, 그 모든 걸 제쳐두고서라도 환자를 기만하는 의사를 어떻게 이해해요?"

성은은 경훈의 눈을 마주치지 못했다.

"아빠가 무서워요. 아무리 사랑했다고 해도, 사랑이라는 이유로 어디까지 용서해야 하는 건지 모르겠어요. 사랑이라는 이름으로 용납될 수 있는 인간 행동의 한계가 어디일까요? 범죄행위까지도 사랑이면 용서되어야 하는 건가요? 한 사람의 일방적인 감정도 사랑이라 부를 수 있는 건가요? 그건 사랑이 아니라 집착이고 횡포 아닌가요? 만약 제 엄마가 죽지 않았다면 난 어떻게 되었을까요? 이희성이라는 사람이 피살되지 않았다면 어떻게 되었을까요? 난 그 사람들의 딸로 살고 있었을까요? 단란한 가족으로? 그랬다면 다른 세 명의 아이들은 버려지지 않을 수 있었을까요?"

"성, 성은아."

아빠의 목소리가 간절했지만 성은은 돌아보지 않았다.

"지금은 그래요. 그렇게 수많은 생각들이 내 머릿속에서 휘몰아쳐요. 그래서 아빠의 변명 따위는 들어올 틈이 없어요. 그리고! 지금은 제 인생에서 가장 중요한 순간이거든요. 제 미래를 결정할 SAT시험이 코앞이에요. 이렇게 중요한 순간을 그따위 믿기도 힘든 엉터리 가족사에 낭비할 수는 없어요."

성은은 뒤도 돌아보지 않고 서재를 나왔다.

***

"아빠 나가시는데 인사도 안 할 거니?"

성은은 문밖에서 들리는 엄마의 목소리에 이불을 뒤집어썼다. 밤새 한숨도 자지 못했다.

"성은아."

방문이 달각거리는 소리와 함께 아빠의 목소리가 가까이에서 들렸다.

"성은아."

아빠가 성은의 어깨를 흔들었지만 성은은 뒤집어쓴 이불을 힘껏 움켜쥐기만 했다. 아빠의 한숨 소리가 들렸다.

"아빠 오늘 일본 출장 가. 급한 일이 생겨서. 아마 며칠 걸릴 지도 모르겠다. 갔다 와서 얘기하자꾸나."

아빠의 발걸음 소리가 멀어져갔다. 성은은 이불 속에서 혼자 울었다. 밤새 흘렸는데도 눈물은 그치지 않았다.

2. 츠바사, 일본, 도쿄

남자는 구미의 돈을 쓰고 제때에 갚지 못했다. 야쿠자의 돈을 쓰고 이자도 내지 않은 채 제때에 갚지 못하면 죽음 외에 다른 결론은 없었다. 츠바사는 남자가 묵고 있다는 호텔로 향했다.

'우리 돈을 갚을 능력도 없는 놈이 이런 특급호텔에 묵다니.'

특급호텔의 로비는 화려했다. 츠바사는 가발과 안경으로 변장을 간단히 끝냈다. 어차피 CCTV는 시간에 맞춰 가동을 멈추게 되어 있었지만 조심할 필요가 있었다. 형제들도 만약의 경우를 대비해 콧수염이나 모자 등으로 얼굴을 가렸다.

츠바사의 고갯짓에 형제들이 움직이기 시작했다. 형제들이 츠바사를 에워쌌다. 이제 츠바사에게도 형제가 생겼다. 원하든 원치 않았든 이제 츠바사는 자신이 원하는 대로 살 수 없었다. 상관없었다. 츠바사는 단지 히미코가 원하는 대로 살 수 있기만 바랐다.

남자는 샤워를 하고 나오다 침대에 앉아 있는 츠바사를 보고 놀라서 재빨리 뒤돌아 욕실로 향했다. 하지만 형제들이 더 빨랐다. 남자는 단 한 걸음도 내딛기 전에 형제들에게 붙잡혔다.

"살려주세요. 정말 갚을 수 있어요. 지금은 사정이 좋지 않지만……."

남자는 모든 걸 포기한 듯 무릎을 꿇고 짧은 일본어로 빌었다. 츠바사는 단도를 들고 남자에게 다가갔다. 단 한 번의 손놀림으로 남자는 고꾸라졌다. 히미코가 가르쳐준 방법이 효과가 있었는지 남자는 신음조차 없었다.

히미코는 이왕 사람을 죽일 거라면 고통 없이 죽여야 한다고 생각했다. 츠바사는 단 한 번도 자신이 죽이는 사람의 고통 따위는 생각해 본 적이 없었다. 어릴 적, 끝없이 계속되는 고통에 몸부림쳤으면서도 타인의 고통에는 무관심했다. 하지만 히미코는 달랐다.

"어차피 내 운명이 다른 이의 목숨을 빼앗아야 하는 거라면 조금이라도 그 죗값을 덜고 싶어. 죽어가는 이에게 고통을 주고 싶지 않아."

항상 그랬다. 최악의 상황에서도, 가장 깊은 나락에서도 히미코는 선한 본성을 지키려 애썼다.

히미코는 구미에서 관리하는 유명 횟집 주방장을 매일 찾아가 부탁했다. 주방장은 생선을 단 한 번에 기절시킨 뒤 살아 있는 채 회를 뜨기 때문에 회의 참맛을 느끼게 해주는 것으로 유명했다. 주방장이 그 방법을 알아내기까지는 수많은 생선들을 죽였다고 했다. 히미코는 그 방법을 배워 인간에게 응용했다. 츠바사는 아무런 외상없이 쓰러진 남자의 목에 손가락을 가져다 댔다. 맥박은 차분했다. 히미코의 말은 한 번도 틀린 적이 없었다. 츠바사는 기절한 남자에게 단도를 내리꽂았다. 남자는 신음도 미동도 없이 피를 내뿜기 시작했다.

형제들이 재빨리 뒷정리를 하기 시작했다. 츠바사는 형제들을 뒤로 한 채 먼저 호텔방을 나왔다. 호텔 로비에서 히미코가 기다리고 있었다. 히미코는 츠바사를 보자마자 손을 흔들었다. 급하게 달려왔는지 교복을 입은 채였다. 히미코를 보자마자 코끝에 남아 있던 피비린내가 싹 가셨다. 죽음을 대할 때마다 드리우는 그림자가 사라졌다. 그에게 히미코는 그랬다. 히미코만 있다면 이 끝없는 폭력과 죽음의 세계에서 살아남을 수 있을 거 같았다. 하지만 그가 살아남는 동안 히미코는 서서히 죽어갈 터였다. 어린 시절 그에게 몸속을 파내주며 고통스러워했던 것처럼 끝없는 고통에 시달려야 할 것이다.

"무슨 일이야? 혹시 뭐가 잘못됐어?"

불안감에 히미코의 눈빛이 흔들렸다. 츠바사는 이를 악물었다. 히미코는 그보다 다섯 살이나 어렸다. 그런데도 항상 츠바사의 누나처럼 굴었다.

"왜 잘못된 일이 있다고 생각하지? 그냥 밥이나 먹자고 부른 거야."

히미코가 고개를 갸웃했다.

"여기서? 여기가 얼마나 비싼 덴 줄 알아?"

츠바사는 양복 윗주머니의 지갑을 톡톡 두드렸다.

"그 정도 능력은 된다고."

히미코는 피식 웃었다.

"다행이다. 난 또 무슨 일 난 줄 알고 깜짝 놀라서 달려왔잖아. 그런데 오빠 혹시 내 단도 못 봤어?"

츠바사는 눈썹만 치켜 올렸다. 히미코는 한숨을 내쉬며 고개를 갸웃했다.

"어디 갔는지 도저히 찾을 수가 없더라고. 내가 분명히 침대 옆 서랍장에 넣어 뒀는데."

"원래 급하면 물건 찾기가 더 힘들어지잖아. 찾지 않으면 나올 거야. 걱정 마."

츠바사는 아무렇지도 않게 대꾸하며 히미코를 레스토랑으

로 이끌었다. 히미코는 생일 케이크가 세팅된 식탁으로 안내받자 놀라서 눈이 휘둥그레졌다.

"며칠 뒤면 네 생일이잖아. 미리 축하하는 거야."

"고마워, 오빠."

"빨리 소원 빌고 촛불 꺼라. 이러다간 케이크가 양초로 뒤범벅되어서 먹지도 못하겠다."

츠바사의 말에 히미코가 두 손을 모으고 기도를 한 뒤 촛불을 껐다.

"무슨 소원 빌었어? 아버지가 네가 의대에 가는 걸 허락해 달라고?"

히미코는 대답하지 않았다.

"걱정 마. 네가 원하면 뭐든 이루어질 거야."

츠바사의 말에 히미코는 힘없이 웃었다.

"그런 우울한 얘기하지 말고, 빨리 주문이나 하자. 제일 비싼 거 먹어도 되는 거지?"

츠바사는 고개를 끄덕였다. 히미코는 음식을 먹으며 쉼 없이 조잘거렸다. 후식이 나올 무렵 츠바사의 휴대폰에 문자가 떴다.

'준비 끝났음.'

츠바사는 히미코가 후식으로 나온 모나카와 케이크를 먹는 모습을 물끄러미 바라보았다.

"히미코."

히미코가 치즈 케이크에서 고개를 들었다.

"오빠가 널 많이 사랑하는 거 알지?"

히미코의 눈빛이 묘하게 변했다.

"알아. 오빠를 가족으로 가지게 된 게 내 인생의 유일한 행운이었는걸. 나도 오빠를 많이 사랑해."

언제나 같은 대답. 히미코는 항상 츠바사를 '가족'이라는 굴레에 가둬버렸다. 그래도 좋았다.

"내 부탁 하나만 들어줄래?"

히미코는 장난스럽게 냅킨을 식탁 위로 던졌다.

"내가 이럴 줄 알았어. 어쩐지 비싼 음식 사 주면서 사랑이 어쩌고저쩌고 하더라니. 뭔데?"

"1301호."

츠바사의 말에 히미코의 얼굴에서 미소가 싹 사라졌다.

"지금?"

츠바사는 고개를 끄덕였다. 히미코는 부스럭거리며 가방을 집어 들었다.

"일단 호텔에서 같이 나갔다 들어와야겠네. 잘못하다가는 오빠가 의심받을 수도 있으니까. 미리 얘기해 줬으면 계획을 세웠을 텐데 갑자기 말하니 나도 정신이 없다."

호텔 밖으로 나가면서 히미코는 횡설수설했다. 언제나 이런 일을 앞두면 그랬듯이.

"자, 이제 여기서 헤어지자."

히미코는 호텔에서 꽤 떨어진 곳까지 걸어오고 나서 걸음을 멈추고는 다시 돌아섰다. 츠바사는 히미코의 뒷모습을 물끄러미 바라보았다.

"히미코!"

히미코가 츠바사를 향해 돌아섰다. 츠바사는 달려가 히미코를 꼭 껴안았다. 츠바사의 품에서 히미코의 몸이 딱딱하게 굳었다.

"오빠가 널 많이 사랑하는 거 알지?"

히미코는 츠바사의 품에서 벗어나며 츠바사의 눈을 뚫어지게 바라보았다.

"오빠."

"그냥 그렇다고. 내가 직접 이런 일을 시키려니까 좀 미안해서 그래."

히미코는 피식 웃었다.

"겨우 그거였어? 난 또 뭐라고. 괜히 분위기 잡고 있어. 놀랐잖아. 꼭 마지막인 것처럼 굴어서. 빨리 집으로 가기나 해. 깔끔하게 처리하고 갈 테니까."

히미코는 다시 돌아서 호텔로 향했다. 한 번도 돌아보지 않고. 츠바사는 히미코의 모습이 보이지 않을 때까지 기다렸다가 공중전화로 향했다.

"경시청이죠? 야쿠자와 관련된 살인계획을 우연히 알게 되었는데요."

츠바사가 전화를 끊기도 전에 사이렌이 울렸다. 지금쯤 히미코는 1301호, 그 살인현장에 들어서고 있을 터였다. 히미코의 지문이 가득한 단도가 꽂힌 채 죽은 그 남자를 보고 히미코는 어떤 생각을 할까?

3. 성은, 한국, 서울

성은은 모의고사 시험지를 앞에 두고 집중을 하려 최선을 다했다. 벌써 1번 문제만 열 번이 넘게 다시 읽고 있었다. 그래도 무슨 뜻인지 이해되지 않았다. 이번 시간도 또 답안지를 일렬로 찍어서 제출해야 할 모양이었다.

'잘하는 짓이다. 아무도 눈치챌 수 없게 하겠다고, 다른 사람들한테 약한 모습을 절대 보이지 않겠다고 결심해 놓고, 이게 뭐하는 짓이람. 시험 성적표 나오자마자 담임이 부모님이랑 동반호출하겠구만.'

성은은 한숨을 내쉬었다. 그저 멍했다. 생각할수록 자신에게 닥친 상황들이 황당하고 어설펐다. 어떻게 그런 일이 실제로 벌어질 수 있었을까? 그래도 단 한 가지 변하지 않는 사실은 경훈이 성은의 아빠라는 거였다. 어떤 과정을 거쳐 그렇게 되었는지는 모르겠지만. 성은을 태어나게 만들고, 성은을 키워준 사람은 경훈이었다. 그 모든 것이 경훈의 어이 없는 사랑이 몰고 온 비극이었다고 해도 이 세상에서 유일하게 성은만은 경훈을 용서해야 했다. 그게 밤새워 성은이 내린 결론이었다.

"한성은!"

성은은 딴생각에 빠져 있다가 자신을 부르는 소리를 듣지 못했다.

"성은아!"

감독교사가 성은의 어깨를 흔들었다. 아무래도 문제를 풀지 않고 딴생각을 하는 걸 들킨 모양이었다. 성은은 애써 아무렇지도 않은 표정을 지으며 교사를 올려다보았다.

"잠깐 나와라."

"예?"

"잠깐 나와."

성은은 영문도 모른 채 감독교사를 따라 교실 문을 나섰다. 복도에는 담임이 서성이고 있었다.

"성은아."

성은의 이름을 부르는 노처녀 담임의 눈에는 눈물이 그렁그렁했다.

"네 아버지가, 네 아버지가……."

담임은 차마 뒷말을 잇지 못했다. 성은은 덜덜 떨리기 시작하는 턱을 악물었다. 더 이상 나쁜 소식은 듣고 싶지 않았다. 하지만 담임의 다음 말이 나쁜 소식이라는 건 바보가 아

니라도 알 수 있었다. 복도 끝에서 성재가 울부짖으며 달려
오는 것이 보였다.

* * *

집안은 이미 아수라장이었다. 아버지의 피살 소식을 들은
친가 쪽 친척들과 외가쪽 친척들은 서로 자기 할 말을 꺼내
기 바빴다. 그 모든 사람들이 내는 목소리가 뒤엉켜 성은의
머릿속을 파고들었다.

"일본 경시청에서는 뭐라고 하는 거예요?"

"당신 경찰 쪽에 아는 사람 있다고 하지 않았어? 경찰 쪽
에 한번 물어 봐."

"분명 야쿠자 짓이야. 내가 그쪽 돈은 절대 안 된다고 몇
번이나 말했는데……."

"세상에나, 하필이면 타지에서 칼에 찔려 죽다니……."

"범인은 누구래요? 용의자는 가닥이 잡힌 거예요?"

성은은 조용히 방으로 올라왔다. 자신에게 시간을 줘야 했
다. 이 모든 끔찍한 일들을 감당할 텅 빈 시간을 줘야 했다.
살아남기 위해서는 어쩔 수 없었다.

가족들은 아무도 성은을 찾지 않았다. 부검이 끝난 뒤 아
버지의 시신이 한국으로 돌아오기까지는 열흘의 시간이 걸
렸다. 시신이 돌아오자마자 장례식이 열렸다. 아무리 병원

사정이 어렵다고는 해도 국내 굴지의 병원장이었던 사람의 장례식인 만큼 꽤 거창했다. 3일 간의 조문기간 동안 수백 명의 사람이 장례식장을 다녀갔다. 그 모든 사실을 성은은 방 안에 갇혀 인터넷을 통해 알았다. 아무도 성은을 찾지 않았다. 성은은 밤이 되면 몰래 부엌으로 가서 먹을 것을 챙겨들고 방으로 향했다.

장례식이 끝난 뒤 사람들이 집으로 몰려들었다. 며칠 뒤부터 밤에도 사람들이 거실에 진을 치기 시작했다. 빚을 받으러 온 사람들이었다. 성은은 그 사람들이 잠시 자리를 비운 틈을 타 부엌에서 먹을 것을 가져왔다. 그것도 여의치 않을 때면 곰팡이 핀 빵에서 곰팡이만 떼어 내고 먹거나, 물만 먹으며 버티기도 했다. 그 시간 동안 아무도 성은을 찾지 않았다.

* * *

성은은 한 달 만에 처음으로 엄마를 마주했다. 망설이고 망설이다 내린 결정이었다. 아빠가 없는 집은 더 이상 성은의 집일 수 없었다.

"저 유학 갈 거예요."

"그래서?"

"제 유학비용 정도는 주셔야 한다고 생각하는데요."

"뭐가 어쩌고 어째? 아버지 장례식 동안 코빼기도 안 보이고 숨어 있다가 그 끔찍한 빚쟁이들에 시달리는 거 보면서도 아는 척 한 번도 안 하고 있다가 이제 와서 뭐가 어쩌고 어째? 정말 너란 인간은 어쩔 수가 없구나."

"맞아요. 그래도 다행이죠? 엄마 친딸이 아니라서?"

"뭐?"

이번에는 엄마가 당황할 차례였다. 성은은 명인이 주었던 신문기사의 복사본을 내밀었다.

"이때 주식 상당했다고 들었어요. 그 주식을 전부 다 한꺼번에 파셨다는데, 그래서 그 회사가 망해 버렸다는데, 그 돈은 지금 어디 있나요?"

"너, 너, 도대체 언제부터 알고 있었던 거야?"

"모르는 게 더 이상한 거 아닌가요? 눈치채라고 그렇게 구박하셨던 거 아니었어요?"

"지금 내가 널 구박했다고 말하는 거니? 기가 막혀! 누가 봐도 난 너한테 최선을 다했어. 우리 성재보다 너한테 더 많은 돈을 쏟아 부었으면 부었지……."

"돈만으로는 해결되지 않는 것도 있어요."

"그래? 돈만으로는 해결되지 않는 것도 있는데 넌 왜 지금 이 상황에서 네 돈을 달라는 거니?"

"엄마!"

오랜 시간 길들여진 호칭이 자신도 모르게 튀어나왔다.

"날 그렇게 부르지 마! 난 네 엄마가 아냐!"

엄마는 소름 끼친다는 듯 소리를 질렀다. 확실하고 분명한 거부에 눈물이 차올랐다. 그래도 키운 정이라는 게 있다고 믿었던 자신이 우스웠다.

"당장 모두 길에 나앉게 생겼어. 그런데 뭐가 어쩌고 어째? 하여간 넌 어릴 때부터 그랬어. 자기밖에는 모르는 이기적인 아이였지. 도무지 정을 줄래야 줄 수가 없을 정도로 못됐다니까."

성은은 한숨을 내쉬며 눈물을 닦았다. 더 이상 기대할 것은 남아 있지 않았다. 시간은 무참히 흘러갔다. 그 시간을 그대로 내버려둘 수는 없었다.

4. 히미코 혹은 엔젤, 일본에서 미국으로

깨어났을 때는 눈가리개를 한 채 손발이 묶여 있었다. 히미코는 깨어난 것을 들키지 않으려 느리게 숨을 쉬었다. 이동하는 중인 듯했다. 자동차 엔진의 소음으로 보아 2000CC 이상 중형 세단이었다.

"깼나?"

어떻게 알았지? 순간적으로 숨소리가 흐트러졌나? 히미코의 속마음을 읽기라도 한 듯 저음의 남자 목소리가 대답했다.

"생각보다 똑똑하군. 머리가 깨질 듯이 아플 텐데도 숨소리조차 조절하다니."

히미코는 대답하지 않았다.

"묵비권이라. 그다지 유리한 상황은 아닌데. 하긴, 뭔가를 말한다고 해도 달라지는 건 없겠지. 아직 도착하려면 시간이 걸리니까 좀 자두라고. 마취제가 해독될 시간은 줘야지."

어림없는 소리였다. 분명 뭔가 단서가 될 만한 것을 알아낼 수 있을 터였다. 지금 들린 소리가 뭐지? 신칸센인가? 도대체 시간이 얼마나 흐른 걸까? 어떻게든 빠져나갈 방법을 생각해내야 했다. 남자의 말대로라면 분명 목적지까지는 시간이 걸리는 모양이었다. 목적지에 도착하고 난 뒤 갇혀버리기 전에 탈출하는 것이 가장 좋았다. 하지만 마음과는 다르게 잠이 쏟아졌다.

***

다시 잠에서 깨어났을 때는 맞은편의 거울을 제외하고는 잿빛의 벽으로 둘러싸인 방이었다. 커다란 테이블, 수사관과 히미코가 앉아 있는 의자가 가구의 전부였다. 히미코는 본능적으로 의자에 묶인 몸을 이리저리 움직여 보았다. 꿈쩍도 하지 않았다. 수사관은 가소롭다는 듯 히미코를 바라보았다.

그리고 기나긴 취조가 시작되었다.

"도대체 왜 그 남자를 죽였지?"

"얼마나 많은 사람을 죽인 거지?"

"누가 시켰나? 어떤 조직에 속해 있나? 아니면 돈을 받고 청부살인을 하는 건가? 혼자 움직여?"

수사관의 질문은 끝도 없었다. 하지만 히미코는 입을 열기는커녕 눈썹 하나 깜짝하지 않았다.

남자가 질문을 하건 말건 히미코는 귀머거리에 벙어리가 되어 내내 침묵을 지켰다. 어떻게 된 일인지 도무지 알 수 없었다. 히미코는 일어난 일들을 머릿속으로 차분히 정리하기 시작했다.

호텔방에 도착했을 때 남자는 이미 죽어 있었다. 혹시 다른 조직원들이 나선 걸까, 라며 고개를 갸웃하던 순간 호텔 방문이 부서지며 경찰이 들이닥쳤다. 순식간에 벌어진 일에 놀라 어이없이 마취총 한 방에 쓰러졌다. 경찰은 '손들어'라거나 '경찰이다'라는 경고 한 번 없이 히미코를 덮쳤다. 쓰러지던 순간 남자의 등에 꽂힌 단도를 보았다. 내 단도는 어떻게 거기에 있었던 거지? 왜 경찰은 다짜고짜 날 붙잡으려 한 걸까? 왜 권총이 아닌 마취총을 쏜 걸까? 도대체 어떻게 알고 내가 들어가자마자 들이닥쳤을까? 이 사람들이 경찰은 맞는 걸까? 수사관의 질문보다 히미코가 묻고 싶은 것이 더 많았다.

"좋아. 끝까지 아무것도 말하지 않겠다 이거지? 누가 이기는지 한번 해보자고."

수사관은 히미코를 남겨둔 채 취조실을 나섰다.

창문 하나 없는 방, 낮인지 밤인지 알 수 없었다. 히미코는 다시 한 번 뒤로 묶인 손목을 비틀어 보았다. 밧줄에 쓸려 벗겨진 상처가 다시 벌어졌다.

***

"좀 씻고 싶지 않아?"

다음 날, 돌아온 수사관의 첫마디였다. 히미코는 자신도 모르게 이를 갈았다. 밤새 의자에 묶인 채 꼼짝도 할 수 없었다. 밥을 먹기는커녕 화장실조차 갈 수 없었다. 겨우 배고픔이나 배변허락 때문에 입을 열 수는 없었다. 허락을 구한다는 건 상대가 강자라는 사실을 인정하는 거였다.

수사관이 대소변으로 뒤범벅이 된 히미코를 노려보며 코를 움켜쥐었다.

"당장이라도 배고프다고, 씻고 싶다고, 화장실에 가고 싶다고, 어떤 말이든 단 한마디만 해. 그러면 풀어줄 테니까."

히미코는 눈만 깜박거렸다. 이 사람들은 분명 경찰이 아니었다. 아무리 현행범으로 붙잡혔다고 해도 경찰이 이런 식으로 범인을 대할 리가 없었다. 긴 이동시간도 앞뒤가 맞지 않았다. 도쿄 시내에서 벌어진 범죄였다. 도쿄 중앙 경시청까지는 한 시간도 걸리지 않았다. 혹시 반대파일까? 다나카 구미는 근래 들어 적이 많아졌다. 얼마 전에도 다른 구미와의 영역 다툼이 있었다. 츠바사의 쿠미쵸 계승을 반대하는 내부의 적도 꽤 많았다. 츠바사의 백혈병 병력이 문제였다. 적은 도처에 도사리고 있었다.

"더러운 년. 독한 년."

히미코가 아무런 반응을 보이지 않자 수사관은 약이 바짝 올라 발을 동동 구르다 취조실 밖으로 나가버렸다.

그나마 아무것도 먹지 않아 다음 날부터는 대소변 문제는 해결되었다. 하지만 피부에 달라붙은 대소변 찌꺼기들 때문에 두드러기가 나서 간지러워 미칠 것 같았다.

***

꼬박 하루가 지나자 고문이 시작되었다. 구타, 물고문, 전기충격……. 히미코는 비명조차 지르지 않았다. 고통이라면 익숙했다.

"독한 년!"

수사관이 전기충격기를 집어던지며 기침을 해댔다. 살이 타는 고린내가 가득했다.

"너 인간이긴 한 거냐?"

히미코는 멍한 표정으로 눈만 깜빡였다.

"이년 진짜 바보 아냐?"

히미코는 수사관이 하는 말에 반응을 보이지 않으려 다른 생각을 했다. 언제쯤이면 츠바사가 구하러 와 줄까? 벌써 사흘이 흘렀다. 분명 츠바사가 구하러 와줄 터였다. 그녀를 이렇게 내버려두지 않을 거였다.

"좋아. 맘대로 해. 네년이 이기나 내가 이기나 해보자."

수사관은 히미코를 묶어둔 채 취조실 문을 잠그고 나가 버렸다.

그리고 똑같은 일이 끊임없이 반복되었다.

며칠이나 지났을까? 히미코는 간신히 눈꺼풀을 들어올렸다. 금발의 남자가 히미코를 발로 툭툭 찼다.

"와, 생각보다 정말 대단하네."

히미코는 다시 눈을 감았다. 눈을 뜨고 있을 힘도 없었다. 바짝 말라버린 입술이 떨어지지 않았다. 금발남자는 히미코의 입술에 물기 가득한 손수건을 가져다댔다. 히미코는 본능적으로 손수건의 물을 빨아들였다. 독이 들어 있다 해도 당장의 갈증만 해결할 수 있다면 상관없었다. 마른 입속에 물기가 돌자 히미코는 물고 있던 손수건을 뱉었다.

"목 안 말라?"

남자는 머리 색깔보다 조금 더 짙은 색의 금발 눈썹을 치켜떴다.

"엄청난 자제력인데. 정말 듣던 대로군. 믿지 않았었는데.

정말 대단해. 마사히로가 엄청난 조직원을 길러냈군. 아마 지금쯤 널 잃어버렸다는 생각에 화가 나서 날뛰고 있을 거야."

듣던 대로? 누구한테? 뭘 들었는데? 순간 히미코는 감고 있던 눈을 번쩍 떴다. 푸른 눈의 백인 남자는 분명 일본어로 말하고 있었다. 그제야 남자의 목소리가 익숙하다는 것을 깨달았다. 분명 자동차에서 들었던 목소리였다. 도대체 누굴까? 혹시나 남자가 자신의 생각을 눈치챌까 재빨리 눈을 감았지만 남자의 입술에는 미소가 번진 뒤였다.

"내가 누군지 궁금하지?"

히미코는 더 이상 반응하지 않기 위해 다른 생각을 하려 노력했다. 도대체 츠바사는 왜 날 찾지 않는 걸까?

"아니, 츠바사가 더 궁금하려나?"

순간, 움찔했다. 허기와 고문으로 인해 허약해진 몸이 정신마저 허약하게 만들고 있었다.

"츠바사가 신고했다면 믿겠어?"

히미코는 자신도 모르게 이를 악물었다. 거짓말이었다. 세상 그 누가 배신한다고 해도 츠바사는 아니었다.

"가까운 사람의 배신은 견디기 힘들지. 그냥 가까운 사람도 아니지. 네가 네 속을 모조리 파내서 살려준 사람인데, 그 사람의 배신이 얼마나 아프겠어?"

함정이었다. 사실일 리 없었다. 반응하면 어리석은 거였다.

"믿고 싶지 않겠지. 그런데 내가 누구한테 그런 얘길 들었겠어? 입양이니 골수이식이니 신장이식이니…….”

미끼였다. 어린 시절 같은 동네에 살았던 사람들은 모두 알고 있는 사실이었다.

“미끼라고 생각하나? 그러면 이걸 들어보겠어?”

남자가 휴대폰의 버튼을 누르자 츠바사의 목소리가 울렸다.

“경시청이죠? 야쿠자와 관련된 살인계획을 우연히 알게 되었는데요.”

츠바사의 목소리였다. 귀를 막고 싶었지만 손은 묶여 있었다. 히미코를 이를 악물었다. 조작이었다. 츠바사가 그랬을 리가 없었다. 남자는 휴대폰의 버튼을 눌러 녹음기를 껐다.

“두 달 전에 네가 암살한 미국인 기억해? 범인을 잡기 위해 인터폴과 CIA가 난리도 아니었지. 다나카 구미가 의심스럽기는 했지만 증거는 하나도 찾지 못했어. 모두들 풀리지 않는 사건 때문에 짜증을 내면서도, 그 솜씨에 감탄했었지. 정말 완벽한 솜씨였어. 너무 완벽해서 여고생 따위가 저지른 일이라고는 누구도 상상하지 못했어. 하지만 몇 달이나 계속되는 감시에 츠바사도 지친 모양이야. 경찰에 널 넘겨주는 대가로 자신에 대한 감시를 그만두라고 말할 정도면.”

히미코는 독기 어린 눈으로 남자를 노려보았다.

“나한테 원하는 게 뭐야? 내가 이제껏 죽인 사람 명단? 죽인 방법? 아니면 죽이라고 시킨 사람? 내가 그딴 걸 불 거 같아?”

"이 순간에도 츠바사를 보호하고 싶어? 츠바사가 널 팔아 넘겼는데도?"

츠바사가 그녀를 팔아넘겼다면 이유가 있을 터였다. 그렇게 믿고 싶었다. 믿지 않으면 정말 그녀가 살아남을 이유가 사라져 버릴 테니까.

"정말 츠바사를 위해 목숨을 걸 생각이야? 그 정도로 어리석지는 않아 보이는데? 혹시 개의 밤이라는 말 알아? 북극에서는 견딜 수 없을 정도로 추운 날 개를 끌어안고 잔다고 하더군. 개의 온기 덕분에 사람은 얼어 죽지 않고 그 밤을 무사히 보낼 수 있지. 그래서 너무 추운 날을 개의 밤이라고 부른데. 그런데 그거 알아? 그렇다고 해도 개는 개일 뿐이야. 그 개를 꼭 끌어안고 잤다고 해서, 그 개를 사랑한다고 말한다고 해서, 개가 인간이 되지는 않지."

"당신들 도대체 누구야? 나에게 뭘 원하는 거지?"

"일단은 좀 씻고 먹고 나서 얘기하자. 너에게서 나는 냄새 때문에 내 코가 썩을 지경이거든."

남자는 맞은편의 거울을 향해 말을 이었다.

"내 말 못 들었어? 빨리 와서 처리해."

남자의 말이 끝나기도 전에 그녀를 고문했던 수사관이 들어와 히미코의 손목을 묶었던 밧줄을 풀어 주었다.

* * *

욕실에서 씻고 나오자마자 히미코를 기다리고 있는 건 탁자 위의 음식이었다. 비록 스프였지만 며칠 만에 보는 음식이었기에 히미코는 허겁지겁 먹었다. 정체를 알 수 없는 남자가 원하는 게 무엇인지는 알 수 없었지만 어쨌든 히미코를 죽일 생각은 없다는 판단에서였다. 수사관이라고 생각했던 남자는 히미코를 방으로 들여보낸 뒤 자취를 감추었다.

스프를 다 먹은 뒤 히미코는 주위를 둘러보았다. 고급스럽지는 않지만 깔끔한 인테리어는 레지던스 호텔을 연상시켰다. 가구는 새 것은 아니지만 사람의 손을 많이 탄 흔적이 없었다. 작은 창밖으로는 옆 건물의 벽만 보였다. 혹시나 하고 창문 손잡이를 찾아보았지만 없었다. 분명 방문은 잠겨 있을 터였다. 억지로 힘을 뺄 필요는 없지. 히미코는 침대 위에 털썩 드러누웠다. 며칠 동안의 피로가 한꺼번에 몰려왔다.

갑자기 텔레비전이 켜졌다. 히미코는 본능적으로 일어나 앉아 주위를 살폈다. 아마 누가 밖에서 방 안의 상황을 지켜보고 있는 모양이었다. 도대체 카메라가 어디 있는 걸까? 사방의 벽과 천장을 살피는 히미코의 귀에 자신의 이름이 들렸다.

"한국인 병원장 살인사건의 현행범으로 체포된 다나카 히미코 양이 구치소로 이송되던 중에 교통사고로 숨졌습니다."

놀라서 고개를 돌렸다. 히미코의 얼굴이 화면을 채웠다.

"다행히 호송을 담당했던 경찰관 두 명은 생명에는 이상이 없는 것으로 알려졌습니다. 다나카 양의 죽음으로 인해 사건은 종결되었습니다. 하지만 아직 고등학생인 다나카 양이 어떤 이유로 살인을 했는지, 다나카 양의 배후에 누가 있는지는 영원히 미제로 남겨졌습니다. 관계자의 말에 따르면 다나카 양은 최근 세력을 확장하고 있는 야쿠자 조직인 다나카 구미 쿠미쵸의 막내딸입니다. 경찰은 다나카 양의 배후에 야쿠자가 있다고 확신하고 관련인들을 소환해 조사했지만 혐의점을 찾지 못해 모두 돌려보내야만 했습니다. 하지만 가족들은 다나카 양의 범죄와 아무 관련이 없는 사람들을 경찰이 공범으로 몰아가려 한다며 반발하고 있습니다. 사건 당일 호텔의 CCTV에 찍힌 다나카 양의 오빠는 자신의 가족들은 카페를 경영하는 평범한 가족으로 야쿠자와 아무런 관련이 없으며, 사건 당일도 다나카 양의 생일을 축하하기 위해 특별히 호텔에서 식사를 한 것일 뿐 자신은 범죄와 관련이 없다고 주장하고 있습니다. 오빠의 증언에 따르면, 식사를 마치고 호텔을 나섰다가 다나카 양이 화장실에 가고 싶다고 하며 호텔로 돌아갔다고 합니다. 다나카 양이 돌아오지 않아 오빠가 호텔로 찾으러 온 지 얼마 되지 않아 경찰이 출동하면서 소란이 벌어졌고 호텔은 수사상황을 구경하는 투숙객들로 혼란스러웠다고 합니다. 결국 오빠는 다나카 양을 찾지 못하고 호텔을 나섰으며, 집에 돌아와서야 다나카 양의 범행에 관해 경찰에게 들었다고 합니다. 다나카 양의 어머니는 다나카 양이 한국 출신의 입양아로 사춘기에 접어들면서 이지메를 당해 성격이 많이 거칠어졌다고 진술했습니다. 그러면 어머니의 인터뷰를 보시겠습니다."

갑자기 텔레비전의 화면이 까맣게 변했다.

"더 볼 필요가 있어?"

남자의 목소리에 히미코는 고개를 돌렸다. 아까 본 금발 머리 남자가 리모컨을 들고 문가에 서 있었다.

"상황이 어떻게 돌아가는지 설명해주신다면 더 볼 필요가 없겠죠."

남자의 입꼬리가 슬며시 올라갔다. 히미코는 침대에서 일어나 남자와 마주했다. 상대와 동등한 위치에 시선을 두어야 주눅 들지 않을 수 있었다.

"떨지도, 당황하지도 않는구나?"

"그래야 하나요?"

마침내 남자가 참았던 웃음을 터뜨렸다.

"진짜 내가 대어를 건졌군. 일단 내 소개부터 하지. 내 이름은 워렌 스미스야. 그냥 워렌이라고 불러."

히미코는 워렌이 내민 손을 무시하며 되물었다.

"본명인가요?"

"물론이지. 그런데 내 손은 계속 무시할 건가?"

"악수는 서로에게 무기가 없음을 확인하는 행위에서 비롯되었죠. 저한테 무기가 없다는 건 본인이 더 잘 아실 텐데요."

"좋아. 호의적이진 않지만 적대적이 않군. 아까 어디까지 얘기했었지?"

"마이클 볼드윈."

"아까는 모른다고 잡아떼더니 이젠 좀 달라진 건가?"

"내가 그 사람을 죽였다고는 하지 않았어요. 두 달 전에 워낙 크게 떠들어댔던 사건이 기억났을 뿐이에요."

"그래. 볼드윈 덕분에 네 존재를 알게 됐지. 네 양아버지라는 사람이 엄청나게 자랑하더군. 어떤 고통에도 흔들리지 않는데다 자신이 목적한 바를 위해서라면 사랑 따위도 내버릴 수 있는 아이라고."

펠리시티. 어디선가 비릿한 피 냄새가 풍기는 것 같았다. 워렌이 다가왔다. 히미코가 움찔하면서 물러났지만 워렌은 히미코의 입술에 손가락을 가져갔다. 자신도 모르게 입술을 깨문 모양이었다. 워렌은 손가락에 묻은 히미코의 피를 보며 피식 웃었다.

"아무렇지도 않게는 아닌 모양이지만. 어쨌든 사랑 따위도 내던질 수 있다고 하더군. 자, 닦아."

히미코는 워렌이 건네준 손수건을 받아들고 입술의 상처를 닦았다.

"몇 주간 네 뒤를 쫓으면서 네가 탐나기 시작했어. 어떻게 널 빼내올까 고심했었지. 단순히 야쿠자의 암살자라기엔 네 위치가 그 집안의 딸이라 좀 그랬거든. 마사히로가 널 쉽게 내줄 거 같지도 않았고. 마사히로는 널 대단한 자산이라고 생각하더군. 그런데 엉뚱한 곳에서 실마리가 풀렸어."

"츠바사 오빠."

"맞아. 불쌍한 츠바사. 볼드윈 덕분에 인터폴과 CIA까지 나서면서 3년 전에 저질렀던 츠바사의 살인 혐의가 드러났지. 야쿠자 나부랭이 살인범과 부유한 미국인 사업가 살인범. 경찰은 선택의 여지가 별로 없었어. CIA가 도쿄 경시청을 들쑤시고 있었거든. 경찰은 즉시 협상에 들어갔지. 경찰이 제시한 조건은 하나였어. 너! 널 살인현장에서 붙잡을 수 있으면 츠바사의 죄는 덮어주기로 했다더군. 우린 그 계획을 알고 나서 미리 선수를 쳤어. 경찰보다 널 먼저 붙잡고 현장에는 너와 비슷하게 생긴 여자 조직원을 남겨뒀지. 그리고 고의로 일으킨 교통사고 현장에서 조직원은 얼굴이 뭉개진 시체를 남겨놓고 도망쳤어. 그렇게 넌 사망한 존재가 되었지."

히미코는 자신도 모르게 소리를 지를 뻔했다. 아직도 츠바사가 자신을 경찰에 팔아넘겼다는 사실을 믿을 수가 없었다.

"츠바사는 경찰이 협상을 제시한 즉시 승낙했다고 하더군. 게다가 네 시신을 확인하지도 않았고, 네 장례조차 치르지 않겠다고 했어. 다나카 가족은 널 완전히 버렸어. 결국 경시청에서 무연고 시신으로 처리해 화장했다고 하더군. 다시 그런 사람을 위해 일하고 싶지는 않겠지? 우리 조직을 위해 일한다면 넌 이제와는 완전히 다른 삶을 살 수 있을 거야. 네가 원하는 대로 의대에도 진학하고, 네가 배우고 싶거나 하고 싶은 일을 하면서 살 수 있게 될 거야."

히미코는 코웃음을 쳤다. 달라지는 건 아무것도 없었다. 그녀는 여전히 다른 이들의 살인무기일 뿐이었다.

"당신들이 시키는 살인을 하면서? 당신들은 뭐야? 꼴을 보아하니 삼합회는 아니겠고 마피아?"

"겨우 그 정도밖에 생각 못해? 분명 아까 말했을 텐데. 우린 볼드윈을 죽인 범인을 쫓고 있었다고."

"설마 그러면 CIA나 인터폴?"

남자는 고개를 저었다.

"아니, 그것보다 더 크고 더 강력한 조직이지. 우린 어느 나라에도 속하지 않아. 하지만 전 세계 정치가, 재벌, 과학자, 예술가, 언론인 등과 연관되어 있지. 권력, 명예, 돈을 가진 사람들은 대부분 우리 조직원이야. 볼드윈도 그랬고. 공식적으로 존재하지 않으면서 세상을 움직이는 조직, 그게 바로 우리야."

"그래서 난 이제 나쁜 놈들 편에서 강한 사람 편으로 옮겨가는 건가? 그러면 살인이 좀 더 고상해지나?"

히미코는 피식 웃었다. 그녀는 결코 착한 사람의 편일 수는 없는 모양이었다.

"적어도 악을 위해서 일하지 않아도 되잖아."

"정직하시네. 정의를 위해서 일한다고 하지 않는 걸 보면."

"세상이란 정의만으로 돌아가는 곳이 아니니까."

"나에게 선택할 권한이 있나?"

"물론. 우린 조직에 충성할 생각도 없는 조직원 따위는 필요 없으니까."

"그래서? 내가 당신 조직을 선택하지 않는다면?"

워렌은 당연하다는 듯 대답했다.

"죽어야겠지. 넌 이미 죽은 사람이니까."

* * *

"이제 이 비행기는 30분 뒤에 뉴욕 존 F. 케네디 국제공항에 도착하겠습니다. 현재 뉴욕의 날씨는……."

기장의 안내방송이 기내에 울려 퍼졌다. 히미코는 승무원이 건네주는 입국신고서를 받아들고 여권을 꺼냈다.

안젤리나 사토. 아직도 입에 붙지 않는 이름.

출발하기 전날, 워렌은 두툼한 서류뭉치와 여권을 던져주며 말했다.

"안젤리나 사토. 이제부터 그게 네 이름이야. 이민 1세대 일본인 부부의 아이. 중학교 때 이민 와서 영어는 좀 서툴러. 아버지는 무역업자고 어머니는 가정주부야. 넌 일본에 있는 외갓집에 머무르면서 한 달 동안 관광을 했어. 만약의 경우를 대비해 서류를 잘 외워 두는 게 좋을 거야. 머리가 좋다니 그 정도는 하룻밤에 외울 수 있겠지."

히미코는 머리를 끄덕이며 서류를 꺼내들었다.

"안젤리나 사토."

히미코가 소리 내어 이름을 말하자 워렌이 고개를 갸웃했다.

"그냥 엔젤이라고 부르는 게 낫겠군. 왠지 엔젤이라는 이름이 너랑 더 잘 어울리는 거 같아."

히미코는 아무 대답도 하지 않았다. 어디선가 츠바사가 자신을 부르는 목소리가 들리는 것 같았다. 엔젤, 나의 엔젤……

18세

1. 조, 미국, 워싱턴

조는 신경질을 내며 포르쉐를 집 앞에 주차했다. 하필이면 다나의 부모님이 가기로 했던 모임이 갑자기 취소될 게 뭐람. 조와 다나가 석 달 전부터 계획했던 레드불파티*는 시작도 하기 전에 끝나 버렸다. 단순한 파자마 파티로 알고 있는 다나의 부모님은 집에 돌아가겠다는 아이들을 만류했지만 아이들은 재빨리 집 밖으로 나왔다.

만약의 경우를 대비해 약속했던 대로 아이들은 가방 안에 맥주를 몇 개씩 숨겨 가지고 나왔다. 그 맥주들은 고스란히 조가 몰고 온 베스의 포르세 트렁크로 향했다. 조는 그중 한 개를 챙겨들고 현관문을 열었다. 어차피 조의 양부모님도 오늘 저녁 늦게야 돌아올 터였다. 가정부인 루시는 친척 결혼식에 간다고 했으니 집 안에는 베스밖에 없었다. 그 생각에 조는 망설였다. 맥주를 몇 개 더 가져올까? 조는 뒤돌아 나가다 베스의 흐느낌에 놀라서 멈칫했다.

"제발이요. 제발."

---

*맥주를 마시면서 인증 샷을 찍고 포토샵으로 맥주캔 대신 레드불을 꾸며 넣는 파티.

분명 베스가 울먹이고 있었다. 소리는 거실 쪽에서 났다. 설마 도둑이 든 걸까? 조는 재빨리 신발을 벗고 살그머니 2층으로 향했다. 부모님 침실에 있는 가족 금고에는 총이 들어 있었다. 만약의 경우를 대비해 넣어 둔 거였다. 작년에 해외순방을 가며 가이는 금고의 비밀번호를 알려 주었다.

금고 안에는 권총과 함께 위조지폐와 모조 보석들이 있었다. 만약 강도가 금품을 요구할 경우에는 금고를 열어 위조지폐와 모조 보석을 건네는 동시에 권총을 숨겨야 한다는 게 가이의 지론이었다. 강도가 가짜라는 걸 알아채고 공격할 경우에는 권총을 사용하라고 했다.

조는 온 집 안에 깔린 두꺼운 양탄자에 감사하며 총을 가지고 1층으로 다시 내려와 한 발 한 발 거실로 다가섰다. 베스는 엎드린 채였다. 남자는 급했는지 베스의 속옷과 청바지를 제대로 벗기지도 않은 채 베스의 위에 올라타고 있었다. 베스는 있는 힘껏 몸부림을 치며 남자에게 벗어나려 하고 있었다. 그 모습을 보는 순간, 조는 터지는 구역질을 참으며 남자를 향해 총구를 겨눴다.

"당장 물러나!"

조의 고함소리에 남자가 멈칫했다. 순간, 베스가 고개를 들었다. 눈물과 콧물이 범벅이 된 베스가 희미하게 고개를 저은 것 같았다. 하지만 조는 남자에게 집중하느라 베스를 보지 못했다.

"당장 손들고 일어나! 베스한테서 떨어지란 말이야!"

남자는 천천히 두 손을 들고 일어섰다.

"자, 이제 천천히 뒤로 돌아서. 허튼짓할 생각 말고. 우리 집 금고는 완전 최신식이거든. 총을 꺼내든 순간 이미 경찰에 연락이 다 갔다고. 이제 얼마 뒤면 경찰 사이렌이 울릴 거야."

"나도 잘 알아."

남자가 말하며 돌아서는 순간 조는 바닥에 주저앉았다.

"가이!"

"훈련 받은 대로 잘하는 걸 보니 기쁘구나. 베스랑 내가 너 놀라게 해 주려고 일부러 꾸민 일인데 네가 이렇게 잘 속을 줄은 몰랐다. 하마터면 정말 날 쏠 뻔했잖니?"

가이가 손을 내밀며 다가왔다. 조는 총구를 겨눈 채 엉거주춤 바닥을 기면서 뒤로 물러섰다. 조의 귀에는 아직도 베스의 울먹임이 생생했다. 조는 고개를 휘저으며 다가오는 가이를 피했다.

"속, 속였다고요? 장, 장난이었다고요?"

가이는 환하게 웃으며 조를 달랬다.

"그러면 도대체 이게 무슨 일이라고 생각하는데?"

조는 차마 입을 열 수가 없었다. 자신이 본 끔찍한 장면을 입에 담기도 싫었다.

"하, 하지만……"

베스의 흐느낌은, 베스의 몸부림은 장난처럼 보이지 않았다. 조는 그 말을 집어삼켰다.

"베스?"

조는 간신히 베스의 이름을 불렀다. 베스는 아직도 바닥에 누운 채였다. 베스의 무릎에 걸린 청바지와 속옷이 한눈에 들어왔다. 조는 숨을 들이키며 고개를 돌렸다. 자신이 본 것을 믿을 수 없었다.

"아, 그래. 베스가 말하는 게 더 믿기 쉽겠구나. 베스, 이리 오렴. 와서 조의 오해를 풀어줘야지."

조는 총을 쥔 손에 힘을 주며 두 다리로 일어났다. 다리가 후들거려 서 있기가 힘들었다.

"저 모습을 보고도 나한테 장난이었다는 걸 믿으라고요? 저게 장난일 수 있어요?"

베스는 엎드린 채 속옷과 청바지를 동시에 손으로 당겨 입었다. 베스의 얼굴은 긴 머리카락에 가려 제대로 보이지 않았다. 조는 그 모습을 보기 싫어 창밖으로 고개를 돌렸다. 베스의 모습은……, 가이의 말이 거짓이라는 증거였다. 멀리서 사이렌 소리가 들렸다.

"이런이런, 우리 워싱턴경찰께서 이럴 때는 아주 빠르구나. 베스, 네가 빨리 일어나서 오해라고 밝혀야겠다."

베스가 마침내 옷을 모두 입고 일어섰다. 그때까지 조는 총을 든 채였다. 베스는 얼굴을 움켜쥔 채 등만 보이고 있었다. 가이가 다가가 베스의 팔을 붙잡아 돌려세웠다. 조의 눈을 피하는 베스의 표정에서는 도무지 아무것도 읽을 수 없었다.

"자, 빨리 해명해. 그래야 조가 오해를 풀지."

가이가 베스의 등을 떠밀었다.

"장난이었어. 그런데 네가 일을 크게 만들어버렸잖아."

여전히 조의 눈을 피하는 베스의 말투에는 원망이 가득 서려 있었다. 조는 자신을 지나쳐 가는 베스의 팔을 붙잡았다.

"정말 장난이었다고?"

"그래."

베스는 여전히 조의 눈을 마주치지 못했다. 하지만 베스의 얼굴에는 눈물의 흔적이 온전히 남아 있었다. 조는 가이에게 다시 총을 겨눴다.

"나가 주실래요?"

"뭐?"

가이는 움찔했지만 나갈 마음은 없어 보였다.

"나랑 베스만 둘이 얘기할 수 있게 나가달라고요!"

때마침 경찰이 현관 앞에 급하게 주차하는 소리가 들렸다. 조는 총을 든 채 현관문 쪽으로 고갯짓을 했다.

"마침 가이를 찾는 사람들도 있네요. 저 사람들이 현관문 부수기 전에 나가보셔야 할 거 같아요. 아니면 알리시아가 화를 많이 낼 걸요?"

가이는 어쩔 수 없다는 듯 현관으로 향했다. 하지만 그전에 베스의 팔을 꽉 움켜잡는 것을 잊지 않았다. 조는 그 모습을 보며 이를 악물었다. 가이가 나가자마자 조는 덜덜 떨려서 총을 떨어뜨리며 자리에 다시 주저앉았다. 도저히 더 이상 서 있을 수가 없었다. 하지만 베스는 그 자리에서 미동도 않고 있었다.

"베스?"

조의 부름에도 베스는 고개조차 돌리지 않았다.

"말했잖아. 장난이었다고. 단둘이 얘기한다고 달라질 건 없어."

베스의 목소리에서는 차가움이 뚝뚝 떨어졌다. 조에게 얘기할 때는 언제나 따뜻했던 베스였다. 조는 바닥을 기어서 베스에게 향했다. 베스의 다리를 붙들었지만 베스는 그런 조의 눈을 끝까지 피했다. 몸이 덜덜 떨리기 시작했다. 생각하고 싶지 않았다. 판단하고 싶지도 않았다. 그저 지금 모든 것이 사라져 버렸으면 좋겠다, 그 바람만 간절했다.

"그러면 내 눈 똑바로 보고 말해. 장난이었다고, 내가 믿을 수 있게, 내 눈 똑바로 보고 말하라고!"

베스는 발길질을 해서 조의 손을 뿌리치고 돌아섰다. 조는 처음으로 대하는 베스의 차가운 모습에 놀라 할 말을 잃었다.

"너무 간절해서 눈물이 날 지경이네."

"뭐?"

"장난이었다고 믿고 싶어 하는 네 마음이 너무 간절하게 느껴진다고."

조는 놀라서 헉, 숨을 들이켰다. 뭐라 대꾸해야 할지 도무지 알 수 없었다.

"베스!"

겨우 목구멍으로 나온 말은 베스의 이름이 전부였다.

"장난이었어. 장난이 아니면 뭐라고 생각하는데?"

조는 아무런 대답을 못했다.

"장난이 아니었다면 네가 뭘 할 수 있는데?"

조는 여전히 대답을 찾을 수 없었다. 베스는 멍한 조는 쳐다보지도 않은 채 거실 한쪽의 거울로 향했다. 차분하게 옷차림을 정리하고 머리를 빗고는 현관으로 경찰을 맞이하러 가는 베스에게서는 아무것도 느껴지지 않았다.

* * *

조는 밤새도록 머릿속에서 되풀이되는 장면을 지우기 위해 노력했다. 순간이었지만 분명 베스는 괴로워하고 있었다. 하지만 그게 성폭행이었다면 베스는 왜 소리를 지르지 않았을까? 집에 일하는 사람들이 얼마나 많은데? 비록 가정부인 루시 아줌마가 자리를 비워 집 안에는 아무도 없었다고 해도 별채에는 세탁부와 정원사 부부가 살고 있었다. 비명 한마디면 모두들 달려왔을 터였다.

그렇다면 혹시 둘 사이에 합의된 관계였을까? 가끔 신문이나 텔레비전에는 입양한 자녀와 사랑에 빠졌다며 가정을 파탄 내는 양부모들이 있었다. 대부분이 양부와 양녀 사이였다. 혹시 베스와 가이도 그런 걸까? 가이는 이제껏 한 번도 여자 문제로 스캔들을 일으킨 적이 없었다. 혹시 정말 베스와 가이가 어떤 관계를 가지고 있다면 난 어떻게 해야 하는 걸까? 조는 밤새도록 고민하느라 머리를 감싸 안았다.

2. 베스, 미국, 워싱턴

베스는 수업 종료를 알리는 종이 울리자마자 가방을 들고 강의실을 나섰다. 생리가 시작되려는지 사흘 전부터 배가 살살 아픈 게 영 기분이 좋지 않았다. 벌써 진통제를 두 알이나 삼켰지만 복통은 점점 심해지는 것 같았다.

강의실에서 나가자마자 다른 강의실을 빠져나오던 조와 마주쳤다. 조는 흠칫 놀라며 뒤로 물러났다. 베스는 자신의 눈치를 보며 다가오지 않는 조를 지나쳤다. 벌써 일주일째 조와 냉전 상태였다. 그 냉전을 어떻게 끝내야 할지 베스는 알 수 없었다. 아마 조도 그럴 것이다.

베스는 건물을 빠져나가 주차장으로 향했다. 조금이라도 빨리 침대에 드러눕고 싶었다.

"뭐야? 너희 둘 싸운 거니?"

조의 단짝인 다나가 달려와 베스의 팔을 붙잡으며 물었다. 다나는 베스보다 조와 훨씬 가까운 사이였다. 어쩌면 며칠 전 벌어진 일도 이미 다 알고 있을 지도 모른다는 생각에 복통이 더 심해졌다.

베스는 다나의 손을 확 뿌리쳤다. 다나는 조에 대한 소유욕이 강했다. 그 강한 소유욕의 표출이 베스에 대한 심술로 이어진다는 게 문제였지만, 지금까지는 적어도 조가 있는 곳에서는 드러내지 않았다. 아마도 베스에 관한 나쁜 소문은 모두 다나가 만들어냈을 터였다.

"내가 묻잖아. 사람이 묻는데 이렇게 무시하는 건 예의가 아니지, 얼음공주님."

다나는 일부러 베스가 제일 싫어하는 별명을 강조하며 베스의 팔을 붙잡은 손아귀에 힘을 주었다.

"아파, 이것 좀 놓고 얘기해."

베스는 다나의 팔을 마주잡았지만 다나의 손아귀 힘은 더 거세졌다.

"놓아주면 그냥 가버릴 거잖아."

"정말 아프다고."

베스가 쥐어짜듯 말했다.

"공주님. 내가 네 꾀병을 선생들처럼 쉽게 믿어줄 거 같아? 남자아이들은 네가 일주일에 이틀은 아파서 결석한다고 널 소중한 유리조각상처럼 조심스럽게 대하더라. 내가 그 남자아이들처럼 멍청하게 속아 넘어갈 거 같아?"

다나의 목소리에 날이 섰다.

"제발, 지금은 이러지 마. 나 진짜로 아프다고."

베스는 이를 악물고 자신의 팔을 움켜쥔 다나의 손을 붙들고 떼내려 했다. 하지만 순간 찢어지는 고통에 베스는 다나의 손을 떼어 내기는커녕 오히려 꽉 움켜쥐며 입술을 깨물었다.

"악!"

다나가 비명을 지르며 물러섰지만 베스는 다나의 팔을 움켜쥔 손을 놓지 않았다.

"아프긴 어디가 아프다는 거야? 이거 안 놔?"

다나가 베스의 손을 떼어 내려 애썼다. 하지만 베스는 다나의 팔을 움켜쥔 채 바닥으로 주저앉았다. 다나의 비명에 조가 달려왔다.

"무슨 일이야?"

"베스 좀 어떻게 해 봐. 갑자기 나한테 달려들어서는 날 놓아주지를 않잖아. 내가 말했지? 베스는 은근히 앞뒤가 다른 애라고."

"이거 놔. 할 말이 있으면 나한테 할 것이지 왜 애꿎은 다나를 괴롭히니?"

조가 베스의 손을 야멸치게 떼어 냈다. 베스는 조의 눈을 바라보려 애썼다. 나 아파, 조. 너무 아파서 죽을 거 같아. 말조차 할 수 없어 눈이라도 마주치고 싶었지만 조는 여전히 베스와 눈을 마주치려 하지 않았다.

"아니, 그게, 아니라 다나가······."

베스가 힘겹게 내뱉은 말을 조는 딱 잘랐다.

"나와 싸웠다는 이유로 내 친구를 괴롭히는 게 말이 되니? 이제까지 착한 척, 연약한 척하면서 날 속인 거였니? 다시는 다나에게 손대지 마. 아무리 너라도 내 친구를 괴롭히는 꼴은 못 본다고."

"집에, 나, 좀 데리고 가줄래?"

베스는 겨우겨우 그 말을 내뱉었다. 더 이상 복통을 견딜 수가 없었다. 당장이라도 바닥에 드러눕고 싶었다.

"하! 기가 막혀서. 너 지금 내 얘기를 듣고 있기는 한 거니? 고고하고 순결하게 아무도 없이 혼자 다니는 걸 선택한 건 너였어. 그러니 계속 그 고고한 자태나 유지하셔."

조가 코웃음을 치며 말했다. 베스는 이를 악물고 두 다리에 힘을 주었다. 다행히 멀쩡히 일어설 수 있었다. 입술을 얼마나 세게 깨물었는지 비릿한 피 냄새가 코를 찌를 듯 풍겨 왔다. 베스는 천천히 발걸음을 뗐다. 당장이라도 쓰러질 것만 같았다. 하지만 자신을 지켜보고 있는 수많은 눈이 있는 곳에서는 아니었다.

"악!"

또다시 다나의 비명 소리였다. 이렇게 멀리 떨어져 걷고 있는데 또 나에게 무슨 누명을 씌우지는 않겠지? 베스는 무

슨 일인지 뒤돌아볼 힘도 없이 한 걸음 한 걸음 힘겹게 발을
뗐다. 누군가 달려와 자신의 허리를 감싸 안았다. 앞이 잘 보
이지 않아 누군지 알 수 없었다. 그저 자신의 허리를 감싸 안
은 손길 덕에 바닥에 주저앉지 않을 수 있어 감사했다.

"베스? 베스?"

조였다. 당연했다. 조는 하나뿐인 가족이니까. 아무리 사
이가 나쁜 순간이라도 그녀를 버릴 수 없었다.

"괜찮아, 베스?"

조의 질문에 베스는 희미하게 고개를 끄덕이려 노력했다.
하지만 맘대로 되지 않았다.

"911, 911! 누가 911에 전화 좀 걸어줘요. 언니가 아파요!
누가 전화 좀!"

조가 울부짖었다. 베스는 자신은 괜찮다고 조를 달래려 겨
우 고개를 들었다. 베스가 걸어온 길 뒤로 핏자국이 흥건했다.

3. 조, 미국, 워싱턴

구급차에서 내렸을 때는 베스도 조도 피투성이였다. 조는 피
를 닦을 생각도 못한 채 응급수술을 위해 실려 가는 베스를
뒤따라갔다.

"여기는 들어오시면 안 돼요."

간호사가 매정하게 수술실 문을 닫으며 조를 막았다. 조는 바닥에 주저앉아 베스를 기다렸다. 얼마 후 수술 가운을 입은 의사가 수술실 밖으로 나왔다.

"보호자는요?"

조는 머뭇거렸다. 가이한테 연락할 정신이 없었다.

"왜 진작 병원에 안 왔어요? 자궁외임신입니다. 아기가 나팔관에 자리를 잡았는데 죽은 지 시간이 꽤 흘러서 문제가 심각해요."

"그, 그게 무슨 뜻인가요? 아기요? 임신이요?"

조는 영문을 몰라 횡설수설했다. 의사는 한숨을 내쉬었다.

"빨리 보호자한테 연락해야 해요. 아무래도 어쩔 수 없이 한쪽 나팔관과 난소를 제거해야 할 거 같은데 보호자 동의가 필요해요. 시간이 급해요. 일단 나팔관 쪽이 터져서……. 이런 설명할 시간도 없다고요. 환자랑 어떤 관계죠?"

"제가 동생이에요."

"일단 부모님한테 연락하고 동생이라도 동의서에 서명하도록 하죠. 간호사!"

조는 어느새 자신의 옆에 와 서 있는 간호사를 따라 걸었다.

임신이라니, 도대체 누구의 아이를? 순간 조는 바닥에 주저앉았다. 가이!

"동생이 충격이 컸나 보네. 하긴 아직 고등학생이니까. 그나마 늦지 않아서 다행이지. 한쪽 난소와 나팔관은 살릴 수 있으니까. 한 개의 난소만 있어도 아무 문제없이 임신하는 여자들도 많아."

"그게 무슨 뜻인가요?"

"난소 하나를 제거한다는 건 임신 가능성이 절반으로 줄어든다는 거나 마찬가지니까 앞으로 아기를 가지는 데 약간은 문제가 있을 수도 있지만……."

조는 머리가 터질 것만 같아 이맛살을 찌푸렸다. 갑자기 너무 많은 일들이 벌어지고 있었다. 그래, 지금은 베스만 생각하자, 다른 무엇도 아닌 베스만. 조는 그렇게 생각하며 마음을 다잡았다.

"부모님 연락처는 어떻게 되니?"

간호사의 질문에 조는 가이의 전화번호를 적어 주었다. 가이는 발신인을 모르는 전화는 무조건 받지 않았다. 물론 조의 휴대폰으로 전화를 한다면 받을 수도 있었다. 하지만 조는 그 사실을 고의적으로 말하지 않았다. 일단 베스와 얘기하기 전에 가이의 얼굴을 보고 싶지 않았다. 가이와 알리시아에게 번갈아 몇 번을 전화를 하던 간호사는 포기한 듯 조의 사인을 받은 동의서를 들고 수술실로 향했다.

조는 수술을 기다리는 동안 알리시아에게 전화를 했다. 알리시아는 다나의 집에서 밤새워 그룹 리포트를 작성하겠다는 말에 외박을 쉽게 허락했다. 얼마 후면 졸업식이었다. 그런데도 알리시아는 조의 말에 아무런 토를 달지 않았다. 알리시아는 자식들에게는 조금의 관심도 없었다. 알리시아가 말을 거는 이유는 야단을 칠 때뿐이었다. 그것도 자녀의 미래를 위해서가 아니라 알리시아가 가장 중요하게 여기는 타인의 시선 때문이었다. 어쩌면 알리시아는 조가 올해 졸업한다는 사실조차 모를 수도 있었다.

* * *

베스는 수술 후 세 시간 뒤에나 깨어났다. 조는 베스의 마른 입술에 젖은 거즈를 대어주었다. 하얗게 일어난 입술이 갈라져 핏기가 보였다.

베스는 무의식적으로 젖은 거즈의 물기를 빨았다. 조는 재빨리 거즈를 베스의 입술에서 떼어 냈다.

"안 돼. 아직은 금식이야. 물도 주지 말라고 했어."

"하지만 목이 너무 말라."

"참아."

베스는 살짝 이마를 찌푸리더니 다시 잠에 빠져들었다. 베스는 두 시간 후에야 다시 깨어났다. 베스는 이를 악물고 배를 움켜쥐며 눈을 떴다. 조는 재빨리 베스의 손을 배에서 떼어 냈다.

"수술 부위에 손대지 말라고 했어. 많이 아프면 의사 부를게."

베스는 고개를 저으며 눈을 감았다. 하지만 베스가 잠들지 않았다는 걸 알 수 있었다. 둘은 그렇게 모든 걸 다 알고 있는 사이라고 생각했다. 같은 자궁 안에서 동시에 탄생한 또 하나의 나, 그게 서로라고 생각했다. 하지만 아니었다.

"하나만 물어볼게. 정직하게 대답해줘."

베스는 대답하지 않았다. 그래도 조는 기어이 물었다.

"강제였니?"

베스가 두 눈을 번쩍 떴다. 그 눈빛에 모든 것이 담겨 있었다.

"어, 어떻게 그런 걸 물어볼 수가 있어?"

베스의 더듬거리는 말 한마디, 한마디에 원망이 뚝뚝 흘러넘쳤다. 알고 있었다. 가이와 베스의 모습을 본 그 순간부터 알고 있었다. 하지만 인정하기 두려웠다. 그걸 인정하는 순간 깨어질 모든 것들이 두려웠다. 그래서 베스의 엉터리 변명을 믿어주는 척하고, 베스에게 상처 입히면서까지 확인하고 싶었다. 이 순간 베스가 강제가 아니었다고 부정의 말 한마디만 하면 다시 묻어두고 싶었다. 그런 자신의 이기심에 구역질이 치밀었지만 어쩔 수 없었다. 자신의 끝없는 이기심에 화가 나 조는 베스에게 화풀이를 했다.

"왜 나한테 아무 얘기도 안 했어?"

가이보다 베스에게 더 화가 났다. 아무리 겁이 많고 유순한 성격이라고는 하지만 베스를 이해할 수 없었다.

"얘기했으면 어떻게 되는데? 네가 뭘 할 수 있었는데?"

"뭐든!"

베스는 눈길을 피했다.

"뭐라도!"

베스가 코웃음을 쳤다.

"뭐라도 할 수 있었다고?"

베스가 조의 눈을 똑바로 마주하며 물었다.

"뭐든 할 수 있었다고?"

베스의 눈은 조의 이기심을 꿰뚫어보고 있었다. 이번엔 조가 베스의 눈을 피할 차례였다.

"다섯 살이었어."

낮고 떨리는 목소리에 조가 놀라서 베스를 바라보았다. 베스는 천장만 바라보고 있었다. 조는 억지로 마른침을 삼켰다. 다섯 살? 설마 베스가 말하는 다섯 살이 그런 뜻은 아니겠지? 처음으로 성폭행을 당했을 때가 다섯 살이라는 뜻은 아니겠지? 조는 부들부들 떨리는 두 손을 맞잡았다.

"다섯 살 아이가 할 수 있는 일이 있을 수 있을까? 이 나라에서 태어난 것도 아닌 아이가, 친부모에게 버림받고, 태어난 나라에게 버림받은 우리를 받아준 양부모를 상대로, 이 나라 사람들이 자신들의 지도자로 뽑은 상원의원을 상대로, 하루가 멀다하고 언론에서 자선의 대명사로 통하는 그 사람을 상대로 싸우는 건 이 나라를 상대로 싸우는 게 되겠지. 전

세계에서 가장 강력한 이 나라를 상대로 우리가 무얼 할 수 있었을까?"

조는 눈을 질끈 감았다. 무력감과 절망감이 온몸을 감싸 안았다.

"그때는 어려서 그렇다고 치자. 그러면 나이가 든 다음에는 어떻게든 방법을 찾았어야지. 집을 나올 수도 있고……."

"그렇게 집을 나오면 우리는 어떻게 살아가야 하는데? 무슨 돈으로 살아갈 수 있을까? 생활보호대상자가 되어서? 비싼 사립학교 친구들에게 구걸하면서? 그들이 과연 계속 우리와 친구가 되어주긴 할까?"

"겨우 그딴 게 무서워서 그 오랜 세월을 견뎠단 말이야? 겨우 가난한 게 두려워서?"

베스는 이를 악물고 조를 노려보았다.

"아니. 난 두려운 게 아무것도 없었어. 두려울 게 뭐가 있겠어? 이미 지옥을 겪고 있었는데!"

"그럼 도대체 왜 이제껏 견딘 거야? 도대체 왜?"

십 년이 넘는 시간이었다. 그 어떤 이유도 그 오랜 세월 동안 끔찍한 고통을 견딜만한 이유 따위는 세상에 존재하지 않았다. 베스는 피식 웃었다.

"네가 그렇게 말할 줄은 몰랐어. 아니, 정확히 말하면 네가 그렇게 물어볼 줄은 몰랐어. 그 이유를 정말 몰라?"

베스의 질문에 조는 고개를 갸웃했다. 베스의 눈동자 안에는 조만 가득했다. 눈동자 속에 비친 자신의 모습을 바라보기 힘들어 조는 눈을 감았다. 베스의 눈 속에 담긴 조가 고인 눈물 속에서 흔들거리다 눈물과 함께 떨어져 내렸다.

"너 때문이었어. 모든 게 너 때문이었다고. 내가 당하지 않으면 네가 당할 테니까 견뎌야만 했어. 그렇게 견디기 시작했어. 두 번의 자살 시도 뒤에야 깨달았지. 내가 죽으면 네가 당하겠구나. 그래서 죽지도 못했어. 어떤 날은 나도 꿈꾸곤 했어. 이 집만 나가면, 벗어날 수 있을 거라고. 가출? 그게 뭐가 무서워? 난 견딜 수 있다고 쳐. 하지만 널 남기고 올 수는 없었어. 내가 없으면 네가 그 끔찍한 일들을 겪어내야 할 테니까. 그렇다고 널 데리고 나올 수도 없었지. 어떤 일이 벌어질지 모르는 거리 한복판에 너까지 데리고 나올 수는 없었어. 또 다른 어떤 날은 이 모든 것을 세상에 알리는 상상도 했지. 비록 여기저기서 시달리겠지만 어쨌든 가이에게서는 벗어날 수 있을 테니까. 하지만 나 때문에 너까지 희생시키고 싶지 않았어."

"무슨 희생? 그까짓 망신이 뭐가 대단하다고? 내가 그 정도도 견디지 못할 정도로 약해 보였어?"

베스는 희미하게 웃음을 지었다.

"망신이라. 그래. 그 정도는 견딜 수 있었을 지도 모르지."

"그래. 견딜 수 있었어. 왜 묻지도 않고, 시도해 보지도 않고 네 맘대로 상상해서 결정했어? 난 모두 다 견딜 수 있었을 거라고! 널 위해서 그 정도도 견디지 못할 거 같았어?"

베스의 웃음소리가 커졌다. 조는 황당해서 베스를 바라보기만 했다. 믿지 않는 걸까? 아니었다. 언론의 추잡한 보도 따위에는 가이 덕분에 이미 익숙해져 있었다. 선거철이면 동물원의 원숭이처럼 이런저런 인터뷰를 하고 다녔으니까. 베스를 위해서라면 대중의 시선 따위는 견딜 수 있었다.

"네가 초등학교 때 발표했던 장래 희망 생각나?"

한참을 웃던 베스가 문득 물었다. 조는 고개를 갸웃했다. 자신의 꿈은 언제나 하나였다. 가이의 뒤를 잇는 정치인이 되는 것.

"가이의 뒤를 잇는 정치인이 되고 싶다고 했었지. 발표할 때는 아이들한테 놀림받을까 봐 정확히 말하지 못했다면서, 그래도 나에게는 알려주고 싶다면서 소곤거렸었지. 차마 입밖에 내지는 않았지만 대통령이 되고 싶다고, 아무한테도 말하지 말라고, 비밀이라고."

조는 침을 꿀꺽 삼켰다. 당연한 일이었다. 누구나 그렇지 않을까? 희망이라는 건, 꿈이라는 건 언제나 최고의 위치에서 반짝이니까.

"언제나 네 꿈이 부러웠어. 아니, 어쩌면 꿈을 꿀 수 있을 정도로 여유 있는 삶이 부러웠는지도 모르지. 난 단 한 번도 꿈을 꾼 적이 없으니까. 그저 현실을 견뎌내는 것, 버텨내는 것, 빨리 지나가는 것, 그것도 꿈이라고 할 수 있다면 꿈이겠지만. 내가 꿀 수 있는 꿈은 그게 다였어. 그때 생각했어. 네 꿈이라도 이루어졌으면 좋겠다고. 나는 꿈꿀 수 없으니까. 그런데 그런 더러운 스캔들을 흔적으로 남기고 대통령은커녕 정치가가 될 수 있을까? 네 꿈까지 파괴하면서까지 그랬어야 했을까? 그렇게 네 꿈을 산산조각내면서 일을 벌였는데 아무도 내 말을 믿어주지 않으면? 현장을 목격하고 나서도 넌 쉽게 믿지 못했지. 그런데 과연 사람들이 내 말을 믿어줄까? 자선의 대명사로 사랑받는 상원의원이 양녀를 오랫동안 강간했다는 이야기를 믿고 싶어 하는 사람들이 있기는 할까?"

조는 차마 대답하지 못했다.

"너……, 미쳤구나. 겨우 그것 때문에……."

"그래, 미치지 않고서야 어떻게 그 세월을 견뎌낼 수 있었겠니? 그런데 이제 와서 네가 나더러 왜 견뎠냐고 물어보면 난 어떻게 해야 하지?"

베스가 조를 노려보며 물었다. 조는 도저히 베스를 마주할 수 없어 그대로 병실을 뛰쳐나왔다. 하지만 멀리 가기도 전에 간호사에게 붙잡혔다.

"아직까지 보호자 연락이 안 되는 건가요?"

"네. 부모님께서 해외여행 중이시라서요."

조는 닥치는 대로 변명했다.

"하지만 동생은 미성년이라 보호자가 될 수 없어요. 연락이 가능한 성년 오빠나 언니는 없어요?"

그제야 다른 형제자매들이 떠올랐다. 조는 연락을 해 보겠다고 대답한 뒤 벤치에 앉아 휴대폰의 전화번호부를 뒤졌다. 린다, 티모시, 엠버, 빅터, 메그의 이름이 전화번호부에 차례로 떠올랐다. 누구에게 연락해야 하는 걸까? 우리의 말을 믿어줄 사람이 누가 있을까? 일단 린다와 티모시는 제외해야 했다. 가이의 친자식들이었으니까. 하지만 입양된 자식이라고 해도 베스와 조의 편에 서주리라는 희망은 없었다. 베스의 말이 울렸다.

'누가 내 말을 믿어줄까?'

베스의 말이 맞았다. 누구도 쉽게 믿으려 하지 않을 터였다. 조는 멍하니 벤치에 앉아 어떻게 해야 할지 고민했다. 언제나 대가족 속에서 사는 것이, 가족이 많은 것이 행운이라고 생각했다. 하지만 과연 우리가 가족이긴 했던 걸까? 누굴 믿을 수 있는 걸까?

'네 꿈을 위해서였어.'

베스의 목소리가 귓가에 맴돌았다. 내 꿈, 아무에게도 말하지 않았던 꿈을, 조도 잊어버리고 있던 꿈을 베스는 기억하고 있었다. 베스의 꿈은 뭐였지? 조는 초등학교 1학년 발표시간을 떠올리려 애썼다. 맞아. 행복한 가정.

베스는 장래희망 발표 때 '행복한 가정'을 가지는 게 꿈이라고 했었다. '대통령'이나 '영화배우', '세계1위 부자'를 꿈꾸는 아이들에게 베스의 꿈은 비웃음거리였다. 조도 그 시시한 꿈을 아이들과 함께 비웃었다. 그 꿈이 얼마나 간절한지 그때는 알지 못했다. 조는 어느새 뚝뚝 흐르는 눈물을 거세게 닦아냈다. 이제는 조가 베스의 꿈을 지켜줄 차례였다.

***

다행히 메그는 밤새 차를 몰고 워싱턴으로 오겠다고 했다. 조는 메그를 기다리는 동안 계속 손톱을 물어뜯고 있었다. 과연 메그 언니가 우리 말을 믿어줄까? 단순히 워싱턴과 가장 가까운 뉴욕에 있다는 이유로 메그 언니를 부른 것이 잘한 일일까? 메그는 베스에 대한 가이의 편애에 가장 신경질적인 태도를 보이던 사람이었는데…….

***

메그는 병원에 도착하고 나서도 아무것도 묻지 않았다. 주치의가 급하게 찾는다는 말에 고개를 끄덕이고 조의 뒤를 따랐을 뿐이었다. 주치의는 마침내 등장한 성인 보호자를 보며 반색을 했다.

"사실 보호자를 빨리 오시라고 했던 건 수술 경과가 그다지 좋지 않아서입니다. 자궁외임신으로 인해 한쪽 난소와 나팔관을 제거했습니다. 그런데 다른 쪽 나팔관도 상태가 좋지 않아요. 게다가 자궁 상태도 심각하고요. 아마 전에도 이런 일을 겪은 적이 있는데 제대로 치료를 받지 못한 거 같아요. 현재 상태로는 불임이 될 가능성이 높습니다."

메그는 고개만 끄덕였다. 마치 예상하고 있었다는 듯 당황하는 기색이 전혀 없었다. 하지만 조는 또다시 전해지는 불운한 소식에 손톱을 물어뜯었다.

"하지만 전혀 아기를 가질 수 없다는 뜻은 아니죠?"

조의 다급한 질문에 의사는 눈길을 돌렸다. 갑자기 눈물이 차올랐다. 이제 겨우 열여덟 살인데…….

"말도 안 돼! 언니 들었어? 베스가 이젠 아이를 가질 수 없대. 말도 안 돼! 베스 꿈이 뭔지 알아? 행복한 가정을 꾸미는 거라고! 그런데 아기를 가질 수 없다니……."

흥분해서 목소리가 커졌다.

"입 다물어."

메그의 서슬 퍼런 야단에 조는 놀라서 입을 닫았다.

"죄송합니다. 제 동생이 흥분한 거 같네요. 일단 최선의 치료를 부탁드립니다."

메그는 의사에게 꾸벅 인사를 하고는 조를 끌고 일어났다. 하지만 의사는 다시 앉으라는 손짓을 했다.

"그런데 조금 이상한 점을 발견했습니다."

의사의 손짓을 무시하고 진료실을 나가려던 메그는 의사의 말에 획 돌아섰다.

"무슨 이상한 점이요?"

"아무래도 성폭행을 당한 듯한……."

메그가 의사의 말을 잘랐다.

"말도 안 되는 소리 하지 마세요. 만약 그랬다면 우리가 왜 신고도 하지 않았겠어요?"

"하지만……."

"우리 성이 뭔지 아세요? 환자 이름이 적혀 있을 테니 알겠군요. 하워드. 그게 우리 집안 성이에요. 아버지가 하워드 의원이시죠. 엉뚱한 스캔들 만들 생각일랑 하지 말고 치료나 잘하세요. 아니면 당신뿐만 아니라 병원 전체를 가만 두지 않을 테니까."

메그는 의사가 다시 말을 꺼낼 틈도 주지 않고 조를 끌고 진료실을 나왔다. 그리고 성큼성큼 걸으며 조를 끌고 병원 밖 주차장으로 향했다. 메그는 조를 차 안에 밀어 넣고 뒤따라 차에 올라탔다.

"병원에서 시끄럽게 굴지 마. 재수 없어서 기자라도 달라붙으면 가이가 가만있을 거 같아?"

자동차 문이 닫히자마자 메그가 소리를 질렀다. 그제야 조는 모든 것을 깨달았다.

"언니는 아무것도 묻지 않는구나? 아기의 아버지가 누구인지? 남자 친구 한 번 사귀지 않았던 베스인데도……."

메그는 대답 없이 가방을 뒤져 담뱃갑을 찾았다. 메그가 담배를 빨아들인 뒤 연기를 내뿜고 나서야 조는 그게 담배가 아니라는 것을 알았다. 언젠가 다나가 구해왔던 대마초 연기였다.

"언니는 알고 있었던 거야?"

"알고 있었으면?"

메그는 그렇게 되물었다. 조는 화가 나서 발을 동동 굴렀다.

"알고 있었으면? 어떻게 아무렇지도 않게 그렇게 말할 수 있어? 어떻게 모른 척하고 있을 수 있어? 어떻게?"

"에이미가 들어오고 나서는 괜찮을 줄 알았어."

"그게 무슨 뜻이야? 설마?"

메그는 대마초를 있는 힘껏 들이마시고 몸을 부르르 떨며 내뱉었다. 메그의 눈이 흐려지면서 생기를 잃어갔다.

"그래. 나도 당했던 일이니까."

순간, 조는 할 말을 잃었다. 자동차 안에는 뿌연 대마초 연기가 가득 피어올랐다.

"그, 그런데 어떻게?"

"어떻게 가이의 곁에 아직도 붙어 있을 수 있냐고? 어차피 악몽으로 가득 찼던 어린 시절이었어. 그 어린 시절에 대한 보상으로라도 성인이 되어서는 맘껏 즐겨야 하는 거 아니겠니? 내가 지금에서야 가이를 떠나면 뭘 얻을 수 있는데? 소아성애자들은 아이가 크면 흥미를 잃어버리지. 베스가 다섯 살 무렵이었던가? 그때부터 나한테 차츰 흥미를 잃기 시작하더군. 그 뒤로는 한 이 년쯤 드문드문 벌어지는 그 일을 더 견뎠던 것도 같아. 사실 정확히 기억은 안 나. 그 시절은 항상 잊고 싶은 기억이니까. 베스는 나보다 운이 나빴어. 대체물이 되어줄 에이미의 입양이 늦은데다, 워낙 가녀리고 몸집이 작아서 가이의 흥미가 오래갔으니까."

그 담담하고 감정이 없는 말투가 서늘했다.

"린다 언니도 당했어? 엠버 언니도?"

조의 질문에 메그의 눈이 순간 반짝였다. 그 눈 안에 서린 살기에 조는 움찔하며 뒤로 물러났다.

"넌 참 아무렇지도 않게 그런 질문을 할 수 있구나. 베스한테도 그랬겠지?"

조는 머뭇거렸다.

"왜 아무런 이야기를 안 했냐고 닦달했겠지? 모두들 그렇게 말하지. 타인의 입장에서는 쉽겠지. 모두들 천사의 이미지를 가진 아버지를 찬양하는데 거기에 대고 아버지가 사실은 우리를 오랜 시간 성폭행한 나쁜 인간이다, 그렇게 폭로하는 게 뭐가 어렵겠냐고? 우린 하지 않은 게 아니라 하지 못한 거야. 어떻게 그럴 수 있겠어?"

"그래도 말했어야 해. 더 나쁜 상황이 된다고 해도."

메그라도 세상에 알렸다면 달라질 수 있었다. 베스만은 구할 수 있었다.

"우습네. 말했으면 뭐가 달라진다고? 어차피 넌 모른 척했을 거잖아."

"그게 무슨 뜻이야? 왜 내가 모른 척을 해?"

"우리가 아무 말도 안 했다고? 그래, 우린 차마 입에 담을 수가 없어서 말하지 못했어. 하지만 끊임없이 외치고 있었어. 도와달라고. 미칠 것 같다고. 그게 꼭 입 밖으로 꺼낸 말이 아니었다고 해서 네가 모른 척했다는 게 변명이 되지는 않아."

아니라고 소리치고 싶었다. 아무것도 모르고 있었다고. 절대 모른 척한 게 아니었다고 따지고 싶었다. 만약 알았다면 어떤 방법을 써서라도 베스를 구했을 거라고. 하지만 목구멍이 막힌 듯 말을 할 수가 없었다.

조의 눈앞에 베스의 모습이 수없이 스치고 지나갔다. 유난히 길었던 베스의 목욕 시간, 가이가 들어오면 순식간에 사라졌던 베스의 미소, 가이의 다정한 손길을 피하던 베스, 베스의 쓰레기통에서 발견한 가이의 선물, 가이의 품 안에서 파르르 떨던 베스, 그리고 두 번의 자살 시도…….

조는 세차게 고개를 저었다. 아니었다. 절대 모른 척하지 않았다. 그런 끔찍한 일을 누가 상상조차 할 수 있단 말인가?

"그런 끔찍한 일은 상상조차 못했다고 변명하고 있겠지?"

메그는 대마초에 완전히 취해 혀가 꼬인 채 조를 비웃었다.

"그래. 상상조차 못했어. 어차피 과거를 바꿀 수는 없어. 이제부터 모른 척하지 않으면 되는 거야."

"와, 정말 대단한 우애네. 하긴 넌 그 정도는 해야지. 베스가 당하지 않았더라면 네가 당했을 일인데. 그 방을 쓰게 된 게 베스의 불운이었지."

"그 방이라니?"

"베스가 쓰는 방이 계단 바로 옆이잖아. 가이가 들키지 않고 숨어들기 쉬운 위치지. 게다가 혹시나 다른 사람들이 드나들 경우 소리도 모두 들을 수 있고. 베스가 그 방을 쓰기 전에는 내가 썼던 방이지."

그 방은 원래 조의 방이었다. 가이가 정해준 방을 베스를 졸라서 바꾼 사람은 조였다. 갑자기 신물이 올라왔다. 재빨리 자동차 문을 열었지만 발작적으로 쏟아져 나오는 구토물은 자동차 바닥과 조의 다리를 뒤덮었다.

"젠장."

메그가 욕설을 내뱉으며 자동차 문을 열었다. 조는 이미 화단으로 달려가고 있었다. 신물은 꾸역꾸역 밀려나왔다. 어제 점심 이후로 먹은 것도 없는데도 구역질은 멈추지 않았다. 조는 화단에 쭈그리고 앉아 토악질을 계속했다. 토해내는 신물보다 눈물과 콧물이 더 많았다. 어느새 메그가 다가와 조의 등을 쓰다듬어 주었다.

"그만해. 그런다고 나아지지도 않아. 바뀌지도 않고."

조는 주저앉아 엉엉 울기만 했다. 메그는 그 옆에 쭈그리고 앉아 대마초만 피워댔다.

***

얼마나 울었을까? 마침내 눈물이 멈췄다.

"이젠 몸 안에 있는 물기가 말라버린 모양이군."

메그는 대마초 꽁초를 신발로 비벼 끄며 조에게 휴지를 건넸다. 조는 메그가 건넨 휴지로 코를 풀었다.

***

메그는 계속 울리는 휴대폰을 꺼내들었다. 발신인에 가이의 이름이 떠올라 있었다. 그 이름을 보는 것만으로도 구역질이 났다. 메그는 자동차 안으로 들어가 전화를 받았다. 조도 재빨리 메그를 뒤따랐다.

"무슨 일이에요?"

"혹시 베스나 조한테 연락 없었니?"

가이의 목소리가 휴대폰을 통해 흘러나왔다. 메그가 조를 흘낏 바라보았다.

"아뇨. 왜요?"

"얘들이 연락이 안 돼서. 어제 다나네 집에서 숙제를 한다고 했다는데, 다나 부모님 말로는 온 적이 없다고 하네. 학교에는 몸이 아파 갈 수가 없다고 아침에 연락을 했다고 하고."

"참 다정한 아버지시네요."

"비꼬지 마."

"왜 비꼬았다고 생각하시는지 모르겠네요. 참, 이번 달에 용돈이 생각보다 빨리 떨어졌어요."

"어쩐지, 네가 용케 내 전화를 받는다고 생각했다."

"이번에는 아버지가 비꼬시는 거 같네요. 오늘 중으로 만 달러만 부쳐주세요."

메스는 조를 흘낏 보고는 덧붙였다.

"갑자기 병원비가 들 일이 생겼네요."

"병원?"

"질에 있는 염증이 자궁까지 번졌데요."

"매번 같은 변명하기 지겹지도 않니?"

"그러게요. 어쨌든 지금 당장 보내주세요. 급하니까."

가이는 대답 없이 전화를 끊었다. 가이가 전화를 끊고 나서 얼마 되지 않아 메그의 휴대폰에 입금확인 문자메시지가 떴다.

"통장 번호 불러."

조는 더듬더듬 통장 번호를 불렀다. 메그는 남아 있던 잔액 전부를 송금했다.

"이게 내가 너희들에게 해 줄 수 있는 전부야."

의외였다. 베스를 미워하는 줄 알았는데.

"왜 그렇게 베스를 미워했어? 언니랑 같은 일을 겪고 있었는데."

조의 질문에 메그는 피식 웃었다.

"베스를 보고 있으면 내 상처가 계속 떠올랐으니까. 베스의 삶이 어떤 절망과 고통으로 가득한지 아니까. 그 절망과 고통이 넘쳐흘러 나한테 묻을까봐 겁났어."

메그는 다시 대마초를 꺼내 입에 물고 불을 붙였다. 매캐한 연기가 차 안을 가득 채웠다. 조가 창문을 내리자마자 메그는 다시 버튼을 눌러 창문을 닫았다.

"그냥 내려."

"하지만 메그 언니……."

어떻게 해야 할지 알 수 없었다. 누군가의 도움이 필요했다.

"나한테 뭘 더 바라는데? 내가 그깟 돈 좀 줬다고 해서 너희들 편에 서 줄 거라 오해하지 마. 난 그저 베스 덕에 내가 겪어야 했던 고통에서 벗어났으니까, 감사의 차원에서 준 것뿐이야."

"하지만 메그 언니, 난 도무지 어떻게 해야 할지 모르겠어."

"그래서? 어떻게 해야 하냐고? 내 인생 아니잖아? 난 내 인생도 감당하기 힘든 사람이야. 나한테 어려운 질문하지 마."

"알리시아한테 말하면 어떨까?"

"그러던가. 선택과 결정과 행동은 네 자유니까. 하지만 시간낭비를 막아주기 위해 미리 말해 두자면, 알리시아, 우리들의 엄마는 이렇게 말씀하실 거야. 부모한테 버림받고 나라에서도 버린 아이들을 데려다 누구 못지않게 먹이고 입히고 교육까지 시켰는데 감히 그딴 소리를 한다고, 어이없는 누명을 씌운다고…….”

조는 숨을 쉬는 것도 잊은 채 메그를 바라보았다. 그 말을 쏟아내는 메그의 눈은 텅 비어 있었다. 아마 알리시아에게 그 말을 들었을 그 순간 메그의 눈은 비어 버렸을 것이다. 메그는 그 텅 빈 눈으로 대마초를 빨아들였다.

“언니.”

조는 어떻게 위로해야 할지 몰라 메그의 어깨에 손을 올렸지만 메그는 그 손을 뿌리쳤다.

“솔직히 네가 뭘 그렇게 난리야? 넌 아무것도 겪지 않았잖아. 베스 덕에 그 끔찍한 일은 상상조차 못한 채 온전히 부잣집 소공녀로 살았잖아. 아마 우리 중에서 유일하게 행복한 사람이 있었다면 그게 너일 걸? 그런데 감히 우리한테 그 일을 얘기하지 않았다고 화를 낼 자격이 있어?”

메그는 지갑에 있는 돈마저 모두 털어 조의 손에 쥐어주었다.

“만약 달아나려는 거라면 계획을 잘 세워야 할 거야. 가이는 그렇게 만만한 사람이 아니니까.”

대마초에 취한 채 비틀거리며 메그는 차를 몰고 병원 문을 나섰다.

* * *

조는 베스가 잠들었을까 봐 조심스레 병실 문을 열었다. 하지만 순간 베스가 화들짝 놀라 몸을 잔뜩 웅크리는 게 보였다. 조는 놀라서 침대로 달려갔다.

"왜? 어디가 아파?"

베스는 조의 목소리를 듣자 온몸에 긴장이 풀어진 듯 축 늘어졌다.

"아냐."

"그러면 왜?"

"잠결에 집에 있는 걸로 착각했어."

베스의 힘없는 대답에 조는 이를 악물었다. 그러니까 베스는 가이가 한밤중에 몰래 자신의 방으로 들어오는 줄 착각했던 거였다. 조는 이불을 정리해 베스에게 덮어 주었다. 베스의 몸은 아직도 가늘게 떨리고 있었다.

"이제는 집에 돌아가지 않을 거야."

"뭐?"

"넌 다른 생각하지 말고 퇴원할 때까지 잘 먹고, 잘 자기만 하면 되는 거야. 아무리……, 작은 수술이라고 해도 수술한 거니까."

조는 차마 베스에게 수술에 대해 자세히 얘기할 용기가 없었다.

"하지만 어떻게 집에 돌아가지 않는다는 거야? 당장 병원비만 해도……."

"넌 그런 걱정 안 해도 돼."

"어떻게 걱정을 안 해?"

"왜 넌 항상 네가 언니라고 말했어?"

"뭐?"

"다른 사람에게 우리를 소개할 때, 넌 항상 네가 언니라고 말했잖아. 그런데 사실 그건 알 수 없는 거 아냐? 우리가 버려졌을 때 들어 있었다는 편지에는 우리가 쌍둥이라는 것밖에 없었잖아."

"그런가?"

"그래."

"설마 그것 때문에 억울했어? 널 동생이라고 소개해서? 그래봤자 겨우 몇 분 차이라고 사람들은 신경도 쓰지 않았을 텐데."

"그래. 억울했어. 동양에서는 아주 작은 시간 차이만 나도 당연히 연장자 취급을 해준대."

"그래서 지금 네가 언니일지도 모르니까 연장자 취급 해달라고?"

"그래. 이제껏 네가 언니 노릇했으니까 이제는 내가 언니 노릇하겠다고."

"그래. 이제는 네가 언니 해라."

베스는 피식 웃으며 선심 쓰듯 말했다.

"맞아. 이제는 내가 언니야. 모든 권리에는 의무가 따르는 법이잖아. 난 지금까지 그 의무를 무시했었고."

베스의 표정이 차분하게 가라앉았다. 베스도 알아들은 모양이었다.

'이제는 널 위해 내가 모든 걸 해 줄게. 넌 더 이상 희생할 필요 없어.'

조는 그렇게 말하고 싶었다. 하지만 당장 어떻게 해야 할지도 모르는 판국에 그 말을 꺼내는 게 우스웠다.

"그건 의무가 아니었어. 희생도 아니었고."

베스는 조에게서 고개를 돌린 채 말을 이었다.

"그건 사랑이었어. 네가 아무것도 모르고 깔깔 웃는 걸 보면 견딜 수 있었어. 네가 아무것도 모른 채 투정을 부리는 날에는 참기 쉬웠어. 그러니까 죄책감 가질 필요 없어. 난 널 위해서라면 그것보다 더한 것도 겪을 수 있었으니까. 그게 바로 내가 원하는 거였으니까."

베스는 크게 심호흡을 한 뒤 말을 이었다.

"그러니까 돌아갈 거야. 얼마 뒤면 졸업이야. 일단 졸업만 하면 벗어날 수 있어. 이제 와 도망치면 이제껏 견딘 게 소용없어지잖아."

베스의 눈에서 눈물이 뚝뚝 흐르기 시작했다.

'어떻게 더 견뎌? 뭘 더 참아? 너도 메그 언니처럼 알코올 중독에 마약중독이 되어서 망가질 때까지 지켜만 보고 있으라고? 그렇게 네가 망가지는 것을 보면서 난 또 아무것도 모

르는 척 깔깔 웃고, 투정을 부리라고?'

조는 쏟아져 나오려는 말을 억지로 집어삼켰다. 누구도 더이상 베스에게 상처 줄 수는 없었다. 이미 베스는 상처투성이였으니까. 그래서 조는 베스의 눈물을 닦아주며 같은 말만 반복했다.

"절대로, 무슨 일이 있어도, 그곳으로 돌아가지 않을 거야. 그러니까 걱정 마. 내가 다 알아서 할 테니까."

베스가 잠들 때까지 조는 같은 말만 반복했다. 그렇게 계속 되뇌면 그럴 능력이 생기기라도 하는 것처럼. 베스는 잠들고 나서도 눈물을 흘렸다. 지금 조에게는 베스의 눈물을 닦아줄 능력밖에 없었다.

* * *

입원한 첫날 수십 번이나 전화를 했던 가이는 메그가 다녀간 뒤 전화 한 통 없었다. 아마 메그에게서 무슨 언질을 받은 모양이었다. 입원한 지 사흘이었다. 의사는 입원기간을 일주일 정도로 예상했다. 더 이상 미룰 수는 없었다. 베스가 퇴원하기 전에 머물 곳을 마련하려면 서둘러야 했다. 조는 드디어 집으로 향했다.

가이와 알리시아는 에이미와 함께 거실에서 텔레비전을 보고 있었다. 가이의 무릎 위에 앉은 에이미를 보는 순간 조는 당장 에이미를 끌어내고 싶었다. 하지만 지금은 참아야 하는 순간이었다.

"왔니?"

가이는 조를 보고도 전혀 당황하지 않았다. 알리시아는 더했다. 마치 아침에 나갔다 들어온 것처럼 조를 흘낏 보고는 다시 텔레비전으로 눈길을 돌렸다. 베스의 안부는 아무도 묻지 않았다.

"드릴 말씀 있어요."

"급한 일이니?"

가이는 무심하게 물었다.

"예. 급해서 그냥 여기에서 할 수도 있어요."

조는 에이미의 간식을 챙겨 온 루시 아줌마를 주시하며 말했다. 가이는 피식 웃더니 일어나 서재로 앞장섰다.

"오늘쯤 올 줄 알았다."

가이는 책상 뒤 커다란 의자에 앉으며 말했다. 조는 책상을 사이에 두고 마주선 채 물었다.

"왜 그렇게 생각하셨어요?"

"카드도 정지됐고, 현찰도 거의 다 떨어졌을 테니까. 집을 나가봤자 별수 있겠어? 자본주의 사회에서 돈이 없으면 아무것도 할 수 없는데. 너희들은 아르바이트 한 번 해 본 적 없는 아이들이잖아. 내 보호가 없으면 아무것도 할 수 없겠지."

'보호'라는 말에 화가 치밀어 올랐다.

"메그 언니한테 얘기 들으신 거 없어요?"

"메그? 걔가 나한테 돈 달라는 얘기 빼고 다른 얘기하는 거 봤니?"

그리고 보니 정말이었다. 메그와 가이가 단둘이 얘기를 나누고 있는 것을 본 적이 없었다. 그런데도 메그와 가이의 사이가 뭔가 이상하다는 생각을 단 한 번도 해 본 적이 없었다. 워낙 넓은 집이었고, 대식구였고, 다들 일정이 바쁘니까, 신경 쓸 틈이 없었다.

어떻게 그렇게 까맣게 모르고 있었을까? 어떻게 눈치채지 못했을까? 가이가 방 안으로 들어올 때마다 움찔대던 베스의 몸짓을, 가이의 시선을 피해 구석으로 숨던 베스를, 가이의 눈을 피하던 베스의 눈을 어떻게 모를 수 있었을까? 세상에서 가장 사랑하는 단 하나뿐인 혈육이라고 생각했는데, 아니었다. 무관심은 사랑의 결여를 나타내는 가장 큰 증거였다.

"단도직입적으로 얘기할게요. 저희 이제 나가 살 거예요. 당신이 말한 대로 돈이 없으면 아무것도 못하는 자본주의 사회이고, 우린 돈이 없으니, 대학을 졸업할 때까지 학비와 생활비는 대주셔야겠어요."

"내가 왜?"

"이 일이 밖으로 알려져도 상관없어요?"

가이는 코웃음을 쳤다.

"어떤 일?"

"몰라서 물어요?"

입 밖으로 꺼내기도 싫은 끔찍한 말이라 조는 하는 수없이 되물었다.

"세상이 과연 네 말을 믿어줄까? 요즘은 매체가 정말 발달했지. 옛날에 신문밖에 없었을 때가 살기 편했는데, 기사를 막기도 편하고. 인터넷, 소셜 네트워킹서비스, 또 뭐가 있더라……. 그런 매체들의 특징은 전파력은 강하지만 신뢰성은 떨어진다는데 있지. 네가 어떤 방법을 써도 마찬가지야."

"메그가 증언해줄 거예요."

"메그가 왜? 그렇게 해서 얻는 게 뭐가 있다고? 그 오랜 세월을 견디고, 대학까지 가서도 아무 말 않고 있는 아이인데. 사실 메그가 증언해준다고 해도 달라지는 건 없어. 부모에게서 버림받은 아이들을 최선을 다해 키웠어. 그런데도 그 아이들은 갖은 반항을 다 해대지. 마약재활센터, 알코올재활 프로그램, 폭력, 갖은 말썽을 부리던 아이들이 가출을 해서 양아버지를 협박한다? 다른 입양된 아이들은 모두 양아버지를 천사라고 증언하고, 이웃이나 교사들의 증언도 마찬가지인데, 어떻게 될까?"

"그, 그게 무슨 소리예요?"

"그 정도 증거 만드는 거야 간단하지. 재활센터원장이라면 수십 명은 알고 있어. 모두들 날 위해 무슨 일이든 할 준비가 되어 있지. 날 위해 비밀리에 너희들이 입원했었다고 서류를 조작할 거고, 널 미워하는 친구들 몇 명쯤 찾는 건 식은 죽 먹기겠지."

조는 대꾸할 말이 없었다.

'가이는 함부로 덤벼서는 안 되는 사람이야.'

메그의 말이 머릿속에 울려 퍼졌다.

"잘 생각해 보고 결정해. 메그가 준 돈으로는 며칠 못 버틸 게다. 메그한테 더 이상 손 내밀 생각도 하지 마. 너희 때문에 마약 살 돈도 없었는지 반쯤 미쳐서 이미 입원한 상태거든."

조는 그대로 돌아섰다.

"결국 너희들은 나에게 돌아와야 할 거야."

조의 등 뒤로 가이의 웃음 섞인 말이 들렸다.

***

증거, 증거, 증거. 조는 병원으로 돌아가는 내내 머리를 싸맸다. 휴대폰으로 인터넷을 검색했다.

'성폭행 증거는 보통 성폭행 후 여성의 몸에서 채취한다.'

'몸을 씻지 않고 가야 한다.'

'증거가 없으면 무고죄나 명예훼손죄로 고소당할 수 있다.'

각종 충고들이 쏟아졌지만 도움이 되는 것은 없었다. 베스가 입원한 지 사흘이었다. 증거가 남아 있을 리 없었다. 조가 한숨을 내쉬며 인터넷 창을 닫으려는데 얼핏 스치는 글자가 보였다.

'임신한 아이의 유전자.'

조는 버스에서 내리자마자 병원으로 달리기 시작했다. 분명 의료용 폐기물은 따로 보관해 처분할 터였다. 운이 좋으면 아직 베스의 몸에서 파낸 아기가 남아 있을 지도 몰랐다. 조는 안내센터에서 병원 지도를 구해 폐기물 보관실의 위치를 파악했다. 지하2층에 있는 영안실 바로 옆이었다.

커다란 서랍식 냉장고가 4면을 채우고 있는 방 안은 으스스했다. 만약의 경우를 대비해 불도 켜지 않았다. 냉장고 안에는 비닐 봉투에 담긴 신체조직들이 가득했다. 다행히 비닐 봉투에는 수술실과 환자명이 적힌 종이 스티커가 붙어 있었다. 차갑고 물컹한 느낌에 소름이 끼쳤다. 조는 이를 악물었다.

얼마나 뒤졌을까. 냉기에 손가락이 곧아서 잘 움직이지 않았다. 조는 입김으로 손을 녹여가며 다시 뒤지기를 반복했다. 어둠 속이라 스티커가 잘 보이지 않았다. 스티커에 붙은 환자 성명을 자세히 보기 위해 비닐 봉투를 눈 가까이에 가져다댔다. 피비린내가 훅 코를 찔렀다. 구역질을 참을 수 없어 고개를 돌리는데 갑자기 방 안이 환해졌다. 조는 너무 놀라서 들고 있던 비닐 봉투를 바닥에 떨어뜨렸다. 철퍼덕, 바닥과 마찰한 비닐 봉투는 다행히 터지지 않았다.

문가에는 조 또래의 동양인 여자아이가 서 있었다.

"너 누구야? 도대체 지금 뭘 하는 거야?"

"그냥 여기에는 뭐가 있나 해서 들어와 봤어."

일단 우기기로 했다. 나이로 보아하니 여자아이가 직원은 분명 아니었다. 하얀 가운을 걸치고 있는 게 맘에 걸리긴 했지만 들킨 이상 어쩔 수 없었다. 여차하면 도망치면 되는 거였다. 조의 대답에 여자아이는 고개를 갸웃했다.

"여긴 관계자 외 출입금지야."

"그러는 넌 여기에 왜 왔는데?"

"나는 관계자거든."

"거짓말. 아직 어려 보이는데."

여자아이가 가운 밑에서 플라스틱 신분증 목걸이를 꺼내 건네 주었다.

"맞지?"

조는 침을 꿀꺽 삼켰다. 신분증에는 여자아이의 사진과 함께 병원 로고가 커다랗게 새겨져 있었다.

"요즘에 사기꾼이 얼마나 많은데 이걸 믿으라고? 그리고 뭐? 네가 이 병원 주인이라도 되니? 분명 잠겨 있지도 않았다고."

"그래도 관계자 외 출입금지라는 표지판은 봤을 거 아냐?"

여자아이가 문에 걸린 표지판을 톡톡 치며 말했다.

"너무 어두워서 못 봤어."

여자아이가 가늘게 한숨을 내쉬었다. 아이의 표정에 말썽에 휘말리기 싫다는 감정이 가득했다.

"그래, 좋아. 그러면 이제 나가. 오늘 폐기물 수거하러 오는 날이라서 일해야 하니까."

"지, 지금?"

조는 차마 발길이 떨어지지 않았다. 지금 나가면 모든 게 끝이었다. 어떻게 해야 하는 걸까? 조의 호주머니에는 권총이 들어 있었다. 며칠 전 금고에서 꺼낸 것을 제자리에 돌려놓지 않았다. 혹시나 싶어 집에 들렀을 때 권총을 가지고 나오긴 했지만 차마 그 권총을 꺼내들 수 없었다. 망설이는 사이 여자아이는 물끄러미 조를 바라보기만 했다. 아이의 눈빛은 어딘가 익숙했다. 따뜻하고 투명한 눈빛은 마치……, 베스 같았다.

"우리 혹시 어디서 본 적이 있었니?"

여자아이와 조는 동시에 서로에게 물었다.

"아니. 아닐 거야. 내가 다니는 학교에는 동양인이라고는 나와 베스뿐이거든."

"베스?"

"그래. 내 동생. 너와 많이 닮았어."

그리고 나와도. 조는 다음 말을 삼키며 여자아이의 신분증을 다시 바라보았다. 안젤리나 사토, 그게 그 아이의 이름이었다. 이 아이가 우리에게 구원의 천사가 되어 줄 수 있을까?

"그 동생이 사흘 전에 맹장수술을 했어."

어차피 손해 볼 건 없었다. 총을 꺼내드는 건 마지막까지 미루고 싶었다.

"그런데 그, 그 맹장을 묻어주고 싶어 해. 차마 자신의 몸이었던 부분이 쓰레기처럼 취급되는 건 견딜 수 없데. 도저히 고집을 이길 수 없어서 내가 가지러 온 거야."

"하지만 의료용 폐기물은 법적으로……."

"폐기물이라니? 엄연히 생명이었어. 내 동생의 몸에서 살아 숨 쉬던 일부분이었다고. 몸에서 떼어 냈다고 해서 이런 쓰레기 취급을 받는다면 좋겠니? 어떤 생명이라도 그 죽음은 존중받을 이유가 있는 거야. 살아 있었다는 사실만으로도."

조의 횡설수설에 엔젤이 이맛살을 살짝 찌푸렸다.

"정말 여동생 맹장만 찾으면 나갈 거야?"

조는 엔젤의 눈을 마주보았다. 베스를 닮은 눈은 조의 말을 믿지 않는다고 말하고 있었다. 도대체 내 말을 믿지도 않으면서 왜 물어보는 걸까?

"정말 동생의 맹장만 찾으면 갈 거냐고?"

엔젤이 다시 물었다. 조는 조용히 고개를 끄덕였다. 엔젤은 자그맣게 한숨을 쉬었다.

"사흘 전에 수술했던 거라면 이쪽 어디쯤에 있을 거야. 아마 비닐 봉투에 수술실, 환자 성명 같은 사항들이 써져 있을 거야."

엔젤은 맞은편의 냉장고 서랍을 열며 말했다.

"동생 이름이 베스라고 했지? 당연히 엘리자베스의 애칭이겠지?"

그렇게 물으며 엔젤은 냉장고 서랍 안의 비닐 봉투를 꺼냈다. 조는 조용히 고개를 끄덕였다.

"내가 도와줬다고 말하지 마. 난 그저 조용히 봉사활동을 끝내고 싶어서 도와주는 거 뿐이니까."

"고, 고마워."

엔젤은 조의 감사에도 말없이 서랍 속의 비닐 봉투를 확인하기 바빴다. 조보다 엔젤이 더 열성적으로 냉장고 안을 뒤졌다. 마침내 엔젤이 비닐 봉투 하나를 꺼내들고 말했다.

"이거 같아."

조는 베스의 손에 들린 노란색 비닐 봉투를 노려보았다. 봉투 위에 붙은 스티커에는 '엘리자베스 하워드'라는 이름이 선명했다.

"고마워."

조는 애써 웃음을 지으며 비닐 봉투를 받아들었다. 출렁거리는 봉투는 예상보다 무거웠다.

"네 덕분에 빨리 찾을 수 있었어. 나 혼자 했다면 훨씬 더 오래 걸렸을 거야."

"그러다 다른 사람한테 들켰을 테고."

"아마도."

"내 이름은 조세핀 하워드야. 잊지 마. 언젠가는 꼭 이 은

혜를 갚을 테니까."

조는 손을 내밀며 악수를 청했다. 엔젤은 조의 손을 마주 잡고 흔들다가 손을 호주머니에 넣고 삐딱하게 섰다. 베스와 똑같은 버릇이었다. 조는 자신도 모르게 물었다.

"그런데 넌 어느 나라 사람이니?"

도저히 엔젤이 낯선 타인 같지 않았다. 서랍 속 깊숙이 넣어 둔 비단주머니 안의 사진이 눈앞을 스쳤다. 찢어진 사진은 조와 베스가 버려질 당시 지니고 있었다고 했다. 가이와 알리시아는 그들이 입양되었다는 것을 알려주던 날, 찢어진 사진 두 조각을 보여 주었다.

"이 사진과 함께 있었던 편지에 의하면 너희들의 부모는 피치 못할 사정이 있어서 너희를 키울 수가 없었던 것 같아. 너희들이 자라면 이 사진을 가지고 서로를 찾기를 바란다고 써져 있어."

가로로 찢어진 사진 두 조각에는 네 명의 아기가 있었다. 어쩌면 이 아이가 사진의 또 다른 주인공일 수도 있었다.

"우습네. 보통 중국인이냐, 혹은 일본인이냐고 묻는데……. 너는 작은 나라 출신인 모양이구나?"

"그래. 내가 태어난 나라는 한국이야."

"한국?"

갑자기 엔젤의 눈이 싸늘해졌다.

"혹시 너도 한국 출신이니?"

"아니. 난 일본인이야."

엔젤의 대답은 빨랐다. 또, 역시나, 였다. 가이가 사진을 보여준 직후부터 조금이라도 닮은 동양인을 발견하면 길거리에서도 달려가 물었다.

"너도 혹시 입양됐니? 혹시 한국인이니? 어렸을 때 다른 곳으로 입양된 동생이 있지 않니? 엄마에게 다른 곳으로 입양된 언니가 있다는 얘기를 들은 적 없니?"

반사적으로 나오는 질문은 습관으로 굳어졌다. 가이와 알리시아는 아무리 야단을 쳐도 조의 습관이 고쳐지지 않자 정신과 의사를 불렀다. 부유층만을 전문적으로 공략하는 방문의는 상담내용보다 상담시간에 더 심혈을 기울였다. 10분 단위로 진료비를 청구하니까 당연했다.

"어딘가에 널 기억해주는 사람이 있다는 기대는 버려. 버린 아이를 기억하고 싶어 하는 가족은 존재하지 않아. 설사 친가족을 찾는다고 해도 그들은 이미 네 가족일 수 없어. 가족이란 같은 집에서 밥을 먹고, 얘기를 하고, 잠을 자면서 시간을 공유하는 사람들이야. 네 친혈육은 널 버린 순간, 이미 너와 가족이기를 거부한 거야."

조금도 상담효과가 없다는 이유로 알리시아에게 해고당한 뒤, 의사는 정확히 그렇게 말했다. 비록 홧김이었다고는 해도 의사가 틀린 말을 한 것은 아니었다. 그게 냉정한 현실이었으니까. 차가운 현실을 깨닫고 조는 며칠 동안 원인을 알 수 없는 열로 앓아누웠다.

그 뒤로는 어디에서 동양인을 마주치던 피해 다녔다. 가이의 선거자금 모금을 위한 파티 때 한국인 입양아라는 아이를 만난 적이 있었다. 당시에 부유층에서는 입양이 슈퍼카나 자가용 비행기처럼 유행이었다. 조는 아무도 보지 않는 틈을 타서 아이의 발을 걸어 넘어뜨렸다. 아이에게서 보이는 자신의 모습을 견딜 수 없었다. 말하고 두 발로 걷는 비싼 애완동물. 그게 조였다.

오래간만이네. 이 해묵은 버릇이 또 불쑥 나오는 건. 조는 한숨을 내쉬고는 엔젤에게 웃어 보였다.

"한국은 일본 바로 옆에 있다고 하더라. 그러니까 우리는 이웃 나라에서 태어난 거네. 반가운데?"

"그게 왜 반가워?"

"가까이 있으면 서로 친할 거 아냐. 그러니까 우리도……."

"아니, 원래 가까운 사이일수록 서로를 상처내기가 쉬운 법이지. 그래서 이웃 나라와 우호를 유지하는 경우는 거의 없어. 내가 알기로는 일본과 한국도 엄청나게 사이가 나빠."

엔젤은 그 말을 끝으로 뒤돌아섰다.

"볼 일 끝났으면 그만 가 줘. 난 아직도 할 일 많이 남아있으니까 방해하지 말고."

뒤돌아선 엔젤의 등이 조를 거부하고 있는 것만 같았다. 갑자기 왜 기분이 나빠졌을까? 기꺼이 도움을 줄 때는 언제고? 궁금했지만 조는 그냥 뒤돌아섰다. 지금은 베스와 자신의 일이 더 급했다.

✳ ✳ ✳

서재의 불은 밝게 켜진 채였다. 다행히 온 집 안 식구들을 깨울 필요는 없을 모양이었다. 가이는 노크 없이 서재로 들어서는 조를 보며 눈살을 찌푸렸다. 거대한 오크 원목책상 뒤에 앉아 있어서인지 오늘따라 가이는 왜소해보였다. 평소에는 배불뚝이 중년남자보다 깡마른 몸매를 유지하는 가이가 좋았었는데. 책상 위에 놓인 스탠드 불빛에 가이의 벗겨지기 시작한 머리가 번들거렸다.

조는 서재 책상 위로 쇼핑백에 넣어온 폐기물 봉투를 던졌다. 출렁, 소리를 내며 폐기물 봉투가 흐느적거렸다. 가이는 눈을 가늘게 뜨고 형체를 알 수 없는 봉투를 노려보았다.

"이게 뭐냐?"

"당신이 베스를 성폭행했다는 증거."

"뭐? 그런 게 있을 리가 없을 텐데."

"정 믿기 힘들면 열어 보지 그래?"

가이는 겁날 게 없다는 듯 폐기물 봉투의 비닐을 확 찢었다. 핏덩어리가 쏟아지며 책상 위에 흩어져 있던 서류를 검붉게 물들였다.

"욱."

가이가 진동하는 피비린내에 구역질을 하며 뒤로 물러섰다. 의자가 끼익하는 마찰음을 냈다.

"도대체 이게 뭐야?"

"메그 언니가 정말 아무 얘기하지 않았나 보군. 난 베스의 안부도 묻지 않기에 알고 있는 줄 알았지. 베스가 지금 입원해 있거든."

"베스가 왜? 어디가 아파서?"

가이의 목소리에 묻어나는 걱정에 이번에는 조가 구역질이 치밀어 올랐다.

"사흘 전에 수술했거든. 몸속에서 썩어 들어가면서 베스를 죽이려는 당신 자식 한 명을 쏟아냈지."

"그럼 이게……?"

소름 끼친다는 듯 가이가 파르르 떨었다.

"그게 당신이 원하던 증거가 될 수도 있다는 걸 문득 깨달았지."

조는 드디어 가이를 옴짝달싹 할 수 없게 만들었다는 생각에 뿌듯하게 말했다. 하지만 가이는 푸하하 웃음을 터뜨렸다. 조는 가이가 허세를 부리도록 내버려두었다. 예상치 못한 상황에 당황할 때면 나오는 가이의 버릇이었다. 한참을 웃던 가이가 순식간에 싸늘한 표정으로 바뀌어 조를 노려보았다.

"창의적인 협박 방법이긴 하지만 나한테는 통하지 않아. 미안하지만 난 무정자증이거든."

조는 당황해서 일그러진 가이의 얼굴을 바라보기만 했다. 표정을 보아하니 가이가 거짓말을 하는 것 같지는 않았다.

"정말 무정자증이야? 말도 안 돼! 린다 언니와 티모시 오빠는?"

"불법으로 입양한 거였어. 무정자증이라고 하면 왠지 뭔가 부족해 보이잖아. 타인에게 내 약점을 드러낼 필요가 뭐 있어? 아이는 돈만 있으면 얼마든지 살 수 있는데."

돈으로 살 수 있는 물건, 마음대로 가지고 놀다가 망가지면 새로 살 수 있는 물건, 그게 바로 가이가 생각하는 입양아에 대한 정의였다. 조는 목구멍으로 넘어오는 쓴물을 삼켰다.

"그렇다면 베스가 거짓말을 한다는 거야? 당신한테 그런 고통을 당하고 살았던 베스가, 어린 남자아이와도 말 한마디 하지 못할 정도로 남자에 대한 불신이 컸던 베스가 다른 남자가 있었을까? 정말 그렇게 믿어?"

가이가 움찔했다.

"당신이 무엇을 믿고 싶어 하든 상관없어. 어쨌든 이게 당신 첫 자식이야. 정 의심스러우면 유전자 검사를 해 보든지. 베스한테 다른 남자가 없었다는 건 나보다 당신이 더 잘 알 텐데. 아무리 성폭행 증거를 부인하고 싶다고 해도 자신의 무정자증을 더 믿고 싶어 할 줄은 몰랐네."

마침내 가이는 부들부들 떨면서 책상 쪽으로 다가왔다. 책상 위에 널브러진 검붉은 살점들은 형체를 알아보기 힘들었다.

"말도 안 돼. 불가능하다고 했었는데⋯⋯. 몇 개월이나 됐어? 왜 죽었어? 말도 안 돼! 처음으로 가진 내 자식이⋯⋯. 이럴 수가⋯⋯."

가이는 비닐 봉투를 품에 안고 울부짖었다. 조는 가이의 오열에 마음이 가라앉았다. 그 오랜 시간 자상한 아버지 노릇을 하며 입양한 자식들을 짓밟았던 가이가 태어나지도 않은 친자식의 죽음에 슬퍼하다니, 이 아이러니한 상황이 우스울 정도로 황당했다.

"빨리 협상이나 시작하지? 내가 요구하는 건 간단해. 학비는 당연히 당신이 지불하는 거고, 한 달 생활비는 현금 만 달러에 한도가 삼 만 달러인 신용카드 두 개."

돈 얘기가 나오자 가이는 언제 오열했냐는 듯 정색을 하며 의자에 꼿꼿이 허리를 펴고 앉았다.

"그건 무리라는 거 너도 잘 알잖아."

"그래서? 당신한테 무리라는 것까지 내가 염려해야 하나? 덜 쓰고, 덜 먹고, 덜 입어. 솔직히 그 정도 여력은 될 텐데. 아니면 그냥 같이 자폭할까? 그 경우에는 쪼들리는 게 아니라 아마 돈을 쓰지도 못하는 곳에 갇혀 지내야 할 텐데. 설마 당신한테 모두 가져온 거라 생각하는 건 아니겠지? 나머지 시신은 내 친구네 집 냉장고에 보관되어 있어. 언제든 당신이 협상한 사항들을 어기면 경찰서로 그걸 들고 갈 거야. 당신도 그걸 바라는 건 아니겠지? 아까 낮에 당신이 말했잖아. 당신 능력이 얼마나 대단한지. 그 능력으로 어떻게든 만들어내. 난 당신이 꽤 깨끗한 정치인이라고 생각했는데, 이 정도 엄청난 일을 아무도 모르게 오랜 세월 저지를 정도면 다른 방면으로도 꽤 소질이 있을 거 같거든. 불법적인 일은 법의 심판을 교묘히 피할 수만 있다면 편법이라는 말로 대신 될 수 있지. 열심히 찾아봐."

"감히 어떻게 상원의원으로서의 내 명예까지 들먹여? 난 절대로 공적으로 불법적인 일을 해 본 적이 없다. 로비자금을 받은 적도 없고, 대가를 바라고 어떤 일을 벌인 적도 없어. 오로지 이 나라를 위해 봉사해왔단 말이다."

조는 피식 웃었다.

"그래서? 공적으로 당신이 어떤 인간이었건 상관없어. 그게 무슨 상관이야? 다른 사람들에게 천국을 만들어주면 뭐해? 나한테 지옥을 만들어줬는데? 계좌번호는 따로 알려주지 않아도 되는 거지? 신용카드는 일주일 뒤에 찾으러 오도록 하지. 어차피 짐 챙기러 한 번은 와야 할 거 같으니까."

가이는 대답이 없었다. 하지만 그게 곧 대답이었다. 조는 돌아서서 서재 문을 열려다 멈췄다.

"왜 하필 베스였어? 우린 똑같이 생겼는데. 어렸을 때는 당신도 우리 둘을 구별하지 못했잖아. 왜 하필 베스였어?"

가이의 웃음소리가 들렸다.

"그 방이 바로 앞에 있었으니까."

조는 눈을 질끈 감았다. 메그의 말이 맞았다. 끝까지 믿고 싶지 않았다. 그래서 확인하고 싶었다. 조가 방을 바꾸어 달라고 하지 않았다면 베스는 그 모든 일들을 겪지 않았어도 되는 것이다. 그리고 대신 조가 겪었을 것이다. 운명은 가끔 너무 단순한 이유로 뒤틀려 버린다. 만약 나라면 어떤 선택을 했을까? 나도 베스처럼 혼자서 모든 것을 짊어지고 견뎠을까? 조는 고개를 저었다. 지금 상황에서 그런 '가정'은 아무 소용없었다. 하지만 치밀어 오르는 화를 견딜 수 없었다. 베스의 가혹한 운명이 모두 자신의 탓인 것만 같았다.

조는 집을 나간 뒤 한 번도 몸에서 떼어 놓지 않았던 총을 만지작거렸다. 호주머니 안의 묵직한 느낌이 흔들리는 조를 붙잡아 주었다. 지금까지는……. 조는 천천히 돌아서며 총을 꺼내들었다.

"너 미쳤니?"

가이는 움찔했지만 책상 뒤 안락한 의자에서 도망칠 생각이 없어 보였다.

"나는 완전히 제정신이지. 제정신이 아닌 건 당신이지."

가이를 향해 겨눈 총구가 흔들렸다. 가이는 편안하게 안락 의자에 등을 기댔다.

"설마 진짜 쏘려는 건 아니겠지? 내가 없으면 너희들이 살아가는 데도 문제가 많다는 거 알잖아. 까불지 말고 내려 놔."

그 당당한 어조에, 그 뻔뻔한 말투에 조는 가이에게 한 걸음, 한 걸음 다가갔다. 가이의 눈자위가 움찔거리며 경련을 일으켰다. 조는 가이의 팔이 닿을락 말락한 거리에 멈춰 섰다.

"일어서. 진짜 죽고 싶지 않으면."

가이는 비웃음이 가득한 얼굴로 일어났다.

"책상 앞으로 나갈까?"

가이가 책상 앞으로 나오며 말하자 조는 재빨리 뒤로 물러났다.

"내가 그 정도 약은 수에 속을까 봐? 총을 빼앗으려고? 내가 그 정도로 바보인 줄 알아?"

가이는 그제야 조가 진심이라는 걸 깨달은 모양이었다.

"바보 같이 굴지 마. 모든 상황을 고려한다고 해도 살인은 중죄야."

사격을 가르쳐주던 전 국가대표가 조에게 사격선수를 하라고 권할 정도로 조의 사격솜씨는 월등했다. 가이도 그 사실을 기억하고 있을 터였다.

"내가 언제 당신을 죽인다고 했어?"

"그러면 지금 뭐하는 건데?"

조는 활짝 웃으며 총구를 겨누고 방아쇠를 당겼다. 총성이 울리는 순간 가이가 재빨리 엎드렸지만 다행히 빗나가지는 않았다.

"악!"

가이의 신음 소리와 함께 식구들이 깨서 부산스럽게 움직이는 소리가 들렸다. 조는 쓰러진 가이를 향해 다시 한 발을 더 쏘았다. 기하학적 무늬의 이집트산 양탄자가 가이에게서 흘러나온 피로 붉게 물들었다. 가이는 양쪽 발목을 움켜쥐고 비명을 질렀다.

"살려줘!"

분명 총성 후 집 안 전체가 깨어나 움직이는 소리가 들렸는데 서재로 달려오는 사람은 아무도 없었다. 가이는 팔로 엉금엉금 기어서 인터폰을 향해 갔다. 가이의 뒤로 핏자국이 길게 흔적을 남겼다. 조는 가이가 인터폰을 사용하도록 내버려두었다.

"지금, 당장, 구급차! 총에……."

가이는 고통에 차마 말을 잇지 못했다. 인터폰을 통해 알리시아가 911에 신고하는 소리가 들렸다. 조는 버튼을 눌러 인터폰을 끄고 천천히 가이에게 다가갔다.

"이게 당신이야. 당신이 이 나라를 위해, 이 나라 국민들을 위해 얼마나 대단한 일을 한 사람이었는지는 상관없어. 당신이 살려달라고 비명을 지르는데도 아무도 당신을 위해 달려오는 가족 한 명 없는 상황. 이게 바로 당신이 어떤 인간인지 알려주는 거야."

"나, 쁜, 년!"

가이는 이를 악물고 겨우 그 말을 내뱉었다. 이글거리는 눈빛이 화를 돋우었다.

"겨우 이 정도로?"

조는 총상을 입은 가이의 발목으로 천천히 발을 가져갔다. 가이가 부들부들 떨며 도망치려 팔꿈치로 기었다. 조는 한걸음에 가이를 따라잡았다. 그리고 천천히 피가 흐르는 가이의 발목을 짓이겼다. 가이의 비명이 온 집 안을 울렸다.

"에이미에게서 멀찌감치 떨어져 지내는 게 좋을 거야. 만약 에이미에게 손끝 하나라면 댄다면 내가 가만히 있지 않을 테니까."

조는 경찰차의 사이렌 소리가 들리고 나서야 가이에게서 발을 뗐다. 양탄자에 구두를 문질러 구두에 묻은 핏자국을 모두 지우고 조는 서재를 나섰다.

4. 엔젤, 미국, 워싱턴

엔젤은 물컹거리는 의료용 폐기물을 카트에서 트럭으로 옮겨 실으며 이를 갈았다. 청소 용역업체 담당자는 월급을 받고 일하는 처지이면서도 힘든 일은 전부 봉사자인 엔젤에게 시켰다. 그러면서도 자원봉사자들이 없다고 투덜대는 게 우스웠다. 엔젤도 평범한 자원봉사자였다면 진작에 도망갔을 터였다.

워렌이 처음으로 지시한 일은 워싱턴 시내 VIP병실에 입원한 노인에게 주사를 놓는 일이었다. 외삼촌댁에 머무는 동안 병원 자원봉사를 하겠다는 말에 담당자는 아무 의심 없이 베스를 자원봉사자로 받아들였다. 하지만 VIP병실에 접근하는 일은 예상외로 까다로웠다. 병원 꼭대기 층에 위치한 3개의 VIP병실은 전용 엘리베이터를 통해서만 올라갈 수 있었고, 담당자들도 까다롭게 정해졌다. 엔젤은 남들이 하기 싫어하는 폐기물 처리까지 직접 정리하면서 청소부장의 신뢰를 얻으려 노력하고 있었다. 아마 다음 주쯤이면 VIP병실 청소를 할 수 있을 것 같았다.

이번 주는 의료용 폐기물의 양이 꽤 많았다. 밀봉했다고는 하지만 일주일 동안 냉장실에서 보관된 피투성이 살점들은 특유의 고약한 냄새를 풍겼다. 엔젤은 일을 마치자마자 화장실로 달려가 한참 동안 변기를 끌어안고 게워냈다. 아무리 오랜 시간이 흘러도 피비린내 나는 죽음에는 익숙해지지 않았다. 화장실 안에 쉰내가 가득했다. 엔젤은 변기레버를 내리고 환풍기를 켜둔 채 화장실을 나왔다.

봉사를 시작한 지 벌써 3주째였다. 예상보다 시간이 많이 지체되었다. 괜스레 조급해 할 것 없다고 자신을 다독였지만 신경은 점점 날카로워졌다. 주말마다 보스턴에서 워싱턴으로 비행기를 타고 오는 것도 힘들고 지쳤다. 시간이 길어지면 위장한 신분이 발각될 위험이 커졌다. 어제는 청소부 한 명이 외삼촌 집까지 태워다주겠다며 선심을 썼다. 엔젤은 서점에 들러야 한다며 간신히 청소부를 따돌렸다. 더 지체되면 정말 위험했다.

투두둑, 소리와 함께 엔젤과 부딪힌 사람이 바닥에 쓰러졌다. 울렁거리는 속을 진정시키기 위해 가슴을 쓰다듬느라 앞을 제대로 보지 못한 엔젤 탓이었다.

"미안해요. 제가 제대로 못 봤어요. 괜찮아요?"

하지만 오히려 넘어진 여자아이가 먼저 사과를 건넸다. 그저 예의상이 아닌 부드러운 어조에 엔젤이 움찔했다. 누가 봐도 엔젤이 잘못한 거였다. 하지만 바닥에서 일어나는 여자아이의 눈빛은 죄책감이 가득했다.

"아니에요. 제가 앞을 제대로 보지 못했어요. 미안해요. 속이 좋지 않아서……."

엔젤의 사과에 여자아이가 다가와 등을 쓰다듬어 주었다. 여자아이의 다정한 손길에 조금씩 울렁거림이 덜해졌다.

"어디가 아픈 거예요? 안색이 좋지 않아요. 아무래도 의사에게 진료를……."

엔젤은 순간, 당황했다. 몽골리언인 여자아이가 입은 환자복은 VIP병실 환자 전용이었다. 워싱턴에는 몽골리언이 드물었다. 그런데 이 병원에서만 몽골리언을 두 번째 만났다.

"복장을 보아하니 자원봉사자 같은데 누워서 쉴 곳은 있어요?"

여자아이는 엔젤의 어깨를 넘을까 말까한 키였다. 몽골리언 중에서도 일본인들은 작은 편이었다. 그런 일본인에게 익숙해진 엔젤에게도 여자애는 정말 작았다. 골격이 가는데다 비쩍 말라 있어 바람이라도 불면 날아갈 것 같았다. 하얀 피부는 창백했고, 작고 갸름한 얼굴에서는 눈밖에 안 보일 정도로 크고 검은 눈을 가지고 있었다. 그런 여자아이가 자신을 염려하는 게 우스울 정도였다.

"탈의실에 의자가 있어요."

엔젤의 대답에 여자아이가 자그맣게 한숨을 내쉬었다.

"그러지 말고 제 병실에 가서 좀 누워 있을래요?"

"네?"

여자아이의 병실이라면 VIP병실이었다. 뜻밖의 행운에 엔젤은 자신도 모르게 미소를 지었다.

"정말 그래도 되요?"

"그럼요. 제 이름은 엘리자베스 하워드예요. 모두들 베스라고 부르죠. 그쪽은 엔젤?"

베스가 엔젤의 명찰을 바라보며 물었다. 엔젤은 고개를 끄덕였다. 며칠 전 동생이 맹장수술을 했다며 의료용 폐기물 봉투를 찾으러 왔던 조가 머릿속을 스쳤다. 맹장이라기엔 조금 묵직하게 느껴졌던 폐기물 봉투의 무게가 이상하다고 생각했었다. 하지만 괜스레 말썽에 얽매이는 게 싫어 모른 척했었다. 맹장수술이라면 하루 만에 퇴원을 했어야 하는데 아직 입원을 하고 있다고? 뭔가 수상했다. 하지만 엔젤은 모른 척했다.

조는 한국 출신 입양아라는 말을 아무렇지도 않게 했다. 하지만 엔젤은 '한국'이라는 말만 들어도 심장이 싸늘해졌다. '한국'에 관한 거라면 무엇이든 증오스러웠다. 비록 그 나라에게서 버림받은 아이라 해도 마찬가지였다. 아니, 오히려 한국에서 버림받은 입양아는 더 싫었다. 잊고 싶은 자신의 과거를 떠올리게 만들었으니까. 그래서 제대로 걷기조차 힘든지 몇 걸음 휘청거리며 걷다가 숨을 몰아쉬는 베스를 보고도 엔젤은 손을 내밀지 않았다. 엔젤도 겨우 혼자 서 있는 거였다. 누군가에게 손을 내밀기에는 자신의 신세가 너무 버거웠다.

제3부

사랑

사랑의 비극이란 없다.
사랑이 없는 가운데서만 비극이 있다.
-시몬 데스카

이지가 왜 그리 사랑을 믿지 못하는지 모르겠다.
테오도 이지도 못 말리는 고집쟁이들이다.
그래서 그들의 사랑이 절대 변하지 않을 거라고
믿어 의심치 않는다. 그들은 모른다.
그들이 서로를 만난 것이 얼마나 큰 행운인지.
그 행운을 바라보는 사람들이 얼마나
초라해지는지 그들은 모른다.
- 베스의 일기 중에서

19세

성은에서 이지로, 미국, 뉴욕

시곗바늘은 겨우 새벽 1시를 가리키고 있었다. 거리는 한산했다. 성은은 쏟아지는 잠을 쫓으며 슈퍼의 셔터를 내리고 문을 잠근 뒤, 창고 한 켠을 막아 만든 자신의 방으로 향했다.

오늘처럼 지친 날에는 한국에 전화를 하고 싶어졌다. 아빠가 단 한걸음에 '성은아'라고 부르며 성은에게 달려올 것만 같았다. 아직도 아빠가 죽었다는 것을 믿을 수 없었다.

부자는 망해도 삼 년을 간다고 했다. 완전한 빈털터리라는 엄마의 말을 믿을 정도로 어리석지는 않았다. 하지만 성은은 엄마가 주는 터무니없이 적은 돈을 받아들고 한마디도 따져 묻지 않았다. 엄마와 실랑이를 벌여봤자 시간만 낭비할 뿐이었다. 다행히 성재가 엄마 몰래 자신의 통장에 든 돈을 건네주긴 했지만, 기댈 곳 하나 없는 고등학생 여자아이가 세상에서 살아가기엔 부족했다.

성은의 전 재산은 뉴욕행 비행기 표와 석 달 집세를 내고 나자 52달러가 남았다. 관광비자의 체류기간은 아무런 대책도 없는 성은에게 너무 짧았다. 무작정 떠나온 어리석음을 비웃기라도 하듯 영화감독이라는 꿈은 점점 멀어져만 갔다.

                              ＊＊＊

　어디선가 들리는 총소리에 성은은 잠을 깼다. 가게는 차이
나타운이라 불리는 모트 스트리트와 리틀 이탈리아라 불리
는 멀버리 스트리트가 교차하는 모퉁이에 위치했다. 리틀 이
탈리아는 차이나타운의 기세에 서서히 밀려나고 있었다. 하
지만 줄어드는 이탈리아 상점과는 달리 마피아는 거리를 떠
나지 않았다. 중국의 마피아라 불리는 삼합회 조직원들까지
가세해 가끔은 한밤중에 총격전이 벌어질 때도 있었다.

　성은은 시끄러운 소리에 먼 곳에서 벌어지는 일이려니 생
각하며 귀를 막고 돌아누웠다. 순간, 총소리와 함께 유리창
이 깨지는 소리가 들렸다. 가까운 곳이었다. 성은은 잠시 망
설였다. 방에는 전화가 없었다. 신고를 하려고 해도 가게로
나가야 했다. 불을 켜고 가게로 들어가는 순간 누군가가 뛰
어오는 발자국 소리가 들려왔다. 성은이 수화기를 든 순간
가게 유리문을 통과한 총알이 진열대에 박혔다. 유리문이 산
산조각이 나며 사방으로 튀었다. 깜짝 놀라 웅크린 성은을
향해 총을 겨누며 남자 한 명이 들어왔다.

　남자는 순식간에 다가와 성은의 머리카락을 잡아채며 턱
에 총구를 들이댔다. 성은은 눈을 질끈 감았다. 이제 모든
게 끝이라고 생각했다. 하지만 갑자기 남자의 손아귀 힘이
빠졌다.

"엔젤?"

성은은 살그머니 눈을 떴다. 남자의 가늘고 긴 눈이 성은의 얼굴 구석구석을 훑고 있었다. 검게 그을린 두툼한 손이 성은의 어깨를 붙잡았다. 성은의 남자의 손등을 뒤덮은 불사조 문신을 보며 침을 꿀꺽 삼켰다.

"엔젤? 엔젤 맞지?"

일본어였다. 그 정도는 알아들었다. 간단한 일본어 정도는 고등학교 수업 시간에 배웠다. 게다가 가게에는 일본인들도 자주 와서 일본어가 꽤 늘었다. 이젠 야쿠자까지 이 거리를 노리는 모양이었다. 성은은 침을 꿀꺽 삼켰다. 어떻게 해야 할까? 맞는다고 해야 하는 걸까? 눈치로 봐서는 그녀를 엔젤이라는 여자로 착각하고 있었다.

"아뇨. 난 엔젤이 아니라 성은이에요."

"거짓말하지 마!"

"내 이름은 성은라고요. 내가 왜 거짓말을 하겠어요? 내가 엔젤이라면 살려줄 거 같은데 거짓말을 할 이유가 없잖아요."

성은은 간신히 알고 있는 모든 일본어 단어를 조합해서 말했다. 생명의 위협 때문인지 생각보다 일본어가 술술 나왔다.

"하, 하지만……, 이렇게 엔젤과 닮았는데……."

남자는 차마 다음 말을 잇지 못했다. 엔젤이라는 말을 내뱉을 때마다 남자의 눈빛이 흔들렸다. 그것만이 성은이 살수 있는 희망이었다.

"엔젤이라는 여자가 애인이었어요?"

남자가 대답을 하기도 전에 사이렌이 울렸다.

"경찰이다."

무장을 한 경찰들이 부서진 문 주위로 몰려들었다. 남자는 성은을 끌어당기며 카운터 뒤에 웅크리고 숨었다. 성은은 다시 머리에 겨눠진 총구의 감촉에 소름이 끼쳤다. 당장이라도 남자가 방아쇠를 당길 것만 같았다. 총을 든 경찰이 주위를 경계하며 가게 안으로 들어서고 있었다. 이대로 있다간 남자의 총에 맞아 죽거나 경찰의 총에 맞아 죽을 것만 같았다. 성은은 본능적으로 카운터 뒤에서 벌떡 일어섰다. 남자의 총구가 성은의 등을 꽉 눌렀다.

"무슨 짓이야?"

남자가 속삭였지만 성은은 남자 쪽은 보지도 않고 경찰을 향해 소리를 질렀다.

"범인은 방금 전에 카넬 스트리트로 도망갔어요."

성은의 다리를 잡았던 남자의 손에서 힘이 빠져나갔다. 경찰차의 사이렌 소리는 곧바로 카넬 스트리트로 향했다. 성은은 그제야 긴장이 풀려 털썩 주저앉았다. 남자는 황당하다는 듯한 얼굴로 성은을 바라보며 영어로 물었다.

"왜 그랬어?"

성은은 피식 웃었다. 긴장이 풀렸는지 헛웃음만 나왔다.

"당신이 잡혀 들어가면 내가 참고인이 되어서 이래저래 귀찮을 게 뻔하니까요. 나는 그 정도로 준법의식 철저한 사람 아니에요. 지금도 불법체류자 신세니까."

남자는 성은의 속사포 같은 말에 피식 웃었다. 웃음 덕분에 남자의 얼굴이 더 이상 무서워 보이지 않았다. 보조개가 있는 얼굴이 오히려 귀여워 보일 정도였다. 남자의 눈빛을 보아하니 절대 성은을 해칠 것 같지는 않았다.

"지원대 오기 전에 빨리 도망가요."

남자는 일어서 문으로 향했다. 그제야 남자의 오른손에서 피가 흐르는 것이 보였다. 상처가 꽤 깊은 것 같았다. 성은은 재빨리 남자에게 다가섰다. 남자는 놀라서 성은에게 돌아서며 총구를 겨눴다.

"뭐야?"

성은은 옆에 놓인 위생 랩을 집어 들었다.

"일단 이거로라도 지혈하라고요. 경찰들한테 피 냄새 풍겨서 쫓기지 말고."

남자는 성은이 상처에 랩을 감는 동안 총구를 겨눈 채 경계를 늦추지 않았다. 성은은 랩으로 남자의 손을 꽁꽁 감은 뒤 총을 바라보며 피식 웃었다. 잃을 게 없는 사람은 무서운 게 없는 법이었다. 성은은 양손을 들어 올리며 천천히 뒤로 물러섰다. 남자가 웃으며 성은을 향해 뭐라고 말했다. 하지만 남자의 말은 사이렌 소리에 묻혀 들리지 않았다. 사이렌 소리에 창밖을 향해 눈길을 잠시 돌린 사이, 남자는 순식간에 사라져 버렸다. 방금 전까지 남자가 서 있던 자리에 경찰 두 명이 나타났다.

"피해 상황이 어느 정도 되나요?"

금발 경찰이 성은에게 질문을 던지는 동안 갈색 머리 경찰은 가게 여기저기를 살펴보고 있었다.

"유리창과 문만 부서진 것 같아요."

"주인인가요?"

"아뇨. 아르바이트생이에요."

"신분증 주세요."

성은은 아무렇지도 않은 척 돌아서 뒷방으로 향했다. 비자 기간은 이미 만료된 지 1년이 넘었다. 하지만 신분증이 없다는 게 더 의심을 살 수 있었다. 당장은 지금 이 순간을 모면하는 게 중요했다.

다행히 경찰은 성은의 여권 앞면만을 확인하고, 수첩에 적은 뒤, 현장 사진 몇 장을 찍고 돌아갔다.

"내일 다시 연락드리겠습니다. 경찰서에 오셔서 몇 가지 더 진술해주셔야 하거든요."

성은은 애써 굳은 표정을 감추며 고개를 끄덕였다. 그리고 뒷방으로 돌아와 짐을 싸기 시작했다.

***

다음 날, 싸구려 모텔에 자리 잡은 성은은 유통기한이 하루밖에 남지 않은 식빵을 꺼내들었다. 마실 것도 없이 먹자니 퍽퍽한 식빵이 목에 걸렸다. 월급날이 5일밖에 남지 않았지만, 맘대로 도망쳐 나왔으니 가게 주인이 돈을 줄 리는 없었다. 빨리 다른 일자리를 구해야 했다.

하지만 일주일이 지나도록 성은은 새로운 일자리를 찾지 못했다. 이유는 간단했다. 불법체류자니까. 일자리를 구하느라 일간지나 인터넷을 열심히 뒤진 덕분에 건진 건 자신이 구해준 남자의 정체뿐이었다.

츠바사 지오바니 프로벤자노. 그게 남자의 이름이었다. 일본어와 이탈리아어가 섞인 이름. 야쿠자라고 생각했는데 마피아였던 남자는 생각 외로 거물이었다. 리틀 이탈리아에서 '프로벤자노'란 이름을 모르는 사람은 없었다. 그 이름 자체가 마피아였고, 두려움이었다. 프로벤자노란 이름은 피를 몰고 다녔다. 츠바사의 재판에 관련된 기사가 연일 신문을 장식했다. 비록 주요 일간지가 아니라 일자리를 구하는 몇 줄짜리 광고가 가득한 공짜 지방지나 신뢰할 수 없는 가십으로 가득한 옐로우페이퍼이긴 했지만 이제껏 츠바사라는 이름조차 모르고 있었다는 것이 신기할 정도였다. 한인 슈퍼마켓의 주인이 얼마나 악독한지 신문은커녕 라디오 뉴스조차 접할 시간이 없었다. 일주일 동안 성은은 츠바사에 대한 기사를 읽으며 시간을 때웠다.

츠바사의 죄명은 환경법 위반이었다. 우스웠다. 마피아들은 뻔질나게 강력범죄를 저지르는데도 엉뚱한 범죄로만 기소되곤 했다. 그 유명한 알 카포네도 살인죄가 아닌 탈세죄로 기소되었다고 들었다. 하지만 재판에 관련된 기사보다 츠바사 개인 사생활에 관한 기사가 더 많았다. 야쿠자의 아들이 마피아 보스의 외동딸과 결혼해 마피아가 되었다는 것만으로도 사람들의 호기심은 하늘을 찔렀다. 게다가 츠바사는 폐쇄적이기로 유명한 마피아 조직 내에서 최단시간 내 행동대장이 되었다. 기자들은 츠바사가 관련되었을 것으로 추측되는 잔인한 살인과 끔찍한 범죄의 역사를 소개하며 츠바사를 영화의 주인공처럼 만들고 있었다.

리틀 이탈리아에서 일 년 남짓 살면서 성은도 마피아 조직의 서열에 대해서는 어느 정도 알고 있었다. 패밀리 전체의 보스인 카포 디 툿티 카피Capo di tutti capi, 대부God Father라 불리는 보스Boss, 실권은 없지만 고문역할을 하는 명예직 콘실리어리Consigliere, 실질적 2인자인 부두목 언더 보스Under Boss, 행동대장 카포러짐Caporegime, 현장 전투요원 솔다토Soldato, 정조직원 메이드 맨Made Man, 준조직원 어소시에이트Associate. 준조직원은 반드시 사람을 죽여야 정조직원이 되기 때문에, 정조직원을 'Make A One's Bone'을 줄여 'Made man'이라 부른다고 했다. 그렇다면 도대체 얼마나 많은 사람을 죽여야 행동대장이 될 수 있는 걸까?

수많은 기사에도 불구하고 츠바사의 모습이 제대로 찍힌 사진은 없었다. 성은은 순간이었지만 잠시 미소를 지을 때 보조개가 움푹 파이던 츠바사의 모습이 생생했다. 너무 선해 보였는데, 게다가 날 살려주기까지 했고. 성은은 고개를 설레설레 저었다. 도저히 츠바사가 기사에 나온 사람과 동일인이라고 믿기 힘들었다.

* * *

다음 날 아침 또 다른 면접을 위해 모텔을 나서는 성은에게 꼬마 여자아이가 다가왔다.

"언니 이름이 성은이에요?"

"그런데?"

"어떤 오빠가 이거 전해주라고 했어요."

성은은 꼬마가 전해준 쪽지를 열어 보았다.

'엔젤과 닮은 아가씨, 피터 루거 스테이크 하우스에서 보자고. 5시.'

성은은 놀라서 주위를 둘러보았다. 쪽지를 전해준 여자아이는 이미 멀어지고 있었다. 성은은 힘껏 달려 여자아이를 붙잡았다.

"이거 누가 줬니?"

"몰라요. 어떤 오빠가 이거 언니한테 전해주라면서 10달러

줬거든요."

죽이지 않고 살려줬으면 됐지, 이제 와서 왜 보자는 걸까? 옐로우페이퍼에 따르면 츠바사의 얼굴을 제대로 아는 사람은 극소수라고 했다. 설마 내가 얼굴을 봤다고 죽이려는 건 아니겠지? 도망쳐야 하는 걸까? 성은은 입술을 깨물었다. 약속 시간까지는 아직도 7시간이나 남아 있었다. 도망친다고 해도 어디로 가야 하는지 막막했다. 게다가 츠바사는 이름조차 몰랐던 그녀의 소재까지 파악하고 있었다. 도망치는 건 아무 소용이 없었다. 결국 성은은 레스토랑이 있는 브루클린으로 향했다.

한 달 전에도 예약을 하기 힘들다는 피터 루거 스테이크 하우스는 그 명성에 걸맞게 사람들이 바글바글했다. 성은이 들어가자마자 바에 앉아 있던 덩치 큰 흑인 남자가 다가왔다.

"성은?"

성은이 고개를 끄덕이자 흑인 남자가 성은을 안내했다. 창밖에 보이는 가장 좋은 자리에 츠바사가 앉아 있었다. 남자가 츠바사 앞자리의 의자를 빼주었다. 성은이 앉자마자 웨이터가 빵, 와인, 스테이크를 내왔다.

"내가 맘대로 주문했어. 입에 맞았으면 좋겠는데."

성은은 대답 없이 스테이크를 썰어 입으로 가져갔다. 먹고 죽은 귀신은 때깔이라도 좋겠지. 어차피 가진 게 없으면 잃을 것도 없는 법이었다. 될 대로 되라지. 성은은 세게 나가기로 했다. 아침에 유통기한이 지난 딱딱한 빵을 억지로 삼킨 뒤 먹는 첫 음식이었다. 드라이 에이징 스테이크는 겉은 바삭하고 속은 부드러웠다. 성은은 미친 듯이 스테이크를 집어삼켰다. 어쩌면 마지막 식사일지도 모른다고 생각하니 스테이크는 더 감미로웠다. 마지막 한 조각을 목 안으로 삼키는 게 아쉬울 정도였다. 마침내 식사가 끝났다. 츠바사는 말없이 성은을 바라보고만 있었다. 성은은 옆에 놓인 와인잔을 단숨에 비웠다. 용기가 필요했다.

"무슨 일로 보자고 한 거야?"

고민 끝에 꺼낸 질문에 츠바사는 눈썹을 치켜 올렸다.

"잊었어? 내가 치료비는 꼭 주겠다고 했잖아?"

성은은 그제야 안도의 한숨을 내쉬었다. 적어도 그녀를 죽이지는 않을 모양이었다.

"경찰 사이렌 때문에 그 말은 못 들었어."

츠바사의 오른쪽 입꼬리가 슬며시 올라갔다.

"그러면 무슨 일인지도 모르고 왔다는 뜻이군."

성은은 고개를 끄덕였다.

"용감하군. 우리 엔젤이랑 비슷하네."

또 엔젤이었다. 어쩌면 생명의 은인일수도 있는 여자의 얼굴이 궁금했다. 츠바사는 테이블 위에 서류 봉투 하나를 던졌다.

"치료비야."

돈이 들었을 거라 생각했던 봉투 안에는 사회보장번호가 적힌 출생증명서, 여권, 운전면허증 등이 들어 있었다. 성은은 이사벨라 데스테라는 여자에 관련된 엄청난 분량의 서류를 든 채 멍하니 츠바사를 바라보았다.

"나이는 너보다 두 살 많아. 한국인 입양아였고 대학교 신입생이었던 열아홉 살 때, 그러니까 재작년에 실종되었지. 경찰은 이미 이사벨라가 사망했을 거라며 사건을 종료했지만 부모는 끝까지 아이가 살아 있을 거라 믿으며 사망신고를 하지 않았어. 몇 년을 기다려 겨우 입양한 외동딸이었거든. 작년에 부모 모두 자동차 사고로 사망했어. 아이의 실종 후 다른 친인척들과 연락을 완벽하게 두절한 상태로 미네소타 외딴곳에서 살았더군. 장례식에도 얼굴을 내민 친인척이 한 명도 없었을 정도였으니까. 완벽한 신분이지."

서류 속의 내용을 츠바사가 읊었다. 성은은 침을 꿀꺽 삼켰다.

"이름은 법원 가서 개명 신청하면 되지만 아무래도 그냥 사용하는 게 나을 거야. 서류는 완벽해. 절대 들킬 염려 없어. 그 정도로 허술하지 않으니까."

신분세탁은 장기간 불법체류를 한 사람들이 미국 국적을 획득하기 위해 사용하는 방법 중 하나였다. 미국 국적만 있다면 수많은 가능성이 열렸다. 일자리도 쉽게 구할 수 있었고, 대학 입학뿐만 아니라 등록금 혜택도 엄청났다. 하지만 비용이 엄청나다고 들었다.

"설마 거절하고 싶어? 거절하면 하는 수 없고. 하지만 명심해. 합법적인 방법으로 이 나라에 정착하기 위해서는 많은 시간과 노력이 따라야 하고 운은 그것보다 얻어내기 힘들다고."

성은의 망설임을 눈치챈 듯 츠바사가 성은의 손에서 서류를 낚아챘다.

"싫으면 관 뒤."

성은은 츠바사의 손아귀에서 구겨진 서류 봉투를 바라보았다. 그 서류면 모든 문제가 해결될 수 있었다. 불법적인 일을 저지른다는 죄책감 따위는 없었다. 어차피 미국에서 숨을 쉬고 있는 것 자체가 불법이었다. 마피아와 연관된다는 두려움 따위는 믿을 수 없는 행운에 사라진지 오래였다. 성은은 츠바사의 손에서 서류를 빼앗아들었다.

"고마워. 이 은혜는 꼭 갚을게."

성은은 서류 봉투를 품에 안은 채 활짝 미소를 지었다.

"그리고 내일 여기에 가 봐. 일자리 면접이야. 나 때문에 쫓겨났다니 그 정도는 해 줘야 할 거 같아서. 주방 보조지만 임금이 다른 곳의 두 배는 넘을 테니 열심히 해 봐."

츠바사가 명함 한 장을 내밀며 말했다. 성은은 츠바사가 말하는 월급에 고개를 갸웃했다. 단순노동에 그 정도로 많은 임금을 주는 곳은 없었다.

"마피아와는 전혀 상관없으니 오해할 필요 없어. 면접을 본다고 해서 합격할 지도 확실하지 않고. 난 단순히 면접만 주선하는 거니까."

성은은 입술을 깨물었다. 츠바사의 말이 사실이라면 마다할 이유가 없었다.

"정말이야? 어떤 음식점의 주방 보조인데 그렇게 월급을 많이 줘?"

"제이슨 켄드릭의 집 주방 보조."

"제이슨 켄드릭? 유명한 사람이야? 처음 들어보는 이름인데?"

"뉴스하고는 담 쌓고 지내는구나?"

"난 행복하고 흐뭇한 소식만 좋아할 뿐이야. 뉴스는 좋지 않은 소식만 가득하잖아. 사실 신문이나 텔레비전을 살 돈도 없고, 그걸 볼 시간도 없어."

"제이슨 켄드릭. 투자의 귀재. 주식, 기업, 부동산 등 각종 투자로 작년에만 천만 달러를 넘게 벌어들였지. 작년에 우리 쪽에서 경영하는 기업에 제이슨이 투자를 하면서 알게 됐어. 사생활 유출을 워낙 꺼려 하기 때문에 보수가 높은 거야. 얼마 전에 또 사진유출 때문에 말썽이 있었나 봐. 나한테 신뢰할 수 있는 사람을 소개해줄 수 있냐고 하더라고. 켄드릭 부인은 워낙 옷차림새를 중요하게 여기니까 면접 때는 꼭 정장을 입고 가도록 해."

"와이프 입김이 훨씬 센 집안이야?"

"와이프? 아냐. 내가 말하는 켄드릭 부인은 제이슨의 숙모야."

"아직도 숙모랑 같이 산다고? 돈이 없어서도 아니고 성인이 되어서도 숙모랑 같이 사는 건 좀 인성에 문제가 있어 보이는데?"

"뭐? 도대체 제이슨이 몇 살이라고 생각하는 거야?"

"설마 성인이 아니라고?"

성은은 놀라서 의자에서 떨어질 뻔했다. 츠바사는 재미있다는 듯이 성은을 바라보았다.

"하, 하지만 작년에 천만 달러를 벌었다며?"

츠바사는 다시 고개를 끄덕였다.

"정말 제이슨에 대해서는 아무것도 모르는구나? 제이슨이 열 살 때 부모님이 사망하면서 숙부와 숙모가 제이슨의 보호자가 되었어. 부모님의 보험금은 거의 빚을 갚는데 다 써야 했고 남은 돈은 얼마 되지도 않았지. 3천 달러 정도. 부모님을 잃은 슬픔을 이겨내지 못하는 제이슨에게 숙부가 유산을 이용해 주식투자를 가르치기 시작했어. 그게 시작이었지. 더 자세한 건 인터넷 서핑을 통해 알아 봐."

성은은 말 잘 듣는 아이처럼 고개를 세차게 끄덕였다. 그런 성은을 바라보는 츠바사의 눈이 가늘어졌다.

"넌 정말 날 무서워하지 않는구나?"

성은은 잠시 망설였다. 사실 마음 깊은 곳에는 두려움이 남아 있었다. 하지만 성은은 본능을 믿기로 했다.

"무서워해야 하는 거야? 아직까지 두려워할 만한 이유를 찾을 수 없는데?"

츠바사의 보조개가 깊게 패었다. 그 웃음에 성은은 츠바사가 절대 그녀를 해치지 못할 거라는 사실을 깨달았다.

"참 이상하지? 밝은 곳에서 유심히 살펴보니 넌 엔젤과 그리 많이 닮지 않았는데, 왜 널 보고 있으면 엔젤을 보는 것 같을까? 만약 엔젤이 그 모든 걸 겪지 않고 자랐다면 너처럼 자랐을까? 마피아 앞에서도 당돌하게 묻고 싶은 질문을 조잘대고, 미국 국적을 가지게 되었다는 사실만으로도 행복해서 터져 나오는 웃음을 어쩔 줄 모르고……."

츠바사는 혼잣말처럼 중얼거렸다. 새삼 엔젤이라는 여자가 더 궁금해졌다. 이사벨라 데스테. 성은은 가만히 이름을 불러보았다. 이탈리아식 이름은 어색했다. 이지. 이사벨라의 애칭이었다. 그 애칭은 마음에 들었다. 이제 성은은 더 이상 존재하지 않았다. 엔젤 덕분에 성은은 죽어버렸으니까. 그 사실도 마음에 들었다. 성은의 과거나 상처따윈 사라졌다. 새로운 인생을 꿈꾸는 이지가 있을 뿐이었다.

* * *

평소에 못 먹는 인간들도 아닌데 뭘 저렇게 많이 먹고 마셔대는지. 이지는 투덜거리며 주방으로 들어섰다. 문을 열고 들어서자마자 열기가 덮쳐 와 숨을 쉬기가 힘들 정도였다. 열 개가 넘는 가스레인지와 세 개의 오븐이 동시에 돌아가고 있어서인지 에어컨도 아무 소용이 없는 듯했다. 대규모 레스토랑에나 어울릴 법한 하얀 벽과 반짝이는 은빛 조리대로 가득한 주방은 끊임없이 밀려드는 주문으로 부산스러웠다.

"캐비어 떨어졌다고 하던데, 일단 이거부터 가지고 나가."

파티를 위해 출장 온 요리사 중 한 명이 이지를 보자마자 캐비어가 든 접시를 떠안겼다.

"또요? 조금만 쉬었다 하면 안 될까요? 다섯 시간 동안 한 번도 앉아 보질 못했다고요."

"그래서? 난 점심도 제대로 못 먹었다고! 지금이 열한 시인데 말이야!"

요리사는 짜증을 내고 돌아서 다시 접시에 음식을 담기 시작했다. 이지는 이를 갈며 접시를 들고 가까운 문을 열었다. 일단은 이 찜통에서 빠져나가는 게 우선이었다. 하지만 문은 파티가 열리고 있는 홀이 아닌 야외로 통하는 문이었다. 갑자기 몰려드는 신선한 공기에 이지는 숨통이 트이는 것 같았다. 이왕 이렇게 된 거 좀 쉬다 들어가야지. 이지는 지하창고로 향하는 계단에 캐비어 접시를 놓고 주저앉았다.

처음 면접을 보러 왔을 때는 영화 속에 나오는 듯한 드넓은 저택의 웅장함에 압도되어 감탄했었다. 내심 다른 공간

은 어떻게 꾸며져 있는지 궁금했지만 이지에게 허락된 공간
은 주방, 고용인 전용 화장실과 휴게실이 전부였다. 제이슨
의 생일 파티 덕분에 호기심을 풀 수 있다는 기대는 서빙이
시작되자 완전히 깨져 버렸다. 화려한 대리석 바닥의 연회장
은 거의 운동장만한데다, 어찌나 윤이 나게 반질반질 닦아놓
았는지 미끄러져 넘어지지 않으려고 기를 써야 했다. 한마디
로 서빙을 하기에는 지옥이었다. 이지가 딱딱하게 부어오른
종아리를 주무르고 있는데 누군가 계단으로 다가왔다.

"깜짝이야!"

희미한 가로등에 드러난 웨이터 차림의 남자가 움찔했다.

"너도 힘들어서 도망 나왔구나?"

이지를 보고 당황해서 뒤로 물러서던 남자가 씨익 웃으며
다시 다가왔다.

"도망? 맞아. 도망 나왔지."

남자는 이지보다 한 계단 위쪽에 앉으며 말했다. 키가 커
서 그런지 남자는 다리도 길었다. 한 계단 위쪽에 앉았는데
도 불구하고 남자의 발은 이지와 같은 계단 위에 닿아 있었
다. 이지는 남자의 얼굴을 자세히 보려 조금 떨어진 곳으로
물러나 비스듬히 몸을 틀었다. 하지만 가로등을 등진데다 계
단 옆 벽에 막혀 남자의 얼굴은 희미한 형체만 보였다.

부스럭거리며 상의를 뒤지던 남자가 담뱃갑을 꺼내자 이
지는 손사래를 쳤다.

"담배 피우게? 여주인이 완전 개코야. 저번에 식당 서빙하던 웨이터는 담배 냄새난다는 이유만으로 돈도 못 받고 쫓겨났다고."

"그럼 쫓겨나면 되는 거지."

남자는 어깨를 으쓱하며 담배를 물고 라이터를 켰다. 라이터 불에 비친 남자의 모습에 이지는 숨을 훅 들이켰다. 태어나서 그렇게 잘생긴 남자는 처음 보았다. 에메랄드 빛 눈은 투명한 바다처럼 반짝였고 짙은 색 금발머리는 목을 뒤덮을 정도로 길고 굽실거렸다. 고집 있어 보이는 턱과 투박하리만치 높은 콧대는 부드러운 첫인상에 남성적인 매력을 더했다. 이지가 남자의 모습에 넋을 잃은 것을 남자는 달리 오해한 모양이었다.

"너도 피울래?"

이지는 고개를 저으며 손을 내밀었다.

"난 이사벨라 데스테, 이지라고 불러. 넌?"

남자는 이지의 손을 잡았다.

"난 테오도르, 테오라고 불러."

테오도르, 이지는 소리 내지 않고 이름을 불러보았다. 신의 선물이라는 뜻이었다.

"여기서 일한 지 얼마 되지 않았나 봐?"

테오의 질문에 이지는 고개를 끄덕였다.

"열흘. 그러는 넌?"

"나? 난 외부업체에서 파견 왔어."

"그래? 오늘이 처음이야?"

"응."

"그러면 너도 초짜구나? 힘들지? 파티 분위기라도 좀 흥겨
웠으면 덜 힘들었을 텐데."

"파티 분위기가 어때서?"

"생일 파티인데 주인공이 빠졌잖아."

"주인공?"

테오가 살짝 이맛살을 찌푸렸다.

"꼬맹이가 죽어도 파티는 싫다고 하는 바람에 손님들 전부
다 기분이 별로잖아."

"꼬맹이?"

테오가 담배꽁초를 바닥에 던져 발로 비벼 끄며 되물었다.
아마 테오도 이지처럼 경제뉴스에는 관심이 없는 모양이었다.

"제이슨 켄드릭. 열다섯 살, 아니 오늘로 열여섯이 되는구
나. 어쨌든 그 나이면 아직 꼬맹이지 뭐. 저기서 기다리고 있
는 손님들은 전부 그것보다 두 배는 더 먹은 거 같던데. 사실
나도 열흘 동안 한 번도 못 봤어. 제이슨이 쓰는 3층에 들어
갈 수 있는 사람이 몇 명 안 되거든. 그 나이면 마구 뛰어다
니면서 놀기 좋아할 나이 아닌가? 그런데 그 꼬맹이는 3층에
서 내려오는 법이 없는 거 같아. 혹시나 유괴 당할까 봐 절대
사진유출도 못하게 막는다고 하더라. 파파라치들 사이에 찍

으면 대박인 사진이라고 하던데."

"그래?"

"응. 넌 들어올 때 파파라치 한 명도 못 봤니? 난 이틀에
한 번씩은 마주치는 거 같은데. 매번 제이슨이 집에 있냐고
물어보더라. 우리 월급이 다른 데보다 두 배가 넘는 것도 혹
시나 정보유출을 하게 될까 봐서라고 하던데. 몇 년 동안 일
한 사람도 얼굴 모르는 사람이 있다고 하더라."

테오는 물끄러미 이지를 바라봤다.

"제이슨 얼굴이 궁금한 가 봐?"

"그냥. 한 번 만나고 싶어."

"왜? 사진이라도 찍어서 파파라치한테 팔려고?"

테오의 질문에 이지는 고개를 세차게 저었다.

"아니. 그냥 머리 한 번 쓰다듬어 주고 싶어서."

"뭐? 왜?"

"난 여기 취직하려고 하면서 그 아이 이름을 처음 들었거
든. 혹시나 인터뷰에 도움이 될까 해서 그 아이에 관한 기사
들을 찾아봤어. 그 아이에 대한 기사들을 보면서 내내 그 아
이 머리를 한 번 쓰다듬어 주고 싶었어. 너무 안쓰러워서."

이지의 말에 테오는 황당하다는 듯이 껄껄 웃었다.

"아니, 도대체 그 아이가 왜 안쓰러워? 그렇게 복 많은 인
간도 드물 텐데, 그렇게 잘 풀리는 인생도 흔치 않고."

"인생이 잘 풀린다고? 왜 그렇게 생각해?"

"작년에만 천만 달러를 벌었다고 하더라. 그런 인간이 인생이 잘 풀리는 게 아니면 우리는 뭐냐?"

"돈이 많다고 세상 모두가 행복하지는 않아. 물론 돈이 많다면 더 행복할 수는 있겠지만."

제이슨이 피식 웃었다.

"행복의 기준이 돈은 아니야."

"너무 확신하는 말투네."

"가난한 하녀 신세인 여자 입에서 나올 말은 아니라고? 나도 돈이 많던 시절이 있었거든. 그런데 별로 행복하지 않았어."

"왜?"

이지는 자신을 바라보는 파란 눈앞에서 잠시 망설였다. 처음 보는 낯선 타인에게 내 상처를 드러내도 되는 걸까?

"얘기하기 싫으면 하지 않아도 돼."

테오는 이지의 망설임을 눈치챈 모양이었다.

"돈이 많아도 행복하지 않았던 이유는……, 가족이 없었거든. 진실한 행복이라는 건 누군가와 함께할 수 있을 때 나오는 거야. 아무리 비싼 밥을 먹고 비싼 옷을 입는다고 해도 같이 할 수 있는 누군가가 없다면 그 외로움이 모든 기쁨을 없애버리거든. 그래서 난 그 애가 불쌍해. 열 살이면 아직 아무것도 모를 땐데, 부모가 모두 비행기 사고로 죽었다며. 아마 그 아이도 나처럼 순간순간 외로움에 치를 떨며 견디고 있을지 몰라. 아니, 어쩌면 더할지도 모르지. 과연 이 사람들이

나를 정말 사랑하는 게 맞는 걸까? 이 사람들이 사랑하는 게 내가 아니라 내 돈이 아닐까? 끊임없이 의심하면서."

"맞아. 정말 그래."

테오가 심각한 얼굴로 중얼거렸다. 이지는 테오의 어깨를 툭툭 치며 웃었다.

"너무 진심으로 내 의견에 동의하는데? 누가 보면 네가 제 이슨인 줄 알겠다."

"그러게."

테오가 어색하게 웃었다.

"이러다 우리 정말 쫓겨나겠다. 나 먼저 들어갈 테니까. 넌 좀 더 있다가 들어와. 화장실에서 양치하고 손 깨끗이 씻는 거 잊지 말고. 켄드릭 여사한테 걸리면 당장 모가지라고."

이지는 손날로 목을 쳐내는 시늉을 하며 다시 한 번 테오에게 주의를 주었다. 테오가 잘리는 일은 막고 싶었다. 그래야 한 번이라도 더 볼 수 있을 테니까. 순간 드는 생각에 이지는 움찔했다. 내가 정말 테오에게 첫눈에 반하기라도 한 걸까? 이지는 쓴웃음을 지었다. 지금 자신에게는 연애를 할 여유 따위는 없었다. 그래도 테오에게 '안녕'이라는 인사를 하는 순간은 망설여졌다. 이대로 헤어지면 다시는 얼굴을 보지 못할 수도 있었다. 하지만 자존심 때문에 먼저 연락처를 묻기도 꺼려졌다. 이지는 어색하게 손을 흔들고는 뒤돌아 계단을 올랐다.

"쉬는 날이 언제야?"

등 뒤에서 들려오는 테오의 질문에 이지는 속으로 쾌재를 부르며 돌아섰다.

"그건 왜?"

"언제 같이 영화 보러 가지 않을래? 아니면 피자나 뭐 그런 거 먹으러 가도 좋고. 난 미국에 온지 얼마 안 돼서 친구가 없거든."

이지와 똑같은 처지였다. 뜻밖의 행운을 믿을 수 없을 정도였다.

"좋아. 이번 주에 주말까지 일해서 다음 주 수요일에는 쉴 거야."

"그럼 수요일 오전 11시쯤 이 집 앞에서 만나자."

이지는 고개를 끄덕이고는 재빨리 돌아섰다. 어둠 속에서도 붉어진 얼굴이 보일 것만 같았다. 이지는 힘든 줄 모르고 일을 마쳤다.

***

어느 정도 주방 보조 일에 익숙해지자 바빠서 느낄 틈이 없었던 외로움이 갑자기 몰려들었다. 어쩌다 쉬는 날이면 어떻게 시간을 보내야 할지 몰랐다. 대학입학을 준비해야 된다는 생각이 들었지만 막상 마음을 다잡고 다시 공부를 시작하려니 막막했다. 게다가 일 년 동안의 고된 육체노동에 몸도 많이 지쳐 있었다. 하지만 아무것도 하지 않고 있으면 초조함이 밀려들었다. 다른 모든 사람들은 앞을 향해 나아가고 있는데 자신만 뭉그적거리며 시간을 낭비하고 있는 것 같았다.

그 날카롭고 막막한 시간을 테오가 채워주었다. 이지는 급속도로 테오와 가까워졌다. 이상하게 테오와 있으면 마음이 편했다. 같은 처지라 그런지도 몰랐다. 테오도 영국에서 미국으로 온 지 몇 달밖에 되지 않아서 친구가 없다고 했다. 이지도 미국으로 온 뒤 워낙 바빠서 친구를 사귈 틈이 없었다. 어쩌다 한국 상점에 오는 유학생들과 안부를 주고받기는 했지만 그게 전부였다. 그렇다고 한국의 친구와 연락을 주고받을 수도 없었다. 비싼 사립 초, 중, 고등학교를 나온 친구들은 가난한 불법체류자가 되어버린 자신의 신세를 이해해 주기엔 너무 세상을 몰랐다. 그렇게 이지는 혼자가 되었다.

테오는 미국에서 처음으로 사귄 친구였다. 테오는 입시준비를 하며 안달하는 이지를 달래 주기도 하고, 게으름을 부리는 이지를 닦달하기도 했다. 누군가가 자신의 미래를 함께 염려해준다는 생각에 이지는 테오의 어떤 충고든 달가웠다.

주방에만 갇혀 지내는 주중에는 테오를 만날 수 있는 주말만 손꼽아 기다렸다. 가끔은 영화관에 가기도 했지만 대부분은 공원에서의 데이트가 전부였다. 테오는 워낙 천성이 느긋

한 편이라 이지가 책을 읽는 동안 옆에 누워 낮잠을 자거나 팔베개를 하고 하늘만 멀뚱멀뚱 쳐다보았다. 그저 같이 있다는 것만으로도 좋았다.

그들은 오늘도 공원 한구석에 자리를 펴고 시간을 보내고 있었다. 이지는 자신을 바라보는 시선을 모른 척 책에 집중하려 노력했다. 가끔 테오의 시선이 자신을 향할 때면 보송보송한 솜털이 몸 안에서 떠돌며 간질이는 듯한 느낌에 마구 웃음이 터져 나올 것만 같았다. 이지는 읽지도 않은 책장을 넘기며 버티다 결국 책을 덮고 팔베개를 하고 누워 있는 테오에게 시선을 돌렸다.

"그러고 보니 아직 네 나이도 모르네. 넌 몇 살이야?"

테오의 에메랄드빛 눈동자에 빠져들 것만 같아 이지는 아무 질문이나 꺼냈다.

"그러는 넌?"

"숙녀 나이를 묻는 게 실례란 거 몰라?"

"아직 숙녀라고 부르기엔 좀 어려 보이는데?"

"동양인들이 원래 좀 어려 보이긴 하지만 미성년자는 아니라고. 열아홉 살이니까."

테오가 휘파람을 불며 일어나 앉았다. 테오의 체취가 몰려들었다. 상쾌하고 톡 쏘는 듯 상쾌한 스파이시향과 은은한 삼나무향이 뒤섞인 향기가 온몸을 감쌀 때면 자신도 모르게 숨을 들이마시는 버릇이 생겼다.

"예상보다 많이 늙었는데."

이지는 테오를 향해 눈을 흘겼다.

"늙었다고? 그러는 넌 몇 살이야? 나보다 한두 살 많아 보이는데?"

테오의 나이를 가늠하기는 어려웠다. 처음 만났을 때는 이십대 후반이라고 생각했는데, 밝은 태양 아래에서 웃고 있으면 이지보다 어려 보이기도 했다.

"설마 나보다 열 살이나 스무 살쯤 많은 건 아니겠지?"

테오가 푸하하, 웃음을 터뜨렸다. 어깨에 닿을락 말락한 금발이 바람에 흩날렸다.

"설마. 내가 그렇게 늙어 보여?"

"그런 건 아닌데 가끔 네 눈빛을 보고 있으면 백살 먹은 할아버지 눈빛 같을 때가 있긴 하지."

미소년 같은 얼굴에서 노인의 시선이 느껴질 때는 이상하게도 가슴이 쓰라렸다. 얼마나 많은 상처를 입어야 그런 눈빛을 할 수 있는 걸까?

테오는 이지의 말에 별다른 반박을 하지 않은 채 공원을 산책하는 가족들에게 눈을 돌렸다. 세 살쯤 되었을까. 부모와 꼭 닮은 빨강 곱슬머리의 여자 아기가 뒤뚱뒤뚱 비누 거품 방울을 쫓아다니고 있었다. 아빠는 플라스틱 막대를 들고 아이 쪽으로 비누 거품을 불기 바빴고, 엄마는 아이가 넘어질세라 종종걸음으로 아이를 쫓아다녔다. 까르르, 웃음소리가 이지에게까지 들렸다.

이지는 눈을 돌려 테오를 바라보았다. 바로 이럴 때였다. 테오의 눈빛이 투명한 바다에서 폭풍우가 몰아치기 전 깊고 어두운 바다로 변했다. 빠져드는 모든 것을 순식하게 얼려 쨍, 하고 깨버릴 듯 차가운 느낌에 온몸에 소름이 돋았다. 하지만 이지는 테오의 손을 잡았다. 테오가 어떤 상처를 간직하고 있는지 이지는 알지 못했다. 테오는 가끔 이지의 질문을 교묘하게 피해 갔다. 그래서 그들의 관계는 언제나 친구와 연인 사이의 경계선에서 아슬아슬 줄타기를 하고 있었다. 이지는 닦달하지 않았다. 언젠가는 그 얼음이 녹을 거라 믿었다.

20세

1. 조, 미국, 뉴욕

청회색 대리석으로 꾸며져 고풍스러운 느낌이 드는 일레븐 메디슨 파크Eleven Madison Park의 유리 회전문을 밀고 들어가자 웨이터가 제이슨이 기다리고 있는 테이블로 안내했다. 검은 가죽 쿠션에 밝은 원목 테두리가 있는 의자에 앉아 있는 제이슨은 부쩍 어른스러워져 있었다. 2년 전 영국에서 봤을 때만 해도 조와 비슷했던 키는 훌쩍 자라 머리 하나만큼 차이가 났다.

훈제 철갑상어와 크림을 곁들인 캐비어를 먹고 있으니 아무것도 모르던 예전으로 돌아간 것만 같았다.

제이슨과 처음 만난 것은 중학교 시절 영국에서 실시한 여름캠프 때였다. 학교에서 단체로 가는 여행인데도 참가를 반대하던 가이는 베스가 가지 않겠다는 결정을 내리자 조의 참가를 허락했었다. 당시에는 그저 영국으로 가는 한 달 동안의 여행에 설레어 베스의 침울한 기분 따위는 신경 쓰지 않았다. 도대체 얼마나 많은 순간, 나는 베스를 짓밟은 것도 모른 채 웃고 있었을까?

"그런데 베스는 왜 안 데리고 나왔어? 난 너보다 베스가 더 보고 싶었는데."

제이슨의 질문에 조는 대충 얼버무렸다. 가이의 손아귀에서 벗어났는데도 베스의 우울증은 심해지기만 하는 것 같았다. 이제는 조까지 우울증 치료를 받고 있었다. 정신과 주치의는 오랜 시간이 필요하다고 했다. 그게 얼마나 긴 시간이든 기다려야 한다는 것을 조도 잘 알고 있었다. 하지만 불쑥불쑥 화가 치밀어 올랐다. 매번 베스가 외출을 거절할 때마다 소리를 지르고 싶었다. 오늘도 마찬가지였다.

"혹시 무슨 일 있어? 기분이 안 좋아 보이네."

제이슨의 질문에 조는 억지 미소를 지었다. 제이슨에게 부탁을 하는 자리인 만큼 예의를 지켜야 했다.

"그러는 넌 기분이 좋아 보이네. 어린 아이답지 않게 항상 우울해서 걱정이었는데."

제이슨은 슬며시 미소를 지었다.

"혹시 연애하니?"

제이슨은 대답하지 않았다.

"그건 아니지만 좋아하는 여자가 생긴 건 맞아."

"누군데? 내가 아는 집안 여자아이야?"

제이슨은 고개를 저었다.

"비밀."

"야! 그런 게 어디 있어?"

장난스럽게 제이슨을 흘겨보긴 했지만 더 이상 캐묻지는

않았다. 부모님을 비행기 사고로 잃고 고아가 된 뒤 제이슨은 친척집을 떠돌면서 살아야 했다. 어떻게든 제이슨을 떠맡지 않기 위해 노력하던 친척들이 달라진 건 제이슨이 투자에 천재적인 소질을 보이면서부터였다. 하지만 제이슨의 삶은 전혀 달라지지 않았다. 서로 제이슨을 데려가려는 친척들 덕분에 제이슨은 결국 학교까지 그만두고 홈스쿨링을 해야만 했다. 제이슨은 누구보다 행복해질 자격이 있었다.

"그런데 갑자기 투자에는 왜 관심이 생겼어? 부잣집 따님께서."

조는 캐비어를 호밀 빵에 올려 입에 넣으며 대답을 회피했다. 가이는 꼬박꼬박 돈을 보내주고 있었다. 하지만 언제까지 가이에게만 기댈 수는 없었다. 혹시라도 가이의 마음이 바뀔까 싶어 작은 냉장고를 사서 옷장 안에 숨겨두었다. 형체를 알 수 없는 '그것'은 유전자 검사 결과와 함께 얼어붙었다.

요즘 들어서는 가이의 마음이 바뀔 가능성보다는 가이가 죽을 가능성이 더 높아졌다. 얼마 전 신문에서 가이가 고혈압으로 쓰러져 입원했다는 소식을 들었다. 만약의 경우를 대비해야 했다.

"원래 돈이 많은 사람일수록 돈에 집착한다고 하잖아."

제이슨은 더 이상 캐묻지 않았다. 서로가 얘기하지 않는 것들은 절대 알려고 노력하지 않는 점이 조와 제이슨이 친해진 이유 중 하나였다. 조는 입안에 감도는 부드럽고 고소한 캐비어를 즐겼다. 제이슨이 투자를 도와준다는 것만으로도 한시름 덜 수 있을 터였다.

2. 이지, 미국, 뉴욕

쉬는 날이면 이지와 테오는 뉴욕의 공원을 찾았다. 가난한 연인들에게 뉴욕의 다양한 공원만큼 반가운 데이트 장소는 없었다. 오늘은 철길을 개조해 만든 하이라인 파크였다. 이지는 제이슨의 집에서 가지고 온 재료로 만든 샌드위치를 꺼냈다. 제이슨은 사춘기 아이답지 않게 입맛이 까다로워 식사의 절반 이상을 손도 대지 않고 남기는 일이 많았다. 덕분에 이지의 입만 고급스러워졌다.

"고아라고? 그러면 고아원에서 자랐어?"

다른 이들이 했다면 신경을 곤두세웠을 질문도 테오가 하면 아무렇지도 않게 대답할 수 있었다. 모든 사람들에게 숨기고 싶은 비밀도 테오에게는 털어놓을 수 있었다.

"그냥. 비슷한 곳에서 자랐어."

"비슷한 곳?"

"뭐라 정의하기 힘든 곳이었거든. 같은 집에서 먹고 자는데도 가족이라고 느껴지지 않는 사람들과 살았어."

이지는 억지로 웃음을 지으며 말했지만 테오는 거짓 웃음에 속지 않았다. 이지는 자신의 손을 잡아주는 테오의 어깨에 기댔다. 한여름의 태양빛이 제법 강했다. 하이라인 파크는 철길 위에 지었기에 키 크고 울창한 나무가 드물어 그늘이 없는 것이 단점이었다.

"그래서 집을 나온 거야?"

"집을 나오지 않았더라면 아마 쫓겨났겠지. 그러는 넌?"

"나도 너랑 비슷해. 같은 집에서 먹고 자는데도 가족이라고 느껴지지 않는 사람들과 살았지."

이지는 더 이상 묻지 않았다. 그저 멀리 허드슨강만 바라보았다. 테오는 조금씩 마음의 문을 열고 있었다. 이지는 불같이 급한 성격이었다. 어떤 일이든 최단시간에 결정을 내리고 행동에 옮겨야 했고, 불명확하고 어중간인 상황은 견딜 수 없었다. 그런데도 테오에게만은 무한한 인내력을 발휘했다. 가끔 그런 자신이 신기했다.

3. 베스, 미국, 뉴욕

베스는 병원에 가기 위해 일주일 만에 외출을 준비했다. 창밖으로 보이는 사람들의 옷차림은 꽤 두터워져 있었다. 옷장에서 겨울 외투와 목도리 털장갑 등을 꺼냈다. 오래 처박아 두었던 옷감 특유의 냄새가 났지만 베스는 그냥 옷을 껴입었다.

거리 곳곳이 크리스마스 장식으로 반짝이고 있었다. 조는 일부러 5번가에서 가까운 곳에 아파트를 얻었다. 시내의 북적거림이 베스의 우울함을 덜어줄 거라 생각한 모양이었다.

거대한 색색의 크리스마스 전구나 붉은 크리스마스 볼이 라디오 시티 홀의 대형 트리를 배경으로 빛났다. 빌딩 전체를 빨간 리본으로 묶어 크리스마스 선물 포장처럼 꾸민 까르띠에, 산타가 민트 빛 티파니 선물상자를 배달하는 모습을 연출한 티파니, 스노우 플레이크나 알록달록한 지팡이로 꾸며진 빌딩들이 뒤를 이었다.

하지만 베스의 기분은 나아지지 않았다. 점점 자신이 없어졌다. 기억하고 싶지 않는 그 끔찍한 시절엔 조를 위해 견뎌야 한다는 생각으로 버틸 수 있었다. 하지만 이젠 아니었다. 조도 모든 것을 알게 되었으니까 이해해 줄 수 있을 것이다. 버틸 이유는 없었다. 버티지 않아도 된다는 생각만으로도 하루하루 힘들었다. 어떻게 끝내야만 하는 걸까? 어떻게 하면 쉽게 끝낼 수 있을까? 매일 고민했다. 가이의 끔찍한 손길을 견디지 않는다면 무조건 행복해질 수 있다고 믿었는데, 아직도 불행한 자신을 이해하기 힘들었다.

베스의 주치의인 알렉스는 어떤 활동이든 해야 한다며 베스를 닦달했다. 하지만 딱히 하고 싶은 게 없었다. 결국 베스는 알렉스의 반강제적인 권유에 따라 소아병동에서 봉사활동을 하기로 약속했다.

베스는 캐럴이 흘러나오는 소아병동의 놀이실에 조심스레 발을 내딛었다. 양손 가득 선물을 들고 있었지만 아이들이 반겨줄지 확신이 없었다. 베스를 보자마자 아이들이 모여들었다.

"아줌마 이름은 뭐예요?"

"봉사활동 왔어요?"

"간식은 안 사 왔어요? 다른 사람들은 사 오는데."

아이들은 쉼 없이 질문을 던졌다. 그 재잘거림에 정신이 산만했다. 비록 아픈 아이라고 해도 아이들 특유의 발랄한 생기에 베스는 희미하게 미소를 지었다.

21세

이지, 미국, 뉴욕

이지는 몇 번을 망설이다 일레븐 메디슨 파크의 간판이 보이는 건물로 들어섰다. 매니저는 예약명단을 살피더니 커다란 창 바로 옆에 있는 테이블로 이지를 안내했다. 창가이긴 하지만 워낙 창이 높은 곳에 있어 밖을 볼 수는 없었다. 지나다니는 행인들이 레스토랑 안의 사람들을 볼 수 없도록 일부러 그렇게 만든 것 같았다. 얼마 후 웨이터가 푸아그라, 비네거 파우더가 뿌려진 머쉬멜로우, 치즈 향기가 나는 미니슈를 가져왔다.

"오늘 저희 레스토랑에서 제공하는 아뮤즈 부쉬Amuse Bouche* 입니다."

이지는 당황해서 웨이터를 바라보았다.

"아뮤즈 부쉬는 무료로 제공됩니다. 물론 알고 계시겠지만 말입니다."

웨이터는 친절하게 덧붙였다. 몰랐다. 이지는 아뮤즈 부쉬라는 말이 무슨 뜻인지도 몰랐다. 하지만 웨이터는 이지가

---

*프랑스어로 '입Bouche을 즐겁게 한다Amuse'는 뜻. 전채요리가 시작되기 전에 제공되어 입맛을 돋우고 눈을 즐겁게 하는 음식 코스를 말한다. 보통 소량 제공.

몰랐다는 것을 눈치챘으면서도 모른 척 넘어가 주었다. 이지는 다시 한 번 시계를 보았다. 아직 약속시간까지는 10분 정도 남아 있었다. 평소 같았으면 메뉴판을 보며 무얼 먹을지 고민했겠지만 메뉴판을 펼쳐 보기도 겁났다. 테오는 도대체 왜 갑자기 이런 비싼 레스토랑에서 보자고 한 걸까? 혹시 오늘이 내 생일이라는 걸 아는 걸까?

이지가 다시 한 번 시계를 보는데 웨이터가 다가왔다. 7시 정각 1분 전. 역시 테오는 시간 관념이 철저했다.

"이사벨라 데스테 양 맞으시죠?"

이지는 고개를 끄덕였다.

"제이슨 켄드릭 씨가 기다리고 계십니다."

제이슨 켄드릭? 이지는 웨이터를 바라보았다. 뭔가 잘못되었다고 말하려는데 웨이터는 이미 멀어져가고 있었다. 고급 레스토랑에서 큰 소리를 내면 안 될 것 같아 종종걸음으로 웨이터를 쫓아갔다. 높은 칸막이로 가려져 있는 외진 곳이었다. 그곳에서 테오가 기다리고 있었다. 이지는 황당한 웃음을 지으며 자리에 앉았다.

"너 혹시 제이슨 켄드릭이라는 이름으로 예약했어?"

하여간 테오의 장난기는 엉뚱했다. 예약한 모든 사람의 명단을 확인하는 고급레스토랑이라서 그나마 다행이었다.

"들어올 때 내 이름만 말했기에 망정이지 그렇지 않았다면 망신당할 뻔했어. 도대체 왜 이름을 속였어?"

이지는 누가 들을세라 속삭였다.

"속이지 않았는데."

"괜찮아. 주위에 아무도 없으니까."

이지는 키득대며 덧붙였다.

"하루쯤 재벌 행세를 하는 것도 재미있겠다. 이렇게 비싼 레스토랑에 오는 건 드문 일이니까."

하지만 테오는 맞장구치지 않았다. 웃지도 않았다. 이지의 얼굴에서 서서히 웃음이 사라졌다. 설마 테오가 제이슨이라고? 말도 안 돼.

"아니. 맞아. 내가 제이슨 켄드릭이야. 테오도르는 제이슨의 중간 이름이지. 웨스트모어랜드는 어머니의 성이고."

테오가 이지의 속마음을 읽은 듯 말했다. 이지는 고개를 저었다. 테오는 장난기가 심했다. 분명 이것도 장난이었다.

"내가 속을 줄 알고? 장난치지 마."

이지가 눈을 흘겼지만 테오는 굳은 표정 그대로였다.

"날 잘 봐. 그러면 알 수 있을 테니까."

이지는 그제야 테오를 찬찬히 살펴보았다. 한눈에 보기에도 고급스런 정장 슈트와 구두는 처음 보는 것이었다. 이지는 계속 고개만 저었다. 테오의 손짓에 웨이터가 다가왔다.

"늘 먹던 코스로 2인분."

테오의 말에 웨이터가 고개를 살짝 숙이고는 사라졌다. 그럴 리가 없었다. 분명 제이슨의 생일날 처음 만났던 테오는 웨이터 복장을 하고 있었다. 하지만……, 어두운 밤의 정원이었다. 연미복 차림을 내가 착각했던 걸까? 이지는 순간 양손을 꽉 움켜쥐었다.

그제야 갑자기 의심스러운 것들이 떠오르기 시작했다. 테오는 대중교통을 타 본 적이 없는 사람처럼 지하철에서 허둥댔다. 영화관에서는 어떻게 예매한 표를 찾는지 몰라 헤맸고, 팝콘과 콜라는 그냥 제공되는 건 줄 착각했다고 말하기도 했다. 이지와 함께 있는 모든 순간 테오는 그 모든 것이 처음인 것처럼 달뜨고 신기해했다. 그게 사랑 때문이라고 생각했다. 하지만 아니었다. 테오는 정말 그 모든 것이 처음이었던 것이다. 겨울 추위를 피하기 위해 비싼 카페에 가는 대신 값싼 버스를 타고 뉴욕을 한 바퀴 도는 것도, 하이드파크에 드러누워 아이스크림을 먹는 것도, 돈 한 푼 없이 백화점에서 아이쇼핑만 하다 돌아오는 것도…….

"왜 속였어?"

테오는 고개를 갸웃했다.

"왜 지금 털어놓냐고 물어봐야 되는 거 아닌가?"

그 순간, 이지는 알았다. 그녀를 마주보고 있는 심각한 표정의 사람은 제이슨이었다. 이지가 사랑했던 테오는 더 이상 존재하지 않았다.

제이슨은 커다란 상자 하나를 테이블 위에 올려놓았다. 상자의 위에는 은행 이름이 쓰인 봉투가 놓여 있었다.

"이게 뭐야?"

이지는 바들바들 떨리는 손을 마주잡으며 물었다.

"네 소지품. 그리고 봉투는 네 석 달 월급. 원래 그만둘 때는 인수인계기간이 2주지만 넌 예외야. 내일부터 출근하지 않아도 돼."

"왜, 왜 갑자기?"

이지는 더듬거리지 않으려 노력했다. 입술이 바들바들 떨렸다.

"갑자기 지루해졌거든."

거짓말이었다. 지난주 일요일에도 테오는 이지와 함께 웃었다.

"정말 그 이유뿐이야?"

이지는 눈물을 참으려 이를 악물었다. 제이슨은 한숨을 내쉬었다.

"사실 얼마 뒤에 약혼을 하기로 했어."

이지는 눈을 감았다. 제이슨의 비웃음이 귓가를 맴돌았다.

"내가 왜 네게 이런 사생활까지 얘기해 줘야 하는 거지? 솔직히 우리가 사귀는 사이였다고 하기엔 애매하지 않나?"

이지는 제이슨을 바라보았다. 이제야 모든 것이 분명하게 보였다.

"그래. 그랬지."

이지는 마침내 그 말을 내뱉었다. 마지막 자존심은 지키고 싶었다.

"진심이야? 다행이군. 사실 네가 어이없는 착각을 할까 봐 걱정했는데. 내가 제이슨이라는 사실을 알고 매달릴까 봐 염려스럽기도 했고. 그리고 석 달 월급 외에도 위자료로 조금 더 돈을 넣었으니까……."

이지는 순간 화가 나 고개를 들었다.

"너 진짜 건방진 자식이구나. 뭐? 매달릴까 봐? 우습네. 내가 왜? 네가 절대 돈을 잃지 않는다는 천재투자가가 맞긴 해? 위자료? 왜 쓸데없는 낭비를 하려고 해? 돈이라도 쥐어 주지 않으면 내가 매달릴까 봐? 아니. 네 정체를 안 순간 난 오히려 네가 싫어졌어. 난 나와 세상에서 가장 닮은 사람과 함께 걸어가고 있다고 생각했어. 내가 넘어지면 일으켜 세워 줄 수 있는, 내가 힘들면 언제나 기댈 수 있는 친구와 함께라고 착각했지. 그런데 아니었네."

이지는 벌떡 일어나 입구로 걸어가다가 다시 돌아와 소지품 상자와 돈 봉투를 집어 들었다.

"다시 생각해보니까 이 돈은 받아야겠네. 네 살이나 어린 아이를 봐줬는데 이 정도는 받아야지. 진짜 재미있었잖아? 가난한 웨이터 코스프레 하는 것도, 더럽고 붐비는 지하철을 타 보는 것도 나쁘진 않았을 거야. 어차피 몇 시간짜리 체험학습이었을 테니까. 이건 그 체험학습비용이라고 생각해."

이지는 두서없이 제이슨에게 퍼부어댔다. 그리고 매몰차게 돌아섰다. 괜찮았다. 제이슨과의 이별은 아무렇지도 않았다. 어차피 이지가 사랑했던 건 테오였으니까. 하지만 테오는 사라졌다. 가지고 놀았던 가난한 여자 친구를 쉽게 떼어내기 위해 위자료 몇 푼을 쥐어주려는 제이슨만 남았을 뿐이었다. 이지는 재빨리 고개를 숙이고 차오르는 눈물을 닦았다.

어리석었다. 아빠의 사랑이 어리석었다고, 아빠의 사랑이 만든 끔찍한 현실을 보라고, 그렇게 아빠에게 따져놓고는 자신도 그런 짓을 저지를 뻔했다. 이지는 이를 악물었다. 이제 다시는 누군가를 사랑하지 않을 것이다.

* * *

제이슨은 멀어져가는 이지의 뒷모습을 보며 주먹을 움켜쥐었다. 그가 아는 이지라면 절대 제이슨을 용서하려 하지 않을 것이다. 테오, 다시는 이지의 목소리로 그 이름을 듣지 못한다고 생각하니 가슴 한구석이 답답했다. 테오는 부모님이 제이슨을 부르던 애칭이었다. 부모님 생각이 나는 것이 싫어 누구에게도 그 애칭을 쓰지 못하게 했었다. 그런데 왜 그날 밤 이지에게 그 이름을 알려 주었을까? 제이슨은 한숨을 내쉬었다.

숙모는 제이슨이 오전 증시를 확인하고 난 뒤 노크를 했다. 제이슨은 고개도 들지 않았다. 숙모의 탐욕에 서서히 지쳐 가고 있었다. 숙모가 제이슨의 책상 위에 서류 봉투를 놓았다. 아마 또 투자할만한 기업 자료겠지. 숙모는 제이슨이 검토를 해 주기 전에는 나가지 않을 게 뻔했다. 제이슨은 한숨을 내쉬며 서류 봉투를 열었다.

봉투 안에서 나온 것은 이지였다. 그와 함께 센트럴 파크를 걷는 모습, 그와 함께 아이스크림을 먹는 모습, 그와 함께 영화관으로 들어가는 모습……. 제이슨은 숙모를 노려보았다.

"이제는 제 연애까지 간섭하시게요? 투자에 집중하라고 학교까지 때려치우게 만든 걸로는 모자라세요?"

"그러게. 투자에 집중하라고 학교까지 때려치우게 만들었는데, 겨우 여자한테 빠져서 이럴 줄은 나도 예상 못했다. 지난 몇 달 동안 내 재산이 얼마나 많이 줄었는지 알아? 자그마치 삼백만 달러라고!"

숙모는 돈이 아까워 미치겠다는 듯 파르르 떨었다. 제이슨은 그런 숙모를 안타깝게 바라보았다. 평범한 중산층이었던 숙모는 돈이 늘어나면 늘어날수록 돈에 대한 욕심이 늘었다.

"그 재산을 만들어준 건 나였어요."

"그래서? 그 재산을 도로 다 잃게 만들고 싶니?"

"그럴 지도 모르죠. 잊으셨나본데 두 달 뒤면 저는 열여덟 살이 돼요. 그러면 제 재산에 대한 모든 권한이 제게 넘어오죠. 설마 그러고 나서도 내가 숙모와 살 거라고 생각한 건 아니죠?"

숙모는 얼굴을 굳힌 채 동상처럼 가만히 앉아 있었다.

"맞아. 넌 두 달 뒤면 열여덟 살이 되겠지. 성년. 그게 무슨 뜻인지 알아? 아직은 네가 미성년이라는 소리야. 그 여자애는 몇 살인 줄 알아?"

만난 지 얼마 되지 않아 생일을 물었을 때, 이지는 누구도 축하해주지 않았던 생일 얘기를 하며 쓸쓸해했다. 제이슨은 자신의 생일이 생각나 웃었다. 제이슨의 생일이면 숙모는 어마어마한 파티를 열었다. 그 파티에 제이슨의 친구는 단 한 명도 없었다. 제이슨에게 투자정보를 얻기 위해 어떻게라도 제이슨과 어울리려는 멍청한 중년의 한량이 대부분이었다. 많은 재산을 물려받았지만 재산을 지키는 것조차 힘겨워하는 사람들에게 제이슨을 소개해주는 대가로 숙모는 돈을 받아 챙겼다.

"이지는 스물한 살이에요. 그게 왜요? 나보다 나이가 많다고요? 난 아무 상관없는데요"

켄드릭 부인은 그 대답에 씨익 웃었다.

"너야 그렇겠지. 하지만 뉴욕 법도 그럴까?"

제이슨은 놀라서 굳어 버렸다.

"무슨 뜻이에요?"

"미성년자와의 성관계는 성폭행에 준하는 중범죄로 분류되지."

제이슨은 안도의 한숨을 내쉬었다.

"다행인지 불행인지 이지와 깊은 관계를 가진 적은 없어요."

"거짓말."

"그렇다면 정말 신고를 하시던지요."

"꼭 성관계가 아니더라도 미성년자와의 성적인 접촉은 범죄야."

"성적인 접촉이 있었다는 걸 증명할 수 있어요? 내가 부정하면 그만이에요."

순간, 숙모의 눈이 반짝였다. 제이슨은 숙모의 호주머니 안 휴대폰을 보고 아차 싶어서 말을 덧붙였다.

"혹시나 이 대화를 녹음할까 봐, 분명히 말하지만 이지와는 어떤 성적인 접촉도 없었어요. 그리고 이지는 제가 누구인지 몰라요. 나이는 제가 동갑이라고 속였고요."

"넌 정말 그 아이가 네 정체를 눈치채지 못했다고 믿고 있구나. 정말 그 아이가 네 정체를 몰랐을까? 이 년이 넘게 이집으로 출근을 했는데도? 아마 네 정체를 알고 일부러 널 유혹했을 거야."

제이슨은 숙모의 이간질을 무시했다.

"이지보다 오래 일한 사람 중에도 제 얼굴 모르는 사람 많아요."

"정말 그럴까? 깊은 관계를 가진 적이 없다고? 왜 그랬지? 분명 그 아이가 그러자고 했겠지? 그 아이는 네가 미성년자라는 것을 알고 있었던 거야. 만약의 경우를 대비해 도망갈

구석을 마련해둔 거지."

숙모는 작전을 바꿨다. 제이슨은 이를 악물었다. 숙모가 일부러 도발하는 거였다. 어리석게 넘어가지는 않을 거야. 제이슨의 마음을 읽기라도 한 듯 숙모가 제이슨의 앞에 서류를 펼쳐놓았다.

"이사벨라 데스테. 열아홉 살 때 동거하고 있던 남자 친구와 함께 실종되었다가 삼 년째 되던 해에 다시 나타났지."

제이슨은 급하게 서류를 펼쳐들었다. 서류에는 증명사진도 있었다. 고등학교 졸업앨범에 실린 듯한 사진은 이지와 전혀 닮지 않았다. 제이슨은 이맛살을 찌푸렸다.

"이건 이지가 아닌데요."

"맞아. 그렇지. 그건 이지가 아냐. 같은 동양인이긴 하지만. 사람을 고용할 때, 그 사람의 과거 사진까지는 찾아보지 않으니까. 네가 이지와 사귄다는 걸 알고 나서야 찾아볼 생각을 했지. 아마 신분세탁을 한 모양이야. 그건 그전의 신분에 문제가 있었다는 뜻이지. 불법체류자나 범죄자들이 많이 저지르는 일이니까."

제이슨의 머리가 복잡해졌다. 언젠가 이지가 말했다. 츠바사의 도움으로 미국에 살 수 있었다고.

"이지의 경우에는 어떤 경우인지 궁금하구나. 과연 범죄자인지 불법체류자인지. 곧 밝혀지겠지. 미성년 성범죄자로 경찰에 체포되면 말이야. 네가 계속 그 아이를 만나겠다면 어쩔 수 없이 경찰에 신고해야 할 테니까. 너도 알다시피 내가 워낙 준법정신이 철저한 사람이잖니? 사실 나도 조용히 해결하고 싶었어. 괜히 스캔들이라도 나서 네 천재투자가라는 명성에 먹칠을 하기는 싫으니까. 어때? 아직도 그 아이를 계속 만나고 싶어?"

제이슨에게는 선택의 여지가 없었다. 숙모는 반드시 이지에게 돈을 쥐어주라고 당부했다.

"세상의 모든 것들은 값이 있는 거야. 비싼 값을 치를수록 확실한 품질과 효과를 보장하지. 돈을 받는다면 그 돈에 대한 죄책감에서라도 널 다시는 만나지 못할 거야. 너도 그 아이의 생활이 조금이라도 좋아진다면 마음 정리하기 편할 테고. 돈을 받지 않는다고 해도 상관없어. 모욕감에 너에게 미련을 두지 않을 테니까."

제이슨은 한숨을 내쉬었다. 2층의 바에서 제이슨을 감시하고 있던 경호원이 테이블로 내려왔다. 제이슨은 경호원을 싸늘하게 노려보았다. 두 달만 견디면 감시에서도 벗어날 수 있었다. 그때까지는 어떻게든 버텨야 했다. 조와의 약혼이 숙모의 감시에서 벗어날 수 있게 해 준다면 감수할만 했다. 조는 기꺼이 그를 도와줄 것이다.

이지와의 사랑을 잊어버리는 게 힘들까? 아니면 이지와의 사랑을 되찾아오는 게 힘들까? 알 수 없었다. 지금으로서는 둘 다 불가능한 일처럼 보였다.

22세

베스, 미국, 뉴욕

오늘도 무료급식을 받지 못하고 돌아가는 노숙자의 수가 꽤 많았다. 제이슨에게까지 지원을 받아 급식량을 두 배로 늘렸지만, 소문을 듣고 오는 노숙자가 늘어나는 속도가 더 빨랐다.

"우리 생활비까지 그 사람들에게 나눠 줘야겠어? 정말 더 이상은 무리야."

조는 매번 돈을 줄 때마다 투덜거리면서도 어떻게든 봉사활동을 위한 돈을 마련하려 애썼다. 베스의 우울증이 봉사활동을 하면서 나아졌다고 생각해서였다. 베스가 우울증 약을 완전히 중단하던 날, 조의 방에서는 밤새도록 흐느낌이 새어나왔다. 다음 날 조는 자신이 가지고 있던 명품들을 모조리 중고시장에 매물로 내놓았다. 그리고 제이슨을 설득해 무료급식 지원금을 받아내기까지 했다.

"정신과 의사에게 들어가는 비용이나 무료급식지원금이나 마찬가지야. 이미 부자인 의사에게 돈을 주는 것보다는 가난한 사람들에게 나눠 주는 게 낫지. 부의 재분배 측면에서 말이야. 게다가 정신과 치료는 그다지 효과도 없었잖아. 가끔은 노숙자들이나 어린 환자들이 고맙기까지 하다니까. 그 사람들 덕분에 네 우울증이 완치된 것 같아서."

베스가 생활비에 쪼들리는 조에게 미안해할 때면 조는 그렇게 말하곤 했다.

베스는 내일 있을 동창회에 희망을 걸었다. 비싼 사립학교의 동창들은 모두 상류층 출신으로 상류층이 되어 있었다. 동창들을 설득하면 어떻게든 돈을 더 마련할 수 있을 것 같았다. 어쩌면 소아암 환자 몇 명과 결연을 맺고 치료비를 도와줄지도 몰랐다. 그 생각에 슬며시 웃음이 나왔다.

어린 시절 베스가 원한 건 단 한 가지였다. 더 이상 불행해지지 않는 것. 가이의 손아귀에서 벗어난 뒤 베스가 원한 건 행복이 아니었다. 그저 불행하지 않은 거였다. 하지만 요즘 들어 가끔 행복했다. 예전에는 왜 신이 그녀를 세상에 내보냈는지 이유를 알 수 없었다. 하지만 이제는 아니었다. 베스의 도움으로 백혈병을 완치한 딜런이 그녀를 껴안은 순간 깨달았다. 신은 인간들을 조금 더 행복하게 만들라고 베스를 세상에 내보낸 것이었다.

23세

엔젤, 미국, 시카고

조직이 하는 일은 코인텔프로COINTELPRO, Counter Interrigence Program
와 비슷했다. 코인텔프로란 FBI가 좌파나 미국 정부에 비판적
인 단체를 대상으로 감시, 정보수집, 음해, 첩자 투입, 파괴공
작 등을 벌인 불법 활동이었다. 조직은 십여 명의 단위 조직
이 모여 상위 조직이 되고, 다시 상위 조직이 모여 그 윗 단계
를 이루는 다층적인 구조를 이루고 있었다. 엔젤처럼 단위 조
직에 속한 조직원들은 상층부의 명령에 따라 작전을 기획하
고 실행에 옮겼다.

조직은 폭력적인 방법보다는 비폭력적인 방법을 선호했
다. 선거에서 유력한 상대후보의 추문, 장기간 계속되는 파
업에 쏠리는 국민들을 관심을 돌리기 위한 이슈 만들기…….
굳이 죽음을 원할 때도 조용한 독살인 경우가 많았다. 보통
은 약물을 주입해 치매상태, 식물인간, 뇌사를 유도했다. 워
렌을 직접 만나는 일도 거의 없었다. 보통 조직이 시키는 일
은 PGPPretty Good Privacy를 사용한 이메일로 전달되었다. PGP
란 인터넷 이메일을 암호화해서 타인이 볼 수 없게 만들고,
특정 키key를 입력해야 암호화된 이메일을 해석해주는 프로

그램이었다. 해킹으로 인해 타인이 보게 될 경우를 대비한 보안책이었다.

엔젤은 반 년 만에 온 메일을 클릭했다. 워렌은 엔젤이 학사과정을 2년 내에 끝낸 축하라며 반 년 동안의 휴가를 주었다. BS/MD 과정*으로 입학했고, MCAT**점수도 좋은 편이었지만 의대 수업을 따라가기에는 벅차서인지 워렌의 배려가 조금 더 길어지길 바랐다. 하지만 워렌은 정확히 6개월이 되는 날 메일을 보내왔다.

***

이번 임무는 여러 모로 예외적이었다. 공개적인 장소에서 암살을 시도하는 것도, 타깃에 대해 아무런 죄책감이 들지 않는 것도 드문 일이었다. 신나치주의를 표방하는 당의 지도자는 입양아들에게 강제로 불임수술을 시켜야 한다고 주장하고 있었다.

"지금 우리 사회의 범죄 중 많은 것들이 이민자와 입양아들에 의해 이루어지고 있습니다. 그들의 인구 비율을 감안한다면 굉장히 높은 범죄율입니다. 게다가 그들은 생산적인 일

---

*의학사Bachelor of Surgery · 의학 박사Doctor of Medicine 과정으로 2~3년의 학사
  과정과 4년의 메디컬 스쿨로 이루어진 의대 교육과정이다.
**의과 대학 입학 자격 고사Medical College Admission Test.

에 종사해 국가에 도움이 되기는커녕 빈민층으로 전락해 실업수당이나 미혼모수당에 의존해 생활하고 있습니다. 현재 연방에서 지원하는 사회복지 자금은 연방 정부가 지출하는 총 비용의 절반이 넘습니다. 이는 1960년대에 비해 두 배가 넘는 수치입니다. 왜 이런 결과가 벌어졌을까요? 모두 이민자나 입양아 때문입니다. 빈민층인 그들은 각종 수당을 위해 많은 자식을 낳아 또다시 빈민층 증가를 가속화시키고 있습니다. 따라서 불법이민자를 가려 추방하는 일이 가장 시급한 문제입니다. 하지만 입양아의 경우는 좀 다릅니다. 양부모가 그들을 데리고 온 것이지 오고 싶어서 온 것은 아니기 때문입니다. 이민자와 달리 선택의 여지가 없었던 입양아들을 추방까지 하고 싶지는 않습니다. 그러나 입양아들의 핏줄이 점점 늘어가는 것을 막기 위해선 강제불임을 시켜야 합니다."*

대부분의 사람들이 이름조차 생소해하는 정당의 후보였다. 사실 선거 결과에도 그리 영향을 미치지 못하는 사람이었다. 하지만 선거유세를 빌미삼아 이민자나 입양아, 유색인종에 대한 편견을 조장하고 범죄까지 유도하는 것은 문제였다. 독일에서 시작된 신나치주의는 유럽에서 호주, 뉴질랜드를 거쳐 미국까지 건너왔다. 사회적으로 매장당하지 않기 위해 '신나치'라는 말 대신 '민족사회주의'라는 말을 사용하지만

---

*실제로 신나치주의를 내세우는 스웨덴의 한 정당후보가 내걸었던 공약이다.

그들의 사상은 나치를 잇고 있었다. 경제 불안과 높은 실업률은 신나치주의조직이 생겨나는 기반이 되어 주었다.

무전기로 들리는 워렌의 목소리가 카운트다운을 시작했다. 10, 9, 8, 7, 6……. 엔젤은 조금의 망설임도 없이 방아쇠를 당겼다.

24세

이지, 미국, 뉴욕

"안녕, 감독님!"

리사는 어두운 바에 앉아 있는 이지에게 다가오며 신나서 외쳤다. 이지는 리사와 하이파이브를 하며 환호성을 질렀다.

리사는 이지보다 다섯 살이나 많은 대학 영화학과 후배였다. 십대에 할리우드의 샛별로 떠오르며 스타가 되었지만 마약중독으로 몇 년 동안 재활원만 들락날락하면서 이십대 초반의 시간을 낭비한 뒤에야 정신을 차렸다. 리사는 이지가 졸업 작품으로 준비하고 있던 단편영화의 시나리오를 꽤나 마음에 들어 했다. 리사가 시나리오를 고쳐 장편영화를 제작하자고 말을 했을 때, 이지는 농담으로 받아들였다. 하지만 리사는 그 다음 주에 개런티 없이 출연하는 대신 영화의 수익금을 일정 비율로 배분해달라는 계약서를 가지고 왔다. 비록 몇 년 동안 영화 한 편 찍지 못했다고는 하지만 리사 정도의 스타가 출연한다면 영화제작은 수월해졌다. 믿기지 않을 정도의 행운이었다. 하지만 행운은 거기까지였다. 일단 '이사벨라 데스테 프로덕션'이라는 제작사를 설립하긴 했지만 유령회사나 마찬가지였다. 달랑 사무실 하나가 전부였으니까. 경험이 전무후무한 대학생 나부랭이에게 투자할 정도로 용감한 사람은 없었다. 몇몇 영화제작자들이 시나리오에 관심을 보이긴 했다. 하지만 모두들 이지가 감독을 하고 싶다는 말에는 난색을 표했다.

"내가 감독을 하는데도 투자를 하겠데? 정말?"

"당연하지. 곧 여기로 오기로 했어."

리사가 눈썹을 치켜 올리며 윙크했다.

이지는 투자자가 들어올 술집 문을 바라보며 술을 마셨다. 투자자는 약속시간이 십 분이나 지났는데도 나타나지 않았다.

"걱정 마. 차가 밀리는 거겠지. 뉴욕 교통정체는 너도 알잖아."

리사는 초조해하는 이지를 달랬다. 또 문이 열렸다. 이지는 문을 열고 들어오는 제이슨을 보고 눈을 깜박거렸다. 술을 너무 마셨나? 하지만 제이슨은 이지를 보고 놀라지도 않고 다가왔다. 이지는 굳어지는 표정을 감출 수가 없었다. 제이슨은 그대로였다. 코발트블루의 눈동자도 옅은 색 금발도. 언제나 이지의 꿈속에 나오던 모습 그대로였다.

"혹시 저 사람이 투자자야?"

"그래. 놀랐지? 천재투자가 제이슨 켄드릭! 저 사람이 투자한다고 하면 우리 영화는 이제 돈 걱정은 끝이라고."

이지는 입술을 깨물었다. 항상 이 순간을 꿈꿨다. 하지만 다시 제이슨을 마주하는 일은 꿈일 때에만 아름다울 수 있었다. 꿈속에서의 이지는 제이슨과 당당히 마주할 수 있었다. 유명한 영화감독이 되어 제이슨과 동등한 위치에서 제이슨의 손을 마주잡을 수 있었다. 하지만 현실은 완전히 달랐다.

이지는 그대로 자리에서 일어나 제이슨을 지나쳐 문으로 향했다. 리사가 놀라서 다가와 이지의 팔을 붙잡았다. 이지가 리사의 손을 뿌리치기도 전에 어느새 다가온 제이슨이 이지에게 손을 내밀었다.

"오랜만이네."

리사가 이지와 제이슨을 번갈아 바라보았다.

"뭐야? 설마 두 사람 아는 사이야?"

이지는 쓴웃음을 지으며 잇새로 말을 내뱉었다.

"이번에도 재미있었니? 너한테는 흥미로운 장난인지 모르겠지만 나한테는 내 전부를 걸었던 희망이었어. 그 희망을 짓밟는 게 재미있었니? 하긴, 모든 걸 가진 사람이 어떻게 내 맘을 알겠어?"

"모든 걸 가졌다고 어떻게 확신할 수 있니?"

제이슨은 가라앉은 목소리로 물었다. 그 목소리에 묻어나는 체념에 이지는 처음 보는 사람처럼 제이슨을 바라보았다.

"그러면 네가 뭘 가지지 못했는데?"

제이슨은 대답 없이 이지의 눈을 똑바로 마주했다. 언제나 꿈속에 나타났던 그 파란 눈은 꿈속에서처럼 사랑을 담고 있었다. 제이슨은 기다렸다는 듯, 이지에게 필요한 순간 모습을 드러냈다. 마치 오랜 시간 동안 이 순간을 위해 이지의 곁을 맴돌기라도 한 듯 말이다. 스멀스멀, 또다시 이지의 마음에 희망이 피어오르기 시작했다. 그 희망이 커질까 봐 두려워 이지는 그대로 돌아섰다.

* * *

이지는 마침내 결심을 하고 휴대폰을 들어 전화번호를 눌렀다.

"네가 나한테 연락할 줄은 전혀 예상하지 못했는데."

츠바사는 전화를 받자마자 그렇게 말했다. 몇 년 만이었는데도 츠바사는 어제 만난 친구의 전화를 받는 듯 태연했다. 츠바사가 환경법 위반으로 실형을 선고받았다는 뉴스를 보고 연락을 할까 망설였지만 테오, 아니 제이슨과의 연애로 바빠 때를 놓쳤다.

"내가 누군데?"

이지는 어색함을 무마하기 위해 일부러 되물었다. 츠바사는 피식 웃으며 낮은 목소리로 단숨에 응수했다.

"이지."

"나라는 걸 어떻게 알았어?"

"내가 누군지 잊었어? 넌 마피아가 단순히 폭력배라고 생각하는 모양인데, 전혀 그렇지 않거든. 요즘 시대에는 정보가 곧 돈이고 권력이라는 거 몰라? 그래, 부탁이 뭐야?"

"부탁이라고 어떻게 확신해?"

"몇 년 만에 연락하는 아는 사람은 모두들 그러니까. 어떻게든 나와 엮이는 걸 피하려던 사람이 나에게 먼저 연락했다면 당연히 그러니까."

순간 죄책감에 이지는 말을 잃었다. 츠바사는 빚을 갚는다고 말했지만, 사실 도움을 받은 쪽은 이지였다. 이지가 츠바사의 목숨을 구한 것이 아니라 츠바사가 이지에게 새 삶을 만들어 주었다. 이지는 결국 투자금 얘기는 꺼내지도 못했다.

***

"이래서 내가 이지를 좋아할 수밖에 없다니까."

츠바사는 휴대폰을 탁자 위로 던지며 씩 웃었다. 제이슨은 그런 츠바사를 보며 이를 갈았다. 어떻게 이지는 내 합법적인 투자를 뿌리치고 츠바사에게 손을 벌릴 수가 있지?

"그렇게 자존심 상해할 거 없어. 마피아 돈도 돈이니까."

츠바사는 제이슨을 놀리려고 작정한 듯 말을 이었다.

"하긴 돈 문제가 아니지. 신뢰, 인간성, 뭐 그런 것들이 연관된 거니까."

"계속할 거야?"

"당연하지. 꼬맹이, 널 놀릴 수 있는 기회를 내가 그냥 날

려버릴 거 같아?"

제이슨은 장난스런 미소를 짓고 있는 츠바사를 보며 고개를 설레설레 저었다. 지금 이 모습을 본다면 누구도 츠바사가 뉴욕 마피아를 지배하는 행동대장이라고 생각하지 않을 터였다.

"그래서? 도와줄 거야?"

"내가 왜?"

"꽤 괜찮은 투자니까."

제이슨의 대답에 츠바사는 코웃음을 쳤다.

"내가 그 말을 믿을 거 같아? 넌 아마 이지가 쓴 영화의 시나리오조차 제대로 보지 않았을 걸? 그저 대본 맨 앞에 쓰인 이사벨라 데스테라는 이름만으로 투자를 결정했을 걸?"

츠바사의 말이 정확했기에 제이슨은 반박하지 못했다.

"정 그렇게 네가 원한다면 투자할 수도 있지. 단 네 돈으로."

"그렇게 해줄래?"

제이슨은 덥석 그렇게 물었다. 츠바사의 얼굴에 미소가 떠올랐다.

"물론. 단, 내 이름을 빌려서 투자하는 거니까 이익금의 절반은 내 몫이다."

제이슨은 기가 막혀서 입이 떡 벌어졌다.

"단지 이름값만으로는 과한 거 아냐? 손해는 전혀 보지 않고 이익만 챙기겠다고?"

츠바사는 어깨를 으쓱했다. 어리석은 투자였다. 영화는 투자하기에 위험성이 컸다. 게다가 이지의 시나리오는 오락성과 작품성의 가운데에서 아슬아슬한 줄타기를 하고 있었다. 잘못했다가는 손익분기점을 넘길 수조차 없을 것만 같았다.

"싫으면 관두던가."

츠바사는 아무렇지도 않은 듯 내뱉었다. 하지만 제이슨은 이지의 꿈을 끝까지 모른 척할 수 없었다. 어차피 투자란 도박성을 토대로 했다. 그리고 그는 한 번도 그 도박에서 져 본 적이 없었다.

* * *

모든 영화감독들이 두려워하는 영화평론가인 뉴욕 대학의 해리 매스터즈 교수가 처음으로 작품을 극찬해 화제가 되고 있다. 그는 '미국은 커다란 보석 하나를 얻었다'고 이사벨라 데스테를 평가했다. 이사벨라 데스테는 현재 뉴욕대학의 영화과에 재학 중인 학생으로 졸업 작품으로 준비하던 「공존」을 장편영화로 만들어 개봉했다.

이사벨라 데스테는 이 소자본의 영화에서 제작, 감독, 각본, 조연의 모든 역할을 담당했다. 영화는 개봉하자마자 연일 매진의 행진을 하고 있다. 메이저 영화사의 도움도 받지 않고, 유명배우라고는 리사 길모어 한 명인 영화의 성공에 독립영화 관계자들은 크게 고무된 상태이다.

영화의 성공과 더불어 이사벨라 데스테도 스타로 떠올랐다. 까무 잡잡한 피부, 높은 콧대와 광대뼈, 갈색의 큰 눈, 글래머러스한 몸 매, 얼핏 보면 동양인이라기보다 라틴계열의 혼혈 같은 외모는 아시 아뿐만 아니라 유럽과 미국에서도 청소년들을 매혹하고 있다. 하지 만 관객과 영화평론가들의 절찬을 받고 있는 이사벨라 데스테는 시 사회에 참석한 뒤로 잠적을 감추고 있다. 모든 인터뷰를 사절하고 작품을 쓰기 위해 은둔한 것으로 알려진 그녀를 찾기 위해 할리우드 의 거의 모든 제작진들이 진땀을 빼고 있다.

- 할리우드 매거진

＊＊＊

이지는 다음 영화를 위해 짓고 있는 세트장을 살펴보았다. 침울한 분위기가 풍기는 집이라고 세트 디자이너에게 주문 하긴 했지만, 예상했던 것보다 너무 어두침침했다. 「두 개의 인형」은 로맨스 영화인데 세트장은 호러 영화용이었다. 세트 디자인을 바꾸자면 또 추가자금이 들겠지만 어쩔 수 없었다.

촬영 전이라 인적이 드물어서인지 서늘한 기운까지 가세 해 어두운 구석에서 귀신이라도 나올 것만 같아 도망치고 싶 을 정도였다.

"안녕, 성은아."

이지는 잊고 있다고 믿었던 이름에, 이제는 생소해진 한국어에 놀라서 움찔했다. 자신도 모르게 소리가 나는 쪽으로 고개가 돌아갔다.

"역시 맞구나."

이지는 어둠 속의 남자를 실눈으로 노려보았다. 한참 만에 그 남자가 성재라는 것을 알아챘다. 성재가 천천히 이지에게 다가왔다. 여기저기 얼룩지고 너덜너덜한 옷을 입은 성재는 부쩍 나이든 모습이었다.

"귀신이라도 본 얼굴이네. 널 만나느라 고생을 한 보람이 있는데."

말꼬리를 흐리는 말투는 여전했다. 이상한 일이지만 반가웠다. 어린 시절 내내 성재의 말도 안 되는 억지와 교묘한 괴롭힘에 시달리기만 했었는데. 이해할 수 없는 감정에 휩싸인 채 이지는 어떻게 해야 할지 몰라 그저 가만히 서 있기만 했다.

"여기 세트장 짓는 막노동 따위를 하기 위해 내가 전 재산을 털어 넣었어. 그런데 이렇게 싸늘하게 맞는 건 예의가 아니지."

성재는 이지를 억지로 껴안으려 팔을 둘렀다. 이지는 놀라서 성재를 밀어냈다. 모른 척 무시하고 도망가는 게 최선이었다. 하지만 성재가 원하는 게 뭔지 알 수 없어 쉽게 자리를 뜰 수도 없었다.

"뭐하는 짓이죠? 경호원을 부를까요?"

이지가 영어로 말하자 성재가 피식 웃었다.

"그런 식으로 빠져나가려고? 내가 그렇게 쉽게 널 놔줄 거 같아?"

"원하는 게 뭐죠? 싸인? 같이 사진 찍는 거?"

이지는 혹시나 성재가 알아듣지 못할까 봐 천천히 한 단어씩 또박또박 영어로 말했다. 성재가 쉽게 물러날 것 같지는 않았다. 일단은 성재가 원하는 걸 확인해 볼 필요가 있었다.

"사진이라……. 그딴 게 왜 필요가 있겠어? 우리 집에 널려 있는 게 너랑 내가 같이 찍은 사진인데. 정말 내가 원하는 게 뭔지 몰라서 물어? 단순한 거잖아. 돈."

이지는 돌아섰다. 성재의 초라한 행색을 봤을 때부터 예상했던 일이었다. 그래도 혹시나 다른 무언가가 있기를 기대하고 기어이 확인을 한 자신이 한심했다. 영화가 성공하고 돈을 벌기 시작한 뒤 돈을 요구하는 별의별 부탁과 협박에 시달렸다. 하지만 성재에게까지 협박을 받으리라고는 예상하지 못했다. 이지는 모른 척 걷기 시작했다. 성재의 발걸음과 목소리가 이지의 뒤를 따랐다.

"넌 항상 그런 식이지. 뭐가 그리 잘났는지 매번 날 무시해. 그런데 이번에도 그러는 건 무리수야. 내가 무슨 일을 저지를지 알고? 언론에 네 사진과 과거를 다 까발려 버릴 거야. 증인도 많고 증거도 충분해."

상관없었다. 어차피 확인되지 않은 황당한 가십이 넘쳐나는 할리우드였고, 확인된 정보가 어이없게 무시되는 연예계였다.

"과거가 전혀 드러나지 않아서 꽤 많은 돈을 받을 수 있을 거야. 너 외계에서 온 거 아니냐는 설까지 있던데? 같이 초등학교를 다녔다는 동창도 없고, 널 가르쳤다는 중학교 교사도 없고. 투명인간도 아니고 이상하다고. 나도 참 이상해. 누군가와 결혼을 한 적도 없고, 시민권 신청을 한 적도 없는데, 어떻게 네가 미국 시민권자가 될 수 있었는지."

어쩔 수 없이 이지는 발걸음을 멈췄다.

"이런이런, 이제 좀 흥미가 생기나 봐?"

"정확한 액수를 말해."

이지는 돌아서지도 않고 한국어로 말했다.

* * *

결국 해결해 줄 사람은 츠바사밖에 없었다. 이지는 다음 날 스케줄을 모두 미루고 츠바사가 있는 라스베이거스로 향했다. 츠바사는 얼마 전 드디어 마피아의 2인자인 언더 보스가 되어 라스베이거스에 있는 호텔을 관리하고 있었다.

이지는 한 시간이나 기다려서야 츠바사의 사무실로 안내받았다. 츠바사는 이지의 이야기를 듣고 나서 이지가 가져온 돈가방을 보며 이맛살을 찌푸렸다.

"그래서 돈을 마련했다고? 멍청한 짓이야. 그런 놈들은 한

번으로 끝내지 않는다고. 돈 떨어지면 또 나타나서 협박할 거야."

"그래서 너한테 부탁하는 거잖아. 네가 돈을 전해주면서 잘 알아듣게 얘기해 줬으면 해서."

"알았어. 걱정하지 마. 이 오빠가 전부 해결해 줄 테니까. 그러니까 얼굴 좀 펴라고."

츠바사가 이지의 볼을 살짝 꼬집었다. 이지는 억지로 웃었다. 진짜 오빠는 성재였다. 비록 반쪽짜리 오빠라고 해도.

"절대 폭력은 안 돼. 그저 겁만 주면 된다고."

이지의 당부에 츠바사의 보조개가 사라졌다.

"갑자기 궁금해지네. 그 남자랑 무슨 사이였어?"

이지는 침을 삼켰다. 이미 츠바사는 이지에 관해 너무 많은 것을 알고 있었다. 게다가 이지의 영화사에 투자하면서 츠바사는 이지의 인생에 깊숙이 관여하고 있었다. 가끔 이지는 츠바사를 '키다리 아저씨'라고 부르곤 했다. 동화 속 '키다리 아저씨'처럼 이지에게 무슨 일이 생기든 해결해 주곤 했으니까. 하지만 츠바사에게 성재의 존재를 알리고 싶지는 않았다. 성재를 따라서 줄줄이 기어 나올 과거는 잊어버리고 싶었다. 과거는 상처였다. 상처를 드러내는 건 약점을 드러내는 것과 같았다. 누구에게든 약점 따위는 내보이고 싶지 않았다.

"꼭 그 남자가 나와 어떤 사이였는지 알아야겠어?"

츠바사는 피식 웃었다.

"알아야겠다면? 어떤 남자인지 안다면 더 도움이 될지도 모르잖아."

이지는 억지 미소를 유지하려 애썼다. 츠바사는 그런 이지의 볼을 살짝 꼬집었다.

"억지로 웃는 거 그만둬. 더 이상 캐묻지 않을 테니까. 돈도 굳었는데 가서 블랙잭이나 한판 하면서 기분 풀까?"

"돈이 굳다니?"

츠바사가 돈이 든 에나멜 가방을 턱짓으로 가리켰다.

"아니, 이 돈은 줄 거야. 주고 싶어."

성재의 초라한 행색과 비쩍 마른 얼굴이 맘에 걸렸다.

성재는 모든 상황을 엄마에게 전해 듣자마자 이지에게 달려왔다. 충격으로 멍한 성재는 '정말이야?'라는 질문만 반복했다. 그런 성재에게 엄마는 다르지만 아빠는 같다고, 그들이 이복남매라는 사실을 고백했다. 세상에 혼자 남겨지고 싶지 않았다. 너무 무서웠다. 하지만 성재는 이지의 고백을 듣고 나서 '거짓말하지 마'라며 소리만 질렀다.

집을 떠나던 날, 성재는 은행 로고가 새겨진 봉투를 이지의 손에 쥐어 주고는 다시 집 안으로 들어가 버렸다. 그게 성재와의 마지막이었다. 봉투 안에는 성재가 용돈을 모아 마련했던 적금통장의 돈이 고스란히 들어 있었다. 그 돈이 성재가 그녀의 고백을 믿는다는 증거라고 생각했다.

이지는 한숨을 내쉬었다. 처음 미국에 왔을 때는 성공하면 입양 보낸 다른 쌍둥이들을 찾으려 했었다. 바쁘게 두 번째 영화를 준비하지 않았더라면 이미 찾았을지도 모른다. 하지만 이제는 망설여졌다. 같이 자란 성재도 결국 그녀를 가족이 아닌 돈주머니로만 생각하고 있었다. 한 번도 본 적 없는 이복자매들을 찾는다 해도 과연 그들을 가족이라 부를 수 있을까? 그 아이들을 찾는다고 지금 내가 느끼는 외로움이 덜해질까? 이지는 고개를 저었다.

* * *

성재는 두려움이 가득한 눈빛으로 츠바사를 힐끔거렸다. 차마 대놓고 츠바사를 마주볼 용기조차 없는 녀석이었다. 게다가 포기도 빠른 인간이었다. 성재는 다섯 명의 마피아 단원들에게 둘러싸여 어두컴컴한 지하 사무실로 들어올 때부터 이미 삶을 놓아버린 듯했다. 보통 츠바사가 상대하는 인물은 성재보다 강했다. 그래서인지 손쉬운 상대인 성재가 어색했다. 하지만 이지가 처음으로 한 부탁인데다 이미 이지의 영화에 꽤 많은 자금이 들어간 뒤였다. 이지가 영화에 집중하는 것을 방해한다면 살인도 당연했다.

"여기 왜 끌려왔는지 알아?"

츠바사의 말을 재일교포 출신 부하 한 놈이 통역해 주었다. 성재는 갑작스런 한국어에 놀라 고개를 들었다가 츠바사와 눈이 마주치자 재빨리 다시 고개를 숙였다. 그리고 고개를 저었다.

"내가 누군지는 알아?"

성재는 고개를 끄덕였다. 고개 숙인 성재의 눈길이 향한 곳은 츠바사의 손등이었다. 화려하고 특이한 불사조 문신. 비록 츠바사의 얼굴은 모른다고 해도 뉴욕 바닥의 빈민층치고 츠바사의 문신을 모르는 인간은 없었다.

"네가 불려온 이유는 간단해. 내 친구를 건드렸거든. 내가 사랑하는 이지."

'이지'라는 이름에 성재가 움찔했다.

"자세히 설명하지 않아도 내 말뜻 알아듣겠지? 다시는 이지에게 접근하지 마. 네 인생에서 이지는 완전히 지우는 거야. 혹시라도 이지에 관한 이상한 소문이 돌면 널 가장 먼저 찾아갈 거야. 우연이라도 이지와 네가 길에서 마주친다면 다음 날 나와 다시 만나게 될 거야. 물론 그때는 이렇게 신사적인 대접 따위는 없을 거야."

한국인 통역가가 번역을 할 때마다 성재는 미친 듯이 고개를 끄덕였다.

"물론입니다. 약속할게요. 맹세할게요. 한국으로 당장 돌아갈 겁니다. 그리고 이지 앞에 다시는 나타나지 않겠습니다."

츠바사는 탁자를 쾅하며 내리쳤다.

"이지라는 이름조차 꺼내지 마. 한국으로 돌아간다는 생각은 괜찮네. 하지만 그곳에도 내 친구들이 아주 많다는 것을 잊지 마."

성재는 놀라서 입을 벌린 채 온 힘을 다해 고개를 끄덕였다. 잔뜩 겁을 집어먹은 얼굴이 우스꽝스러웠다. 츠바사는 성재의 얼굴을 찬찬히 뜯어보았다. 어딘가 익숙한 얼굴이었다. 하얀 피부와 얇은 입술, 가늘고 길게 찢어진 눈, 이지와는 조금도 닮지 않았는데 묘하게도 이지와 비슷한 느낌이 들었다. 어딘가 익숙한 얼굴이라서 그런지도 몰랐다. 혹시 내가 과거에 이 인간을 어디서 봤을까? 이상하게도 지금의 성재 모습은 너무 어린 듯한 느낌이 들었다. 만약 어딘가에서 보았다면 세월이 흘렀으니 늙었다고 느꼈어야 정상이었다.

츠바사의 손짓에 부하들은 성재를 끌고 나갔다. 어쨌든 이지가 준 돈만으로도 몇 년은 버틸 수 있을 테니 당분간은 조용할 터였다.

"저 인간이 한국으로 돌아갈 때까지 감시해."

츠바사의 말에 심복인 헥터가 고개를 끄덕였다.

"그리고……."

츠바사는 입을 열다가 망설였다. 이지는 자신의 과거에 대해 숨기고 싶어 했다. 츠바사도 그리 궁금하지 않았다. 츠바사가 사는 세계에서 자신의 과거를 드러내고 싶어 하는 인간은 그다지 많지 않았다. 마피아에 들어오기 전 과거란 건 어린 시절이었고, 어린 시절 이야기를 누구에게나 거리낌 없이 할 수 있는 사람이라면 마피아가 될 수 없었다. 그들의 어린 시절은 상상할 수 없을 만큼 다양한 지옥이었다.

"저 인간에 대해서 좀 더 자세히 알아 봐. 어린 시절, 가족, 친구, 전부 다."

헥터는 츠바사의 말에 고개를 끄덕이고 나갔다.

* * *

츠바사는 헥터가 가져온 자료를 보며 헛웃음을 지었다. 가끔은 그도 이지와의 관계에 대해 의문스러울 때가 있었다. 단지 엔젤과 닮았다는 것만으로 이지에게 호감을 느끼는 걸까? 도주를 도왔다는 이유로 이지를 돕고 싶은 걸까? 이상하리만큼 강한 부채감이었다. 츠바사는 자신도 이해할 수 없을 정도로 이지에게 약했다. 여자라는 호감도 아니었고, 친구라는 우정도 아니었다. 그런데도 이지는 항상 갑작갑작 신경이 쓰이는 존재였다.

츠바사는 성재와 이지의 아버지 사진을 보며 쓴웃음을 지었다. 엔젤을 떠나보내기 위해 죽였던 인간이었다. 아버지는 살려두면 충분히 빚을 갚을 능력이 되는 사람이라고 했지만, 츠바사는 독단적으로 살인을 도모했다. 삶이란 묘했다. 잊었다고 생각했다. 하지만 그 망각의 흔적은 츠바사의 삶에 남아 츠바사를 조종하고 있었다.

25세

1. 엔젤, 미국, 뉴욕

뉴욕장로교병원 앞 화단에는 하얀색과 오렌지 빛 튤립이 가득 피어 있었다. 화이트와 블랙으로 된 깔끔한 인테리어의 로비는 고급호텔을 연상시켰다. 이곳이 내일부터 엔젤이 일할 곳이었다.

병동과 병동을 연결하는 유리복도를 몇 층에 걸쳐 가릴 정도로 커다란 플랜카드를 보고 엔젤은 발걸음을 멈춰 섰다.

'이곳에서는 놀라운 일들이 일어나고 있습니다.'

붉은색 바탕에 하얀 글씨를 보니 가슴이 벅차올랐다. 드디어 여기까지 온 것이다. 엔젤은 병원 지리를 익히기 위해 천천히 여기저기를 돌아보기로 결정했다. 응급실, 소아과, 내과⋯⋯. 세 시간쯤 둘러보고 나니 다리가 아파왔다. 휴게실 쪽으로 향하는데 어디선가 음정이 맞지 않는 피아노 선율이 소음에 섞여 들려왔다. 휴게실에 있는 검은 그랜드 피아노에 아이들이 몰려 있었다.

음정과 박자가 엉망인 젓가락 행진곡에 아이들의 깔깔대는 웃음소리가 더해졌다. 링거액 주사를 주렁주렁 매단 아이, 머리에 붕대를 칭칭 감은 아이, 방사선치료로 머리카락이 없는 아이……. 아이들의 웃음에 엔젤도 절로 웃음이 나왔다. 엔젤은 보라색 난초 화분 옆 청록색 소파에 앉아 느긋하게 여유를 즐겼다. 내일부터 인턴 생활이 시작되면 이런 여유로움도 끝이었다. 높다란 천창을 통해 들어오는 따뜻한 햇살에 절로 눈이 감겼다.

얼핏 잠이 들려는 찰나 피아노의 불협화음과 함께 아이들의 비명 소리가 들려왔다. 피아노를 치던 여자아이가 건반 위에 얼굴을 묻은 채 쓰러져 있었다. 주위를 지나던 의사들이 달려왔다.

2. 베스, 미국, 뉴욕

주치의인 알렉스는 베스가 들어서자 반가운 미소를 지었다. 하지만 베스는 알렉스 옆의 남자를 본 순간 미소를 잃어버렸다. 제럴드 길모어 박사는 머리카락이 벗겨지기 시작한 40대 남자로 혈액종양내과 전문의로 유명했다. 베스는 천천히 크림색 소파에 앉았다. 지난주 피아노를 치다 쓰러진 뒤 베스는 사흘 동안 병원에서 종합검진을 받았다. 두 명의 의사 모두 검사 결과에 대해 입을 열기를 꺼려 했다. 알렉스는 헛기침만 해대고, 제럴드는 손목시계만 만지작거렸다.

"백혈병인가요?"

베스의 질문에 알렉스가 놀라서 제럴드를 바라보았다.

"벌써 몇 년째 이 병원에 봉사활동을 다니고 있어요. 길모어 박사님이 백혈병 치료로 유명하신 분이라는 것 정도는 알죠."

"유감입니다. 급성 전골수구 백혈병입니다."

알렉스가 한숨을 내쉬며 말했다. 베스는 그저 멍했다. 복잡한 병명만큼 생소한 상황이었다.

"백혈병이라는 병명에 너무 겁먹지 않으셔도 됩니다. 요즘에는 완치율도 꽤 높은 편이니까요. 일단 입원 즉시 항암치료를 시작할 겁니다."

다우노루비신Daunorubicin, 사이타라빈Cytarabine, Ara-C, 관해유도, 헤마토크릿, 모구도 같은 약품과 의학용어들이 반쯤 섞인 제럴드 길모어 박사의 설명은 머리에 들어오지 않았다.

"만일 그 방법이 효과가 없으면요?"

"약물의 종류는 워낙 다양해서……."

"그 다양한 약물이 모두 소용이 없으면요?"

베스는 황급히 물었다. 제럴드가 알렉스를 바라보았다. 알렉스가 고개를 끄덕였다.

"모든 방법이 소용이 없을 경우에는 골수이식을 생각해볼 수도 있습니다. 골수이식의 경우 재발률이 현저히 낮은 것은 사실이지만 전체 생존율은 다른 요법들과 비슷합니다. 이 말씀을 드리는 이유는 저도 모든 경우의 수를 고려해 두어야 하기 때문입니다. 골수는 비혈연 타인은 0.005%, 부모 5%,

형제 25% 확률로 일치합니다. 그러니 혹시 형제자매가 있다면 미리 골수검사를 받아두는 게 좋을 것 같습니다. 아무래도 차선책이 있다는 생각을 하면 환자 마음도 많이 안정이될 테니까요."

3. 엔젤, 미국, 뉴욕

엔젤은 베스를 찾기 위해 병원을 헤매며 이를 갈았다. 인턴들은 다양한 진료과목을 경험할 수 있도록, 각 과에서 한 달씩 돌아가면서 근무하도록 되어 있었다. 하지만 엔젤은 한달 간의 소아과 담당기한을 다 채우지도 못한 채 내과로 재배정을 받았다. 그것도 혈액종양내과 전담이었다. 이게 모두베스 덕분이었다.

베스의 주치의는 베스가 자신과 비슷한 또래의 동양인 인턴을 더 편안히 여길 거라고 생각해 엔젤을 마음대로 내과로데려와 베스만 지켜보라고 명령했다. 정치 명문가의 막강한힘이었다.

베스는 엔젤을 알아보지 못했다. 그저 어디선가 본 듯한얼굴이라는 말은 했다. 누구나 엔젤을 보면 하는 말이었다.그게 성형수술의 목적이었다. 엔젤은 의대에 합격하고 난 뒤잠시 남는 시간 동안 캘리포니아의 병원에서 얼굴 전체를 뜯어고쳤다. 가장 평균적인 몽골리언의 모습을 기준으로 코와 이마는 깎아서 내리고, 턱과 광대에는 보형물을 넣었다. 어쩌다 실수로 누군가에게 목격된다 해도 전혀 특징을 잡아낼 수 없는 얼굴, 그게 바로 엔젤이었다. 별다른 불만은 없었다. 엔젤은 다른 여자들과 달리 외모에 무관심했다. 거울을 보는 일도 드물었다. 어떤 모습을 하고 있건 거울 속 자신을 마주하고 싶지 않았다. 아무리 예쁜 옷을 입어도, 환하게 웃어도 거울 속에는 살인자의 모습만 보였으니까.

베스를 찾아낸 곳은 소아병동의 놀이방이었다. 높고 투명한 천창으로 들어온 햇살이 베스의 주위를 감싸고 있었다. 아이들 틈에 섞인 베스는 한눈에 구별해내기 쉽지 않았다. 베스는 워낙 작고 가녀린 데다 하얗고 부드러운 피부를 가지고 있어 얼핏 보면 아이처럼 보였다. 상대적으로 큰 눈 때문에 그런지도 몰랐다. 아이들과 뒹굴며 장난을 치고 있던 베스는 엔젤의 손짓에 아이들에게 인사를 하고 밖으로 나왔다.

"아이들을 좋아하나 봐요."

"거짓이 없잖아요."

"꼭 그렇지만은 않은데……. 어린아이들도 거짓말 잘해요."

"맞아요. 사람들은 어린 아이가 속일 거라고는 생각하지 않으니까 오히려 남에게 거짓말을 하기가 더 쉽죠."

"마치 거짓말을 많이 해봤던 사람처럼 말하네요."

베스는 대답이 없었다. 부정적인 의견은 듣기 싫다 이거지. 엔젤은 입을 비죽였다. 이상하게 베스가 아니꼬았다. 어쩌면 엔젤의 것이었을 수도 있는 인생이었다. 신의 단순한 선택 덕분에 베스는 부유한 집에서 공주처럼 자랐고, 엔젤은 야쿠자의 아들에게 속을 파주며 자라야 했다. 하지만 가끔은 베스에게 심술을 부리는 자신이 한심하고 짜증스러웠다. 베스의 삶도, 엔젤의 운명도 그들의 선택은 아니었으니까.

베스는 골수검사 내내 작은 비명 한 번 지르지 않았다. 보지 않으면 공포가 줄어들기도 하지만, 보이지 않으면 공포가 배가되기도 했다. 그래서 등 뒤에서 행해지는 골수검사는 백혈병 환자들이 가장 두려워하는 일 중에 하나였다. 어린 아이들은 알코올과 베타딘으로 소독할 때부터 발작적으로 울어 몸을 묶어두는 경우도 있었다. 리도카인으로 국소마취를 하는데도 불구하고, 아이들은 골수흡인 침이 골수강 안으로 들어가는 순간 온몸이 하얗게 질려 파르르 떨었다.

베스는 주사기가 척추 안으로 들어가는데도 작은 신음 소리조차 내지 않았다. 빠드득, 빠드득, 뼈를 깎는 고통에도 그저 침상 난간을 좀 더 세게 붙잡았을 뿐이었다.

"이 병동에 있는 사람들 중에서 가장 잘 고통을 견디는 사람이네요."

"고통을 이기려고 하지 않으니까요. 그저 고통에 온몸을 맡기고 무뎌지도록 노력하는 게 가장 좋은 방법이라는 걸 어릴 적에 깨달았죠."

항상 고통을 달고 산 사람만이 할 수 있는 말이었다. 어린 시절의 엔젤이 그랬듯이. 궁금했다. 엔젤과는 정반대의 인생을 살아온 사람이었다. 엔젤이 팔려가서 골수를 뽑히고 있을 때 베스는 미국 최상류층의 가문에 입양되어 '최고'만을 경험하면서 살았다. 그 인생에 과연 어떤 고통이 있었을까?

엔젤은 슬라이드 제작을 위해 간호사에게 골수를 넘기며 베스를 이해하려 애썼다. 베스는 아무런 문제없이 행복하게 자란 사람이었다. 상처에 노출되지 않은 만큼 작은 상처에도 오래 괴로워할 수 있었다. 이해했다. 하지만 엔젤과는 너무 다른 인생이었다.

4. 조, 미국, 뉴욕

조는 엔젤이 출근하기만을 기다리며 병원 현관 앞을 서성거렸다. 자정이 넘어 전해진 골수검사 결과는 불일치였다. 믿을 수가 없었다. 검사과정에 오류나 실수가 있었음이 분명했다.

낯선 병원 환경과 베스의 발병으로 인해 신경이 가늘게 찢어져 곤두서는 것 같았다. 그나마 담당의가 동갑인 몽골리언 인턴을 담당으로 정해줄 정도로 신경을 써 주는 덕에 안심이라고 생각했는데 오산이었다. 분명 엔젤이 검사를 제대로 하지 못한 거야. 어떻게 쌍둥이의 골수가 불일치할 수 있어?

황당함에 당장이라도 병원을 고소하고 싶을 지경이었다.

베스의 발병을 알고 나서 단 한 번도 제대로 눈을 붙이지 못했는데도 밤새 잠이 오지 않았다. 밸륨*을 세 알이나 삼켰는데도 멍하기만 했다. 잘근잘근 물어뜯은 손톱 끝에 핏기가 보였다.

커피를 들고 걸어오던 엔젤이 조를 보고 한숨을 내쉬었다. 조는 엔젤에게 달려가자마자 따지고 들었다.

"말도 안 돼요. 베스랑 나는 쌍둥이라고. 어떻게 불일치할 수가 있어요? 혹시 어디선가 검사 결과가 바뀌거나 그런 거 아니예요?"

"혹시나 해서 세 번이나 다시 검사를 했어요. 제가 그 과정을 직접 참관하기까지 했고요. 하지만 결과는 바뀌지 않았어요. 저도 너무 이상해서 유전자 검사를 했는데 일란성이 아니라 이란성 쌍둥이였더군요."

"하, 하지만 이렇게 똑같이 생겼는데, 모두들 우리 둘이 똑같이 생겼다고 했어요. 어릴 적에는 아무도 구분을 못했는데, 그래서 서로인 척하면서 다른 사람들을 속이기도 했었는데……"

조는 믿을 수 없어 더듬거렸다. 물론 자라면서 둘의 외모가 점점 달라지긴 했다. 조는 중학교 때 이미 170cm가 넘는

* 신경안정제와 수면제 상표.

키에 이런저런 운동으로 근육질의 몸매가 되었지만 베스는
성인이 되어서야 겨우 160cm를 넘는 키에 날아갈 것만 같은
가녀린 몸매였다. 그래도 외모는 똑같았다. 제이슨은 베스와
조가 함께 있는 모습을 보고 확대판과 축소판이라고 놀릴 정
도였다.

"자매라면 그 정도는 닮을 수 있어요. 어린 아기들은 워낙
비슷하고, 특히 몽골리언들은 워낙 생김새가 오목조목하니
까요. 게다가 사람들은 타 인종의 사람들을 잘 구분하지 못
하는 편이에요."

엔젤은 인내심이 다했다는 듯 고개를 설레설레 젓고는 병
원 현관으로 사라져 버렸다. 아냐, 그럴 리가 없어. 조는 고
개를 세차게 저었다. 다른 병원에서 검사를 다시 해야 했다.

5. 베스, 미국, 뉴욕

베스는 점점 줄어드는 항암제를 보며 손톱을 물어뜯었다. 미
국의 장기기증센터에도, 한국의 장기기증센터에도 그녀와
일치하는 골수는 없었다. 예상했던 결과였다. 오늘이 마지막
항암치료였다. 하지만 완전관해에 대한 기대는 접은 지 오래
였다. 조는 베스 앞에서 억지 웃음을 짓고 있었지만 긴장을
숨기지는 못했다. 베스에게는 말하지 않았지만 상황이 심각

한 모양이었다.

어린 시절에는 항상 죽고 싶었다. 죽으면 그 모든 고통이 다 끝나버릴 것을 알고 있기에. 매일 기도했다. 불치병에 걸려서 자연스럽게 죽여주세요. 신이 기도를 들어주지 않는다면 스스로 해결해야 했다. 열 살, 알리시아의 수면제를 몰래 훔쳐 한 번에 집어삼켰다. 위세척을 하는 고통의 순간, 조는 응급실 한구석에 쭈그리고 앉아 그렁그렁한 눈으로 베스를 바라보고 있었다. 열두 살, 등산용 커터 칼로 손목을 그었다. 조는 욕조 안의 차가운 핏빛 물속으로 들어와 베스를 건져냈다. 조는 단 한 번도 이유를 묻지 않았다. 그저 살아달라고 부탁했을 뿐이었다. 조 때문에 죽고 싶어도 살아야만 했다. 하지만 지금은 달랐다. 살고 싶었다. 이제 겨우 행복해지려 하고 있었다.

6. 이지, 미국, 뉴욕

이지는 촬영장에 찾아온 츠바사를 보고 반색을 하며 달려갔다. 오늘 촬영 장소는 차이나타운 뒷골목의 오래된 식당으로 츠바사가 섭외에 한몫을 단단히 했다.

"촬영은 잘 진행되고 있어?"

"물론이지."

이지는 재빨리 대답했다. 다행히 오늘 촬영은 잘 진행되고 있었다. 다른 곳과 달리 오늘 촬영장소의 주인은 촬영을 재촉하지도 않고, 지나가다 멈춰 서서 구경하는 행인들의 통제를 도와주기까지 했다.

"제작비가 모자라지는 않고?"

"그, 그럼."

거짓말을 하려니 목소리가 떨렸다. 이런저런 이유로 촬영이 생각보다 지연되어 제작비가 엄청나게 불어나고 있었다. 이지도 최선을 다하고 있었다. 시나리오를 수정해 야외 촬영을 되도록 없애고, 영화과 후배나 선배를 스태프로 동원했다. 게다가 꽤 비중이 큰 동양인 조연 역할의 캐스팅이 개런티 때문에 엇나가기만 하자 직접 연기를 하겠다고 나서기까지 했다. 그래도 이미 예산 초과였다. 이대로 간다면 크랭크업을 하지 못할 수도 있다는 생각에 매일 밤잠을 설쳤다. 추가 투자자를 찾기 위해 여기저기 알아보고 있지만 녹록치가 않았다. 하지만 이런 상황을 츠바사에게 알릴 수는 없었다. 츠바사는 이미 과할 정도의 호의를 베풀었다. 어떤 방법을 쓰더라도 이젠 이지 혼자의 힘으로 해결해야 했다.

"그래? 사실 투자에 흥미를 보이는 사람이 있어서 찾아온 건데."

"투자자가 있다고?"

이지는 놀라서 물었다가 금세 입을 다물었다. 츠바사는 그런 이지를 보며 피식 웃었다.

"그런데 제작비가 모자라지 않다니, 그 사람을 만날 필요는 없겠네."

"아니, 그래도 만나보는 게 좋을 거 같아. 제작비야 많으면 많을수록 좋지. 편집이나 CG에도 신경 많이 쓸 수 있고, 광고도 많이 하고."

*＊＊

이지는 가벼운 발걸음으로 거실로 들어서다, 소파에 앉아 있던 제이슨을 보고 놀라서 멈칫했다. 제이슨은 그녀 나이 또래의 동양인 여자의 어깨를 감싸고 앉아 있었다. 이지는 예상하지 못한 상황에 굳어지는 표정을 감추려 애썼다. 츠바사가 이지와 조의 사이에 섰다.

"제이슨이야 소개하지 않아도 알 테고, 이쪽은 조세핀 하워드. 이쪽은 이사벨라 데스테."

조가 일어섰다. 168cm인 이지보다 머리 하나는 더 큰 것 같았다. 큰 눈과 짙은 눈썹이 검게 선탠한 매끄러운 피부에 도드라져 보였다. 이지는 조가 내민 손을 잡고 흔들었다. 조의 표정이 건조했다. 제이슨은 조가 혼자서는 아무것도 못하는 어린아이라도 되는 듯 조가 소파에 다시 앉는 것을 도왔다. 이지는 되도록 제이슨에게는 시선을 주지 않으려 노력했다.

"제이슨은 제 약혼자이자 투자 자문으로 이 자리에 와 있는 거니까 이해해 주세요."

이지는 어색하게 고개를 끄덕였다. 조는 이지가 가져간 시나리오는 쳐다보지도 않았다. 그저 이지만 빤히 바라보았다.

"내가 이 영화에 투자를 해서 얻을 수 있는 이익이 뭘까요?"

엉뚱한 질문에 이지는 당황했다.

"블록버스터는 아니지만 손익분기점은 충분히 넘을 수 있을 거라 예상합니다. 많은 이익을 보장할 수는 없지만 손해를 입지는 않으실 겁니다."

모범적인 답안에 조는 고개를 갸웃했다.

"겨우 손해를 입지 않는다고요?"

"네?"

"자본주의 시장에서는 돈이 돈을 벌어들이죠. 어디에 투자하든 수익이 나지 않는 경우는 없어요. 주식이나 부동산을 샀으면 오를 때까지 기다리면 되는 거니까. 하지만 영화는 그렇지 않죠. 사실 제이슨은 영화 투자는 위험성이 크다며 반대했어요. 아직도 반대하고 있죠."

이지는 화가 치밀어 소리를 지를 뻔했다.

"어이없고 황당하네요. 전 분명 투자 의향이 있다는 말에 이 자리에 왔어요. 그런데……."

"듣던 대로 성질이 불같네요. 제 말 아직 끝나지 않았어요."

들던 대로? 이지는 제이슨을 노려보았다. 제이슨은 어깨를 으쓱했다. 이지가 자리에서 일어서려는 순간, 조가 말을 이었다.

"투자하죠. 필요하다면 전 재산이라도 투자할 생각이 있어요."

이지는 순간 제이슨을 바라보았다. 제이슨은 조의 손을 잡아 토닥이느라 이지 따위는 관심도 없었다. 뭔가 이상했다. 이지는 소파에 등을 기대고 모두를 살폈다. 제이슨의 안타깝다는 눈빛, 츠바사의 심각한 입매, 조의 흔들리는 시선……. 아직 터지지 않은 뭔가가 있었다.

"그러면 전 뭘 해야 하나요?"

이지의 질문에 모두가 순간 굳어 버렸다.

"약혼자의 반대에도 이 위험한 투자에 전 재산을 걸겠다면 분명 원하는 뭔가가 더 있을 거 같아서요. 그게 뭔가요?"

조의 방황하던 시선이 제이슨을 향했다. 제이슨이 한숨을 내쉬며 입을 열었다.

"조의 동생이 백혈병이야."

이지는 이맛살을 살짝 찌푸렸다. 도대체 그게 영화와 무슨 상관일까? 조는 인디언과 동물이 프린트된 쿠션의 끝을 잡아 뜯고만 있었다. 제이슨이 조를 대신해 조용히 말을 이었다.

"일단 항암치료를 시작했었는데 잘 안됐어. 조도 골수가 불일치한다는 판정을 받았고, 미국과 한국 장기기증센터에도 베스와 일치하는 골수는 없는데."

이지는 순간 긴장했다. 한국? 한국인이야? 이지는 츠바사를 바라보았다. 츠바사가 고개를 끄덕였다.

"맞아. 조와 베스는 한국인 입양아야. 제발 뉴스 좀 보고 살아. 얘네들 나름 굉장히 유명한 사람들이라고. 하긴 넌 제이슨도 몰랐으니까."

제이슨이 츠바사의 말을 잘랐다.

"우리가 원하는 건 단 한 가지야. 베스의 골수기증자. 모든 방법을 다 동원했어. 전 세계의 장기기증센터에 베스의 검사 결과를 보냈지만, 들어오는 소식은 전부 부정적인 대답밖에 없었어. 지역 한인교포회장까지 일일이 만나고 다녔고, 모든 인맥을 동원해 미국은 물론이고 한국의 신문사와 방송사에 베스의 사연을 내보냈어. 하지만 성과는 전혀 없었지. 그런 몇 줄짜리 기사나 몇 분짜리 뉴스로는 어림도 없을 거 같아. 결국 합법적인 방법은 아무것도 남지 않았다는 생각이 들었지. 츠바사는 지난달부터 장기매매에 관해 알아보고 있어. 하지만 점조직으로 활동하는 장기매매조직에만 의지할 수는 없어. 그래서 네 도움이 필요해."

거절할 이유가 없었다. 영화 투자금도 받고 아픈 사람도 돕고 일석이조였다.

"좋아. 내가 뭘 어떻게 해 주길 원하는데?"

"불법적인 일이라도 도와줄 수 있어요?"

조의 말에 이지는 자신도 모르게 되물었다.

"네?"

츠바사가 끼어들었다.

"조는 베스의 골수를 구하는 광고 제작을 원해."

이지의 표정이 굳었다. 장기매매는 엄연히 불법이었다. 그런데 그걸 광고로 만들자고? 이지의 생각을 읽은 듯 츠바사는 선수를 쳤다.

"걱정 마. 네 이름이 새나가는 일은 없을 거야. 참여하는 사람들도 어차피 불법적인 일에 연루되는 거니까 함부로 발설하지 못할 거야. 그래도 네가 정 꺼림칙하다면 광고 콘셉트와 카피만 주고 빠져."

이지는 망설이지 않았다.

"그럴 수야 없지. 내 작품을 남한테 맡기라고?"

"승낙한다는 뜻이에요?"

조의 얼굴에서 긴장이 빠져나갔다.

"천만 달러. 불법인 만큼 위험수당이 많이 따르는 건 당연하겠죠?"

조가 제이슨을 바라보았다. 제이슨은 눈 하나 꿈쩍하지 않고 고개를 끄덕였다.

"내일 당장 현금으로 준비하도록 하지."

조가 제이슨의 손을 붙잡으며 고마움을 표시했다. 제이슨은 그런 조를 보며 미소를 지었다.

"베스에 관해 많이 알면 알수록 광고 제작에 도움이 될까 해서 준비했어요. 베스가 그동안 했던 봉사활동 사진이나 기사들이에요."

조는 장미 문양이 새겨진 소파 테이블 아래에 있던 상자를 꺼냈다. 상자 안에는 병원에서 봉사활동을 하며 웃고 있는 베스의 사진이나 베스에 관한 기사들이 가득했다. 이지는 기사들을 보며 이런저런 질문을 던졌다. 상자의 바닥에는 화려하게 수를 놓은 하얀색 비단주머니가 들어 있었다. 누렇게 변색되고 광택이 사라진 주머니는 입구 부분이 헤져서 너덜너덜했다. 유행이 지난 한복 옷감을 재활용한 듯한 주머니는 불빛에 번들거렸다.

"이건 뭐예요?"

"한국 입양아들에게 한국이 준 마지막 선물이에요. 아마 전 세계에 있는 한국 입양아들은 모두 이 가방을 가지고 있을 거예요. 어떤 한국인 친구는 이 주머니가 입양아가 한국에서 생산되었다는 것을 뜻하는 품질보증서라고 하더군요. 물건에 특이한 로고나 액세서리가 있는 것처럼요."*

조가 비꼬듯 말했다. 이지는 뭐라 말해야 할지 몰라 망설였다. 조는 한숨을 내쉬며 말을 이었다.

"그렇게 우리를 버렸던 한국에게 애원해야 하는 상황이 싫

---

*비단주머니는 홀트 아동복지회에서 해외입양을 보낼 때 주는 선물 중 하나였다.

어요. 하지만 어쩔 수 없죠. 미국 내에서 베스에게 맞는 골수를 찾을 확률은 3%도 안되니까요. 어쩌면 한국인 입양아들에게 호소하는 것도 좋은 방법이겠네요. 한국은 전 세계에서 입양아를 가장 많이 보내는 나라라고 하니까. 혹시나 가족을 찾을 수 있으면 더 좋겠죠. 혈연관계일수록 골수가 일치할 확률도 높고, 비 혈연 골수이식보다 사망위험도 낮다고 하니까요. 이건 우리가 버려질 당시에 지니고 있었던 편지와 사진이라고 하던데……."

더 이상 조의 말이 들리지 않았다. 조의 손안에 너무나 익숙한 사진 조각이 있었다.

7. 엔젤, 미국, 뉴욕

뉴욕 시간으로 새벽 6시, 인터넷과 SNS광고가 시작되었다. 누군가가 광고를 클릭하면 그 사람의 컴퓨터나 휴대폰 주소록에 있는 모든 사람들에게 광고가 재전송되며 급속도로 퍼져 나갔다.

공식적인 텔레비전이나 신문 광고 따위는 필요 없었다. 모든 신문에서는 장기매매 광고에 대해 대서특필했고, 모든 텔레비전 뉴스에서는 광고의 합법성에 관해 비판하기 바빴다. 뉴스를 보지 않으려 필사적으로 노력하는 엔젤까지도 광고를 접할 정도였다.

"조세핀 하워드 양이 골수매입 광고를 한 혐의로 긴급 체포되었습니다. 조세핀 하워드 양은 가이 하워드 상원의원의 딸로 현재 예일대 로스쿨에 재학 중입니다. 하워드 양은 처음부터 끝까지 누구의 도움도 받지 않고 혼자 인터넷과 SNS 광고를 만들었다고 하지만 그 말을 그대로 믿기에는 무리가 있어 보입니다. 특히 인터넷에 유포된 동영상 광고는 화려한 영상과 세련된 편집으로 전문가의 솜씨가 느껴집니다. 게다가 워낙 급속도로 인터넷상에 퍼져나가 혼자 벌인 일이라기에는 무리가 있어 보입니다. 경찰은 관련인 여부를 수사 중입니다."

엔젤은 채널을 바꾸었다. 시사 토론 프로그램에서 조세핀 관련 프로그램을 긴급 편성한 모양이었다.

"조세핀 하워드가 자매인 엘리자베스 하워드에게 골수기증을 하는 사람에게는 백만 달러를 지급하겠다는 광고를 해서 문제가 되고 있습니다."

화면이 바뀌고 광고가 흘러나왔다. 광고 송출비용 따위는 필요 없었다. 수많은 프로그램에서 광고영상의 일부분이 방송되고 있었다. 광고는 베스의 봉사활동을 부각시키려 애썼다. 광고만 보면 베스는 살아 있는 천사였다. 한국인을 대상으로 특별제작한 광고는 좀 더 감정적이었다.

"한국은 우릴 이미 한 번 버렸습니다. 제발 이번에는 저희를 모른 척 내버려두지 마세요."

화면 속의 조는 많이도 울었다. 하지만 엔젤은 그 눈물이 싫었다. 엔젤은 흘릴 눈물 따위는 남아 있지 않았다. 베스의 골수매입 광고를 보며 오랜 시간 묻어두었던 분노가 되살아났다.

"저 아이는 우리 츠바사를 살리기 위해 엄청난 돈을 주고 사 온 아이라고!"

잊었다고 생각했던 마사히로의 목소리가 울렸다. 베스의 골수매입 광고는 감동적일 정도로 잘 만들어졌다. 하지만 그 속에 담긴 뜻은 바뀌지 않았다. 돈이 있으면 뭐든 살 수 있다고 생각하는 사람들. 소름끼치고 역겨웠다.

* * *

엔젤은 골수생검과 응고절편을 포르말린액으로 고정했다. 며칠 사이 골수 검사를 하겠다는 사람이 폭발적으로 늘었다. 일손이 모자라 엔젤까지 검사실에 지원을 나와야만 했다. 뉴스에 따르면 한국의 장기기증센터는 급증한 골수이식지원자로 업무가 마비될 지경이라고 했다. 하지만 아직까지 베스에게 맞는 골수는 나타나지 않았다.

"이렇게 기증자가 많은데도 안 나타나니 어쩌면 좋아요? 베스는 아무것도 모르고 조가 요즘 들어 병문안을 자주 오지 않는다고 걱정하던데."

소아과에서 지원을 나온 인턴이 파라핀에 넣어 만든 절편에 김자^{Giemsa}염색을 하면서 끊임없이 중얼거렸다. 조는 보석금을 내고 풀려난 상태로 조사를 받으며 재판을 기다리고 있었다. 베스에게 조의 신변에 관한 모든 사항을 일절 함구하라는 지시가 의료진 모두에게 떨어졌다. 베스에 대한 사람들의 연민과 사랑은 깊어만 갔다.

"베스만큼 적극적으로 봉사활동하는 사람도 드물었는데, 세상에 베스처럼 착한 사람도 드문데 어떻게 베스에게 이런 일이 생기는지……."

착한 사람은 나쁜 사람보다 더 믿을 수 없었다. 착한 사람은 '착하다'는 애매모호한 이유로 상대방의 경계심을 무너뜨리고 방어력을 최소화해 버렸다. 그래서 착한 사람의 배신은 더 치명적이고 위험했다.

"엔젤은 검사 받을 생각 없어요? 같은 몽골리언이잖아요. 베스 담당의사이기도 하고."

인턴이 은근슬쩍 권했다. 엔젤은 고개를 저었다. 다시는 타인을 위해 자신의 몸에 상처를 내고 싶지 않았다.

* * *

"모두들 비키세요. 누구 없어요? 여기 응급환자요!"

간호사의 외침에 엔젤은 황급히 달려갔다. 루시가 피투성이가 되어 울고 있었다. 루시는 에이즈로 소아과에 장기입원 중인 6세 환자였다. 간호사들은 어찌할 바를 모르고 웅성이며 모여 있다가 엔젤을 보고 반색했다. 간호사 한 명이 재빨리 카트에서 장갑을 꺼내 내밀었다.

"선생님, 여기요."

"보안경은요?"

엔젤은 장갑을 끼며 물었다. 간호사가 재빨리 물품함으로 달려갔다.

"아뇨. 다가가면 안 돼요."

간호사 몇 명이 다른 사람들의 접근을 막으며 소리를 질렀다. 누군가 간호사를 밀치고 루시에게 달려갔다. 베스였다.

"당장 나오세요."

간호사가 질겁하며 소리를 질렀지만 베스는 간호사를 무시하고 루시를 껴안아 달래며 상처를 찾고 있었다. 엔젤은 간호사가 건네는 보안경을 쓰고 루시에게 다가갔다. 베스는 루시의 팔에 난 상처를 꾹 누르며 지혈하려 애쓰고 있었다. 간호사는 베스에게도 장갑과 보안경을 던져 주었다. 하지만 베스는 루시에게서 시선을 떼지 않았다.

"장갑 끼고 보안경 써요. 피가 눈에 튈 수도 있고……."

"호들갑 떨지 말아요. 아이가 겁먹잖아요."

베스의 말투는 부드러웠지만 단호했다. 엔젤은 잠시 고개를 들어 베스를 바라보다 다시 아이에게 정신을 집중했다.

***

엔젤은 주치의의 진료실에서 몰래 가지고 나왔던 베스의 폴스트POLST, Physician Orders for Life-Sustaining Treatment를 제자리에 가져다 두었다. 폴스트란 임종을 앞둔 환자가 어떤 의학적 시술을 원하는지 미리 구체적으로 명시해 놓은 양식이었다. 베스는 심폐소생술, 인공호흡기 사용, 인공영양분 공급 등 모든 항목에 거부 의사를 표시해 놓았다.

***

베스는 병실로 찾아온 엔젤을 보자 긴장해서 살짝 움츠러 들었다.

"무슨 일이 있나요?"

"아뇨. 그냥 차 한잔하고 싶어서 들른 거예요. 담당 인턴인 데 너무 서먹하게 지낸 것 같아서요."

엔젤은 들고 있는 일회용 종이컵을 흔들며 말했다. 베스는 종이컵을 받아들며 창가에 있는 청회색 소파로 가 앉았다. 뉴욕장로교병원은 어딜 가나 크고 넓은 유리창에서 햇살을 만끽할 수 있었다. 높은 층에 위치한 VIP병실에서는 이스트리버와 루즈벨트 아일랜드가 훤히 내려다보였다.

베스는 루시가 처치실로 옮겨져 상처를 꿰매는 동안 루시의 곁을 지켰다. 맞벌이를 하는 루시의 부모는 바쁘다며 병문안을 오지 못한다고 했다. 과연 친부모라도 그랬을까? 루시는 케냐 출신의 입양아였다. 전형적인 와스프WASP인 부모는 너무 바빠서 자신들의 아이를 갖지는 못했지만, 타인에게 완벽한 가족이라는 인상을 심어주고 싶어 루시를 입양했다고 말했다. 파양을 하지 않은 것만으로도 대단한 자비를 베푸는 듯한 말투에 내일이라도 와 달라고 부탁하려던 엔젤은 할 말을 잃었다.

"미안해요, 베스. 조심하려고 했는데 유리컵이 미끄러졌어요. 내가 혼자서 치우려고 했는데, 바닥이 미끄러워서……."

루시의 변명에 베스는 울기만 했다. 마취를 한 뒤에는 오히려 루시보다 베스가 더 많이 운 것 같았다. 오히려 나중에는 루시가 베스를 달래야 할 정도였다. 루시가 잠들고 나서야 베스는 자신의 병실로 돌아갔다. 그리고 엔젤은 베스의 폴스트를 찾아보았다.

"백혈병은 완치율이 높은 편이에요."

엔젤의 말에 베스가 고개를 갸웃했다.

"무슨 뜻이에요?"

"방금 전 루시를 대하는 행동 문제 있다고 생각하지 않아요? 소아과 병동에서 오랫동안 봉사활동을 했다고 하니 루시가 무슨 병인지는 알고 있었을 텐데요. 에이즈 환자를 대할 때는 주의를 많이 기울여야 해요. 물론 과도한 주의경계로 환자를 고립시킬 필요는 없지만 위험을 무릅쓸 필요는 없잖아요? 게다가 지금 베스의 면역력은 바닥인 상태라고요. 베스의 행동은 마치 죽기로 결심한 사람들이나 하는 행동 같았어요."

베스는 피식 웃고는 차를 한 모금 마셨다.

"그래서 백혈병 완치율이 높다는 얘기를 꺼낸 거였어요? 내가 죽고 싶어 하는 거 같아서요? 그건 아니에요."

"그러면 도대체 왜 그랬어요? 저번에도 지나치다 보니까 루시와 함께 같은 스푼으로 아이스크림을 먹고 있었어요. 그게 얼마나 위험한 일인 줄 알아요? 혹시라도 입안에 상처라도 있었으면……."

"루시도 예전부터 알고 있었어요. 모두들 다른 아이들과 자신을 다르게 대한다는 걸요. 아이들은 자기와 놀아주지도 않고, 양부모마저도 자신을 대할 때는 머뭇거린다는 걸, 똑똑한 아이가 눈치채지 못할 리가 없죠. 어느 날 나한테 묻더라고요. 혹시 자기한테 무슨 냄새가 나냐고. 자신은 맡지 못하는 이상하고 고약한 냄새가 나서 사람들이 자신을 피하는 게 아닐까 하고 생각하고 있더군요. 그저 피하기만 하고 아무도 알려주지 않으니까 나한테 물어봤던 거죠. 그 막막하고 답답한 느낌이 뭔지 난 알아요. 무슨 일이 벌어진 건지 알 수 없는데, 누구에게 물어볼 수도 없는, 물어봐서는 안 될 것만 같은 기분 나쁜 예감. 막상 무슨 일이 벌어진 건지 알게 되었을 때의 느낌도 알아요. 왜 하필이면 나인 걸까, 도대체 신은 내게 왜 이런 시련을 내리는 걸까, 혹시나 내가 무슨 잘못을 했을까, 밤새 뒤척이다 서럽고 참담해서 울다 잠이 들죠. 루시는 이미 여러 번 버림받았어요. 낳아준 부모에게, 태어난 나라에게, 양부모에게……. 그렇게 버림받는 느낌이 뭔지 나는 알아요. 겪어보지 못한 사람은 모를 거예요."

엔젤이 틀렸다. 베스에게도 상처가 있었다. 차마 입 밖으로 꺼낼 수 없는 상처가, 누구에게도 말할 수 없는 커다란 상처가 베스의 가슴 깊숙한 곳에 숨겨져 있었다. 어쩌면 베스를 처음 본 순간부터 눈치채고 있었는지도 모른다. 상처 입은 인간들은, 흉터를 숨긴 인간들은 서로를 알아볼 수 있으니까. 하지만 모른 척하고 싶었다. 베스에게 느끼는 감정은 츠바사에게 느꼈던 감정과 묘하게도 닮아 있었다. 이유 없이 생기는 감정 따위에 다시 배반당하고 싶지 않았다. 그래서 어이없는 트집을 잡아 베스를 멀리했다. 엔젤은 한숨을 내쉬며 베스의 손을 붙잡았다.

"나도 알아요. 신이 내게 시비를 걸고 위협을 하는 것 같은 느낌. 이렇게 괴롭히는데도 살래? 그렇게 물으며 불쑥 운명이란 막대기로 날 마구 두들겨 패는 듯한 느낌. 누구한테도 이야기할 수 없고, 누구에게 이야기를 한다 해도 누구에게도 이해받을 수 없는 느낌. 나도 겪어봤어요."

베스의 눈이 커졌다. 엔젤은 베스의 손을 토닥였다.

"죽고 싶었어요. 죽으면 모두 끝나니까. 죽는 게 가장 쉬워 보였어요. 그래도 난 살아남았어요. 내 인생 최악의 순간에 초라하게 죽고 싶지는 않았으니까. 신이 낭떠러지에서 나를 떠밀어도 난 어떻게든 낭떠러지를 기어오를 거예요. 그렇게 힘겹게 기어오르느라 지쳐서 내 발로 낭떠러지에서 뛰어내려 죽고 싶을 정도가 되더라도. 그러니까 조금만 더 참고 견뎌요. 지금 상황이 힘들다는 거 알아요. 그래도 조금 더 견뎌요. 버텨내요. 운명에게 지지 말아요."

갑자기 베스가 울음을 터뜨렸다. 베스는 엔젤의 품에 안겨 한참을 울었다. 엔젤은 바싹 말라 뼈가 드러나는 베스의 등을 쓸어내렸다. 윤기가 흐르던 베스의 길고 검은 머리카락이 어느 틈에 숱이 빠지고 푸석푸석해져 있었다.

엔젤은 시간의 강력함을 믿었다. 시간은 폭력적이다. 강제적이다. 절대적이다. 그렇게 믿고 싶었다. 시간이 흐르면 이 끔찍한 현실에서 벗어날 수 있을 거라고, 그 추악한 기억에서 멀어질 거라고 믿고 싶었다. 엔젤도, 베스도……

* * *

엔젤은 왼팔 윗부분을 고무줄로 묶고, 오른손으로 주사기를 찔러 넣었다. 검붉은 피가 주사기 안으로 흘러들었다. 검사결과를 보지 않아도 베스와 일치할 것을 알았다. 그냥 알아졌다. 상처와 고통에 대한 예감은 언제나 정확히 들어맞았다. 언제나 상처와 고통은 엔젤의 몫이었다. 엔젤과 베스의 조직적합성항원HLA-type은 정확히 일치했다.

* * *

"기증자가 누군지 알 수 있을까?"

엔젤은 한숨을 내쉬었다. 벌써 사흘째였다. 조는 참 끈질겼다. 조는 엔젤이 기증자가 나타났다는 소식을 전한 순간부터 태도가 돌변해 친한 친구처럼 엔젤에게 달라붙었다.

"주치의 선생님한테 들었잖아. 원래 절차상 밝힐 수도 없을 뿐더러 경찰이 얼마나 감시를 철저히 하고 있는지 알아? 게다가 기증자도 자신의 신분이 노출되기를 원하지 않는다고. 괜히 일 커지게 만들지 말고 조용히 기다려."

기증절차는 조 덕분에 복잡해졌다. 경찰은 골수매입에 관한 광고를 빌미로 모든 절차마다 감시를 하고 있었다. 엔젤로서는 반가운 일이었다.

"하지만 환자가 혹시라도 기증을 포기하면 어떻게 해? 정말 믿을 수 있는 사람이야?"

베스는 이식이 결정된 뒤 곧바로 전처치에 들어갔다. 전처치란 조혈모세포 이식 후 발생하는 거부반응을 최소화하고 새로운 조혈모세포의 생착을 돕기 위해 평소보다 5배에 달하는 고단위 방사선요법과 고농도의 항암치료를 하는 것을 가리킨다. 이식 2주 전에 전처치에 들어간 뒤 기증의사를 포기하면 환자는 확률적으로 사망할 가능성이 높았다. 순간적인 감정 때문에 골수이식을 결정했지만 엔젤의 결심은 확고했다. 단 한 번도 워렌에게 죽여야 하는 이유를 물어본 적이 없었다. 그래서 그 끔찍한 유년시절의 경험을 되풀이하면서도 베스를 살리고 싶은 이유를 몰라도 상관없었다.

"그럼 이것만 알려줘. 여자야?"

조금이라도 힌트를 얻으려는 듯 조는 엔젤의 표정변화에 신경을 곤두세우며 물었다. 엔젤은 표정관리를 하려고 애쓸 필요도 없었다. 그저 짜증만 났으니까.

"한국인이야?

엔젤은 이를 벅벅 갈며 진료실 밖으로 나섰다. 하지만 조는 강아지처럼 졸졸 엔젤의 뒤를 따랐다.

"나이는 얼마나 되는데?"

엔젤은 이를 악물고 주먹을 불끈 쥐었다.

"안 된다는 말뜻 몰라? 그리고 왜 나만 괴롭히는 건데? 주치의 선생님도 있고, 병원장님도 있잖아. 솔직히 나보다는 그 사람들이 더 지위도 높은데 왜 나한테 이렇게 매달리는지 모르겠네."

"장기기증센터에 등록된 사람도 아니고, 네가 개인적으로 기증신청을 받았잖아. 경찰이 그러는데 너만 알고 있다고 하던데? 경찰도 누군지 모른다고."

엔젤은 한숨을 내쉬며 당직실 문을 열었다.

"그냥 우연히 그렇게 된 것 뿐이라고 몇 번을 말해? 나도 잘 모르는 사람이었다고!"

"제발 알려줘. 절대 기증 전에 접촉하거나 하지 않을게."

"절대로 기증의사 철회할 일 없다고 몇 번을 말해? 도대체 왜 이렇게 매달리는 건데? 기증자가 누구인지 모르는 편이 베스 쪽에서는 더 좋을 거야. 기증자가 누군지 알면 아무래도 심적 부담이 있을 테니까."

"베스가 아니라 내가 알고 싶어서 그래."

엔젤은 짜증 난다는 듯 고개를 숙이고 책상 위 서류를 정리하기 시작했다. 그렇지 않아도 수술 때문에 스트레스가 가득 차 있는 상황에서 조의 억지까지 보태지자 폭발할 지경이었다. 조는 기증자를 알려주면 10만 달러를 주겠다는 제안에도 엔젤이 흔들리지 않자 안달이 났는지 벌써 한 시간째 옆에 달라붙어 있었다. 수술을 위해 짐을 싸려면 일찍 퇴근해야 하는데 아무래도 조가 하는 꼴을 보아하니 집까지 따라붙을 것 같았다.

"도대체 네가 기증자가 누군지 알아서 뭐하게?"

엔젤은 서류를 책상 위에 집어던지며 소리를 질렀다.

"좋아. 돈으로도 매수가 안 되고, 며칠 간 괴롭혀도 안 되니 널 믿고 말할게. 혹시나 그 기증자가 자매가 아닌가 싶어서."

순간 엔젤은 굳어 버렸다.

"너도 뉴스에서 봤을 거야. 나와 베스가 버려졌을 때, 4명의 아기가 함께 찍은 사진이 있었어. 혹시 기증자라는 사람이 나머지 두 명 중 하나가 아닐까 싶어서 그래. 동양인이 Rh 마이너스 혈액일 가능성은 0.3%도 되지 않는데. 그중에서 Rh 마이너스 O형의 비율은 더 줄어들겠지. 주치의 선생님은 기증자가 혈액형도 같고, 젊은 나이라 굉장히 운이 좋은 경우라고 말씀하셨어. 그러니까 아무래도 그 기증자가 나머지 한 명일 것만 같아서."

엔젤은 침을 꿀꺽 삼켰다. 표정이 고스란히 드러날 것만 같아 두려웠다. 그런 가능성은 생각하지 못했다.

"아냐. 그럴 가능성은 없어."

"하지만⋯⋯."

"내 말 믿어. 그리고 다시는 여기 찾아오지 마. 경찰이 눈에 불을 켜고 감시하고 있으니까."

엔젤은 조가 나간 뒤, 손으로 얼굴을 감쌌다. 심장이 아직도 두근거렸다. 확률은 희박했다. 그 희박한 확률에 흔들리고 싶지 않았다.

미국으로 오고 나서 얼마 되지 않았을 때, 워렌이 물었었다.

"혹시 친부모나 가족이 궁금하지는 않아?"

엔젤은 대답하지 않았다. 어떤 것이든 요구하는 사람이 약자가 될 수밖에 없었다. 워렌은 뭔가를 알고 있는 것 같았다. 아니, 아무것도 모르더라도 알아낼 수 있는 사람이었다. 워렌은 무표정한 엔젤을 비웃었다.

"아니면 말고."

엔젤은 입술을 꽉 깨물었다.

"참 대단한 인내력이야. 어떻게 참지?"

워렌이 비꼬듯 물었다.

"그게 우리 조직원의 기본 아닌가요? 인내력?"

"칭찬해줘야 하는 거야?"

"솔직히 무슨 상관이죠? 지금에서야 내 핏줄을 찾는다는 거? 같이 자라지도 않았고, 어떻게 생겼는지도 모르는 사람들을 찾는다고 해서 내 인생이 달라지는 건가요?"

"말은 그럴 듯하네. 속은 궁금해 죽을 지경이면서도⋯⋯."

"맘대로 제 맘을 예상하는 거, 지금이 처음이자 마지막이었으면 좋겠네요."

그게 끝이었다. 그 뒤로도 엔젤은 친가족 따위는 잊고 살았다. 자신을 버린 가족 따위는 결코 가족이 될 수 없었다. 하지만 같이 버림받았던 가족이라면⋯⋯, 모든 것이 달라졌다.

* * *

엔젤은 오후에 입원하자마자 수술 전 검사를 시작했다. 혈압, 맥박, 산소수치, 엑스레이, 소변검사, 혈액검사……. 엔젤이 입원한 층은 경찰에 의해 완벽하게 출입이 통제되었다. 다음 날 오전 7시, 링거액을 맞으며 다시 검사가 시작되었다. 오전 9시, 수술실로 이동했다.

수술은 베스가 입원한 뉴욕장로교병원이 아닌 경찰이 지정해 준 병원에서 비밀리에 이루어지도록 철저하게 계획되었다. 수술에 참여하는 의사와 간호사들은 모두 군이나 FBI 등에 소속된 사람들이었고, 엔젤의 신분은 어디에도 기록되지 않았다.

마취제를 맞은 뒤 깨어나니 병실이었다. 허리 아래 깔린 모래주머니가 느껴졌다. 체중으로 수술 부위를 압박시켜 지혈하기 위해서였다. 지혈을 위해서는 적어도 4시간은 누워 있어야 했다. 엉덩이는 뻐근했고 혈액수치가 떨어져 있어서인지 어지러웠다. 허리와 다리가 저릿한 방사통이 꽤 심했다. 입구를 지키고 있던 경찰이 들어와 베스의 수술이 잘 끝났다고 알려왔다.

* * *

엔젤은 꽤 오랜 시간 인터넷과 씨름한 끝에 미국에서 가장 유명한 해커와 접촉할 수 있었다. 해커는 엘리자베스 하워드에 대한 조사를 맡는 조건으로 엄청난 돈을 요구했다. 엔젤의 통장 잔고에 있는 돈 대부분이었다. 엔젤이 스위스 은행의 계좌로 돈을 입금하자마자 노트북의 메신저 창이 열렸다.

"입금 확인. 자료 보냄."

앨빈이라는 대화명의 해커가 자료를 전송하기 시작했다. 엔젤은 살짝 이맛살을 찌푸렸다. 아무리 뛰어난 해커라 해도 너무 빨랐다. 하지만 전송된 자료의 양은 꽤 방대했다.

"제대로 된 자료 맞아? 어떻게 하루 만에 이렇게 많은 자료를 추적했어?"

엔젤은 대화창에 질문을 입력했다.

"ㅋㅋㅋ. 걱정 마. 하루 만에 한 일이 아니니까."

입술이 바들바들 떨렸다. 뭔가 이상했다. 혹시 조직이 눈치챈 걸까? 어디에나 조직이 있다는 걸 잊고 있었다.

"무슨 뜻이야?"

앨빈은 아무 대답이 없었다. 엔젤은 텅 빈 대화창을 노려보며 키보드를 두드렸다.

"대답해. 그것도 엘리자베스 하워드에 관한 정보잖아!"

"이미 전에 의뢰한 사람이 있었거든."

"그게 누군데?"

"이사벨라 데스테."

***

엔젤은 몇 시간 동안 서류를 읽고 또 읽었다. 이제는 서류를 외울 지경이었다. 성은, 이지, 베스, 조, 히미코, 제이슨 켄드릭……. 서류에서 떠오른 단어들이 엔젤의 눈 속에 박혔다. 엔젤은 양동이에 서류를 쑤셔 넣고 알코올을 쏟아 부었다. 싸한 알코올 냄새가 집 안에 가득했다. 화재경보기를 끄고 성냥불을 양동이에 던져 넣자 순식간에 불길이 솟아올랐다. 불길이 이지, 베스, 조라는 단어를 동시에 집어삼켰다. 그들 중 누구도 엔젤을 필요로 할 거 같지는 않았다. 그들은 모두 행복해 보였다. 엔젤은 자신의 불행이나 어두움을 그녀들에게 전해주고 싶지는 않았다.

제4부

용서

예수 그리스도의 사랑 때문에 저 역시 그를 사랑할 것이며
그를 위하여 천국에서 기도할 것입니다.
저는 십자가 옆에 있던 강도처럼 그를 천국에서 만날 수 있기를 바랍니다.
– 성녀 마리아 고레티

오늘은 성녀 마리아 고레티 축일이다.
자신을 강간하려다 반항하자 칼로 14군데나 찌른 범인 때문에 죽어가면서도,
11살의 성녀는 그를 용서했다.
결국 범인 알렉산드로 세레넬리는 출소 후 수도원에서 살며 평생을 참회했다.
하지만 성녀님의 세례명을 따른 나는 아직도 부족한 인간이라
그를 완벽하게 용서하지 못했다.
이 순간, 신계서 단 한 가지 소원을 들어주신다면,
그를 용서할 수 있는 자비로운 마음을 달라고 기도하고 싶다.
– 베스의 일기 중에서

26세

이지, 미국, 뉴욕

베스는 이지의 집에 들어서자마자 청소를 하기 바빴다. 이지
는 글을 쓰는 척했다. 베스는 완전관해 판정을 받은 뒤, 골수
기증자가 원했던 대로 자선재단을 만들었다. 자선재단의 확
장에 거의 밤낮으로 매진하면서도 베스는 사흘에 한 번씩 이
지를 찾아와 청소나 설거지를 해 주었다. 자신을 위해 불법
적인 골수매입광고까지 했다는 이유만으로 베스는 이지에게
뭐든 해주지 못해 안달이었다. 몇 번은 거부의사를 표현했지
만 이젠 그것도 지쳤다. 게다가 베스는 조가 로스쿨을 마치
기 위해 뉴헤이븐으로 돌아가고 나자 외로운 것 같았다.

베스는 거실 여기저기 널린 메모를 주워 정리하며 물었다.

"가정부가 싫으면 파출부라도 쓰는 건 어때?"

"난 내 물건에 남이 손대는 건 질색이야."

베스가 소파 테이블을 닦다 멈칫했다.

"내가 손대는 것도 싫어?"

"넌 남이 아니잖아."

이지는 노트북에 시선을 고정한 채 대답했다. 그리고 순간
적으로 굳어 버렸다. 무심결에 뱉은 말이었다. 베스의 시선이

느껴졌다. 이지는 아무렇지도 않은 척 키보드를 두드리기 시작했다. 누구도 해석할 수 없는 알파벳들이 화면에 떠올랐다.

"내가 남이 아니야?"

"넌 친구잖아. 난 낯선 타인을 의미한 거였어."

이지는 가까스로 그렇게 변명했다. 조가 사진을 보여준 순간 말하지 못했던 진실은 그대로 묻혀 버렸다. 그 순간, 제이슨이 조의 손을 잡지 않고 있었더라면 말할 수 있었을까?

그 이후로도 기회는 여러 번 있었다. 하지만 이지는 변명을 만들어내기 급급했다. 베스의 골수매입광고를 만드느라 바빴고, 베스와 골수가 일치하지 않아 실망했고, 베스의 수술이 성공적이길 기도했고, 영화를 마무리하는 사이에 시간이 흘러 버렸다. 그렇게 시간이 흘러 버렸다는 것을 깨달았을 때는 더 말하기 어려워졌다. 태어나서 처음 만나는 어색한 자매보다는 편한 친구 사이가 차라리 나을 것 같았다.

이지는 소파로 가서 털썩 주저앉으며 옆자리를 손으로 툭툭 쳤다. 베스는 얌전히 이지의 곁으로 다가왔다. 베스가 자리에 앉자 소파 어딘가 쑤셔 박혀 있던 종이가 바스락거렸다. 베스가 구겨진 신문을 소파 등받이 쿠션 밑에서 꺼내 펼쳤다. 순간, 베스가 움찔 긴장하는 게 소파를 통해 느껴졌다. 이지는 베스를 마주보았다.

"왜 그런 눈으로 봐?"

베스의 새까맣고 커다란 눈동자가 자신의 속을 들여다보

는 것만 같아 이지는 시선을 돌렸다.

"어떤 눈?"

"뭔가 안타깝다는 듯한 눈빛이라 기분 나빠. 누군가에게 동정이나 연민을 받을 정도로 내 신세가 처량하지는 않거든."

"기분 나빴다면 미안해."

언제나처럼 베스의 사과는 빨랐다. 하지만 그 사과 뒤의 의미는 달라지지 않았다. 베스의 손안 옐로우페이퍼 1면에는 제이슨과 유명 모델의 파파라치 컷이 실려 있었다. 제이슨과 조는 베스의 수술 뒤 파혼을 했다. 그 뒤로는 연예 관련 뉴스에 하루가 멀다하고 제이슨이 여배우나 모델과 함께 있는 파파라치 컷이 실렸다. 가끔은 낯 뜨거운 스킨십을 하고 있는 사진이 나오기도 했다. 제이슨은 조와 파혼을 한 뒤에도 베스가 주최하는 자선파티에 꼬박꼬박 참석했다. 그리고 베스의 고집에 억지로 참석한 이지에게 아무렇지도 않은 듯 다가왔다. 마치 오래된 친구처럼. 베스는 제이슨을 테오라 불렀다. 그의 부모님이 부르던 애칭을 허락하는 친구는 몇 안 된다고 했다. 베스의 친절한 설명에 이지는 입술만 깨물었다. 이지에게 테오는 죽은 사람이었다.

"사과라……. 내 말이 맞았다는 뜻이네. 내가 네 동정이나 연민을 받아야 하는 이유가 뭐야?"

이지는 괜히 트집을 잡았다. 베스는 세상 누구에게도 나쁜 마음을 먹을 수 없는 사람이었다. 그래도 화가 났다. 아무리 천사 같은 베스라고 해도 이지를 동정해서는 안 됐다. 이지는 부러움과 시기와 질투의 대상이어야만 했다.

"이제 그만 제이슨과 화해하지 그래?"

이지는 푸하하 웃음을 터뜨렸다.

"화해? 우린 싸운 적도 없어."

"나 바보 아냐. 상대방이 보지 않는다고 생각할 때, 그 사람을 바라보는 네 눈빛이나 널 바라보는 제이슨의 눈빛에 있는 건 분명 사랑이거든. 둘 사이에 어떤 오해가 있었는지는 모르겠지만……."

이지는 코웃음을 쳤다. 연기라면 자신 있었다. 제이슨에 대한 감정을 들킬 수는 없었다. 어떤 감정이든 삶에서는 약점이 되어 버렸다. 세상 누구에게라도 약점을 드러내는 건 싫었다.

"넌 정말 사랑을 믿는구나?"

"무슨 뜻이야? 그러면 넌 사랑을 믿지 않는 거야?"

"아니, 믿어. 가슴 떨리고 아련하고 두근거리고 그런 감정을 실제로 겪으니까. 그리고 그 사랑이라는 감정을 즐기지. 하지만 그 이상은 싫어."

강한 감정은 인간을 지배하고 그 인간의 인생을 흔들어 버렸다. 하지만 세상에 영원한 것은 없었다. 사랑도 마찬가지였다. 순간적인 감정 따위에 삶을 맡길 수는 없었다. 게다가 이지의 인생에서 사랑이란 불행만 몰고 왔다. 아버지의 사랑이 그랬고, 처참하게 끝나버린 제이슨과의 사랑이 그랬다. 이지는 제이슨과 헤어진 뒤 급성알콜중독증세로 입원까지 했었다. 그때 이지를 제정신으로 돌아오게 한 건 신문기사였다.

어떤 기관에서 템스 강에 뛰어들어 자살한 사람들을 연구한 적이 있었다. 부도 때문에 자살한 시체들의 손톱은 깨끗한데 반해서 실연을 당해서 자살한 시체들의 손톱은 상처투성이에 빠져 있는 경우까지 있었다. 살기 위해서 손에 닿는 뭐라도 붙잡으려고 노력한 결과였다.

그게 바로 사랑이었다. 그렇게 고통스럽다면서 죽음이라는 삶의 끝까지 갔던 사람들도 결국은 살기 위해 몸부림치는 거, 그게 사랑이었다. 세상에 존재하지 않는 것, 바로 그게 사랑이었다. 남녀이건, 가족이건. 이지는 그 신문기사를 침실 화장대 거울에 붙여 두었다. 잊지 않기 위해서. 존재하지 않는 감정 따위에 흔들리지 않기 위해서.

"어쩌면 그렇게 냉정할 수 있어?"

베스가 가는 한숨을 지으며 물었다.

"우리 아버지는 사랑 때문에 많은 사람의 인생을 망쳤어. 결국 자신의 인생도 망쳐버렸지. 가끔은 그런 아버지의 유전자가 내 안에 흐르고 있다는 게 무서워. 나도 아버지처럼 사랑 때문에 모든 걸 망쳐버릴까 봐 두려워. 내 인생을 지배하는 건 나여야만 해. 다른 뭔가가 나를 통제하고 조종하는 건 싫어."

"맞아. 사랑이라는 거, 정말 무섭고 소름끼쳐. 그런데 그렇게 사랑을 피해서, 네 인생을 네가 마음대로 조종할 수 있어서 행복했니?"

　이지는 대답하지 않았다.

27세

1. 이지, 미국, 로스앤젤레스

결국 이사벨라 데스테도 소포모어 징크스*를 피하지는 못했다. 이사벨라의 두 번째 영화인 「2개의 인형」이 기대와는 달리 흥행 실적이 좋지 않다. 개봉한 지 한 달째인 이번 작품은 전작과는 달리 첫 주의 흥행 순위 1위에도 불구하고 그 다음 주부터 내리막길로 치솟아 이번 주에는 겨우 10위를 기록했다.

이사벨라 데스테의 가장 든든한 지지자였던 평론가 해리 매스터즈 교수는 「공존」의 감독이 「2개의 인형」의 감독과 같은 사람인지 의문시될 정도라고 악평을 쏟아냈다.

– 할리우드 매거진

컴퓨터를 켜고 하얀 화면에서 깜박이는 커서를 보고 있으면 토할 것만 같았다. 커서가 깜박일 때마다 그 하얀 화면에 글자를 채워 넣어야만 한다는 의무감에 미칠 것만 같았다. 그저 까만 화면이 싫어 무작정 키보드를 두드렸다. 슬럼프라는 사실을 인정하고 싶지 않았다.

---

*소포모어 징크스Sophomore Jinx. 첫 작품이 성공한 뒤 내놓은 두 번째 작품이 흥행이나 완성도에서 첫 작품에 비해 부진한 경우를 말한다.

휴대폰 알림음이 울렸다. 이지는 휴대폰 메시지 창을 보며 한숨을 내쉬었다. 베스는 이지가 칩거에 들어간 뒤 매일 전화를 하고 문자메시지를 보내고 있었다. 하지만 지금은 누구와도 만나고 싶지 않았다. 이지는 가슴 위에 책을 올린 채 카우치에 누웠다. 캘리포니아의 햇살이 자신의 우울증을 날려주길 바라면서.

2. 엔젤, 미국, 뉴욕

엔젤은 거의 베스를 못 알아볼 뻔했다. 움푹 꺼진 눈의 베스는 당장이라도 쓰러질 것처럼 위태로워 보였다. 백혈병을 앓을 때도 언제나 반짝이던 새까만 눈은 초점이 없었다.

베스는 병원에 봉사를 오는 날이면 엔젤을 찾아오곤 했다. 하지만 엔젤은 되도록 베스와의 만남을 피했다. 모르는 채로 살아가는 게 나을 거라 여겼다. 엔젤을 만나지 못하는 날에도 베스는 쿠키나 샌드위치 등을 누군가에게 맡겨놓았다.

'밥은 챙겨먹고 다니는 거지? 건강 조심해.'

'오늘 멀리서 봤는데 더 의사다워졌더라. 그래도 너무 말랐어. 잠은 꼬박꼬박 자고.'

아무것도 아닌 잔소리. 한 번도 누군가에게 들어본 적이 없던 걱정. 매주 목요일이면 베스의 따뜻한 염려가 가득한 카드가 기다리고 있었다. 익숙해지면 안 된다고 자신을 세뇌하면서도 그 따뜻함에 푹 빠져버리고 싶었다. 다행히 바쁜 레지던트 생활에 치이느라 베스와 가까워지지 않을 수 있었다. 답장을 받지 못하는 베스의 카드는 점점 드물어졌다. 그렇게 연락이 끊어졌다. 차라리 다행이라고 생각했다. 하지만 거의 일 년 만에 마주한 베스는 너무 달라져 있었다.

엔젤은 멀어져가는 베스를 급하게 쫓아갔다. 소아병동 쪽이었다.

"어, 베스? 너무 오랜만이라 못 알아볼 뻔했어요."

간호사 한 명이 베스를 보며 화들짝 놀라 인사를 했다. 오랜만? 엔젤은 고개를 갸웃했다. 계속 봉사를 다닌 게 아니었나? 베스는 간호사에게 인사를 한 뒤 루시의 병실로 들어섰다. 엔젤은 조용히 베스의 뒤를 쫓았다.

루시는 에이즈 말기에 접어들어 연자주색의 카포시 육종으로 온몸이 얼룩덜룩한 채 뉴모시스티스카리니 폐렴 때문에 인공호흡기까지 한 상태였다. 진통제 덕분에 겨우 잠든 루시의 곁에서 베스는 조용히 앉아 있었다. 병색이 완연한 베스의 얼굴에는 평화로움만 깃들어 있었다. 그 고요함이 너무나 강렬해 베스에게 다가가기 힘들 정도였다.

베스는 인간의 고통이나 감정과는 동떨어진 다른 세계에 살고 있는 사람처럼 보였다. 엔젤은 병실 유리창으로 지켜보기만 했다.

진통제의 효과는 그리 오래 가지 않았다. 30분 정도가 흐르자 루시의 쌕쌕거리는 숨소리와 함께 가는 신음 소리가 병실의 정적을 깼다. 마침내 눈을 뜬 루시가 머리맡을 지키고 있는 베스를 빤히 쳐다보았다.

"아줌마가 간호사들이 말한 천사 맞아요?"

루시는 베스를 기억조차 못했다. 에이즈 말기에는 HIV 감염으로 뇌세포가 파괴되어 치매 증세도 심해졌다. 베스가 고개를 천천히 끄덕였다.

"그럼 아줌마는 천국에 가 봤겠네요?"

"그건 왜?"

"지난주에 지나가 천국에 갔거든요. 그래서 다시는 나랑 같이 못 놀아줘요. 하나뿐인 친구였는데. 그래서 막 울었는데, 간호사 언니들이 지나는 천국에 가서 이제 아프지 않으니까 너무 슬퍼하지 말라고 했어요. 그런데 그게 정말이에요? 천국에 가면 안 아파요?"

"아마도. 모두들 그렇게 얘기하니까."

"나 같이 나쁜 아이도 천국에 갈 수 있을까요?"

"걱정 마. 벌써 천국에는 네 자리가 마련되어 있을 테니까."

"그래도 난 무서워요. 가다가 길을 잃으면 어떻게 해요?"

"걱정 마. 천사가 내려와 안내해 줄 테니까."

"그래도 무서운데."

한참을 고민하던 루시가 베스를 똑바로 바라보았다.

"그냥 아줌마가 같이 가 주면 안 돼요?"

"그래. 같이 가줄게."

베스는 조용히 고개를 끄덕였다. 엔젤은 놀라서 그 자리에서 굳어 버렸다.

***

베스는 루시가 다시 진통제를 맞고 잠들자 병실을 나서다 엔젤을 보고서 살짝 움찔했다.

"오래간만이네."

"그래. 잘 지내지?"

어색한 인사를 뒤로 하고 베스는 걸음을 재촉했다. 엔젤은 재빨리 베스의 뒤를 따랐다.

"너 괜찮은 거야? 안색이 너무 많이 안 좋아. 일단 입원을 하고 쉬면서……."

짧은 말에 담긴 의미를 알아챈 베스가 엔젤의 말을 잘랐다.

"걱정 마. 내 몸은 내가 알아서 챙겨. 재발이 걱정되는 거야? 한 달 전에 검사했는데 정상이었어."

"하지만 혹시나 모르니까……."

베스는 엔젤을 빤히 바라보았다.

"친구가 될 수는 없어도 주치의가 되어줄 수는 있는 거야?"

베스의 질문에 엔젤은 움찔했다. 베스는 그런 엔젤을 보며 가늘게 한숨을 내쉬었다.

"미안. 네 말대로 몸 상태가 그리 좋지 않아. 운전사가 기다리고 있어서 이만 가볼게."

베스의 분명한 거부에도 엔젤은 베스를 쫓아갔다. 하지만 대화는 아무런 진전이 없었다. 베스의 방어적인 대답이 엔젤이 가까스로 생각해낸 말을 잘라버렸다. 운전사가 병원 앞에 대기시킨 자동차에 베스가 올라탈 때까지 그들의 대화는 계속 그런 식이었다. 베스는 자동차에 올라타려다 말고 갑자기 홱 돌아서며 물었다.

"하나만 물어보자. 내가 수술 받는 날부터 일주일 동안 넌 기증자의 수술을 돕기 위해 다른 병원에 있었다고 했었지?"

엔젤은 갑작스런 질문에 놀라 굳어 버렸다.

"좀 이상하지 않니? 군이나 FBI에서 나온 실력 있는 의사들이 집도하는 수술에 왜 일개 인턴을 기어이 끼워 넣었을까?"

엔젤은 침만 꿀꺽 삼켰다. 수술 당시 베스는 엔젤이 병원에 출근하지 않는다며 했던 변명을 곧이곧대로 믿는 것처럼 보였다. 물론 수술을 받을 걱정에 다른 생각을 할 여유도 없었을 테지만.

베스는 대답 없는 엔젤을 보며 한숨을 내쉬었다.

"다음 주에 보자."

베스는 그렇게 말하고 자동차에 올라탔다. 그나마 희망적인 인사말이라 다행이었다. 다음 주에 보면 어떻게든 베스를 설득해 입원을 시켜야 할 것 같았다. 건강검진에서 이상이 없었다면 과로가 분명했다. 베스의 자선재단은 나날이 규모가 커지고 있었다. 베스는 새벽부터 일어나 노숙자 쉼터 건설현장에서 일하고, 미혼모 쉼터에서 아기들을 돌보고, 밤늦게까지 후원금 모금을 위해 행사에 참여한다고 했다. 그렇게 무리를 했으니 몸이 망가지는 것도 당연했다. 일단 베스의 건강을 확인하고 나서 의심을 풀 방법을 생각해야 했다.

*　*　*

'○월 ○일 22시, 헐리데이 인 뉴욕 107호실(117 West 116th St. 뉴욕), 타나트론. 뇌사 요망.'

엔젤은 워렌의 이메일을 외우고 삭제했다. 타나트론은 그리스어로 '죽음의 기계'라는 뜻으로 잭 케보키언*이 발명한 자살기계였다. 버튼 하나만 누르면 독극물이 주입되면서 환자 스스로 안락사를 유도할 수 있었다. 불법이긴 했지만 본인이 원하는 죽음이었기에 조금은 마음이 편한 임무 중 하나였다. 뇌사로 만들기 위해서는 조금 더 신경이 쓰이겠지만, 어쨌든 부담스럽지는 않았다. 다행히 약속 날짜에는 당직도 아니었다.

* 1928년 5월 26일~2011년 6월 3일. '죽음의 의사Dr. Death'라는 별명의 미국 의사로 환자들의 '죽을 권리'를 주장하며 130여 명의 안락사를 도왔다.

＊＊＊

　엔젤은 지하철에서 내려 모텔로 향했다. 늦은 시간의 할렘가는 한적했다. 5층짜리 모텔은 10년은 된 듯했다. 금발의 가발, 커다란 선글라스, 손목의 문신……, 변장을 했지만 매니저는 출입하는 사람들보다는 텔레비전에 관심이 더 많았고, CCTV는 낡은데다 107호실은 사각지대였다. 언제나 워렌은 치밀했다.

　문은 당연히 잠겨 있지 않았다. 어두운 실내에 눈이 익숙해지자 등을 보인 채 침대에 누워 있는 사람이 보였다. 작은 몸집으로 보아 여자였다. 엔젤은 얼굴 쪽을 보지 않으려 노력하며 침대로 다가갔다. 엔젤의 발걸음 소리에 여자가 거의 엎드리다시피 하며 베개에 얼굴을 파묻었다. 자살을 원하는 대부분의 사람들은 얼굴을 보이지 않으려 노력했다. 엔젤에게는 다행인 일이었다. 여자가 등 쪽으로 내민 왼팔이 거의 꺾이다시피 했다. 엔젤은 침대 위에 타나트론을 놓고 여자의 정맥에 튜브가 연결된 주사를 놓았다.

　"이미 들으셨겠지만, 기계에 있는 빨간 버튼을 누르면 약물이 주입됩니다. 생리식염수, 강한 진정제인 티오펜탈, 염화칼륨 등의 약물이 차례로 주입될 겁니다. 잘 생각해 본 뒤, 버튼을 누르세요. 생리식염수가 모두 주입될 때까지 걸리는 시간은 30분 정도니까, 그전에 마음이 바뀌면 초록색 버튼을 누르세요."

이제는 자동으로 나오는 설명을 한 뒤, 엔젤은 방을 나왔다.

3. 이지, 미국, 로스앤젤레스에서 뉴욕으로

이지는 멍하니 노트북의 하얀 화면만 바라보았다. 아무것도 쓸 수 없었다. 글을 쓰고 있을 때, 이지는 누구보다 강하고 단단했다. 그 무엇도 두렵지 않았다. 그래서 글을 쓰지 못하는 이지는 점점 나약해졌다.

슬럼프를 이겨내기 위해 영화나 소설을 열심히 보기도 했다. 하지만 정말 잘 써진 글이나 훌륭한 연출을 보고 노트북 앞에 앉으면 두려움만 커졌다. 난 그들이 가진 천재적인 면이 부족한 거 같아. 방금 쓴 이 글을 어디선가 본 것 같아. 내가 나도 모르게 표절을 하고 있는 건 아니겠지? 수많은 두려움이 이지를 둘러싸고 놓아주지 않았다.

일 년 가까이 단 한 줄도 쓰지 못하고 있었다.

인생이 마음먹은 대로 되었으면 했다. 그녀가 꿈꾸는 그대로, 그녀의 기대와 예상대로 펼쳐졌으면 했다. 그렇게 소설 같은, 영화 같은 인생을 꿈꿨다. 이지는 주인공을 행복한 사랑에 빠지게 만들 수도 있었고, 불행한 사랑에 허우적대게 만들 수도 있었다. 이지가 원하면 주인공을 죽일 수도 있었고 살릴 수도 있었다. 이지가 창조한 세계에서 이지는 신이었다. 손끝에서 느껴지는 강력한 권력이 이지를 더 강하게 만들었다.

하지만 인생은 달랐다. 이지의 기대와 예상대로 흘러가는 것은 아무것도 없었다. 영화 속에서는 희미하더라도 어떤 이유가 있어서 불행한 사건이 일어났다. 소설 속에서는 사소하더라도 어떤 원인이 있어서 황당한 오해가 닥쳤다. 하지만 현실에서는 아무 이유 없이, 어떤 원인도 없이, 갑작스럽게, 예고도 없이 불행이 자꾸 뒤통수를 쳤다. 그래서 점점 더 무기력해졌다.

새벽의 고요함을 뚫고 전화벨이 울렸다. 이지는 이맛살을 찌푸리며 휴대폰의 발신인을 확인했다. 모르는 번호였다. 이지는 수신거절 버튼을 누르고 시계를 봤다. 새벽 3시였다. 다시 전화벨이 울렸다. 지역 번호 212, 뉴욕이었다. 혹시나 베스에게 무슨 일이 생겼나? 이지는 고개를 저었다. 뉴욕은 지금 새벽 6시였다. 어떤 일이 벌어지기엔 너무 이른 시간이었다. 세 번째로 수신거절 버튼을 누르자마자 문자메시지가 도착했다.

'베스 사망. 연락 요망.'

4. 조, 미국, 뉴헤이번

"활발한 자선활동으로 날개 없는 천사로 불리웠던 엘리자베스 하워드가 사망했다는 소식입니다. 엘리자베스 하워드는 뉴욕시간으로 새벽 6시, 뉴욕의 한 모텔에서 청소부에 의해 발견되었습니다. 여러 정황으로 보아 엘리자베스 하워드는 자살했을 가능성이 높은 것으로 보입니다. 병원 관계자에 따르면 엘리자베스 하워드는 골수이식 5개월 뒤, 백혈병이 재발하는 동시에 이식편대숙주병 증세를 보였다고 합니다. 이식편대숙주병은 골수이식이나 수혈로 발생하며, 사망률이 90% 이상인 것으로 알려져 있습니다. 또한 건강이 급격하게 악화되면서 어릴 때부터 앓아온 우울증 증세도 심각해졌다고 합니다. 엘리자베스 하워드의 유언장에 따라 현재 뇌사상태인 그녀의 신체조직은 모두 기증될 것으로 보입니다."

어느 채널이나 뉴스의 내용은 비슷했다. 조는 공항 당직자에게 다시 소리를 질렀다.

"벌써 9시예요. 한 시간이나 기다렸다고. 새벽이든 밤이든 내가 원할 때 비행기를 이용할 수 없다면 내가 뭐하러 비행기를 전세 냈겠어? 개인용 비행기 활주로를 이용하기 위해 내가 공항에 내는 돈이 얼마인지 알아?"

조는 이성을 잃고 공항 대기실의 물건을 발로 차고, 집어

던지기 시작했다.

"당장 출발하게 해주지 않으면 내가 조종간을 잡을 거라고!"

믿을 수 없었다. 자신의 눈으로 직접 봐야 믿을 수 있었다. 다행히 기장은 조가 공항 대기실을 초토화시키기 전에 하품을 하면서 나타났다. 조는 기장을 뒤따르며 주먹을 불끈 쥐었다. 일단 뉴욕으로 가야 했다. 그러니 기장을 패는 건 그때까지 미뤄야 했다.

* * *

유치장에 있는 사람들은 물론이고 창살 밖의 경찰들까지 조를 바라보고만 있었다. 조는 소리 내어 엉엉 울었다. 바닥에 주저앉아 헛발질을 하며 통곡을 했다. 몸 안에 있는 물기를 다 빼내야 했다. 그렇게 바싹 말라버려야 살 수 있을 것 같았다.

* * *

"기장을 패면 공항경찰에게 당장 체포된다는 거 몰랐어?"

보석금을 내고 조를 마중 나온 제이슨이 한숨을 내쉬며 잔소리를 했다.

"기사 나가는 거 막는다고 얼마나 고생한 줄 알아? 제발 이성 좀 찾으라고."

조는 멍하니 제이슨이 이끄는 대로 끌려갔다.

마지막으로 베스를 본 건 작년 크리스마스 때였다. 모든
과목에서 명예Honors*를 받는 게 목표였기에 방학 때도 공부
때문에 학교에 남아야 해서 베스가 뉴헤이번으로 와야만 했
다. 베스는 연말이라 자선행사가 많다며 겨우 하룻밤 자고는
떠났다. 안색이 좋지 않다는 엔젤의 걱정에 베스는 자선재단
일이 바빠서라며 배시시 웃었다. 믿지 말았어야 했다.

"난 멀쩡해. 그러니까 내 걱정은 그만두고 제발 네 인생을
살아. 나 때문에 퇴학을 당할 뻔했는데, 겨우 구제되었으니
더 열심히 공부해야지."

전화통화를 할 때마다 베스는 그렇게 말했다. 얼굴을 보지
못하니 불안했다. 하지만 마지막 한 학기만 남아 있었다. 포
기하고 싶지 않았다. 예일대 로스쿨 졸업은 정치인이 되기
위한 가장 빠른 길 중의 하나였다. 조가 꿈을 이루는 것이 베
스의 희생을 헛되게 하지 않는 길이라 생각했다. 그래서 이
를 악물고 공부만 했다. 마지막으로 통화를 한 게 언제였더
라? 기억도 나지 않았다. 또다시 아픈 베스를 외롭게 내팽겨
쳐 두었다.

"조? 조세핀 하워드?"

---

*예일대의 J.D.과정 학생 평가는 GPA 계산을 하지 않고 석차를 매기지 않으며 명
예Honors, 통과Pass, 낮은 통과Low Pass, 낙제Fail의 시스템으로 되어 있다.

어디선가 그녀의 이름을 부르는 목소리가 들렸다.

"정신 차려! 조!"

누군가 그녀의 몸을 흔들었다. 정신이 점점 혼미해졌다. 이대로 잠들고 싶었다. 베스가 없는 세상에서 깨어나고 싶지 않았다.

5. 이지, 미국, 뉴욕

"조는?"

이지는 엘리자베스 하워드 재단 이사장실로 들어서는 제이슨을 향해 물었다.

"유치장에서 나오자마자 기절해서 입원시켜 놓고 왔어. 심각한 탈수 증세에 스트레스까지 겹쳐서 상태가 별로 좋지 않아. 아무래도 장례식은 너와 내가 주관해야 할 거 같아."

* * *

"가톨릭에서는 자살을 금하고 있기 때문에 성당에서의 장례식은 불가능하다고……."

비서인 멜리사가 전하는 말에 이지는 자리에서 벌떡 일어났다. 멜리사는 이지의 분노에 놀라서 뒤로 물러섰다.

"교리가 뭐 어떻다고? 어림없는 소리 하지 마. 감히 신이라는 이름 따위로 베스를 거부할 수는 없어!"

이지는 당장 세인트 패트릭 대성당St. Patrick's Cathedral으로 향했다. 세인트 패트릭 대성당은 베스가 다녔던 곳이었다. 힘들 때나, 기쁠 때나 베스는 성당으로 향했다. 그곳 외에서 베스를 보낼 순 없었다.

성당은 맨해튼에서도 가장 비싼 땅값을 자랑하는 5번가와 51번가가 만나는 지점에 위치하고 있었다. 워낙 땅값이 비싼 지역이어서인지 큰 규모의 성당인데도 불구하고 광장이 없는 점이 특이했다.

이지는 성당 안을 가로질러 주교 집무실로 향했다. 주교는 연락 없이 들이닥친 이지를 보고 당황한 기색이 역력했다.

"베스가 얼마나 신실한 사람이었는지는 주교님이 더 잘 알 거라고 생각합니다."

"저도 굉장히 안타깝게 생각하고 있습니다. 하지만 교리가……."

주교는 곤란한 듯 말끝을 흐렸다.

"전 종교가 없어요. 참 다행이죠. 살아 있는 동안 온 마음을 다해 믿고 의지했던 종교가 단 한 번의 실수도 용서하지 않는다는 걸 안다면 죽어서 억울해서라도 귀신이 되어 이승을 떠돌 테니까요."

"이지 자매님."

"베스가 어떻게 살았는지 주교님도 잘 아시잖아요. 언제나 다른 사람을 돕기만 하면서 성녀처럼 살았어요. 베스가 이 성당에 기부한 돈이 아마 다른 교인들이 기부한 금액을 합친 것보다 더 많을 걸요? 그런데 성녀로 추앙하기는커녕 장례 미사조차 안 된다고요?"

"말씀드렸지만 교회법이 그렇습니다. 죄송합니다. 그러면 저는 내일 미사 준비 때문에 바빠서 일어서야 할 것 같습니다. 엘리자베스 하워드를 위해 기도하겠습니다."

이지의 눈을 피하기만 하던 주교는 어떻게 해서라도 곤란한 상황에서 벗어나고픈 마음밖에 없는 듯했다. 이지는 벌떡 일어나 주교의 팔을 잡아 자리에 도로 앉혔다.

"당신들의 신이라는 게 뭘 했지?"

불온한 이지의 말에 주교는 불쾌한 기색을 숨기지 않았다. 어차피 이렇게 될 줄 예상했었다. 상냥하고 부드럽게 부탁을 하는 건 이지와 거리가 멀었다. 차라리 협박을 하는 게 그녀다웠다.

"그런 불경한 말씀은……."

이지는 코웃음을 쳤다.

"당신들이 떠받드는 신이 이 세상을 위해 뭘 했지? 베스처럼 가난한 사람들을 먹이고 입히고 공부시켰나? 아니면 베스처럼 몸이 부서져라 노숙자를 위해 집을 짓고 죽어가는 사람을 간병했어? 당신들이 이 성당 안에서 지루한 설교나 하고 있을 동안 베스는 이 사람 저 사람에게 애걸복걸하면서 세상을 조금이라도 살기 좋은 곳으로 만들려고 노력했어. 시한부 판정을 받고서 죽어가면서도 자신의 신체조직이 더 망가져서 다른 사람들에게 아무 소용이 없을까봐 일부러 자살을 한 거였다고! 뇌사가 되기 위해서 평생 접해본 적도 없는 범죄조직이란 조직은 다 알아보면서! 그런데 당신들은 지금 그런 베스를 성당 안에 들이지도 않겠다고? 당신들의 신은 참 옹졸하기 그지없군."

주교는 화가 잔뜩 난 상태로 자리를 박차고 일어났다.

"천만 달러!"

이지는 주교의 등 뒤에서 소리쳤다. 고개를 돌린 주교는 얼굴을 찡그린 채 이지를 노려보았다.

"돈으로 모든 걸 살 수 있다고 생각하십니까?"

"그 잘난 신도 용서할 겁니다. 단 한 번 교회법을 어기는 대가로 수많은 생명을 구할 수 있는 돈을 얻어낸다면 말이에요. 주교님이 판단하세요. 교회법을 어겨 주교님 한 명이 죄를 짓고, 수많은 사람을 구할지 말지……."

주교는 딱하다는 듯 이지를 보며 한숨을 내쉬고 나가버렸다. 이지는 주교가 닫고 나간 문을 바라보며 이를 갈았다. 어떻게든 성당에서 장례를 치러주고 싶었는데 안 될 모양이었다. 그렇다고 해서 장례식을 무작정 미룰 수도 없었다. 이지는 주교 집무실과 성당을 잇는 통로를 걸으며 어떻게 해야 할지 고민했다. 쉽게 포기하는 건 그녀답지 않았다. 어떻게 든 방법을 생각해내야 했다.

성당은 미사 시간이 아닌데도 꽤 부산했다. 화려한 스테인 드글라스의 창문이나 고딕양식의 건물 내부를 배경으로 사진을 찍는 관광객들이 대부분이었고, 군데군데 위치한 성녀들과 성인들 조각상 앞에서 향초를 피우며 기도하는 사람도 있었다. 저딴 기도를 왜 한담? 이지는 입을 비죽였다. 신은 한 번도 이지의 기도를 들어준 적이 없었다. 어차피 들어주지도 않을 기도를 하는 건 시간낭비였다. 꼬마 여자아이 한 명이 불붙인 향초를 마리아상 앞 제단에 올려놓고 있었다. 순간, 이지의 머릿속에 아이디어가 떠올랐다.

6. 조, 미국, 뉴욕

조는 뉴스를 보고, 팔에 꽂혀 있던 주삿바늘을 뽑고, 세인트 패트릭 성당으로 향했다. 얼마나 많은 사람들이 모였는지 성당 현관 앞 계단에 있는 이지에게 가는데 한참이 걸렸다. 이지는 촛불을 든 채 서 있었다. 카메라를 든 취재진들이며 구경꾼들이 조를 알아보고 수군거리며 길을 비켜주기 시작했다.

"도대체 뭐하는 짓이야?"

이지는 대답 없이 자신의 목에 걸린 플랜카드를 눈짓으로 가리켰다.

'베스의 장례미사를 허락해주세요.'

조는 한숨을 내쉬었다. 카메라 플래시가 여기저기서 번쩍거렸다.

"이런다고 달라질 거 같아? 그냥 가자."

조는 이지의 팔을 붙잡으며 말했다. 이지는 그 팔을 뿌리쳤다.

"이지!"

비서인 멜리사가 이지를 잡아끌고 가려는 조의 팔을 붙잡았다.

"그만하세요. 아무리 말려도 소용없어요. 어제 새벽에 베스 소식을 듣자마자 비행기로 날아왔어요. 성당이 장례식을 거절하자마자 이리로 왔고요. 점심 무렵부터 말 한마디도 안 하고 밤새도록 여기 서 있었어요. 거의 이틀 동안 물 빼고는 아무것도 못 먹어 언제 쓰러질지 모른다고요. 그냥 내버려두세요."

멜리사는 몸을 구부려 바닥에 놓인 상자에서 새 향초를 꺼냈다. 이지가 들고 있는 향초는 거의 다 녹아내린 상태였다. 이지는 들고 있던 향초로 새 향초에 불을 붙였다. 멜리사가 꺼져 가는 향초를 받아 들며 한숨을 내쉬었다. 열려 있는 상자 안에는 닳아버린 향초가 가득했다. 까맣게 그을린 향초 심지들이 상자 안에 나란히 정렬되어 있었다.

"걱정 마. 넌 내 곁에 없지만 대신 이지가 있잖아. 가끔은 이지가 정말 우리 자매 같다니까."

베스가 외로울까 봐 걱정하는 조에게 베스는 그렇게 말하곤 했다. 이지가 베스의 자선행사를 적극적으로 도우며 많이 친해진 것 같았다. 그게 다행스러우면서도 가끔 질투가 나기도 했었다. 게다가 제이슨과 이지의 과거를 알고 나서는 이지가 더 껄끄러웠다. 자신이 사랑하는 두 사람 모두가 이지에게 빠져드는 동안 조만 홀로 따돌려지는 듯했다. 까만 심지만 남고 닳아버린 향초가 조의 속 좁은 마음을 비웃었다. 조가 아무것도 하지 않고 병원에 누워 있을 때, 이지는 베스를 위해 무엇이든 하려고 뛰어다니고 있었다. 그 사실만으로도 이지를 사랑해야만 했다. 조는 주머니에 든 지갑을 꺼내 멜리사에게 내밀었다.

"내가 여기 있을 테니 식사하고 오세요. 아직 식사 못했죠?"

멜리사는 고개를 끄덕이면서도 망설여지는지 쉽게 자리를 뜨진 못했다.

"식사하시고 향초 좀 더 사 오세요. 아무래도 모자랄 거 같네요."

이지가 고개를 돌려 조를 바라봤다. 조는 이지의 눈길을 모른 척 상자 안에서 향초를 꺼내들었다. 멜리사의 눈이 휘둥그레졌다. 조는 불 붙인 향초를 들고 이지의 옆에 섰다. 사방에서 카메라 플래시가 터졌다. 군중들의 수군거림이 커졌다. 조는 모른 척 향초를 들고 이지의 곁에 섰다. 어둠 속에서도 언제나 밝은 뉴욕 5번가가 휘황찬란해졌다.

얼마나 시간이 흘렀을까? 갑자기 취재진들의 움직임이 부산스러워졌다. 사람들 틈으로 낯선 소녀 한 명이 촛불을 들고 다가오고 있었다.

'베스는 제게 새로운 생명을 주었습니다.'

아직 십대로 보이는 여자아이의 목에 걸린 플랜카드에는 그렇게 쓰여 있었다. 굵은 흰색의 싸구려 초를 든 젊은 흑인 청년이 소녀를 따랐다.

'베스는 제가 꿈을 꿀 수 있도록 공부할 수 있게 해 주었습니다.'

아기를 업은 동양인 여자가 뒤를 이었다.

'베스는 제 아기에게 분유를 주었습니다.'

어느새 큰 길을 사이에 두고 성당과 마주하고 있는 록펠러 센터 앞 도로까지 향초를 든 사람들로 가득했다. 어둠 속에서 흔들리는 촛불은 점점 번져나갔다.

사흘 뒤, 마침내 베스의 장례식이 허락되었다. 장례미사가 아닌 단순히 장례식을 위한 장소제공이었지만 보수적인 가톨릭교회의 입장에서는 충분히 파격적인 양보였다. 그동안 단 한 끼도 먹지 않은 채, 잠도 자지 않고 서 있던 이지는 그 소식을 듣자마자 자리에 쓰러졌다. 대기하고 있던 구급차가 재빨리 이지를 싣고 병원으로 향했다.

***

베스의 장례식이 열리는 세인트 패트릭 성당 앞은 성당 안으로 들어가지 못한 사람들이 가득했다. 조는 경호원에 둘러싸인 채 성당 안 가족석으로 향했다. 미리 도착해있던 이지가 조를 향해 다가왔다.

"가족석은 저쪽이야."

이지의 손가락을 따라 눈길을 돌린 조는 이를 악물며 돌아섰다.

"저 인간이 왜 가족석에 앉아 있는 거지?"

"누구?"

"가이 하워드."

조는 이를 갈며 그 이름을 내뱉었다. 가이의 옆에는 알리시아까지 있었다. 장례식에 관한 모든 상황은 이지가 결정했다. 성당 앞 데모 후 병원에 실려 가서도 이지는 장례식에 관한 모든 것을 통제하려 애썼다. 조는 굳이 이지를 말리지 않았다. 베스가 세상에 없다는 사실을 감당하는 것조차 벅찼다. 하지만 베스의 장례식장에서 가이를 보게 될 줄은 몰랐다. 이지는 조의 반응을 예상했다는 듯 한숨을 내쉬며 조의 어깨를 감쌌다.

"너희들이 하워드 의원과 사이가 나쁜 건 알아. 하지만 찾아온 사람을 어떻게 내쫓아? 성당 밖에 가득한 카메라 봤을 거 아냐? 아무리 사이가 나빠도 너희들을 입양해서 길러준 사람이야. 그런 사람을 내쫓느라 소동을 피워서 베스 장례식을 망치고 싶어?"

조는 이를 갈았다.

"가이 하워드가 있다는 것 자체가 베스 장례식을 망치는 일이야. 네가 못하겠다면 내가 쫓아낼 거야."

"제발, 조."

이지는 가이에게 향하는 조의 팔을 붙잡아 성당에 딸린 사무실 한 군데로 억지로 끌고 갔다.

"너 도대체 왜 이래? 어떻게 이 성당에서 장례식을 치르게 됐는지 잊었어? 장례식도 하기 전에 쫓겨나고 싶어? 가이와 왜 사이가 나빠졌는지 물었을 때 넌 성격이 맞지 않아서라며 더 이상 가이의 이름도 입에 올리지 말라고 했어. 그때 네가 워낙 단호하게 말해서 난 더 이상 캐묻지 않았어. 오랜 시간 동안 쌓였을 사연들을 단순한 말 몇 마디로 담아낼 수 없다는 거 아니까. 하지만 네가 철이 없다는 생각은 들더라. 성격이 맞지 않았다고? 세상 어디에도 완벽하게 들어맞는 성격의 누군가는 존재하지 않아. 그래도 서로 존중하면서 이해하면서 살아. 아무리 그래도 널 입양해서 키워준 사람들이야. 너와 함께 자랐던 형제자매들이야. 그 모든 사람과 등졌다는 건 저 사람들보다 너에게 더 문제가 있었다는 뜻이야. 넌 어떨지 몰라도 베스는 저 사람들이 자신의 마지막을 지켜봐주

길 바랄 거야. 베스는 너와 달리 용서를 할 줄 아니까."

조는 주먹을 꼭 쥔 채 이를 악물었다.

"장례식까지 삼십 분 정도 남았어. 마음을 좀 가라앉히고
나와."

이지는 조가 자신의 말을 따를 거라 생각했는지 뒤돌아서
며 말했다. 더 이상은 참을 수 없었다. 베스가 세상을 떠난
이상 참을 이유도 없었다. 오랜 세월 묻어두기만 했던 진실
이 조의 목구멍을 통해 흘러나왔다.

"베스는 가이에게 강간당했어."

이지가 문손잡이를 잡은 채 굳어버렸다. 조는 이를 악물었
다. 천천히 돌아선 이지는 조를 노려보았다.

"말도 안 되는 소리하지 마. 죽은 베스에게 그런 모욕을 가
하면서까지 저 사람들을 쫓아내야겠어?"

조는 이지를 마주 노려보았다. 베스가 걱정했던 게 이런
반응이겠지? 아무도 믿어주지 않을 거라는 생각에 베스는
절망했겠지? 조는 고개를 꼿꼿하게 들었다. 괜찮아. 세상 사
람들이 모두 믿어주지 않아도. 난 믿으니까. 난 진실을 알고
있으니까. 이제는 그 진실을 알릴 시간이니까.

"아주 오랜 시간 동안."

"거짓말하지 마!"

이지가 바들바들 떨기 시작했다.

"기억할 수도 없는 어린 시절부터."

조는 자신을 바라보는 이지의 눈을 마주했다. 어느새 이지의 눈에 눈물이 차오르기 시작했다.

"그때부터 우울증이 시작되었어. 내가 모든 것을 알게 되었을 때, 우린 집을 나왔어. 난 몰랐어. 정말 몰랐어. 두 번의 자살시도 때문에 베스를 대하는 게 언제나 조심스러웠어. 베스가 죽을까 봐 항상 두려웠어. 혹시나 내가 잘못된 행동이나 말을 해서 베스가 상처를 받을까 봐 거리를 뒀어. 그 모든 걸 알게 되었을 때, 내가 아니어서 다행이라고 생각하는 내가 증오스러웠어. 매일 복수만 생각하느라 나까지 우울증에 걸렸어. 베스는 내게 복수 따위는 잊고 나만의 인생을 살겠다는 맹세를 하라고 닦달했지. 그래서 노력했어. 당장이라도 저 문을 열고 나가 가이를 죽여 버리고 싶지만 참을 거야. 베스에게 약속했으니까. 하지만 베스의 삶을 지옥으로 만들었던 가이가 베스의 죽음을 슬퍼하는 척하는 꼴은 못 보겠어. 가족이라는 가면을 쓰고 베스가 당하는 고통을 모른 척했던 알리시아의 눈물은 보기 싫어."

이지는 이를 악물고 흐르는 눈물을 닦아내고는 심호흡을 하며 감정을 삭였다. 조는 이지의 눈을 바라보았다. 아직도 눈물이 그렁그렁한 이지의 눈이 조의 고백을 믿는다고 말하고 있었다. 이지는 조에게 손수건을 들려주었다.

"감정 추스르고 나와. 하긴 상관없겠네. 장례식에서 눈물을 흘리는 건 당연하니까."

조가 성당 안으로 들어섰을 때 가이와 알리시아는 눈에 띄지 않았다.

7. 엔젤, 미국, 뉴욕

성당 앞은 물론이고 길 건너 록펠러 센터 앞까지 사람들이 빼곡했다. 성당 입구에서 시작된 줄은 5번가와 51번가 쪽으로 양 갈래로 갈라져 뉴욕을 한 바퀴 돌 기세였다. 장례식에는 가족과 친구들만이 참석할 수 있었다. 대변인은 장례식이 끝난 뒤 일반인들이 베스를 추모할 수 있는 시간을 마련할 거라고 발표했다. 성당에 들어가지 못한 사람들은 촛불이나 꽃다발을 들고 새벽부터 성당 앞으로 모여들었다.

뉴욕이 베스를 위해 울고 있었다. 5번가의 명품 샵들은 검은 리본을 매달고 베스를 추모했고, 베스의 자선재단 사무실이 있는 건물 앞은 수많은 꽃다발이 산더미처럼 쌓였다.

'다음 주에 보자.'

베스는 그렇게 말했다. 그 말뜻이 이 만남을 의미한 걸 알았다면 결코 베스를 그대로 보내지 않았을 터였다.

엔젤은 한숨을 내쉬며 눈가를 문질렀다. 며칠 동안 제대로 잠을 자지 못했다. 드러누운 여자가 머릿속에서 떠나지 않았다. 가는 손목의 파리한 핏줄, 잔뜩 웅크린 어깨…… 그 여자가 베스였을까? 언론에서는 베스가 어떤 방법으로 자살을 했는지, 어떤 모텔에서 발견되었는지 함구하고 있었다. 베르테르 효과*를 염려해서였다.

실감이 나지 않았다. 항상 누군가의 죽음과 함께했는데, 가까운 이의 죽음은 생소했다. 그래서 믿지 않았다. 베스는 죽지 않았다. 엔젤은 베스를 죽이지 않았다. 그러니까 베스는 살아 있었다. 엔젤에게 진실은 그것뿐이었다. 베스는 죽지 않았다. 언젠가는 베스의 환한 미소를 볼 수 있을 것이다. 엔젤이 믿는 것은 그것뿐이었다. 그렇게 믿어야만 살아남을 수 있었다. 살아남아야만 했다.

엔젤은 그렇게 되뇌이며 성당 앞에서 돌아섰다.

8. 이지, 미국, 뉴욕

이지는 거실에 들어서자마자 술장으로 직행했다. 더 맥칼렌 The Macallan 1926 Fine and Rare을 꺼내 병째 들이켰다. 차가운 액체가 목구멍으로 넘어가며 온몸이 뜨거워졌다.

아직도 조의 말을 믿을 수 없었다. 믿고 싶지 않았다. 베스는 천사였다. 완벽한 선, 순결, 순수……, 세상의 모든 아

---

*유명인이나 자신이 모델로 삼고 있던 사람 등이 자살할 경우, 그 사람과 자신을 동일시해서 자살을 모방하는 사람이 증가하는 현상.

름다운 단어를 수식어로 붙여도 어색하지 않은 단 하나의 인간이 베스였다. 그런 베스가 끊임없는 성폭력의 희생자였다고? 믿고 싶지 않았다. 믿을 수 없었다.

이지는 책장 뒤에 숨겨져 있던 비밀금고를 열고 사진을 꺼내들었다. 사진만 봐서는 베스가 누구인지 구별하기 힘들었다. 누워 있는 아기들은 웃는 건지 우는 건지 알 수 없는 표정이었다. 이윽고 아기들의 눈에서 눈물이 흐르기 시작했다. 이지의 눈에서 떨어진 눈물이었다.

9. 조, 미국, 뉴욕

이지는 술에 잔뜩 취해 전화를 해서는 잔뜩 꼬인 혀로 자세한 이야기를 해달라고 졸랐다. 어차피 차분한 상태에서 얘기를 나눌 필요는 있었다. 장례식장에서는 조도 너무 흥분한 상태였다. 이지는 언제든 아파트로 찾아오라며 현관 비밀번호까지 알려주었다.

조는 몇 번이나 벨을 눌러도 응답이 없자 망설였다. 그냥 돌아가고 싶었다. 그 얘기를 해서는 안 되는 거였다. 진실을 묻어두기로 한 베스의 결정을 따랐어야 했다. 조는 한숨을 내쉬었다. 후회해도 소용없는 일이었다. 결국 조는 현관 비밀번호를 누르고 집 안으로 들어섰다.

조는 거실에 가득한 술 냄새에 코를 막았다. 이지는 카우치에 널브러져 자고 있었다. 바닥에는 더 맥칼렌 빈 병이 나뒹굴었고, 재떨이는 수북했다. 이집트산 양탄자는 담뱃재가 떨어졌는지 여기저기 가장자리가 까맣게 타서 말려 올라간 구멍이 나 있었다.

조는 술병을 집어 들어 테이블 위에 놓고 재떨이를 쓰레기통에 비우고는 창문을 열어 환기를 시켰다. 거실 한쪽 편에 있는 커피머신을 작동시켰다. 커피향이 퍼지니 두통이 가시는 것 같았다. 조는 커피 잔을 들고 이지를 흔들었다.

"일어나서 이것 좀 마셔."

이지는 눈도 뜨지 못한 채 기침을 하며 일어나 앉았다. 이지 밑에 깔려 있던 뭔가가 카우치 밑으로 떨어졌다. 반사적으로 떨어지는 물건을 향해 손을 뻗던 조는 놀라서 커피 잔을 떨어뜨릴 뻔했다. 이지는 아직도 잠에서 깨지 못했는지 눈을 감은 채 비몽사몽이었다. 조는 천천히 사진을 집어 들었다.

사진의 존재를 알게 된 뒤부터 언제나 완전한 모습의 사진을 보는 상상을 했었다. 어딘가에서 자신과 같은 날 나이를 한 살씩 먹고 있을 아이를 상상하는 일은 지루하지 않았다. 그 아이도 좋은 가정에 입양되었을까? 그 아이도 나처럼 나를 그리워할까? 성인이 되었을 때는 어떻게 그 아기들을 찾을지 고민했었다.

마침내 사진의 존재를 세상에 드러낸 뒤부터는 당장이라

도 누군가가 나머지 사진 조각을 들고 나타날 것만 같은 기대로 설레었었다. 만나면 어떻게 인사를 할까? 안녕 아니면 반가워? 시간이 흐르면서 끝내 아무도 나타나지 않았을 때, 기대는 분노로, 분노는 다시 절망으로 변해갔다. 도대체 왜 안 나타나는 걸까? 혹시나 죽은 건 아닐까? 그렇게 수많은 질문 끝에 절망은 포기로 바뀌었다. 그 아기들은 반드시 죽었어야 했다. 그것 외에는 상황을 이해하기 어려웠다. 조는 바들바들 떨면서 이지를 노려보았다. 바로 옆에서 조의 분노와 절망을 지켜보았으면서도 나타나지 않았다는 건 절대 이해할 수 없었다. 나타나지 않으려 했다면 끝까지 나타나지 말았어야 했다. 이렇게 불쑥 나서는 안 되는 거였다. 차라리 죽었다는 게 나았다.

10. 이지, 미국, 뉴욕

이지는 천천히 눈을 떴다. 그리고 바들바들 떨고 있는 조와 사진을 번갈아 보았다.

"괜찮아?"

"괜찮지 않을 이유 있어?"

조는 이지의 질문을 질문으로 맞받아쳤다.

"나한테 묻고 싶은 게 있을 거 같은데……."

사진은 이미 조의 손아귀에서 구겨져 있었다.

"아니, 없어."

"조."

이지의 말투에 간절함이 묻어났다.

"어떻게 말해야 할지 몰랐어."

"방법을 몰랐다고? 사실은 내가 네 자매인 거 같아. 그렇게 말하는 게 어려웠니?"

조는 피식 웃었다. 하지만 이지는 따라 웃을 수 없었다. 어려웠다. 혼란스러웠다. 이지의 아버지는 나머지 다른 아이들을 버린 사람이었다. 복잡하고 엉킨 이야기를 하기엔 상황이 좋지 않았다. 그래서 베스의 백혈병 치료가 끝난 뒤에 말하려고 했다. 하지만 두려웠다. 길러준 양부모와도, 함께 자란 형제자매들과도 절연하고 지내는 조와 베스가 과연 이지를 자매로 받아들여줄지 의문이었다. 그저 친한 친구로 남아 있는 것도 나쁘지 않아 보였다. 시간이 갈수록 고백은 미뤄졌다. 그렇게 되돌릴 수 없었다. 삶은 가끔 그렇게 어이없는 이유로 꼬여 버렸다.

11. 엔젤, 미국, 뉴욕

엔젤은 당직근무를 마치고 돌아오자마자 노트북을 켰다. 장례식에 참석하는 대신 엔젤은 이지의 아파트 곳곳에 도청장치가 달린 카메라를 설치했다. 조의 아파트에는 다음 주 비번인 날에 장치를 설치할 예정이었다. 그저 그들과 함께하고 싶었다. 이지의 울음소리를 들으며 함께 슬퍼하고 싶었다. 조의 눈물을 보며 베스의 죽음을 함께 이겨내고 싶었다. 엔젤은 집에 오자마자 노트북을 켰다.

엔젤이 병원에서 일하고 있는 동안 컴퓨터는 장치에서 전송된 내용을 자동으로 저장하고 있었다. 엔젤은 녹음된 내용 중 소음이 있는 부분만 가려내는 프로그램을 가동시켰다. 얼마 되지 않아 노트북 컴퓨터에서 이지와 조의 대화가 시작되었다.

조는 화가 나서 거실을 서성거리며 소리를 질렀다.

"네가 진실을 고백했을 때 우리가 어떻게 나올 지 두려웠다고? 우린 그저 기뻤을 거야. 우리가 너와 너무 다른 사람이어서 무서웠다고? 우린 그저 널 껴안아 줬을 거야. 우리가 얼마나 널 찾기를 바랐는데, 베스가 얼마나 널 기다렸는데……."

조의 흐느낌이 한참 이어졌다. 이지는 아무 말도 하지 못했다. 대신 엔젤이 조용히 변명했다.

"난 널 이해해. 이지. 왜 자매라는 사실을 이야기할 수 없었는지."

하지만 엔젤의 말은 그들에게 전해지지 않았다. 어느새 다시 조가 소리를 지르기 시작했다.

"하! 정말 기가 막히네. 네가 걱정되어서 새벽부터 온 거였어. 베스가 가이에게 어렸을 때부터 성폭행 당했다는 말을 듣고 충격 받았을 게 뻔하니까. 내가 처음 그 사실을 알았을 때처럼, 너도 충격으로 반쯤 미쳐 있을 거 같아서 밤새 후회했어. 너에게 말해서는 안 되는 거였다고. 어쨌든 베스가 떠난 이 상황에서 그 말을 한 게 베스가 처음으로 가지게 된 친한 친구인 너에게 상처가 되었을까 봐 그 순간을 되돌리고 싶었어. 가이가 장례식장에 있는 상황이 용납되지 않아서 감정이 격해졌던 내가 어리석고 한심했어. 그랬는데 넌 어떻게……."

조는 차마 다음 말을 잇지 못했다. 이지가 조를 설득하려 이런저런 변명을 주워 삼키는 소리가 들렸다. 하지만 엔젤에게는 들리지 않았다. 그저 멍한 채 그 자리에서 굳어 버렸다. 베스가 성폭행을 당했다고? 그것도 양부에게?

어디선가 베스의 목소리가 울렸다.

"그저 고통에 온몸을 맡기고 무뎌지도록 노력하는 게 가장 좋은 방법이라는 걸 어릴 적에 깨달았죠."

골수검사를 할 때 베스는 그렇게 말했다. 부잣집에 입양되어 공주처럼 자란 베스가 진정한 고통에 관해 알기는 할까 의심했었다.

베스는 유난히 청결에 집착하는 면이 있었다. 거의 5분 동안 손을 씻는 베스를 보고 엔젤은 좋지 않은 습관이라고 충고했었다.

"이렇게 깨끗하게 씻으면 내 안의 더럽고 추악한 것들까지도 씻겨 나갈 것만 같아서."

그때 베스는 그렇게 말했었다.

"왜 하필이면 나인 걸까, 도대체 신은 내게 왜 이런 시련을 내리는 걸까, 혹시나 내가 무슨 잘못을 했을까, 밤새 뒤척이다 서럽고 참담해서 울다 잠이 들죠."

베스의 목소리는 건조했다. 누구에게나 상처는 있는 거라고 생각하고 지나쳤다. 베스에게 새 생명을 주는 것만으로 충분하다고 생각했다.

"성폭행이 시작된 건 다섯 살이었어. 그때부터 우리가 방을 따로 쓰기 시작했거든. 그리고……"

베스의 상처들이 조의 입에서 흘러나오기 시작한 순간 아픈 기억들이 몰려왔다. 네 번의 골수이식수술, 어린 시절부터 강요되었던 살인, 살인병기로 길러졌던 그 끔찍한 세월, 그 모든 희생을 거치고도 또다시 버림받고 다른 조직에 팔려 가야 했던 기억들이 몰려들었다.

파삭, 들고 있던 유리컵이 부서졌다.

고통은 결코 이겨낼 수 없다고, 그저 고통에 익숙해지는 수밖에 없다던 베스의 목소리가 울렸다. 그 오랜 시간 익숙해지지 않는 고통에 시달렸을 어린 베스의 눈물이 엔젤의 눈에서 흘러내렸다.

그렇게 모든 진실이 엔젤에게 달려들었다.

엔젤은 한 번도 자신을 악하다고 느껴본 적이 없었다. 어쩔 수 없이 살인을 하지만 스스로 원해서는 아니었다. 엔젤은 그저 악에 굴복할 수밖에 없는 약한 인간일 뿐이었다. 하지만 지금 이 순간 엔젤의 심장은 악으로 가득 차 싸늘하게 식어가고 있었다.

처음이었다. 스스로 누군가를 죽이고 싶다는 생각이 든 것은.

가슴속 깊숙이 고통이 느껴졌다. 심장은 악을 엔젤의 온몸으로 퍼 나르고 있었다. 세포 하나하나에 악이 스며들었다. 베스가 보고 싶었다. 순수하게 선으로 가득 찼던 베스라면 엔젤의 악을 몰아내 줄 수 있을 것 같았다. 하지만 베스는 세상에 없었다.

* * *

"다행이야. 세상에 혼자 남겨졌다고 생각했는데…… 네가 있어서 다행이야."

이지에게 모든 울분과 절망을 쏟아낸 뒤, 조는 그렇게 말하며 이지의 무릎을 베고 잠들어 버렸다.

"그래. 이제는 나도 혼자가 아니구나. 네가 내 곁에 있어 다행이야."

　이지는 한참을 같은 말만 중얼거리며 조의 머리카락을 쓰다듬었다. 어느 순간 둘은 서로를 끌어안고 잠들어 있었다. 엔젤은 노트북의 전원을 끄고 침대에 드러누웠다. 아무리 두꺼운 옷을 꺼내 껴입어도, 옷장에 있는 이불을 모두 꺼내 덮었는데도 한기가 사라지지 않았다.

28세

1. 엔젤, 미국, 뉴욕

가이에게 접근하는 일은 생각보다 간단하지 않았다. 집에는 일하는 사람뿐만 아니라 드나드는 사람도 많았다. 게다가 경비와 경호도 삼엄한 편이었다. 가이는 혼자 다니는 일이 없었다. 그나마 집이 비었을 때, 엔젤이 겨우 잠입해 설치해놓은 도청장치는 일주일 만에 제거되었다. 경호업체에서 일주일에 한 번씩 집 안의 도청장치나 몰래카메라를 찾아내 없애고 있었다. 인터넷을 통해 휴대폰을 해킹해 도청하려던 계획도 하루 만에 들켜 버렸다.

조직에서 엔젤의 역할은 대부분 킬러였기에 정보수집에서는 뒤쳐질 수밖에 없었다. 게다가 워싱턴에 살고 있는 가이에게 접근하는 일은 시간 소모도 꽤 많았다.

결국 엔젤은 가이의 동선을 파악하기 위해 우회적인 방법을 쓰기로 결정했다. 가이의 비서는 다행히 단 한 번에 엔젤의 손아귀에 들어왔다.

엔젤은 신중하게 날짜를 골랐다. 사람이 많은 장소와 경호원이 항상 붙어 있는 낮 시간을 제외하면 선택의 여지는 그리 많지 않았다.

2. 이지, 미국, 라스베이거스

완전히 인사불성이 되어 휘청거리며 카지노를 떠난 이지는 호텔 펜트하우스에 들어서자마자 언제 그랬냐는 듯 똑바로 커피머신으로 다가갔다. 커피 잔을 든 채 이지는 거실 소파에 앉았다. 멀쩡한 정신이고 싶었다.

거실을 중심으로 3개의 방과 식당, 주방 등으로 이루어져 있는 펜트하우스는 가이의 집안에서 가지고 있는 것 중에서는 꽤 좋은 편에 속했다. 파스텔 톤의 벽지로 둘러싸인 공간은 원목 가구들이 여유 있게 배치되어 있었고, 대리석 바닥에는 부드러운 양탄자가 깔려 있었다. 이지는 음성변조기를 들고 가장 안쪽의 침실과 연결된 인터폰 버튼을 눌렀다.

"카메라 켜고 시작해주세요."

이지는 텔레비전을 켜고 리모컨으로 카메라와 연결된 채널을 찾았다. 마침내 화면에 의자에 묶여 있는 가이의 모습이 비쳤다. 재갈을 물린 가이의 입에서 알아들을 수 없는 말들이 흘러나왔다. 하지만 가이를 둘러싼 두 명의 남자들은 코웃음만 쳤다. 한 명은 구불거리는 머리카락이 어깨까지 내려온 동양인이었고, 다른 한 명은 엄청난 덩치의 흑인이었다. 흑인 남자가 가이의 양손과 양발이 단단히 묶여 있는지 확인하고 동양인 남자에게 고개를 끄덕였다. 동양인 남자는 단도를 꺼내 가이와 의자를 묶은 밧줄을 풀었다. 가이의 눈에 어리둥절한 기색이 스쳤다. 흑인 남자는 어찌할 바를 모르고 그대로 의자에 앉아 있는 가이를 한 손으로 들어 올려 침대로 던졌다. 베개에 얼굴이 쳐 박혀 기침을 하던 가이가 꿈틀거리며 고개를 돌렸다가 깜짝 놀라서 다른 편으로 고개를 돌렸다. 동양인 남자의 벌거벗은 등을 가득 채운 거대한 초록색용 문신을 보고 놀란 모양이었다. 하지만 반대편에서는 흑인 남자가 바지를 벗고 있었다. 믿을 수 없어 하던 가이의 눈이 절망과 체념으로 어두워지고 있었다.

이지는 무표정한 얼굴로 화면을 바라보았다. 가이는 상황 판단이 빠른 편이었다. 남자들에게 반항해봤자 자신만 다치리라는 것을 깨달았는지 조금의 미동도 않고 남자들의 손에 자신을 내맡기고 있었다. 이지는 주먹을 꽉 쥐었다. 나쁜 새끼, 고통에 찬 비명을 내지르는 모습을 보고 싶었는데. 가이는 이를 악물고 신음 소리조차 내지 않았다. 예상과 달리 가이가 순순히 있는 바람에 흥미를 잃었는지 일은 금세 끝이 났다.

동양인 남자가 옷을 입는 동안, 먼저 일을 끝냈던 흑인이 가이를 침대에 묶었다. 이지는 거실 테이블 위에 잔금을 놓아두고, 남자들이 방에서 나오기 전에 다른 방으로 향했다. 남자들은 잔금을 챙기자마자 재빨리 현관문을 나섰다. 이지는 다시 거실로 나왔다. 벽걸이 텔레비전에는 침대에 묶여 고통과 좌절감으로 흐느끼는 가이의 모습이 비쳤다. 마침내 이지의 입꼬리가 미소로 올라갔다. 고통에 찬 비명이 가이의 입에 물려진 재갈에 막힌 채로 흘러나왔다. 이지는 와인냉장고에 있는 샴페인을 꺼내 홀로 축배를 들었다. 샴페인 병이 반쯤 빌 때쯤에서야 가이의 흐느낌이 잦아들었다. 덕분에 이지는 꽤 오랜 시간 가이의 오열을 즐길 수 있었다.

어느새 가이는 죽은 것처럼 축 늘어져 있기만 했다. 벌거벗은 가이의 늘어진 엉덩이가 화면을 채우고 있었다.

'재미없군.'

이지는 리모컨의 전원 버튼을 눌렀다. 재미가 없다면 재미있게 만들어야 했다. 이지는 가이가 있는 방으로 향했다. 원래 예정에 없던 일이었지만 괜찮은 생각 같았다. 꽤 술이 취했는지 발걸음이 휘청거려 들고 있는 샴페인이 조금 쏟아졌다. 이지가 방문을 열자 꼼짝하지 않던 가이가 놀라서 잔뜩 움츠렸다. 이지는 베개에 얼굴을 묻고 있는 가이에게 다가가 입에 물린 재갈을 풀어 주었다. 슬그머니 고개를 든 가이는 이지를 보고 놀라서 굳어 버렸다. 이지는 침대에서 몇 발자국 물러나 가이를 보며 활짝 웃어주었다. 가이의 얼굴에 떠오른 표정이 맘에 들었다. 경악과 분노, 바로 이지가 원했던 감정이었다. 이지는 가이를 향해 샴페인 잔을 들어 건배를 한 뒤, 샴페인을 한 모금 마셨다. 달콤한 액체가 톡톡 튀며 혀를 간질였다.

가이는 펜트하우스가 떠나가라 소리를 지르며 미친 듯이

침대에 묶인 몸을 꿈틀거렸다. 이지는 눈썹 하나 까닥하지 않았다. 펜트하우스의 방음은 완벽했다. 울분을 이기지 못하고 한참을 발악하던 가이가 마침내 조용해졌다.

"내가 이대로 가만히 있을 줄 알아?"

벌거벗은 가이는 온몸으로 분노를 발산하고 있었다.

"가만히 있지 마. 앞으로 어떻게 할지 기대할게."

이지는 그 말을 끝으로 펜트하우스를 떠났다.

3. 엔젤, 미국, 라스베이거스

엔젤은 가이의 펜트하우스가 있는 호텔을 마주한 호텔의 방을 예약했다. 다행히 가이의 펜트하우스와 같은 높이에 있는 객실이 비어 있었다. 엔젤은 창문을 열고 맞은편 호텔 옥상의 물탱크를 향해 특별히 제작된 화살을 쏘았다. 긴 줄을 이끌고 간 화살은 정확하게 물탱크 꼭대기에 꽂혔다. 버튼을 누르자 갈고리로 이루어진 화살 머리가 덜컥, 펼쳐지며 줄을 통해 파동을 전달했다. 엔젤은 줄의 끝을 팽팽하게 당긴 뒤 고리에 묶었다. 줄이 단단하게 연결되었는지 점검하고 엔젤은 줄에 거꾸로 매달렸다.

가이가 머무는 호텔 옥상까지는 1분이면 충분했다. 엔젤은 옥상에서 배수관을 타고 밑으로 내려가 펜트하우스의 베란다에 내려섰다. 고맙게도 베란다 문은 열린 채였다. 엔젤은 베란다를 통해 펜트하우스 안으로 들어갔다.

가이는 침대에 널브러져 잠들어 있었다. 잠버릇인지 벌거 벗은 채였다. 하얀 시트가 엉덩이 부분을 간신히 가리고 있 었다. 지친 듯했지만 평화로워 보였다.

엔젤은 물끄러미 가이를 바라보았다. 가이는 선거구민들 에게 뿐만 아니라 전국적으로 인기가 많은 정치인이었다. 당 리보다는 대중의 뜻에 따라 움직였고, 오랜 의정활동기간에 도 스캔들 한 번 없었다. 정치가에 대해 부정적인 엔젤이 속 을 정도로 가이의 가면은 완벽했다.

가이를 어떤 방법으로 죽일까 많은 고민을 했다. 가장 위 장하기 쉬운 자살 방식은 추락사였다. 하지만 가벼운 우울증 한 번 앓은 적 없는 가이를 자살로 몰고 가기에는 무리가 있 었다. 아무런 증거도 남기지 않고 살인을 하기 가장 좋은 장 소는 바다였다. 배라는 제한된 공간은 의외로 킬러에게 유리 했다. 목격자는 소수일 수밖에 없었고, 대상이 도망칠 곳은 한정되어 있었다. 게다가 경찰이 출동하는 데 시간이 꽤 걸 려서 범죄 후 뒤처리를 할 여유가 있었다. 시체를 바다에 버 리면 대부분의 물리적 증거를 사라져 버렸고, 해류를 잘 만 나면 시체가 발견되지 않는 경우도 부지기수였다. 하지만 가 이는 뱃멀미가 심해 알리시아가 주최하는 선상파티에도 참 석하지 않았다.

선택의 여지는 그다지 많지 않았다. 엔젤은 주사기를 꺼냈다. 몇 년 전 고혈압이 있는 노인을 죽였을 때 독극물 전문가가 약물을 배합하는 공식을 자세히 보아뒀었다. 약물은 관상동맥에 혈전을 생성해 심장마비를 일으키고 빠르게 분해되어 부검 시에 드러나지 않았다. 엔젤은 검버섯이 생기기 시작한 가이의 귀 뒷부분에 주사기를 꽂았다. 주삿바늘이 들어가자마자 가이가 놀라서 눈을 떴다. 엔젤은 가이를 향해 환하게 웃어 주었다.

29세

1. 엔젤, 미국, 뉴욕

눈앞에 아지랑이가 피어났다. 사흘 동안 5시간도 못 잤으니 당연한 증상이었다. 손바닥으로 눈을 문질러 봤지만 증상은 나아지지 않았다. 엔젤은 차가운 바람이라도 쐬려 병원 밖으로 향했다. 교대시간인 9시가 되려면 아직도 4시간이나 남아 있었다. 동도 트지 않은 이른 시간이었지만 거리에는 사람들이 꽤 많았다. 엔젤은 하품을 하며 병원 앞 카페로 향했다. 카페에는 벌써 몇몇 사람들이 줄지어 서 있었다. 커피 맛은 별로였지만 근처에서 가장 먼저 문을 여는 카페라 새벽녘에는 항상 사람이 많았다.

엔젤은 줄을 서서 멍하니 앞을 바라보았다. 앞에 있는 노인은 차례가 다가오자 읽고 있던 신문을 반으로 접어 카운터 위에 올려놓았다.

'이사벨라 데스테, 1급살인 혐의로 체포!'

엔젤은 신문 1면 머리기사를 보고 놀라 신문을 낚아챘다. 은발의 백인 신사는 놀라서 엔젤에게 소리를 질렀다.

"지금 뭐하는 거요?"

"죄, 죄송해요. 이 신문에 너무 보고 싶은 기사가 있어서요. 돈은 드릴게요."

엔젤은 황당하다는 노신사에게 10달러를 던지다시피 하고
는 신문으로 눈길을 돌렸다. 잠은 어느새 확 달아나 버렸다.

유명 영화감독인 이사벨라 데스테가 가이 하워드 상원의원을 성
폭행하도록 사주하고 살해한 혐의로 체포되어 충격을 주고 있다.

지난 연말, 가이 하워드 상원의원은 가족 소유의 펜트하우스에서
사망한 채 발견되었다. 초기에는 지병과 고령으로 인한 심장마비가
사망원인으로 지목되었고, 유족들도 부검을 원치 않아 사건은 그대로
마무리되는 것처럼 보였다. 하지만 현장에서 동성애자들이 성관계 시
사용하는 젤 용기가 발견되고 사건 당시 엘리베이터의 CCTV가 고의
적으로 작동이 멈추었던 사실이 드러나면서 자연사가 아닐 가능성이
제기되었다. 유족들은 급히 장례식을 취소하고 부검에 동의하며 철저
한 진상규명을 요구했다. 이어 밝혀진 부검 소견은 가히 충격적이었
다. 가이 하워드 상원의원이 사망 직전 성폭행을 당했다는 부검의의
말에 미망인인 알리시아 하워드 부인은 그 자리에서 혼절했다.

경찰에 따르면 가이 하워드 상원의원과 생전에 마지막으로 만났던
사람은 의외로 영화감독 이사벨라 데스테였다. 처음에 하워드 상원
의원과의 만남을 강력하게 부정했던 이사벨라 데스테는 샴페인 잔에
서 자신의 DNA가 검출되자 결국 참고인 조사에 응했다. 이사벨라는
가이 하워드 의원과 정치 후원금 문제로 만났을 뿐 다른 이상한 점은
눈치채지 못했다고 진술했다. 경찰도 별다른 혐의점을 찾지 못했다.

그렇게 사건은 미궁 속으로 빠지는 듯했다. 하지만 현장에서 성폭행 전과자, 아드리안 스미스의 머리카락이 발견되면서 사건의 향방은 급속도로 선회했다. 경찰은 사건 발생 석 달 만에 라스베이거스 인근 오두막에 머물고 잇던 아드리안 스미스를 체포했다. 술을 사러 편의 점에 들른 아드리안의 얼굴을 본 직원의 발 빠른 제보 덕분이었다.

아드리안은 12세 소년을 성폭행한 죄로 15년의 형을 선고받고 캘리포니아의 펠리컨 베이 교도소에서 4개월 전 형기를 마쳤다. 아드리안의 복역 초기 펠리컨 베이 교도소는 슈퍼맥스 교도소였다. 슈퍼맥스란 미국 내에서 감시와 보안이 가장 삼엄한 수준의 감옥으로 흉악범이나 테러범을 수용한다.* 아드리안은 체포된 지 3시간 만에 이사벨라 데스테의 발목을 잡았다. 아드리안 스미스는 이사벨라 데스테의 사주를 받아 가이 하워드 상원의원을 성폭행한 뒤 이사벨라만 남겨놓고 펜트하우스를 떠났다고 진술했다. 이사벨라 데스테가 신분노출을 위해 조심을 했지만, 아드리안은 만약의 경우를 대비해 범행 직전 펜트하우스에 들어오는 이사벨라 데스테의 모습을 몰래 촬영했다고 한다.

검찰 측은 이사벨라 데스테를 성폭행 사주와 1급살인죄로 기소하였다. 보석금은 현금 6백만 달러로 책정되었으며, 제이슨 켄드릭이 선고 직후 지불했다.

– 연합뉴스

*현재 미국에서 슈퍼맥스supermax 교도소는 콜로라도 주에 위치한 플로렌스 교도행정시설ADX Florence 한 곳뿐이다.

기사를 모두 읽고 나서도 엔젤은 상황이 이해되지 않았다.

엔젤은 눈을 감고 그날 밤을 기억해내려 애썼다. 가이는 분명 침대에 편안히 잠든 상태였다. 하얀 홑이불이 허리에서 허벅지에 걸쳐져 있었고, 옆으로 드러누워 코를 골고 있었다. 육체적 폭행을 당한 흔적이나 강도가 침입한 흔적 따위는 없었다.

정말 이지가 가이를 성폭행한 걸까? 설마 복수를 위해서?

엔젤은 심호흡을 하며 머리를 감싸 쥐었다. 가이를 죽인 것은 분명 자신이었다. 이지가 짓지도 않은 죄를 뒤집어쓰게 만들 수는 없었다.

2. 조, 미국, 베버리힐스

경호원이 겹겹이 둘러싸고 있는데도 불구하고 기자들은 막무가내였다. 이지는 유치장에서 나온 지 한 시간이 되도록 기자들과 대치 중이었다. 결국 경호원을 열 명이나 늘리고 경찰까지 나선 뒤에야 이지는 자동차에 올라탈 수 있었다.

"식사는 제대로 했어?"

조는 이지를 보자마자 물었다. 단 하루 만에 이지의 얼굴은 홀쭉해져 있었다. 판사가 보석금을 선고하자마자 보석금을 지불했는데도 이런저런 서류작업으로 이지는 결국 유치장에서 하룻밤을 보내야만 했다.

"당연하지. 엉클 샘(미국 정부를 빗댄 표현)이 주는 밥을 먹을 수 있는 기회가 흔해? 난 그놈의 세금을 내기만 했지. 혜택을 받아본 적이 없잖아. 일부러 하나도 남기지 않고 다 먹었어. 게다가 유치장도 나쁘지만은 않았어. 다음번에 시나리오 쓸 때는 유치장 장면도 넣어야겠어. 유치장이 어떻게 생긴 덴지, 어떻게 운영되고 있는지 자료 조사할 필요도 없고. 내가 있었던 유치장에서 유엔 회의를 열어도 되겠더라. 흑인, 백인, 중국인, 일본인, 프랑스인, 영국인이 다 있더라고."

이지는 농담으로 상황을 가볍게 만들려고 애쓰고 있었다. 그건 이지가 분노하지 않았다는 거였다. 무죄인 사람에게는 나올 수 없는 반응이었다. 조의 표정이 점점 어두워졌다.

3. 이지, 미국, 베벌리힐스

이지가 샤워를 하는 사이, 조는 경호업체를 불러 몰래카메라와 도청장치 등이 있는지 검사했다. 이지가 거실로 내려왔을 때, 조는 발견된 몰래카메라와 도청장치를 신경질적으로 깨부수고 있었다. 츠바사와 제이슨은 그런 조를 바라보기만 했다. 이지는 술장으로 가서 로얄 샬루트를 꺼냈다.

조가 네모난 모양의 기계를 켜자 거실 가득 빗소리가 울렸다. 백색소음기였다. 역시 조는 철저했다. 백색소음은 거의 일정한 주파수 스펙트럼을 가져서 주변 소음을 덮어주기 때문에 기밀유지를 위해 사용되고 있었다. 얼마 전 미국 정부에서는 법률을 제정하여 모든 정부 기관에서 구두정보를 보호하기 위해 백색소음기를 사용하도록 했다.

이지는 술잔을 들고 카우치로 가 앉았다. 조용한 가운데 한참을 빗소리만 들었다.

"정말 네가 했어? 아니지? 아무리 화가 났다고 해도 그런 일을 저지를 정도로 잔인한 사람 아니지? 너 아니지?"

마침내 조가 속사포처럼 말했다. 이지는 조를 빤히 바라보았다.

"놀랐구나."

"아니라고 말해."

조의 말투에 서린 간절함 때문에 이지는 대답할 수 없었다.

"아니라고 대답해. 아니잖아, 그렇지?"

조는 진실을 알고 있었다. 그저 그 진실을 인정하고 싶지 않은 것뿐이었다. 이지는 지끈거리는 머리 양옆을 꾹 눌렀다. 지금 여기에 모인 사람들은 모두 진실을 알고 있었다. 내가 어떤 사람인지 아니까. 하지만 나를 알고 있다고 해서 나를 이해해 줄 수 있을까? 이지는 희미한 기대를 쫓아내기 위해 고개를 저었다. 삶은 항상 그녀의 기대에 배반만 돌려주었다.

"아니라고 대답만 하라고. 네가 대답만 하면 내가 무슨 수를 써서라도 어떤 방법을 써서라도……."

이지는 조를 빤히 바라보며 입을 열었다.

"너도 알잖아."

"아니, 난 아무것도 몰라."

조는 금방이라도 울음을 터뜨릴 듯 눈물이 그렁그렁한 채 고개를 저었다.

"거짓말!"

이지는 피식 웃으며 덧붙였다.

"맞아. 사실이야."

조의 얼굴이 하얗게 질렸다.

"내가 시켰어. 그 인간 꼴 보기 싫어서 어떤 벌을 주면 그 인간이 가장 고통스러울까 생각했지. 그래서 생각해낸 벌이야."

"정말 네 짓이란 말이야?"

"그래."

"거짓말. 그렇게 냉정하고 잔인한 일을 저지르고도 이렇게 멀쩡할 리가 없어."

"나 원래 그렇게 냉정한 사람이야. 몰랐니?"

"이지!"

"상처 입혔잖아. 그 사람이 나한테 상처 입혔잖아. 날 아프게 했잖아. 그 정도 복수도 못해?"

"네가 항상 말했잖아. 상처 입힌다고 똑같이 되갚아주면 상처는 되풀이된다고. 피의 역사는 되풀이되기 마련이라고."

베스가 했던 말이었다. 이지는 그 말에 찬성했었다.

"그래. 맞아. 그런데 피의 역사가 되풀이되어도 그러고 싶었어."

"이지!"

"상관없어. 죄책감으로 인한 고통보다는 복수의 쾌감이 훨씬 컸으니까."

조는 충격으로 자리에 주저앉았다. 츠바사가 술을 한 잔 따른 뒤 조에게 내밀었다. 이지는 제이슨을 향해 고개를 돌렸다. 카우치에 앉아 두 다리를 한껏 뻗은 제이슨의 얼굴에는 어떤 표정도 드러나 있지 않았다. 제이슨과는 베스의 장례식에서 스치듯 본 게 마지막이었다. 그런 제이슨이 왜 여기까지 달려왔을까? 이지는 또다시 밀려드는 미련에 피식 웃으며 제이슨에게 물었다.

"넌 왜 아무 말도 안 하니?"

"무슨 말? 어떤 말? 네가 듣고 싶은 말? 아니면 내가 하고 싶은 말?"

"말장난 하지 말고. 도대체 여긴 왜 온 거야? 우리가 그 정도로 친한 사이였나?"

"친한 사이는 아니지. 그래도 네가 어떤 일을 저지르든 이해해 줄 수 있는 사람은 나밖에 없을 걸?"

"날 이해한다고?"

제이슨은 츠바사가 내민 술잔에 든 술을 꿀꺽 삼켰다. 그리고 이지를 보며 씩 웃었다.

"그럼. 그리고 존경하지. 넌 정말 머리가 좋아. 왜 가이에게 복수를 하고 싶어 했는지는 모르겠지만 나 같으면 기껏해야 죽이는 것밖에 생각 못했을 텐데."

이지는 푸하하, 웃음을 터뜨렸다.

"웃으니까 좋네. 넌 그렇게 웃고 살아. 찌푸리고 화내는 건 내가 다 할 테니까."

이지는 술기운에 한참을 웃다가 깨달았다. 제이슨은 왜 이지가 가이에게 그런 잔인한 짓을 했는지 몰랐다. 그런데도 이지의 편이 되어 주었다.

4. 조, 미국, 로스앤젤레스

이지는 쉽게 성폭행 사주를 인정했지만 살인에 관해서는 단호하게 부정했다.

"난 절대 죽이지 않았어. 오히려 죽이지 말라고 신신당부했어. 혹시라도 때리기라도 한다면 잔금을 치르지 않겠다고까지 말해두었어. 내가 원한 건 그저 베스가 당한대로 갚아주는 거였어. 가이가 강간당한 상처를 극복하지 못하고 죽도록 괴로워하다 자살이라도 하면 어떻게 하나 걱정하기까지 했어. 가이가 죽어버리면 내 복수가 너무 시시하게 끝나버리니까."

조, 츠바사, 제이슨은 이지의 얘기를 듣고만 있었다.

"왜 아무 말도 안 해? 내 말 못 믿겠어?"

"난 믿어."

제이슨이 재빨리 대답했다. 츠바사도 거의 동시에 대답했다. 조는 그저 고개만 끄덕였다. 하지만 조는 믿지 않았다. 꼭 살인할 의도를 가지고 직접 살인에 가담해야 살인죄를 물을 수 있는 건 아니었다. 어떤 과정이었든 이지는 가이의 죽음에 책임이 있었다.

* * *

조는 이지의 변호사로 니콜라 골드먼을 선임했다. 중국 출신의 미국인 여성인 니콜라는 캘리포니아에서 가장 큰 법무법인의 매니징 파트너*였다. 제이슨은 니콜라의 사생활을 들어 반대했지만 조는 제이슨의 말을 무시했다.

"사생활과 일은 상관없어."

"아무리 그래도 이미지라는 게 있잖아. 매니징 파트너가

---

*로펌의 지분을 보유한 오너 중 하나로 로펌 전체 경영에 참여하는 주요 변호사.

되기 위해 법무법인 설립자를 이혼시키고 열흘 만에 그 남자와 결혼한 건 너무했지. 이지의 이미지에도 악영향을 미칠 거야."

"이지가 지금보다 더 나빠질 이미지가 있긴 해? 그 정도로 성공에 대한 욕망이 강한 사람이라면 무슨 수를 써서라도 이지를 빼낼 수 있을 거야."

* * *

니콜라는 다섯 명의 다른 변호사와 두 명의 비서와 함께 회의실로 들어섰다. 한 번도 직접 본 적이 없는데도 한눈에 니콜라가 누구인지 알 수 있었다. 니콜라는 작은 키에 깡마른 몸매의 소유자였지만 짧게 커트한 머리카락과 가는 은테 안경 덕분에 남다른 카리스마가 느껴졌다.

"성폭행을 사주하긴 했지만 살인은 저지르지 않았다? 나더러 지금 그걸 믿으라는 거예요? 가장 안전한 방법은 그냥 2급살인죄로 유죄답변 교섭*을 하는 거예요. 일단 살인을 인정하고……."

니콜라는 펜으로 책상을 톡톡 치며 말했다. 제이슨이 고개를 저었다.

---

*피고가 유죄를 시인하는 대가로 검찰 측이 형량을 감해서 구형하는 협상.

"이지는 절대 살인을 저지르지 않았다고 했어요."

"그 말을 믿어요?"

조는 니콜라의 말투가 거슬렸지만 참았다. 재판을 시작하기도 전에 변호사를 바꾸고 싶지 않았다.

"믿어주는 게 변호사가 할 일이죠."

제이슨도 니콜라의 말투가 거슬리는 모양이었다. 하지만 니콜라는 코웃음을 치며 둘을 비웃었다.

"변호사가 하는 일은 최대한 유리한 판결을 받아내는 거죠. 조는 실제 재판경험이 없어서 잘 모르는 모양인데, 대부분의 의뢰인은 자신이 무죄라고 주장해요. 당연히 대부분이 유죄이지만요. 고의성이 없는 2급살인죄는 가석방이 가능해요. 게다가 15년형을 선고받더라도 형량을 7년까지 줄일 수도 있고요. 하지만 고의성이 있는 1급살인죄는 최하 25년형에 가석방도 불가능해요. 그래도 끝까지 무죄를 주장할래요? 이번 재판의 판사가 누군지 알아요? 맥시멈 이토라고요. 왜 맥시멈인지 알아요? 무조건 법정 최고형량만 선고해서예요."

니콜라는 짜증이 나서 발을 동동 굴렀다. 하지만 아무리 설득을 해도 조와 제이슨이 무죄 주장의 고집을 꺾지 않자 포기한 듯이 양손을 들어올렸다.

* * *

페인메이커painmake*라는 별명이 꼭 거액의 수임료 때문만은 아닌지 니콜라는 집요하게 이지를 물고 늘어졌다. 이지에게도 문제는 있었다. 이지는 범행이유에 대해서 입을 다물었고, 니콜라와의 약속도 어기기 일쑤였다. 니콜라가 집으로까지 찾아온 날, 이지는 니콜라에게 해고라고 소리를 질렀다. 하지만 유명세와 부를 동시에 거머쥘 수 있는 기회를 쉽게 내던질 니콜라가 아니었다. 사실 니콜라 만큼 능력 있는 변호사도 드물었다. 조가 이지를 설득할 수밖에 없었다.

"내가 변호사를 바꾸겠다는데 네가 왜 상관이야?"

"넌 지금 이성적으로 뭘 판단할 상황이 아니니까. 좋아. 변호사를 바꾸고 싶은 이유가 뭔데?"

"내 말을 하나도 믿지 않잖아."

"변호사가 네 말을 믿는 게 중요한 건 아냐. 변호사는 변호만 잘하면 되니까. 오히려 네 말을 믿지 않는 게 득이 될 수도 있어. 네 말을 믿지 않는 사람들의 심리를 완벽히 꿰뚫고 있을 테니까."

"계속 살인에 대해서 고백하라고 닦달하잖아. 짜증나서 견딜 수가 없어."

"변호사들이 가장 겁내는 게 뭔지 알아? 무죄인 사람을 변호하는 거야. 유죄인 의뢰인은 어떤 평결이 나든 상관없지만

---

*부유한 고객의 소송을 도맡아 막대한 수임료를 거둬들이는 변호사.

무죄인 의뢰인이 유죄를 받았을 경우 느끼는 죄책감은 엄청 나거든."

이지가 조를 바라보며 쓴웃음을 지었다.

"왜?"

"너도 내 변호인단 중 한 명이야."

"그, 그래서?"

조는 자신도 모르게 마음을 들킨 것만 같아 말을 더듬었다. 다행히 이지는 더 이상 따져 묻지 않았다.

"알았어. 네 마음대로 해. 하지만 니콜라에게 분명히 전해 줘. 다시 한 번만 살인에 대해 고백하라는 소리 따위를 하면 당장 해고라고."

조는 고개를 끄덕였다.

5. 이지, 미국, 로스앤젤레스

열 대가 넘는 카메라가 재판정 곳곳에 배치되어 있었다. 재판정이 아니라 영화 촬영장 같았다. 이지는 재판정을 천천히 둘러보았다. 전형적인 와스프WASP*인 검사는 방송을 의식했는지 며칠 전 이발까지 한 모양이었다. 신경에 거슬리

*앵글로색슨계 백인 신교도. 미국 사회의 주류를 이루는 지배 계급이다.

던 부슬부슬한 갈색머리는 깔끔하게 정돈되어 있었고, 검은 뿔테 안경을 벗고 콘택트렌즈까지 끼어서인지 푸른 눈이 돋보였다.

니콜라도 만만치 않았다. 아침에 미용사와 메이크업 아티스트까지 사무실로 불렀다고 들었으니까. 니콜라는 이지의 복장과 메이크업까지 간섭했다. 무채색 계열의 치마 정장, 살구색이나 갈색으로 된 무늬가 없는 스타킹, 머리는 단정하게 올려 묶을 것, 액세서리는 금지, 색조화장을 배제한 연한 메이크업……. 니콜라가 고용한 스타일리스트와 미용사, 메이크업 아티스트는 니콜라의 요구사항이 빼곡하게 적힌 쪽지를 들고 새벽부터 이지의 집으로 들이닥쳤다.

이민 3세대인 일본계 이토 판사는 조금이라도 위엄 있어 보이려 허리를 꼿꼿이 편 채였다. 이지는 어깨를 펴고 움츠러들지 않으려 노력하며 증인석으로 향했다. 선서를 하고 나자 검사가 일어나 다가왔다.

"피고인, 가이 하워드를 살해한 것을 인정합니까?"

"아뇨. 전 가이 하워드를 살해하지 않았습니다."

"그렇다면 아드리안 스미스에게 가이 하워드를 성폭행하라고 사주하고 십만 달러를 지불한 사실은 인정합니까?"

니콜라는 재판 직전까지 살인죄를 부정하려면 성폭행 사주도 당연히 부정해야 한다고 당부했다. 전과자인 아드리안 스미스의 증언보다는 이지의 증언이 신뢰성이 높았다. 이미

경찰에서 자백한 것쯤은 경찰의 강압에 의한 자백이었다고
몰아붙일 수 있다는 게 니콜라의 예상이었다. 이지는 검사
를 흘낏 바라보았다. 검사는 잔뜩 긴장한 상태였다. 비록 이
지가 예비심리기간 중 한 번도 진술을 뒤집지 않았다고 하더
라도 이지를 증인석에 세운 건 검사로서도 모험이었다. 만약
여기서 진술을 뒤집는다면 재판의 향방은 완전히 달라졌다.
이지는 한숨을 내쉬며 입을 열었다.

"네. 인정합니다."

고요하던 재판정이 소란스러워졌다. 니콜라의 표정이 일
그러졌다. 이의조차 제기할 수 없는 상황에 검사의 입꼬리가
찢어질 정도로 위로 올라갔다.

***

이지는 한숨을 내쉬었다. 벌써 몇 번째 같은 문장을 읽고
있는지 알 수 없었다. 아무렇지도 않은 척하는 것도 우스웠
다. 아무도 없는데 날 속이면 뭘 하겠어. 이지는 술장으로 향
했다. 들어 올리는 병마다 비어 있었다.

"차라리 수면제를 먹어. 그러다간 알코올중독될 거야."

제이슨이었다. 이지는 한숨을 내쉬며 소파로 향했다. 다시
'아무렇지도 않은 척' 놀이를 해야 할 모양이었다.

이제는 모두들 이지의 집을 제집 드나들 듯 드나들고 있었

다. 현관 비밀번호를 바꿔 봤지만 소용없었다. 경호원들에게 출입을 제한하라고 말했지만 경호원들조차 한통속이었다.

"무섭니?"

제이슨의 말에 이지는 멈칫했다.

"뭐?"

"무섭잖아. 아냐?"

당연하다는 어투. 이지는 침을 꿀꺽 삼켰다.

"뭐가?"

"모두 다. 세상이 널 어떻게 생각하는지도 무섭고, 지금은 네 편을 들어주는 사람들이 그런 세상의 반응에 휩쓸릴까 봐 도 무섭고."

이지는 입술을 깨물었다. 비릿한 피비린내가 느껴졌다. 여기에서 들킬 수는 없었다. 제이슨이 다가와 어깨를 감싸 안았다.

"왜 그랬어?"

제이슨의 목소리는 낮았다. 이지는 제이슨의 품 안에서 움찔했다. 조는 제이슨과 츠바사에게 가이가 베스를 성폭행했다는 사실을 털어놓았다. 그런데도 왜 제이슨은 이유를 묻는 걸까?

"베스를 위한 복수라는 말로 나를 속이려고 하지 마. 베스가 그걸 원하지 않는다는 건 네가 더 잘 알아. 그런데 왜 그랬어?"

이지는 제이슨의 가슴팍을 치며 밀어냈지만 제이슨은 이

지를 더 세게 껴안으며 이지의 머리카락을 쓰다듬었다.

"내가 내린 결론은 하나야. 네가 가이를 벌하고 싶었다는 것. 그건 네 복수였어. 그렇지?"

이지는 울음을 터뜨렸다.

"베스가 미웠어."

이지의 말에 제이슨이 가늘게 한숨을 내쉬었다. 제이슨의 한숨에 이지의 몸이 흔들렸다. 순간, 모든 걸 내려놓고 싶었다. 제이슨이라면 모든 걸 이해해 줄 수도 있을 것 같았다.

"아니, 정확히 말하자면 베스가 부담스러웠어. 그 천사 같은 모습 때문에 내 가슴속 악한 생각이나 감정이 도드라지게 느껴졌거든. 베스와 있으면 내가 굉장히 나쁜 사람이 된 듯한 느낌이 들었어. 그래서 가끔 화가 났어. 베스는 부잣집에 입양되어서 좋은 부모 밑에서 고생 모르고 자랐고, 돈을 벌기 위해 일을 해 본 적도 없고, 다른 사람들과 경쟁하느라 마음 졸인 적도 없었잖아. 그러니까 그렇게 세상이 아름답게 보이는 거라고 비꼬았어. 우아하게 다른 이들이 힘겹게 번 돈으로 자선이나 하면서 산다고 비웃었어. 베스가 죽었다는 소식을 들었을 때, 난 슬프기보다는 화가 났어. 그렇게 약해 빠지다니. 끝까지 삶을 움켜쥐지도 못하고 포기해 버리다니, 한심하다고 욕했어. 베스는 거의 매일 내게 전화를 하고, 문자를 남겼었는데……. 난 모른 척했어. 내가 힘들고 우울하니까, 그냥 모른 척하고 싶었어. 내 무관심에 베스가 상처받

앗을 거라는 죄책감보다는 그렇게 나약하게 삶을 포기해버린 베스를 원망하는 게 나았어. 평생 상처라고는 받아본 적 없고, 고통이라곤 당해본 적 없으니 쉽게 포기할 수 있는 거라고 생각했어. 아마 에르메스 신상품이 품절되어 살 수 없었을 때가 베스가 겪은 가장 큰 고통일 거라고 생각하면서 베스를 비웃었어. 그런데 아니더라. 베스의 삶은 지옥이었더라고. 그 지옥에서라면 베스의 날개는 불타 버렸어야 되는데, 아니면 시커멓게 그을려 악마로 변해 버려야 하는데, 아니었어. 그래서 그랬어. 나를 위해서. 그 새끼에게 벌을 주고 나면 술을 마시지 않고도 잠들 수 있을 거 같아서. 베스의 자선을 위선이라고 비웃었던 나를 견디기 편할 거 같아서. 그런데 이젠 무서워."

이지의 울음소리가 커졌다. 두려웠다. 베스의 상처를 들쑤시고 싶지 않았다. 하지만 베스의 상처를 들쑤시지 않고 빠져나갈 길은 없어 보였다. 어둡고 캄캄했다. 무서웠다. 순간순간 베스의 이름이 입에서 나올까 봐. 일부러 변호사도 접견하지 않았다. 조에게 베스의 비밀을 입 밖으로 꺼내지 말라고 당부했지만, 차라리 조가 그 당부를 지키기 말았으면 좋겠다는 생각이 들 때도 있었다.

"베스가 너무 나약해서 그런 선택을 했다고 생각했어. 하지만 베스는 나보다 훨씬 강한 사람이었어. 나라면 견디지 못했을 테니까. 그렇게 강한 사람이 죽어 버렸어. 누군가는 그 대가를 치러야 한다고 생각했어. 알고 있었어. 만약 일이 잘못되면 나까지 다칠 수도 있다는 걸. 그래도 괜찮다고 생각했어. 무서워. 무서워서 죽을 것만 같아. 그냥 마구 후회가 몰려와. 왜 그런 어리석은 복수를 시작했을까? 아니, 왜 성폭행을 사주했다고 인정했을까? 그러다가 다음 순간에는 그랬어야만 했다고 변명해. 그런데 내가 저지르지도 않은 죄를 뒤집어쓰게 될까 봐 무서워. 무서워서 죽을 것만 같아."

제이슨은 말없이 이지의 머리카락을 쓰다듬기만 했다. 그 부드러운 손길에 차츰 진정되기 시작했다. 눈이 저절로 감겼다. 아늑하고 편안했다. 어느새 이지는 제이슨의 품 안에서 잠들었다. 베스가 죽은 뒤 처음이었다. 술이나 약에 취하지 않고 잠이 든 것은.

6. 엔젤, 미국, 뉴욕

이사벨라의 가이 하워드 상원의원 살인혐의에 대한 세기의 재판이 24일 변호인 측과 검찰 측의 개정진술로 시작되었다.

이사벨라 데스테는 크림색 블라우스에 진회색의 단순한 정장 차림으로 재판정에 들어섰다. 법정에는 이사벨라의 친구인 제이슨 켄드릭과 가이 하워드의 미망인인 알리시아 하워드도 모습을 드러냈다. 방청석에서 가장 관심을 끈 인물은 가이 하워드의 양녀이자 이사벨라 데스테의 변호인단에 속한 조세핀 하워드였다. 조세핀 하워드는 여론의 비난에도 불구하고 모든 인터뷰를 모두 거절했다.

- 뉴욕 타임즈

검찰 측과 변호인 측의 거센 공방을 거친 뒤 선발된 배심원들은 딱히 이사벨라 데스테 측에 유리하지는 않아 보인다. 언론에는 성별, 인종, 나이, 직업 정도의 정보만 공개되었고, 이름은 공개되지 않았다. 배심원 단장은 배심원들이 선출한 49세의 흑인여성이다. 이 여성은 두 딸과 함께 거주하는 이혼녀로 판매직이라는 것 외에 알려진 사실은 없다. 배심원 12명 가운데 10명이 여성이고, 6명이 흑인, 3명이 몽골리언, 2명이 히스패닉, 나머지 1명이 백인남성이다.

이사벨라 데스테의 운명을 결정할 배심원들은 예비배심원들과 함께 감금생활에 들어갔다. 그들은 인터넷 서핑, 신문구독, TV시청, 라디오 청취까지도 통제받으며 LA 도심의 한 호텔에서 24시간 경찰 감시 하에 지내게 된다.

배심원단은 기소항목에 대한 유무죄 여부를 결정하고 판사는 형량만 결정한다. 형사재판의 평결은 12명 전원합의제이며 민사의 경우 8명의 동의가 있으면 평결이 확정된다. 따라서 이사벨라 데스테는 배심원들 중 1명이라도 유죄결정에 반대할 경우 평결불일치로 석방될 수 있다. 평결불일치 비율은 캘리포니아 주가 가장 높고, 로스앤젤레스의 경우 13%에 이른다.

- 연합뉴스

이래저래 상황은 이사벨라 데스테에게 불리해 보인다. 4개월 간의 예비심리 기간 동안, 이사벨라가 심장마비를 일으킬 수 있는 여러 약물과 방법에 관해 검색한 결과를 정리해 놓은 파일이 컴퓨터에서 발견되었고, 그녀가 동물보호단체에서 일하면서 평소 여러 약물에 접근할 수 있었다는 증언들이 잇따랐기 때문이다.

– 워싱턴 포스트

엔젤은 텔레비전에 그레고리 포어맨이 나오자 이지 사건에 관한 신문 스크랩 파일에서 시선을 돌렸다. 그레고리 포어맨은 이지의 컴퓨터에서 심장마비에 관련된 파일을 처음으로 찾은 경찰관이었다.

근육질의 몸매에 짧게 자른 머리카락의 그레고리는 카메라를 똑바로 바라보며 말했다.

"매력적인 범죄자들의 경우가 가장 위험합니다. 자신들의 매력으로 상대방이나 배심원들을 혼란시키니까요. 제가 원하는 건 정의가 실현되는 것뿐입니다."

전형적인 마초 스타일의 그레고리는 자신에게 쏟아지는 스포트라이트를 과하게 즐기고 있는 것처럼 보였다. 뉴스마다 그의 인터뷰가 쏟아졌다. 경찰관 업무를 보면서 그 많은 인터뷰를 어떻게 했을까 의심스러울 정도였다.

그레고리가 발견한 문서 파일은 검찰 측에서 결정적인 증거로 제시되었다. 니콜라는 이지가 시나리오 작업을 위해 조사를 했을 뿐이라고 주장했다. 하지만 실제로 이지가 어떤 의도로 심장마비에 관해 조사했는지에 사람들은 관심이 없었다. 배심원들도 마찬가지일 터였다.

이미 발견된 증거를 바꾸거나 없앨 수는 없었다. 하지만 증거를 발견한 사람은 바꾸거나 없앨 수 있었다. 엔젤은 당장 로스앤젤레스행 비행기를 예약했다.

7. 조, 미국, 로스앤젤레스

이지는 니콜라가 부른 증인을 보며 이맛살을 찌푸렸다. 아마 루시가 이지의 편에서 증언을 해줄 리가 없다고 생각하는 모양이었다. 그게 니콜라와 조가 노리는 점이었다. 루시는 가슴골이 드러나 보이는 까만색 망사 탑과 핫팬츠를 입고 선서를 했다. 배심원 중에 여자들의 표정이 못마땅하게 변했다.

"증인의 소개를 해 주겠습니까?"

니콜라의 질문에 루시는 입술을 씰룩이며 손가락으로 염색한 금발을 비비 꼬았다. 평소 버릇이었다.

"루시 첸, 시나리오 작가입니다."

"피고인 이사벨라 데스테를 아십니까?"

"무척 잘 알죠. 이사벨라 데스테가 감독한 영화 「두 개의 인형」 시나리오 작업에 참여했습니다."

"영화 제작진에는 이름이 없는데요."

"중간에 그만뒀으니까요."

"이유가 뭐죠?"

"이사벨라 데스테가 일방적으로 해고 통보를 했습니다. 너 같이 헤픈 년과는 일하기 싫다고 욕하면서요."

검사가 코웃음을 치는데도 니콜라 골드먼 변호사의 표정은 변화가 없었다.

"그런 말을 했던 빌미가 되는 사건이 있었습니까?"

"파티에서 제이슨 켄드릭을 유혹하려고 발가벗은 채 수영을 했거든요."

방청석에 웃음이 퍼졌다.

"어쨌든 공적인 것과는 상관없는 사적인 일로 해고를 당했으니 이사벨라 데스테에게 좋은 감정은 없겠군요."

"해고를 한 상관과 좋게 헤어질 수는 없는 법이죠. 사실 그 전에도 이지와는 사이가 별로 좋지 않았어요. 이지는 워낙 고상한 척하는 걸 좋아하는 타입이거든요."

니콜라는 루시가 더 이상 이지의 욕을 하는 것을 막기 위해 노트북의 버튼을 눌렀다. 루시는 곧 입을 닫았다. 그리고 초동 수사를 맡은 경찰관 그레고리 포어먼의 목소리가 재판정에 울려 퍼졌다. 이미 증언을 마치고 느긋하게 방청석에 앉아 재판을 구경하던 그레고리 포어먼의 표정이 심하게 일그러졌다.

"정말 감사드려요. 경관님 덕분에 세상이 모두 이사벨라 데스테의 가면 뒤 모습을 알게 됐어요. 아마 다시는 저처럼 고통당하는 사람이 없을 거예요. 모두 경관님 덕분이죠."

"내가 경찰이 된 건 나쁜 놈들을 잡기 위해서죠. 가끔 내가 어렵게 잡은 놈들이 증거 불충분으로 빠져나오는 경우엔 열불이 나요. 그럴 때는 배심원들을 찾아가 패주고 싶다니까요. 하긴 증거가 있어도 뭐가 뭔지 하나도 알아듣지도 못하는 한심한 배심원단 때문에 풀려나는 경우도 있죠. 저번 사건에서도 마찬가지였어요. 2년이나 쫓아다녀서 사기꾼 새끼를 잡아줬더니 골빈 이혼녀 년이랑 단역배우도 배우랍시고 으스대는 창녀 년 덕분에 풀려났다니까요."

이혼녀인 배심장과 머리카락을 금발로 물들인 배우지망생 동양인 여자가 기분 나쁘다는 기색을 감추지 않았다.

"정말 심증이 가는 사람인데 증거가 없을 경우도 많겠죠?"

루시의 가늘고 높은 목소리가 그레고리의 씩씩거리는 숨소리를 덮었다.

"물론이죠. 그럴 때는……."

그레고리가 말끝을 흐렸다.

"특별한 비법이 있을 거 같은데요. 그레고리 포어맨 경관님께서는 관할지역 내에서 가장 높은 범인 검거율 기록 보유자잖아요."

루시가 특유의 콧소리를 내며 그레고리에게 들이대는 장

면이 눈에 훤했다. 술을 따르는 소리에 이어 그레고리가 꿀 꺽거리며 술을 마시고는 트림하는 소리가 들렸다.

"나쁜 년놈들을 감옥에 처넣기 위해서라면 증거에 손을 대야 될 때도 있는 법이죠. 그렇게라도 하지 않으면 아마 LA시내는 무법자 천지가 될 겁니다."*

갑자기 술렁이는 방청석 때문에 이어지는 루시의 목소리는 제대로 들을 수 없었다.

"제가 이렇게 범죄에 희생당하지 않고 거리를 활보하는 게 전부 경관님 덕분이군요?"

방청석에 앉아 있던 그레고리 경관이 벌떡 일어나 소리를 질렀다.

"이건 말도 안 되는 음모입니다. 분명히 시나리오 작업을 위한 오프 더 레코드 인터뷰라고 했습니다. 그런데 몰래 인터뷰를 하다니요?"

이토 판사가 판사봉을 두드렸지만 그레고리의 항변은 계속됐다.

---

*1995년 O.J. 심슨의 살인사건 재판에서도 이와 비슷한 일이 벌어졌다. 초동수사에 참여해 결정적인 증거인 피 묻은 장갑을 발견한 백인 경관 마크 퍼먼이 한 시나리오 작가와 나누었던 녹음테이프가 공개되자 재판의 향방은 완전히 바뀌었다. 녹음테이프 속에서 퍼먼 경관은 '냄새나는 검둥이, 검둥이 수놈, 멍청한 검둥이' 등의 욕을 무려 41차례나 사용했다. 또한 '범인을 감옥에 처넣기 위해 증거에 손을 대야 할 때가 있어. 경찰은 신이야.'라고 말하며 경관들이 흑인 피의자들을 대상으로 증거 조작, 또는 구타하는 관행들에 관해 자랑스러워 했다.

"모두 정숙해주세요. 정리, 그레고리 경관을 퇴정시켜 주세요."

정리가 그레고리를 붙잡아 퇴정시켰다. 모두들 자신들도 퇴정될까 봐 입을 다물었다. 조는 처음으로 재판정에서 미소를 지을 수 있었다. 당장이라도 루시 첸과 그레고리 포어맨의 인터뷰 도청 파일을 넘겨준 사람을 찾아가 발에 키스라도 하고 싶었다. 하지만 파일을 보낸 사람은 찾을 수 없었다. 파일의 발신인은 베스였으니까.

처음에 이메일에서 베스의 이름을 확인했을 때는 사악한 장난에 신고를 해야지 생각했었다. 하지만 메일의 제목이 마음에 걸렸다.

'나의 자매 이지를 위해서.'

발신인은 분명 이지와 베스가 자매라는 사실을 알고 있었다. 도대체 누굴까? 조는 메일을 클릭할 수밖에 없었다. 메일에는 루시 첸의 주소와 연락처, 신상명세가 써져 있었다. 루시가 제이슨에게 꼬리를 치다 이지에게 해고되었다는 것은 조도 알고 있는 사실이었다. 과거 이력으로 볼 때 루시는 검사 측 증인에 더 맞았다. 루시의 정보 따위는 아무 도움이 되지 않았다. 하지만 첨부 파일을 열었을 때, 조는 루시에게 달려갔다.

루시는 도청내용을 듣고 놀라서 굳어 버렸다. 부정할 수도 없었다. 처음에 루시와 그레고리가 서로를 소개하는 대화가 있었으니까.

"도대체 어떻게 이걸 녹음한 거죠? 인터뷰는 분명 오프 더 레코드로 진행되었는데. 설마 그레고리를 감시한 거예요? 당장 그레고리에게 알리겠어요."

루시가 휴대폰을 들고 그레고리에게 전화를 걸기 시작했다.

"그래요? 난 루시가 그것보다 똑똑한 사람인 줄 알았는데요."

루시의 휴대폰 너머로 부재 중 메시지가 흘러나왔다.

"애인 전화도 안 받는 남자라. 너무하네요. 사귄 지 얼마 되지도 않았을 텐데."

루시가 조를 노려보았다.

"하긴 지금 그레고리 경관은 최고의 인기 경관이니 많이 바쁠 거예요. 그런데 과연 그레고리 경관이 업무 때문에 바쁜 걸까요?"

"무슨 뜻이에요?"

조는 MP3의 플레이 버튼을 눌렀다. 비슷한 내용의 대화가 MP3에서 흘러나왔다. 여자만 다를 뿐이었다.

"이것 말고도 여러 개가 있어요. 그래도 난 루시가 말이 통할 거라고 생각해서 루시한테 제일 먼저 달려온 건데, 아니었나 봐요."

"말이 통한다니요?"

"글쎄요. 우리 측 증인이 되어주면 어떨까 해서요. 전국 텔레비전에서 유명세를 타면 일도 더 수월해질 거예요. 사실

할리우드 바닥이 실력보다는 유명세가 모든 걸 좌우하는 일이 많잖아요. 그리고 아마 재판이 끝나고 나면 이지의 자서전이 엄청나게 인기를 끌게 될 거예요."

때마침 루시의 전화벨이 울렸다. 휴대폰의 액정화면에 그레고리의 이름이 떴다. 루시는 망설이지도 않고 수신거절버튼을 눌렀다.

"계속하세요."

"변호인 측 재판 관련 기록을 전부 넘겨줄게요. 물론 이지도 최대한 협조할 수 있도록 설득할 거예요."

사실 파일은 불법적인 수사를 통해 얻어진 것이라 독수독과의 법칙에 의해 증거로 채택되지 못할 가능성이 더 높았다. 하지만 루시는 그레고리가 술에 취하게 만든 뒤 녹음 허락을 받고 똑같은 내용의 대화를 녹음해왔다. 이젠 결정적인 증거가 흔들리고 있었다.

***

조의 기대와 달리 여론은 좀처럼 돌아서지 않고 있었다. 비록 그레고리가 발견한 심장마비에 관한 파일이 증거로서의 신뢰성을 잃었다고 해도, 성폭행을 사주했다는 이지의 자백은 돌이킬 수 없었다. 성폭행은 사주했지만 살인을 하지 않았다는 이지의 증언을 믿는 사람들은 찾아보기 힘들었다.

범행이유에 대해 계속해서 침묵을 지키는 것도 사람들의 의심을 부추겼다.

"끝까지 얘기해주지 않을 거예요? 조는 분명히 범행이유를 알고 있을 텐데요."

조는 니콜라의 질문에 망설였다.

"맘대로 해요. 어차피 내가 항소심을 맡을 것도 아니고."

조는 기가 막혀서 니콜라를 노려보았다.

"이번 재판 비용 내고 나면 이지는 파산 직전일 테니까요. 과연 항소를 할 수 있긴 할까요? 그렇게 계속해서 범행이유에 대해 침묵하는 의뢰인을 어떤 변호사가 떠맡을까요?"

이지는 베스가 성폭행 당했다는 사실을 끝까지 숨기고 싶어 했다. 아무리 설득해도 소용없었다.

"사람들이 기억하는 베스는 천사야. 순결하고 순수하고 선하기만 한…… 그런 베스의 이미지를 망치고 싶어?"

"베스의 잘못이 아니잖아? 베스는 피해자라고."

"맞아. 베스는 피해자야. 그런데 또 피해자로 만들라고? 대중이 얼마나 잔인한 줄 알아? 불결한 추측과 더러운 오해로 죽은 베스를 난도질할 거야. 나더러 베스에게 그런 짓을 하라는 거야? 이미 베스에게 상처 줄만큼 줬어. 그리고 어차피 증거도 없잖아. 베스가 성폭행을 당했다는 증거 있어? 네가 증언을 해준다고 해도 반갑지 않아. 달라지는 건 없을 테니까. 지금도 키워준 양부모 버리고 내 편에 서 있는 것 때문에 언론의 몰매를 맞고 있잖아. 그것도 나에게는 부담이야. 그리고 사람들이 베스가 성폭행 당했다는 것을 믿어준다고 치자. 그래서 달라질 게 뭐가 있는데? 복수라고 해서 성폭행이 정당해 지니? 아니잖아. 복수도 엄연한 범죄야."

이지는 베스의 이름도 꺼내지 못하게 했다. 조도 망설여졌다. 성폭행 사실을 알린다해도 이지에게 유리하라는 법은 없었다. 오히려 이지의 살해의도만 확실하게 만들어줄 수도 있었다.

검찰 측에서는 아무런 직접 증거를 제시하지 못했다. 가이의 사인은 분명히 심장마비였다. 그레고리가 발견한 파일 따위는 증거가 되지 못했다. 하지만 검찰 측은 성폭행 충격만으로도 협심증과 고혈압을 앓고 있었던 가이가 심장마비를 일으키기에는 충분하다며 배심원들을 현혹하고 있었다. 성폭행범인 아드리안 스미스가 범행 후 십여 분 동안 뒷정리를 하고 현장을 떠날 때까지 가이가 살아 있었다고 증언했지만, 배심원들의 마음을 돌리기에는 역부족이었다. 오히려 검찰 측은 성폭행범들이 떠난 뒤 이지가 가이를 묶어 놓은 채 심장에 충격이 갈 만한 일을 저질렀을 거라는 추측을 언론에 흘렸다. 성폭행 사주를 인정한 이지의 진술은 이미 살인을 인정한 진술로 받아들여지고 있었다. 이러다가는 정말 유죄 판결을 받을 수도 있었다.

"젠장, 이럴 줄 알았으면 이지가 해고라고 소리를 지를 때

관뒀어야 했는데……. 정말 끝까지 범행이유에 대해 입을 다물 거라고는 예상 못했거든요. 최근 5년 동안 단 한 번도 재판에 진 적이 없었는데, 멍청하고 고집불통인 의뢰인 덕분에 패소라는 오명을 뒤집어쓰게 생겼네요."

"아니면 유죄가 분명한 사건에서 승소했다는 명예를 얻을 수도 있겠죠."

니콜라의 눈이 휘둥그레졌다.

"범행이유 말해 줄 거예요?"

조는 고개를 끄덕였다. 드디어 냉장고 문을 열 때가 되었다.

* * *

재판이 열리는 날이면 로스앤젤레스 시내 형사법정 주변은 혼잡함을 넘어서 난장판이었다. 백여 개 나라에서 파견된 취재진, 어떻게든 재판현장에 들어가려는 구경꾼, 종말을 예언하는 목사들은 그나마 나았다. 가이는 물론이고 검사, 변호사, 판사의 사진, 이지의 캐리커처가 새겨진 티셔츠, 이사벨라 데스테라는 이름이 붙은 쿠키, 수건, 목욕용품을 파는 장사꾼들이 극성을 부렸다.

"저 사람들은 버젓이 내 초상권을 마음대로 가져다 쓰는데도 아무도 잡지를 않네. 도대체 경찰은 왜 있는 거야?"

이지는 괜스레 투덜거렸다. 오늘이 마지막 재판이었다. 조는 자동차 안에서 이지의 손을 붙잡아 주었다. 이지의 손이 가늘게 떨리고 있었다.

*＊＊

조는 선서를 한 뒤 증인석으로 올라섰다. 피고인석에 있는 이지가 긴장을 풀라는 듯 눈을 찡긋했다. 이지는 조가 단순히 이지와 가이의 평소 성격에 관해 증언을 하는 것으로 알고 있었다. 니콜라가 일어서며 이지를 가렸다. 다행이었다. 이지를 보면 맘이 약해질 것만 같았다.

"조세핀 하워드 양, 하워드 양은 피해자인 가이 하워드와 어떤 관계인가요?"

"가이가 저와 베스를 입양해서 길러 주었습니다."

"베스? 사망한 엘리자베스 하워드를 말하는 겁니까?"

"네."

"그런데도 증인은 피해자가 아닌 피고인의 변호인단에 속해 있습니다. 좀 이해하기 어렵군요. 객관적인 시선으로 본다면 은혜를 배신으로 갚는 행위처럼 보이기도 하는데요. 피고인 측 변호인이 된 특별한 이유가 있습니까?"

조는 배심원단과 방청석을 번갈아 보았다.

"이지가 무죄라고 믿으니까요."

"이지? 이사벨라 데스테를 그렇게 부르나요? 무척 가까운 사이처럼 들리는군요."

"네. 가까운 사이입니다. 자매니까요."

바로 옆에 위치한 판사석에서 헉, 하고 놀라는 소리가 들렸다. 검사는 당황해서 벌떡 일어날 뻔했다. 방청객과 배심원들의 술렁거림은 좀처럼 가라앉지 않았다.

"자매라니요? 정확히 진술해 주시겠습니까?"

니콜라의 질문에 사람들은 누가 시키기라도 한 듯 일제히 입을 다물었다.

"저와 혈연관계에 있는 자매입니다. 베스와 저만 가이에게 입양이 된 거죠."

"그렇다면 더 이해가 가지 않습니다. 도대체 왜 이사벨라 데스테는 자신의 친자매를 입양해 길러준 가이 하워드를 성폭행하라고 사주했을까요? 어떻게 보면 이사벨라 데스테에게도 피해자는 은인 아닌가요?"

조는 자신을 노려보고 있는 이지의 눈길을 더 이상 모른 척할 수 없었다. 이지는 이를 악물고 있었다. 조가 증인으로 나선다는 말을 들었을 때 이지는 단 한마디만 했다.

'어리석은 짓 하지 마.'

조는 이지의 눈을 피하지 않고 마주보았다.

'미안해.'

이지가 조를 향해 안 된다는 듯이 고개를 저었다. 하지만 어쩔 수 없었다.

"증인, 대답해 주세요."

니콜라가 대답을 재촉했다. 조는 배심원단에게 고개를 돌렸다. 이지를 외면하는 동시에 배심원들의 감성에 호소해야만 했다.

"가이는 다섯 살 때부터 베스를 성폭행했습니다."

드디어 검사가 벌떡 일어났다.

"재판장님, 이의 있습니다."

"기각합니다. 계속하세요."

방청석에 있던 알리시아가 재빨리 옆에 있는 비서에게 뭔가를 속삭였다. 비서는 고개를 끄덕인 뒤 재판정을 나섰다.

"전 열여덟 살 때 그 사실을 알게 되었습니다. 그래서 둘이 같이 집을 나왔습니다. 가이와는 연락을 끊었고요."

"증인의 증언이 고인에 대한 명예훼손이 될 수 있다는 사실 알고 계신가요?"

니콜라의 말에 검사가 고개를 끄덕이며 동의했다. 자기가 하고 싶은 말을 니콜라가 대신 해줘서 고맙다는 눈빛이었다.

"네, 증거가 없다면 그렇겠죠."

"증거가 있습니까?"

"네. 베스가 가이의 아기를 임신했었습니다. 자궁외임신이었죠. 수술 후 발생한 의료폐기물을 보관해 왔습니다. 유전자 검사도 했었고, 그 결과지도 가지고 있습니다. 베스의 장례식 직후에야 이지는 그 모든 사실을 알게 되었습니다. 충격을 받았을 거라고는 생각했지만, 저도 경황이 없어 이지를 돌보지 못했습니다. 모든 게 제 불찰입니다. 이지는 예술가 특유의 예민하고 풍부한 감성을 지니고 있습니다. 그래서 더 더욱 나쁜 짓을 저지를 만한 사람이 아니었죠. 이런 일이 발생할 줄 상상조차 못했습니다."

이제 재판정은 걷잡을 수 없는 혼란으로 가득했다. 휴정을 원한다는 검사 측과 제출된 증거를 클로즈업하려는 카메라맨들이 뒤엉킨 가운데 알리시아가 실신까지 했다. 방청석에 있던 의사가 응급처치를 하는 모습을 찍는데 정신이 팔린 기자들은 구급대원이 왔는데도 길을 터주지 않았다.

판사가 사이드바Sidebar를 위해 음향 중화장치를 켜자 배심원석과 방청석에 백색소음이 울려 퍼졌다. 빗소리와 파도소리가 재판정을 뒤덮어 물난리라도 난 것 같았다. 사이드바란 배심원을 제외한 판사, 검사, 변호사 간의 협의였다. 검사와 변호사가 재빨리 판사석으로 향했다.

조는 마침내 이지에게로 시선을 돌렸다. 이지는 차가운 눈빛으로 조를 바라본 뒤 고개를 돌려 버렸다.

***

이지는 판사가 특별히 배려한 최후진술도 하지 않겠다고 버렸다. 하지만 니콜라는 이미 익숙한 듯 이지의 거절에 눈

하나 깜짝하지 않고 최후변론에 나섰다.

"혹시 킹 커닝햄 사건 기억하시나요? 열세 살 딸이 아홉 살 때부터 가깝게 지내던 이웃 남자로부터 성폭행을 당했다는 것을 알고 충격을 받은 엄마가 그 남자를 권총으로 살해한 사건이었습니다. 가해자는 피해자가 쓰러진 뒤에도 총알을 장전하여 계속해서 총격을 가했습니다. 검찰은 커닝햄을 1급살인죄로 기소했습니다.

그러나 17시간에 걸친 토론 끝에 배심원들이 내린 결론은 계획적 살인이 아니라는 것이었습니다. 그리고 다시 열린 재판에서는 9시간의 토론 끝에 2급살인죄에도 해당되지 않는다는 놀라운 결론을 내렸습니다.

커닝햄은 그저 남자에게 사실을 확인하기 위해 남자의 직장으로 찾아갔다고 합니다. '절대 그렇지 않다'라는 부정의 대답을 기대하면서 말입니다. 하지만 남자는 따지고 드는 커닝햄을 한참 동안 노려보다가 '그래서 어쩔 건데'라고 쏘아붙였습니다. 순간 커닝햄은 자동차 안에서 권총을 꺼냈다고 합니다. 배심원들은 변호사의 고살Voluntary manslaughter* 주장을 받아들였고, 커닝햄은 4년형을 선고받았습니다. 하지만 나중

＊미국법에서는 고의에 의한 계획적 살인을 1급살인murder in the first, 과실에 의한 살인을 2급살인murder in the second이라고 분류한다. 이 외에 감정적으로 또는 정신적으로 불안정한 상황 하에서, 피해자가 살인자를 도발하여 감정을 주체하지 못하고 격앙되어 저지른 살인 행위를 고살이라고 분류하며 킹 커닝햄 사건은 대표적인 고살 사건으로 꼽는다.

에 판사가 이를 다시 6개월로 감형하여 석방되었습니다.

앞서 검찰 측 증인들이 증언했다시피 피고인은 감정적인 사람입니다. 엘리자베스 하워드는 피고인이 몇 십 년 만에 찾은 가족입니다. 피고인은 그런 엘리자베스 하워드를 도우려 최선을 다했습니다. 엘리자베스 하워드가 골수기증자의 요구대로 자선재단을 만들었을 때, 피고인은 자선기금을 모으고, 홍보에 나섰습니다. 그전에는 언론기피증이니 광장공포증이니 언론의 뭇매를 맞으면서도 카메라 앞에 서길 꺼렸던 피고인은 엘리자베스 하워드를 위해 스스로 인터뷰를 자청했습니다. 엘리자베스 하워드도 그런 피고인의 노력을 알았기에 자선재단의 운영을 피고인과 조세핀 하워드에게 맡긴다고 유언장을 작성했을 겁니다. 게다가 피고인은 엘리자베스 하워드의 장례식을 성당에서 치르기 위해 며칠 동안 굶으며 촛불시위를 한 끝에 입원까지 했었습니다.

세상에는 여러 형태의 가족이 있습니다. 혈연이지만 어쩔 수 없이 다른 곳에서 자란 형제도 있을 수 있고, 피 한 방울 섞이지 않았지만 한 집에서 자란 자매도 있을 수 있습니다. 혈연이고 한 집에서 자랐지만 원수보다 못한 가족도 있을 수 있겠죠. 과연 진정한 가족이란 무엇일까요? 서로에 대한 사랑과 믿음이 있는 가족이 진정한 가족 아닐까요? 피고인과 엘리자베스 하워드의 사이에는 그런 사랑과 믿음이 존재했습니다.

그렇게 사랑했던 자신의 자매가 죽은 것만으로도 감정은 감당할 수 없을 만큼 격해져 있었을 겁니다. 그런데 그 자매의 우울증 원인이 어린 시절부터 당해온 성폭행이라는 사실을 알게 되었을 때, 피고인의 마음이 어땠을까요? 배심원 여러분, 한 번 상상해 보세요. 너무나 사랑하는 당신의 가족이 어린 시절부터 끊임없이 그런 고통을 당해왔다면, 그 고통의 결과로 얻은 우울증으로 자살을 했다면, 여러분은 어떻게 하시겠습니까? 저라면 아마 그 사람을 죽여 버리고 싶었을 겁니다.

하지만 피고인은 차마 그러지 못했습니다. 그저 그 사람에게 똑같이 갚아주고 싶었을 뿐이랍니다. 그래요. 피고인은 성폭행을 사주한 죄를 인정했습니다. 하지만 피고인은 절대 살인을 할 의도가 없었습니다. 검찰 측의 주장대로 성폭행의 충격 때문에 피해자가 사망했을 수도 있습니다. 그 가능성을 완전히 부정할 수는 없겠죠. 하지만 피고인은 성폭행의 충격으로 피해자가 사망하리라고는 상상조차 하지 못했을 겁니다. 여러분은 상상이 가십니까? 다섯 살짜리 어린 양딸을 십 년이 넘도록 성폭행해왔던 피해자가 겨우 그 정도 일로 충격을 받았다고요? 다른 이들에게는 자선의 대명사처럼 굴면서 집 안에서는 남몰래 다섯 살 양딸을 성폭행했던 피해자가 그 정도 일로 심장마비까지 일으켰을까요? 글쎄요. 전 확신할 수 없습니다.

하지만 피고인이 불안정한 정신 상태였다는 것만은 확신할 수 있습니다. 사실, 저는 어젯밤 늦게야 이런 충격적인 사실을 알게 되었습니다. 피고인이 끝내 비밀로 하고 싶어 했기 때문이었죠. '날개 잃은 천사'로 불렸던 베스가 사후에라도 타인의 호기심에 상처받게 만들고 싶지 않다는 게 이유였습니다. 살인죄를 뒤집어쓰더라도 지켜주고 싶었던 너무나 사랑했던 베스였습니다. 태어나자마자 헤어졌던 베스를 되찾은 기쁨을 누리기도 전에 베스를 떠나보내야 했습니다. 지켜주지 못한 자신을 미친 듯이 원망했을 겁니다. 그런데 베스의 우울증이 어린 시절 내내 지속되었던 성폭행 때문에 비롯되었다는 걸 알게 되었습니다. 그 끔찍한 시간 동안 베스를 홀로 내버려 두었다는 사실에, 그 처참한 상처를 단 한 번 보살펴 주지 못한 채 베스를 보냈다는 사실에 절망했습니다.

그래요. 검사의 주장을 모두 인정한다고 가정해 보겠습니다. 피고인이 가이의 심장마비를 유도하기 위해 성폭행을 비롯한 충격적인 일들을 벌였을 수도 있습니다. 하지만 그렇다고 해도 피고인에게 1급살인죄를 물을 수는 없습니다.

저는 변호사가 된 이후로 언제나 배심원 여러분께서 내린 평결을 존중해 왔습니다. 배심원 여러분, 제가 밤을 새우며 내린 결론은 단 한 가지였습니다. 배심원 여러분이 어떤 평결을 내리든······."

니콜라는 말을 멈추고 이지를 가리켰다.

"저 사람은 무죄입니다."

8. 엔젤, 미국, 뉴욕

절대적으로 이사벨라 데스테의 유죄를 확신했던 대중은 새롭게 드
러난 사실에 급선회를 했다. 여론조사에 따르면 72%의 사람들이 이
사벨라 데스테의 무죄를 믿고 있다. 하지만 '살아 있는 천사'로 추앙
받았던 엘리자베스 하워드의 이미지를 이용해서 무죄를 받으려 한
다는 부정적인 시선도 많다.

– 뉴욕 타임즈

　세기의 재판으로 불렸던 이사벨라 데스테 재판의 배심원 평결은 3
시간 만에 이루어졌다. 미국 사법사상 살인사건에 대한 평결로는 전
례가 없을 정도로 단시간이다. 빠른 평결의 경우 보통 유죄일 확률
이 높다는 점에서 이사벨라 데스테 변호인 측 분위기는 어둡게 가라
앉았다.

– 워싱턴 포스트

　미 LA 지방형사법원 9층 제103호 법정.
　세기의 재판은 시작 전부터 붐볐다. 수많은 취재진과 제이슨 켄드
릭, 조세핀 하워드, 알리시아 하워드 등의 관련인물은 익숙했다. 재

판의 주심으로 몇 달 동안 어떤 연예인보다 언론의 주목을 받은 일본계 미국인 해드윈 이토 판사의 부모와 이사벨라 데스테의 전기를 쓸 예정이라는 루시 첸의 모습도 보였다.

재판장은 전날 배심원들로부터 전달받은 노란색 서류 봉투를 들고 법정에 들어섰다. 봉투 속엔 이사벨라 데스테의 운명을 결정지을 배심원 평결문이 담겨 있었다. 법정 안의 모든 사람의 시선이 노란 서류 봉투를 따라 움직였다. 재판장의 지시로 법원서기가 평결문을 읽어나갔다.

무죄였다.

순간 니콜라 변호사는 좋아서 열린 입을 다물지 못했고, 클라크 수석검사의 얼굴은 딱딱하게 굳어졌다.

이번 재판이 이사벨라 데스테의 무죄로 끝날 수 있었던 데에는 조세핀 하워드의 증언이 결정적인 역할을 했다. 물론 변호사들이 배심원들의 구성에 신경을 곤두세우고 성차별과 인종차별로 대립을 유발한 것도 한몫을 했다.

– 연합뉴스

엔젤은 인터넷 기사를 검색하며 안도의 한숨을 내쉬었다. 이제 이지 때문에 악몽을 꾸지 않아도 된다.

9. 이지, 미국, 로스앤젤레스

이지는 재판이 끝난 뒤 이틀을 내리 잤다. 이지는 잠에서 깨어 조그맣게 한숨을 내쉬었다. 조금만 더, 평화롭고 싶었다.

***

이사벨라 데스테가 무죄 판결 2개월 만에 피살자 가족에게 민사 피소를 당했다. 피살자 가족들이 제기한 민사재판은 같은 사건, 같은 증거를 대상으로 한 재판이지만 이번 재판은 이사벨라 데스테가 패배할 가능성이 훨씬 높다고 전문가들은 분석하고 있다. 형사재판은 배심원 전원이 만장일치 평결을 내려야 하지만, 민사재판은 12명의 배심원 중 9명 이상이 동의한 쪽으로 평결이 내려진다.

재판이 열리는 장소도 이사벨라 데스테에게 불리하다. 형사재판은 LA시내 중심부에서 열린 관계로 배심원 중 유색인종이 11명이나 됐다. 하지만 이번 민사재판은 LA서부 해변가인 산타모니카로 백인들이 압도적으로 많이 거주하는 지역이다.

– 연합뉴스

제5부

꿈

꿈을 추진하는 힘은 이성이 아니라 욕망이고
두뇌가 아니라 가슴이다.
– 표도르 도스토예프스키 「우스운 자의 꿈」 중에서

가끔 나를 바라보는 조의 눈에서 죄책감이 엿보인다.
나는 절대 조를 위해 견디지 않았다.
나는 그저 나의 꿈을 위해 참았을 뿐이다.
'행복한 가족'이 나의 꿈이었으니까.
나에게 가족은 조뿐이었으니까.
조가 더 이상 내 이기심 때문에 죄책감을 갖지 않았으면 좋겠다.
나는 행복한 조 때문에 행복했으니까.
– 베스의 일기 중에서

30세

1. 조, 미국, 로스앤젤레스에서 뉴욕으로

자신의 동생을 기리기 위해 우리의 여왕이 행동을 개시했다. 이사
벨라 데스테는 자신이 각본을 쓰고 주연을 하게 될 영화제작을 위한
모금을 시작했다. 영화의 모든 수익금은 엘리자베스 하워드가 설립
한 자선재단에 기부될 예정으로 모금에 참여한 사람은 액수에 상관
없이 시사회권 2장을 받게 된다. 일부에서는 직접기부가 아닌 간접
기부의 효과에 대해서 부정적인 시선을 보내고 있다.

하지만 예상외로 할리우드 스타들의 반응은 좋은 편이다. 이사벨
라 데스테의 전작이 실패하긴 했지만 수익금 전액 기부라는 좋은 의
도에 대본을 읽어보지도 않고 출연의사를 밝혀오는 스타도 있다고
한다. 지난 2년 동안 온갖 슬픈 일을 다 겪은 그녀의 새로운 변신은
가능할까?

– 할리우드 리포트

스튜어디스가 저녁을 서빙하기 시작했다. 조는 읽고 있던
신문을 접어 앞좌석에 붙어 있는 꽂이 함에 집어넣었다. 이
지는 재판의 후유증에서 빨리 벗어나고 있었다. 아직 민사
재판이 남아 있긴 하지만 패소한다고 해도 액수가 그리 높게

책정되지는 않을 것 같았다. 이제 조도 일어서야 했다. 베스를 위해서.

2. 이지, 미국, 뉴욕

"어차피 다음 주에 재판 때문에 산타모니카에 갈 텐데, 뭐하러 사서 고생을 해?"

이지의 질문에 조는 대답이 없었다. 그저 술잔 앞만 어슬렁거렸다. 조는 재판이 끝나기도 전에 니콜라의 법무법인에 채용되었다.

"그냥. 영화 진행 상황도 궁금하고."

"고액 기부자라 이거지? 스케줄 조정 다 끝났으니까 다음 주에 크랭크인할 거야."

"뉴욕에서 촬영할 거야?"

이지는 황당해서 입을 벌리고 조를 바라보았다.

"당연하지."

영화의 주인공은 베스였다. 뉴욕이 아닌 다른 도시에서 촬영한다는 생각은 해보지도 않았다.

"혹시 캘리포니아로 완전히 이사할 생각은 없어?"

뭔가 이상했다. 조는 초조한 듯 손을 가만히 두질 못하고 있었다.

"그냥 털어 놔. 왜 내가 이사하기를 원하는지. 외로워서 그렇다는 헛소리하지 말고. 정 외로우면 네가 뉴욕으로 이사할 수도 있잖아. 그게 훨씬 간단하고 빠르잖아. 그런데도 나한테 이사하라고 말하는 이유가 있을 텐데?"

조는 망설였다. 이지는 술장으로 향했다.

"술이라도 한잔하면 입을 열기가 쉬울까?"

조가 술장 앞을 어슬렁거린 것도 그래서였을 것이라는 생각에 이지는 술병을 꺼냈다.

"아니. 술은 안 마실 거야. 맨 정신에 얘기하고 싶어."

이지는 어깨를 으쓱하며 술병을 다시 집어넣었다.

"캘리포니아 주지사에 출마할 거야. 네가 좀 도와줬으면 해."

조의 말이 등 뒤에서 울렸다. 이지는 놀라서 뒤돌아섰다.

"제발 좀 도와줘."

이지는 멍하니 조를 바라보다가 갑자기 웃음을 터뜨렸다.

"농담 아냐."

조의 심각한 말투에도 이지의 웃음은 멈추지 않았다. 한숨을 내쉬는 조를 바라보던 이지는 웃음을 참으려 노력했다. 타인의 꿈이 아무리 실현불가능해 보이더라도 그걸 비웃는 건 상처를 주는 행동이었다.

"넌 이 나라에서 자란 이 나라 사람이야. 그런데도 이 나라를 그렇게 몰라? 미국이란 나라가, 이 나라가 어떤 나라인지 몰라? 뭐든지 다 받아줄 수 있을 것처럼, 뭐든지 다 해도 되는 것처럼 자유스럽고 진보적인 나라처럼 보이지만 실제로는 얼마나 보수적인 나라인지 몰라? 주지사? 웃기는 소리 하지 마. 이 나라가 어떤 나란데. 길거리에서도 쉽게 구할 수 있을 정도로 마약이 흔한 마당에, 후보자 아들의 마약 복용설에도 지지율이 뚝뚝 떨어져. 자기들은 이혼을 몇 번씩 해도 이혼한 대통령 따위는 상상조차 못해. 그런데 뭐? 여자를, 그것도 동양인을, 이 나라에서 태어난 것도 아닌 너를 주지사로 뽑아줄 것 같아? 네가 몇 살이야? 정치판에서 컸다는 아이가 그것도 모를 정도로 멍청한 거야? 아니면 아직도 그런 꿈을 가질 정도로 철이 없는 거야?"

조는 아무 대꾸도 하지 않고 이지의 말을 듣기만 했다. 이지는 조금 심했나 싶어서 죄책감이 들었다. 하지만 엉뚱한 꿈이라면 애초에 포기시키는 게 나았다. 조가 다시 상처를 받는 일은 막아야 했다. 베스의 죽음만으로도 조는 이미 휘청거리고 있었다.

대학에 있을 때 여성학 강사가 설문조사를 했었다. 어떤 사람이 대통령이 되는 게 빠를까요? 흑인 남자, 아니면 백인 여자? 모두들 흑인 남자에게 표를 던졌다. 동양인 여자 따위는 보기에도 없었다. 어떻게 조를 설득해야 할지 고민하는데 조가 불쑥 말했다.

"베스는 내가 할 수 있을 거라고 믿었어."

이지는 순간적으로 멈칫했다. 조가 그 이름을 내뱉는 건 마지막 재판 이후로 처음이었다. 이지는 긴장했다. 조도, 이지도, 마지막 재판 이후로는 베스의 이름을 함부로 입에 올리지 않았다. 그들에게 '베스'란 이름은 상처와 동의어였다. 베스의 이름은 영화와 관련되어서만 가끔 언급되었다. 그때의 베스는 그들의 자매가 아닌 이지가 만드는 영화의 주인공일 뿐이었다.

"베스가 믿었다고 해서 나도 믿으라는 법 없어. 그 아이는 너무 착해서 세상이 전부 공정한 줄 아는 바보였으니까. 그렇게 끔찍한 일을 당하고서도 멍청하게 그래도 세상은 아름답다고 생각했던 애니까. 하지만 난 아냐. 엉뚱한 억지 부리지 마."

"엉뚱한 억지 아냐. 조금 더 나은 세상을 만들고 싶어. 베스가 자선으로 더 나은 세상을 만들고 싶었던 것처럼."

"그럼 그냥 자선재단 일에 더 집중해."

"아니, 그런 간접적인 방법이 아니라 직접 내 손으로 무언가를 바꾸고 싶어. 그렇게 조금씩 바꾸어 나가다 보면 결국이 세상 모두가 변할 테니까."

이지는 한숨을 내쉬었다.

"그건 정말 초등학생이나 꿀만한 꿈이야. 세상을 바꾸고 싶다고? 내가 이제껏 정치인에게 기대한 건 그나마 지금보다최악으로 바꾸지나 말아라, 이거였어. 그 정치인들도 처음에는 너 같이 예쁜 꿈을 꿨을지 모르지. 하지만 너도 알잖아.

세상은 한 사람의 힘으로 쉽게 바뀌지 않아. 더러운 오물통에서 뒹굴다 보면 결국 너도 더러워질 수밖에 없다고. 주지사? 결국 네가 원하는 건 대통령이 되는 거잖아. 차라리 섬 하나를 사서 새로운 나라를 만들어. 그게 더 쉬울 테니까."

"내가 너한테 원한 건 단 한 가지야. 그런데 그게 그렇게 힘든 일이니?"

"단 한 가지?"

"그래. 내 편이 되어 달라는 것. 언제나 베스가 나에게 해주던 것처럼."

이지는 고개를 돌렸다. 조는 겪지 않았다. 끔찍한 가난도, 엉뚱하게 펼쳐지는 인생도, 그냥 이유도 없이 닥치는 불행도. 그래서 초등학생의 멋모르는 꿈을 간직할 수 있는 거였다.

"베스를 위해서야."

"무슨 소리야?"

"나도 믿지 않았어. 그래, 항상 대통령이 되고 싶다고, 대통령이 꿈이라고 말했지만 실제로 이루어질 거라고는 믿지 않았어. 네 말대로 그걸 정말 믿기엔 내가 너무 똑똑했거든. 그렇게 그 꿈을 잊고 있었어. 하지만 베스는 믿었어. 정말로 내가 할 수 있다고 믿었어. 그래서 그랬어."

조는 차마 말을 잇지 못하고 한참을 흐느꼈다. 이지는 그런 조를 바라보며 한숨을 내쉬었지만 아무 말도 하지 않았다. 조는 가슴에 손을 얹고 숨을 몰아쉬면서 진정하려고 노력했다. 그리고 말을 이었다.

"그래서 그랬어. 내가 정말로 대통령이 될 수 있다고 믿었기 때문에 아무 말도 않고 가만히 있었던 거야. 그렇지 않아도 동양인에 여자인데다 어떤 사람의 아이인지도 모를 입양아인 불리한 입장에 서 있는 나한테 방해가 될까 봐 자기가 그렇게 당하면서도 가만히 있었어. 어차피 한 번 당했으니까, 또 다시 견딜 수 있을 거라고. 날 위해서 참을 수 있다고. 다시 한 번, 또 한 번. 또 다시 한 번. 참을 수 있다고 자신에게 되뇌었을 거야. 그 희생을 모른 척할 수 없어. 그래서 꼭 해야 해. 할 거야. 그러니까 도와줘."

자신의 꿈도 아닌 타인의 꿈을 위해 그 고통을 견뎠다고? 그 오랜 시간을? 이지는 차오르는 눈물을 닦으며 고개를 돌렸다. 거실 벽난로 위에 놓인 사진 속의 베스가 이지를 보며 환히 웃고 있었다. 베스는 항상 꿈이나 희망, 기적, 그런 아름다운 단어들에 약했다. 어쩌면 그 추악한 고통 속에서 그것들만이 베스를 살게 해 주었을지도 모른다. 이지는 베스를 바라보며 한숨을 내쉬었다.

"좋아. 어차피 내 인생은 항상 불가능에만 도전해 왔으니까."

이지의 말에 조가 놀라서 고개를 들었다.

"잊지 마. 네가 말했듯이 난 변덕스런 사람이니까 언제든 이 일에서 발을 뺄 수 있다고."

하지만 조도 이지도 그게 사실이 아니란 걸 알았다.

3. 조, 미국, 로스앤젤레스

이지는 못마땅해 했던 것과 달리 조의 당선을 위해 물심양면으로 지원을 아끼지 않았다. 영화 촬영보다 조의 당선 전략에 더 신경을 많이 쓰는 것 같아서 걱정스러울 지경이었다.

"영화 촬영은 제대로 하고 있는 거야?"

"당연하지. 다음 주면 크랭크업이야."

"너무 서두르는 거 아냐?"

"재능기부하는 스태프가 대부분이잖아. 아무래도 촬영기간이 길어지면 모두에게 부담이니까. 다음 주에 촬영 끝나면 편집은 할리우드에서 할 거야. 적어도 두 달 안에는 끝내야 하는데 걱정이야."

"편집까지 초고속으로 하게? 너무 무리하는 거 아냐?"

"나야 원래 빨리 작업하는 편이잖아. 게다가 이번에는 네가 선거 출마하기 전에는 반드시 개봉해야 하니까 조금 더 서두르고 있어. 너야말로 봉사활동 열심히 하고 있는 거야?"

이지는 엘리자베스 하워드 재단의 본사를 로스앤젤레스로 이전했다. 모두 조의 당선을 위한 거였다. 회사를 관두고 재단 이사에 취임한 조는 대외 활동에 치중했기 때문에 이지의 관련 업무는 더 증가할 수밖에 없었다.

"걱정 마. 잘하고 있으니까."

"눈에 보이지 않으니까 안심을 할 수가 없어. 크랭크업하자마자 갈 테니까 기다려."

갑자기 목이 메어 왔다. 누군가 자신을 염려하고 걱정해준
다는 느낌이 얼마나 따스한 건지 꽤 오래 잊고 있었다.

***

"일단 네 머리 모양부터 어떻게 해야겠다."

이지는 로스앤젤레스에 도착하자마자 닦달했다.

"내 머리 모양이 어때서?"

조는 로스쿨에 입학하고 나서 긴 머리카락을 뭉텅 잘라냈
다. 공부를 하는 사람이 긴 머리카락을 유지하는 건 사치였
다. 그 뒤로도 조는 짧은 커트를 몇 년째 고수하고 있었다.
약간 보이시한 느낌이었지만 세련되고 단정해 보여 정치인
의 머리 모양으로는 나쁜 편이 아니었다.

"다들 내 머리 모양도 괜찮다고 하던데. 원래 여성 정치인
들이 짧은 머리 모양을 많이 하잖아? 괜찮지 않아?"

이지는 조의 질문에 대답하지 않았다.

미용실에 도착하자마자 기다리고 있던 헤어 디자이너와
메이크업 아티스트가 다가왔다.

5시간 뒤, 미용실. 조는 자신의 앞에 놓인 거울 속의 모습
을 물끄러미 바라보기만 했다. 거울 속의 베스는 애써 웃음

을 지으려 노력하고 있었다. 조는 거울 속의 베스를 향해 손을 뻗었다. 긴 머리카락의 베스도 조를 향해 손을 뻗어왔다. 하지만 조의 손에 닿는 것은 거울의 차가운 표면뿐이었다. 베스의 눈에 눈물이 차올랐다. 그 눈물이 조의 눈에서 떨어져 내렸다. 베스의 등 뒤로 이지가 다가오는 모습이 보였다.

이지는 미용실에 있던 스태프들에게 나가라는 눈짓을 했다. 스태프들이 하나 둘씩 사라지고 조와 이지만 남았다.

"다행히 나보다는 분장이 쉬운 편이네. 하긴 니들은 부모가 모두 같으니까. 그래서 유전자라는 게 무서운 모양이야. 정말 많이 닮았네."

거울 속의 조에게서 눈을 떼지 못하는 이지의 목소리는 잠겨있었다.

"이, 이게 네가 원한 모습이었어?"

이지는 고개를 빳빳하게 들었다. 따지려면 따지라는 듯이.

"이기고 싶다며? 이 정도도 각오하지 않고 이길 수 있을 거라고 생각했어? 네가 가진 게 뭔데? 사람들이 기억하는 넌 엘리자베스 하워드의 여동생에 불과해. 그걸 이용하지 않는다면 네가 바보인 거지."

"그래서 매일 아침 베스가 되었다가 매일 저녁 베스를 보내라고? 하루에도 몇 번씩 거울 속에서 베스를 보라고?"

이지의 눈썹이 가늘게 떨렸다. 하지만 조의 말을 받아치는 이지의 말투는 싸늘했다.

"그 정도도 견디지 못하면서 그 더러운 정치판에 뛰어들겠다는 거야? 그렇다면 지금이라도 그만둬. 할리우드 바닥보다 훨씬 더러운 곳이 있다면 워싱턴 바닥일 테니까. 그리고 당장 눈물 닦아. 아프다고 징징대는 지도자를 갖고 싶어 하는 국민은 없어. 국민이 원하는 지도자는 자신들이 흘린 눈물을 닦아주면서 위로해줄 사람이야. 그걸 잊지 마."

* * *

드디어 「사랑」이 드디어 개봉을 하루 앞두고 있다. 「사랑」은 개봉까지 수많은 우여곡절을 겪었다. 엘리자베스 하워드의 양모이자 가이 하워드 전 상원의원의 미망인인 알리시아 하워드는 영화상영금지 가처분 신청을 했고, 주요 영화관 체인들이 4시간 27분이라는 긴 러닝타임 때문에 영화 상영에 난색을 표하기도 했다. 러닝타임의 절반 이상은 기부자들의 이름이 들어간 엔딩크레딧이 차지하고 있다. 배급사 쪽에서는 편집을 요구했지만 이사벨라 데스테의 고집을 꺾지는 못한 것으로 알려졌다.

엘리자베스 하워드의 일대기라는 것 외에 영화의 내용은 전혀 외부에 알려지지 않았다. 공개된 것이라고는 이사벨라 데스테가 활짝 웃는 영화 포스터가 전부이다. 포스터는 유명 사진작가 제이 디 본의 작품이다.

긴 상영시간 때문에 타 영화의 2배가 넘는 입장료를 받을 이 영화가 영화사에 남길 흔적이 어떤 것일지 모든 사람이 긴장하고 있다.

– 할리우드 타임즈

영화가 끝나고 나서 영화제작과정을 담은 다큐멘터리가 화면의 절반을 채우고, 그 옆으로 배우와 스태프들의 이름이 떠올랐다. 영화에 참여한 배우와 스태프들은 영화수익금 전부를 엘리자베스 하워드 재단에 기부하겠다는 취지에 공감해 대부분이 재능기부로 영화에 참여한 것으로 알려졌다.

보통의 영화와 달리 배우와 스태프들의 명단 뒤로 영화제작을 위해 기부한 사람들의 명단이 이어졌다. 미네소타에 사는 4세 제인이 낸 1달러부터 투자의 천재로 불리는 제이슨 켄드릭의 천만 달러까지 영화를 위해 기금을 낸 사람들의 이름이 액수와 상관없이 무작위로 이어졌다. 그리고 마지막으로 다큐멘터리가 화면을 가득 채웠다. 마지막 촬영이었던 고해성사장면에서 이사벨라 데스테가 계속 눈물을 흘리는 바람에 작업이 늦춰 지고 있었다. 촬영 장소인 세인트 패트릭 성당은 엘리자베스 하워드의 장례식이 열렸던 곳이기도 했다. 소리 없이 눈물만 흘리는 이사벨라 데스테의 곁에서 위로하는 사람들이나 차마 다가서지도 못하는 사람들의 눈에는 모두 눈물이 가득했다. 모든 배우들과 스태프들이 같이 우는 장면에서 화면 아래로 자막이 떠올랐다.

'네가 너무 그립다.'

극장 안에는 울음소리가 가득 했다.

– 무비 월드

영화 「사랑」이 언제까지 이런 인기를 지속할 수 있을지 관계자들의 관심이 집중되고 있다. 개봉 100일째인 오늘, 「사랑」의 총 흥행수입은 20억 달러를 넘어섰다. 개봉 전 긴 러닝타임을 이유로 상영을 꺼렸던 영화관 체인들은 수입의 절반을 자선기금으로 내놓으면서도 「사랑」의 상영관을 늘리고 있다.

하지만 3개월이 넘는 기간 동안 우리는 이사벨라 데스테의 모습을 영화에서만 볼 수 있었다. 파파라치들은 이사벨라 데스테가 살고 있는 집 주변을 경호하듯이 둘러싸고 있지만 단 한 번도 그녀의 모습을 볼 수 없었다고 한다. 자신에 관한 무성한 소문과 자신의 영화가 세우고 있는 흥행기록들을 보면서 그녀가 어떤 모습으로 지내고 있는지 모든 사람들이 궁금해 하고 있다.

— 뉴욕 타임즈

조세핀 하워드가 마침내 캘리포니아 주지사 출마선언을 했다. 조세핀 하워드는 한국 출신으로 5선 상원의원인 가이 하워드에게 입양된 6명의 아이 중 하나이다. 함께 입양된 자매인 엘리자베스 하워드가 가이 하워드에게 성폭행 당했다는 사실을 폭로하면서 가이 하워드의 살인범으로 기소당한 이사벨라 데스테의 무죄를 이끌어내면서 언론의 주목을 받기 시작했다.

— 연합뉴스

현재까지 인기리에 상영 중인 이사벨라 데스테의 영화가 문제시되고 있다. 영화에서는 엘리자베스 하워드의 자매인 조세핀 하워드에 관한 내용도 꽤 비중 있게 다루어졌다. 조세핀 하워드를 연기했던 아이리네 밀러는 일약 스타덤에 올랐다. 일각에서는 이사벨라 데 스테가 조세핀 하워드의 출마를 염두에 두고 시나리오를 고친 것이 아니냐는 의견을 제시하기도 한다.

— 캘리포니아 포스트

조는 이지가 다가오자 보고 있던 인터넷 기사창을 재빨리 닫았다. 이지는 영화 개봉 후, 기부자들을 위한 시사회 참석 외에는 모든 시간을 조의 당선을 위해 보내고 있었다. 이제는 선거유세를 위한 팀이 거의 확정되었다. 오랜 시간 스카우트를 위해 공을 들인 모니카가 팀에 합류하면서 요즘 이지의 기분은 좋은 편이었다. 모니카는 대통령의 선거유세팀에서 시작해 백악관 비서실장에 오른 야심가였다. 미혼모 시절에 베스의 도움을 받았던 모니카는 끈질긴 이지의 러브콜에 끝내 백악관에 사표를 제출했다.

조는 억지로 웃음을 지었지만 이지의 날카로운 눈을 피해 갈 수는 없었다.

"왜 이렇게 우울한 건데?"

조는 한숨을 내쉬었다. 어쩌면 이지가 좋은 충고를 해 줄 수도 있었다. 이지는 이미 겪었던 일이니까.

"그저. 난 그다지 나쁜 삶을 산 거 같지 않은데, 사람들은 나를 많이 미워하네."

"그래서? 그깟 악플 몇 마디에, 부정적인 논평 따위에 흔들리는 거야? 우습네. 사람들에게 사랑받고 싶니? 다른 사람들이 널 증오하는 게 싫어? 그렇다면 정치판에는 뛰어들지 말았어야지. 정치인이란 건 확률적으로 가장 미움을 많이 받을 수밖에 없는 직업이니까."

이지는 심각한 조의 고백을 비웃었다. 조는 순간 울컥했다. 이지는 조의 당선을 위해 최선을 다했다. 하지만 가끔 너무 냉정하고 객관적이라 섭섭하게 만들었다.

"어쩌면 그렇게 잔인해? 넌 동정심도 없니?"

"아니. 나도 동정심은 있어. 하지만 자신이 한 선택에 징징대는 인간 따위에게 베풀 동정심은 없어. 내 동정심은 그딴 하찮은 인간에게 베풀라고 있는 게 아니니까. 내가 잔인하다고? 그래. 난 잔인해. 하지만 타인과 동등하게 나 자신에게도 잔인해. 나는 인터넷 악플 따위에 상처받지 않는 줄 알아? 평론가들의 악평이 신경 쓰이지 않을 거 같아? 그래도 견뎌. 그만큼 내 꿈이 소중하니까. 상처로 너덜너덜해져도 영화를 만들지 않고는 견딜 수 없으니까. 악평 때문에 고통받는 것보다는 영화를 만들지 못하는 고통이 더 크니까. 그러니까 너도 잘 생각해 봐. 그 모든 고통에도 불구하고 이 길을 가야 할지."

이지는 있는 대로 쏘아붙이고는 거실을 나가 버렸다. 조는 얼굴을 감싸 쥐었다. 생각할 필요도 없었다. 이지의 충고대로 사람들의 오해와 억측에 받는 고통보다 꿈을 위해 나아가지 않는 고통이 더 크니까. 자신이 고통 받는 건 견딜 수 있었다. 하지만 조 때문에 이지까지 상처받는 것은 싫었다. 그래도 포기할 수 없었다.

4. 엔젤, 미국, 뉴욕 & 새크라멘토

"타깃이 뭐죠?"

타깃이 '누구냐'고 묻지 않는 건 그들의 불문율이었다. 그들에게 '타깃'은 인간이 아니라 '물건'일 뿐이었다. 워렌은 말없이 노트북과 연결된 x-pointer를 눌렀다. 노트북과 연결된 스크린의 화면이 바뀌었다. 환히 웃는 조의 얼굴이 화면을 가득 채웠다. 엔젤은 눈 하나 깜짝하지 않고 화면 안의 조를 무심히 바라보기만 했다. 언뜻 워렌의 시선이 자신을 스치는 것을 느꼈지만 모르는 척했다. 그저 아무렇지도 않은 척하는 데 온 신경을 집중했다. 워렌이 직접 만나자고 했을 때, 평범하지 않은 임무라는 걸 눈치챘다.

손이 살짝 떨렸다. 엔젤은 양손을 마주잡았다. 머릿속이 멍했다. 하지만 애써 아무렇지도 않은 척했다. 감정을 들키는 건 약점을 잡히는 것과 같았다.

"생각보다 많이 당황하지는 않는군."

워렌이 기특하다는 듯 말했다. 엔젤은 침을 꿀꺽 삼켰다. 워렌이 그녀와 조의 관계를 알고 있는 것일까? 워렌은 어떤 일에도 감정을 드러내는 일이 없었다. 그런 워렌이 미소를 지으며 칭찬을 한다는 건 굉장히 특이한 경우였다. 타깃이 정해지면 조사를 담당한 요원이 즉시 투입되었다. 워렌은 엔젤과 조의 관계를 이미 알고 있을 지도 몰랐다.

"특별히 타깃에 대한 자료 조사 파일을 보지 않아도 이미 잘 알고 있겠지?"

워렌의 목소리에서 다시 감정이 사라졌다. 기계적인 어조에 짜증이 치밀어 올랐다.

"암살 이유가 뭐예요?"

엔젤은 지푸라기라도 잡으려고 물었다. 이유라도 알면 명령을 따를 수 있을지도 모른다. 어쩌면 조가 위험한 테러리스트라면 죽일 수 있을지도 모른다. 차라리 조가 잔인한 연쇄살인범이라면 죽일 수 있을지도 모른다. 어떤 잔인한 사실이라도 상관없었다. 반드시 이유가 있어야만 했다. 엔젤은 바보처럼 기도했다.

"언제부터 우리 일에 이유가 있어야만 했지?"

워렌은 차갑게 되물으며 검은색 하드케이스의 가방을 내밀었다.

"필요한 건 전부 여기 들어 있어."

엔젤은 아무 대답도 하지 않았다.

***

엔젤은 워렌이 주고 간 가방 안의 서류를 꺼내들었다. 조를 암살하기 위한 갖가지 방법들과 장단점들이 분석되어 있었다.

- 이지의 베벌리힐스 집은 물론이고 주변도 전부 영화배우들이나 재벌들이 살고 있어 그 각각의 집에 모두 보안 카메라가 잔뜩 설치되어 있음. 그걸 모두 제거하려면 많은 인력이 필요함. 잠입에 어려움이 많음.

- 알레르기나 지병은 없음. 이용 불가.

- 선거 유세하다가 짬이 나면 드라이브 인 레스토랑에서 끼니를 대부분 해결. 음식 이용 어려움.

보고서에 따르면 이미 몇 번의 암살시도가 무산된 뒤였다. 워렌은 연합작전을 지시하고 있었다. 조직은 항상 최소한의 인원으로 움직였다. 그런데도 워렌은 벌써 조의 암살을 위해 3개의 팀을 움직이고 있었다. 분명 이 암살의 배후에 대단한 인물이 있는 모양이었다.

날짜는 사흘 뒤, 장소는 초등학교 운동장, 시간은 선거유세 시작 15분 뒤였다. 엔젤은 사전답사를 위해 초등학교를 찾았다. 잔디로 뒤덮인 운동장을 3개의 건물이 둘러싸고 있었다. 2개동은 교실과 교무실이 있는 평범한 5층짜리 건물이었고, 나머지 하나는 1층에 식당이 2층에는 실내 체육관이 있는 건물이었다. 선거유세는 잔디밭에 연단을 세우고 이루어질 예정이었다.

조의 선거캠프에 잠입한 요원은 연단이 세워질 위치와 후보자들이 대기하는 장소 등의 설계도와 선거유세 계획서를 결정 즉시 보내주었다. 조의 선거유세팀은 단출한 편이었다. 그날 조와 이지와 함께 움직이는 인원은 정확히 9명이었다. 선거대책위원회, 홍보팀, 기획 및 분석대응팀에서 각각 1명씩, 비서 2명, 운전사 1명, 가장 중요한 경호요원은 겨우 3명이었다. 현장의 질서유지를 위해 투입된 경찰의 인원은 그보다 훨씬 적었다. 2대의 순찰차와 5명의 경찰, 그나마 경찰 중 2명은 은퇴를 앞둔 노인들이었다.

투입된 스나이퍼는 총 3명이었다. 엔젤은 3개의 건물 중 체육관 위를 배정받았다. 엔젤은 고개를 들어 체육관을 다시 한번 꼼꼼히 살폈다. 푸른색 반원형 지붕은 공격 시 안정된 자세를 유지하기도 힘들뿐더러 위치가 노출되기 쉬워 가장 위험했다. 다행히 표면이 매끄러운 것이 아니라 물결무늬를 이루고 있고, 가장 높은 반원의 중간지점은 이어 붙인 부분을 보강하기 위해서인지 벽돌 한 장 두께의 돌출부가 있었다.

* * *

엔젤은 저격총 선택을 두고 망설였다. 엔젤이 평소 사용하는 저격총은 볼트 액션이었다. 볼트 액션은 한발 발사 후에 손으로 직접 노리쇠를 한 번 후퇴하고 전진시켜 탄피를 배출하고 탄환을 장전해야 하기 때문에 시간이 소모되는 단점이 있었다. 다른 두 명의 저격수들은 모두 반자동 방식의 저격총을 썼다. 하지만 반자동이나 자동저격총은 복잡한 내부 구조 때문에 미세한 흔들림이 발생해 명중률이 낮아졌다. 볼트 액션은 총신이 본체와 맞닿는 면적이 작아 호흡이나 맥박에 의해 총신이 떨리는 현상이 줄어들고 대구경 탄환을 쓸 수도 있었다.

워렌은 이번 저격에서 사용할 팽창탄환을 넉넉히 준비해 주었다. 팽창탄환은 몸 속에서 팽창해서 다량의 출혈을 일으키며 죽음의 시간을 앞당겼다. 개발자는 짐승을 사냥할 때 고통을 덜어주기 위해서라는 인도적 목적으로 만들었지만 스나이퍼에게는 빗나가더라도 상대방을 죽게 만들기 위해 쓰이는 경우가 더 많았다.

***

엔젤은 체육관의 둥근 지붕 끝 콘크리트 기둥 뒤에 자리를 잡았다. 체육관 양 옆에 나머지 두 개의 건물이 자리 잡고 있었다. 유세를 위한 연단은 체육관과 마주보고 세워졌다. 엔젤은 케이스에서 저격총을 꺼내들었다. 오늘따라 햇빛이 따사로웠다. 저격총은 방금 구운 초콜릿케이크처럼 따뜻했다.

엔젤은 양 옆 건물에 자리 잡고 있는 스나이퍼를 번갈아 바라보았다. 세 사람은 서로의 관측수이기도 했다. 저격수는 저격을 하는 동안 스코프 안쪽만을 주시해야 하기 때문에 시야가 제한된다. 따라서 가끔은 저격수를 엄호하는 관측수가 붙기도 한다. 이번 작전의 경우에는 사방이 완전히 뚫린 공간이기에 관측수의 역할도 중요했다.

연합작전이라고는 했지만 엔젤은 다른 스나이퍼의 얼굴도 이름도 몰랐다. 그들은 각자 워렌의 카운트다운에 맞춰 조를 죽이기 위해 이 자리에 모였을 뿐이었다.

유세장에 사람들이 모여들고 있었다. 마침내 조와 이지가 탄 자동차가 도착했다. 사람들이 조와 이지를 둘러쌌다. 사람들은 조보다는 이지에 관심이 더 많은 것 같았다. 이지의 옷을 움켜잡으려 애쓰는 남자를 경호원이 떼어 냈다. 워렌이 무전기로 준비 명령을 내렸다. 철컥, 노리쇠를 당기자 총알이 장전되며 총신이 가늘게 떨렸다. 조가 연단 위로 올라서고 있었다. 무전기 너머로 워렌이 카운트다운을 시작했다.

"10, 9, 8, 7……."

이제 결정해야 했다. 엔젤은 스코프 안의 조를 바라보았다. 그리고 망설임 없이 방아쇠를 당겼다.

5. 이지, 미국, 새크라멘토

이지는 총성이 들린 순간 재빨리 몸을 숙였다. 미친 듯이 뛰어가는 사람들, 바닥에 엎드리는 사람들, 뛰어드는 경호원……. 이지는 순간적으로 눈을 감았다. 첫 총성 뒤 바로 훨씬 큰 데시벨의 두 번째 총성이 울렸다. 그리고 또다시 총성. 경호원들과 경찰들도 여기저기서 총을 발사하기 시작했다. 매캐한 화약 연기가 가득했다. 그리고 마침내 총성이 멎었다. 어디선가 아기의 울음소리가 들렸다. 이지는 슬그머니 눈을 떴다. 눈앞에 조가 눈을 감은 채 엎드려 있었다. 경호원들이 엎드린 조의 주위를 둘러싸고 있었다.

"이제 끝난 거 같아. 빨리 피하는 게 나을 거 같은데."

이지는 조에게 기어가며 말했다. 조는 대답이 없었다. 바닥이 미끄러웠다. 이지는 축축하게 젖은 손을 멍하니 바라보았다. 조에게서 흘러나온 피가 뚝, 바닥으로 떨어져 내렸다.

멀리서 구급차 사이렌 소리가 들렸다.

***

"캘리포니아 주지사 후보인 조세핀 하워드가 선거유세장에서 총격을 당하는 사건이 벌어져 일대가 큰 혼란에 빠졌습니다. 조세핀 하워드 후보는 오늘 오후 2시경 캘리포니아의 주도인 새크라멘토의 한 초등학교에서 선거유세를 위해 마련된 연단으로 올라가는 순간, 피습을 당했습니다. 조세핀 하워드는 복부에 부상을 입고 인근 병원으로 옮겨져 긴급 수술을 받았으나 과다 출혈 때문에 아직 혼수상태에서 깨어나지 못하고 있습니다. 사건 당시 경호원과 경관들은 범인에게 즉시 응사했으며, 한 명의 범인은 현장에서 즉사했다고 경찰은 전했습니다. 또 다른 건물 옥상에 있던 범인은 사건 당시 부상을 입은 채 도주했으며, 유세장 맞은편 체육관의 옥상에서도 발포 흔적이 발견된 것으로 보아 저격수는 총 3명이었던 것으로 추측됩니다. 경찰은 이 일대의 출입을 폐쇄하고 200명 이상의 무장 경찰과 헬리콥터, 경찰견을 동원해 대대적인 수색에 나섰습니다. 새크라멘토 경찰국장은 이번 사건을 암살 시도로 규정했고, 모든 수단과 방법을 동원해 범인 체포에 심혈을 기울일 것이라고 밝혔습니다."

이지는 화면에서 고개를 돌렸다. 조는 평화로워보였다. 의사는 총격으로 인한 내부 장기의 손상은 그다지 크지 않다고 말했다. 긴급수술도 성공적이라고 했다. 하지만 조는 깨어나지 않고 있었다. 이지는 병원 밖 동정을 살피려 커튼을 살짝 젖혔다. 번쩍, 바로 앞에서 터지는 플래시에 눈이 부셨다. 헬기 캠이 병실 유리창 바로 앞에서 윙윙거리고 있었다. 이지는 재빨리 커튼을 도로 닫았다.

"조세핀 하워드 피습 사건과 관련하여 경찰은 이미 일대의 모든 감시카메라를 검사하고 의심이 가는 10명 이상의 인물을 취조한 뒤 석방한 것으로 알려졌습니다. 현장에서 즉사한 범인은 러시아에서 10년 전 망명한 알렉산드르 이바노비치 이바노프로 밝혀졌습니다. 러시아에서 의사로 일했던 알렉산드르는 망명 후 청소부 등의 일용직을 전전하면서 미국에서 적응하는 데 어려움을 겪었던 것으로 알려졌습니다.

도주한 범인 두 명의 행방은 묘연한 상태입니다. 경찰 고위 관계자는 사람들이 많이 모인 선거 유세장에서 암살 시도를 한 것으로 보아 범인이 3인조일 리는 없으며 배후에 누군가가 있을 것으로 추측한다고 전했습니다.”

노크 소리와 함께 비서가 여행 가방을 들고 병실로 들어섰다. 이지는 텔레비전을 껐다.

“갈아입을 옷을 가져왔어요.”

“아니, 괜찮아.”

“하지만 곧 기자회견이 있을 텐데.”

병원 측은 몰려드는 기자 때문에 골치 아파하며 이지의 기자 회견을 종용했다. 일단 기자회견을 하면 기자들의 성화도 어느 정도 수그러질 거란 병원 측의 설득도 일리가 있었다. 하지만 이지는 생각은 반대였다. 선거일까지는 정확히 2주가 남았다. 이제 와서 물러날 수는 없었다. 혼수상태에 있는 후보자에 대한 규정은 없었다.

“그 차림으로 기자회견장에 가시려고요?”

비서는 끔찍하다는 듯 이맛살을 찌푸리며 이지를 훑어보았다. 이지의 옷은 조의 피로 여기저기 얼룩져 처참했다. 이지는 입술을 씰룩이며 억지로 웃음을 지으려 노력했다.

"당연하지. 암살자가 무슨 짓을 했는지 모두들 똑똑히 봐야 하니까."[*]

이지는 검붉은 피로 얼룩진 구겨진 옷을 입은 채 병실을 나섰다.

6. 엔젤, 미국, 라스베이거스

엔젤은 자동차를 몰고 라스베이거스 뒷골목을 따라 늘어선 오래된 모텔들을 둘러보았다. 아무 모텔에나 들어가 당장이라도 드러눕고 싶었지만 만약의 경우를 대비해야 했다. 이제 겨우 사흘째인데 벌써 지쳤다. 언제까지 조직의 추격을 피할 수 있을지 자신이 없었다. 그나마 도주로와 카운터 감시가 쉬워 보이는 모텔을 고르고 주차를 하는데 덩치 큰 남자들 몇 명이 몰려왔다. 엔젤은 재빨리 핸들 아래로 몸을 숨겼다. 남자들은 엔젤의 자동차와 대각선 방향으로 주차된 고급

---

[*] 존 F. 케네디가 암살되었을 때, 재클린 케네디가 피 묻은 옷을 갈아입기를 거부하며 했던 말이다. 재클린은 존슨 부통령의 대통령 취임 선서식은 물론 워싱턴으로 돌아올 때까지 피 묻은 옷을 입고 있었다.

세단으로 향했다. 그제야 엔젤은 안도의 한숨을 내쉬었지만 자동차에서 내리지는 않았다.

고급 세단의 뒷 유리창이 스르르 내려가고 남자 중 한 명이 자동차에 타고 있는 사람에게 뭐라 전달하는 것 같았다. 모텔에서 나온 연인 한 쌍도 그 남자들이 수상한지 흘끔거리며 엔젤의 자동차 바로 옆에 주차된 차에 올라탔다. 연인들은 자동차에 올라타자마자 전조등을 켜고 출발했다. 갑작스런 불빛에 세단에 타고 있던 남자가 이맛살을 찌푸리며 손바닥으로 눈을 가렸다. 엔젤은 놀라서 남자의 손등을 바라보았다. 어두운 녹색과 흑색이 섞인 불사조 문신은 츠바사의 것과 똑같았다. 츠바사는 신장수술을 받고 나서 다시 살아난 기념으로 손등에 불사조 문신을 새겼었다. 엔젤은 남자의 얼굴을 확인하려 전조등을 켰지만 남자가 탄 자동차의 뒷 유리창은 이미 올라가고 있었다. 짙게 선팅된 유리창 뒤로 남자는 자취를 감추었다. 엔젤은 본능적으로 남자의 자동차를 뒤따랐다.

* * *

이윽고 남자가 탄 자동차가 주택가로 들어섰다. 엔젤은 자동차에서 내리는 츠바사의 얼굴을 확인했다. 십 년이 넘는 시간이 흘렀지만 츠바사임을 한눈에 확신할 수 있었다. 엔젤은 츠바사가 집으로 들어간 뒤, 십여 분을 집 주위를 맴돌며 시간을 끌었다. 꽤 멀리 떨어진 곳에 주차를 하고 츠바사의 집 앞으로 돌아왔다.

한 시간쯤 뒤 2층 가운데 침실의 불이 꺼지고 나서도 엔젤은 다시 한 시간을 기다렸다. 그리고 현관문을 따고 집으로 들어섰다. 처음 집에 도착했을 때 불이 켜진 곳이 없었던 것으로 보아 집에는 츠바사 혼자만 있는 것 같았다. 엔젤은 조용히 계단을 올라 2층 가운데 침실 문을 열었다. 츠바사는 이불을 뒤집어쓴 채 침대에 누워 있었다. 엔젤은 츠바사를 향해 총구를 겨누었다. 덜컥, 노리쇠를 당기는 소리와 함께 등 뒤에 둔탁한 쇳덩이가 느껴졌다.

"당장 총 버려."

츠바사의 목소리였다. 엔젤은 침대 위로 총을 던졌다. 총이 이불을 쓸어내리며 속에 있는 베개를 드러냈다.

"많이 발전했네. 내가 오빠한테 뒤통수를 맞을 줄은 몰랐는데."

엔젤은 일본어로 말하며 천천히 돌아섰다. 엔젤을 바라보는 츠바사의 눈이 놀라움으로 커졌다.

"엔젤? 히미코?"

엔젤은 츠바사의 손이 힘없이 떨어지는 순간을 놓치지 않았다. 순식간에 전세는 역전이 되었다. 츠바사는 총을 빼앗아든 엔젤을 보고 멍한 그대로였다.

"이런이런. 내가 살아 있어서 놀랐어?"

"아니. 네가 살아 있는 건 알고 있었어. 교통사고가 가짜라는 걸 알고 있었으니까. 내가 널 찾아 얼마나 헤맸는지 알아?"

엔젤은 코웃음을 쳤다. 츠바사는 눈물까지 글썽이고 있었다.

"이제 와서 그렇게 말하면 뭐가 달라져? 혹시라도 내가 죽일까 봐 무서워?"

"아니. 어차피 내 목숨은 네 거잖아. 네가 나에게 골수를 준 그 순간부터 내 삶은 네 거였어, 엔젤."

"그래. 내가 준 목숨이니까 내가 거둔다고 해도 아무 문제가 없긴 하지."

엔젤은 총구를 겨눴다. 츠바사는 아무렇지도 않은 표정이었다.

"죽일 때 죽이더라도 내 말은 들어줘."

엔젤은 잠시 고민하는 척했다. 어차피 츠바사를 죽일 생각은 없었다. 도망치기 위해 이용해야 하니까.

"워렌이 네가 원하는 대로 살게 해 준다고 약속했어. 네가 의사가 될 수 있게 도와주겠다고. 아버지에게서 도망치게 해 주겠다고 말했지. 자신의 조직은 거대해서 너 하나를 빼내는 건 어렵지 않다고 했어. 시도해 보는 게 나쁘다고 생각하지 않았어. 워렌이 시킨 대로 살인현장에 널 보낸 뒤 경찰에 신고를 했어. 그리고 후회했지. 혹시라도 계획이 틀어져 네가 잘못되었을까 겁이 났어. 교통사고로 숨졌다는 여자를 확인할 때까지 불안에 떨면서 보냈어. 경찰은 얼굴이 뭉개진 여자가 수술자국과 지문까지 너와 일치한다고 했거든. 하지만 시체를 확인한 순간 워렌이 약속한 대로 널 죽은 것으로 위장해 줬다는 걸 알았어. 여자의 손바닥에는 흉터가 없었거든. 펠리시티가 깨물어서 생긴 흉터 말이야."

"좋아. 오빠 말이 사실이라고 쳐. 그렇다면 왜 나에게 미리 아무 말도 안 했던 거지?"

"그게 워렌과의 조건이었으니까. 사실 얘기할 틈도 없었어. 내가 널 빼내는 걸 돕겠다고 한 바로 그날 모든 일이 벌어졌으니까. 게다가 워렌은 계획을 제대로 알려주지도 않았고. 그저 네가 의사가 되고 야쿠자에서 벗어날 수 있을 거라는 희망에 내가 성급했어. 워렌은 가끔씩 네 소식을 전해주겠다고 했어. 그거면 충분하다고 생각했고. 어디선가 네가 행복하게 살고 있다면, 네가 날 어떻게 생각하든 상관없었어. 워렌이 연락을 끊고 나서야 속았다는 걸 깨달았어. 널 찾기 위해 미국까지 왔어. 아니면 내가 여기에 왜 왔겠어?"

츠바사의 말은 진실처럼 느껴졌다. 하지만 그렇다고 해도 달라지는 건 없었다.

* * *

엔젤은 츠바사를 의자에 묶고 이런저런 일을 시켰다. 일단 이용할 수 있다면 뭐든 이용해야 했다. 마피아의 부두목이라면 꽤 쓸모가 있었다. 츠바사의 부하는 사흘 만에 위조여권을 만들어 왔다. 츠바사는 계속 들뜬 상태였다.

"이지가 전용기를 빌려줄 수 있대. 그동안 나에게 신세진 게 꽤 많거든. 전용기는 세관에서 직접 여권을 검사하지 않으니까 들킬 염려는 거의 없어. 전용기를 관리하는 업체에서 사본을 보내면 그걸 탑승 금지 명단과 대조만 해. 그러니까 거의 무사통과나 마찬가지야."

일단 바하마로 갔다가 배를 구해 남미의 다른 나라로 도망칠 계획이었다. 츠바사는 엔젤과 함께 떠난다는 기대에 부풀어 있었다. 엔젤은 아직 결정하지 않았다. 츠바사가 거짓말을 하지 않았다는 것을 알면서도 츠바사를 풀어주지도 않았다. 망설여졌다. 츠바사는 결혼도 했고, 아이도 있다고 했다. 도망자의 길을 떠나기에 츠바사는 가진 것이 너무 많았다.

조세핀 하워드가 혼수상태에서 깨어났다는 뉴스가 나오고 있었다. 엔젤은 슬며시 웃었다. 다행이었다. 조가 깨어나지 않아 걱정했었다. 치명상을 입을만한 곳을 피해 일부러 먼저 총을 쏘았다. 일종의 경고였다. 그리고 당황한 다른 스나이퍼들을 향해 총구를 겨눴다. 한 명은 즉사했지만 한 명은 부상으로 그쳤다. 부상당한 스나이퍼는 끝내 조에게 총상을 입히고 도망쳤다. 조가 깨어났다. 그것만으로 충분했다.

***

엔젤은 자동차를 전세기 입구로 향하는 계단 바로 앞에 세웠다. 자동차에서 내리자마자 뒷좌석에 묶여 있던 츠바사를 풀어 주었다. 일단 바하마까지는 동행하기로 결정한 상태였다. 새벽의 공항은 조용했다. 전세기들만 오가는 공항이라 더 한산했다. 엔젤은 츠바사를 앞세운 채 총을 들고 전세기 입구로 향하는 계단에 올라섰다.

"안녕, 엔젤."

워렌의 목소리에 뒤돌아보는 순간, 워렌의 총구가 불꽃을 내뿜었다. 츠바사는 순간적으로 몸을 날려 엔젤을 감쌌다. 츠바사는 엔젤을 감싼 채 계단을 굴렀다. 등 뒤에 츠바사의 뜨끈한 피가 느껴졌다. 엔젤이 떨어뜨린 권총에 손을 가져가기도 전에 두 번째 총성이 울렸다.

***

엔젤이 깨어났을 때는 온통 하얗게 칠해진 창문 없는 독방에 감금된 상태였다. 방은 아무것도 없이 텅 빈 채였다. 주변 소음은 완벽히 차단되었다. 며칠에 한 번 아무 맛도 나지 않는 끼니가 들어왔다. 손바닥만 한 네모난 모양의 덩어리는 고무처럼 물컹거렸지만 질기지는 않았다. 입 속에 넣으면 금세 액체로 변해 씹을 수도 없었다. 시각, 미각, 청각, 후각, 촉각, 모든 감각이 제거되었다. 감각 박탈이었다. 남미지역에서 갱이 무너져 갱부들이 한 달 넘게 갇힌 사건이 일어났을 때 신문기사에서 읽은 적이 있었다. 장시간에 걸쳐 감각자극을 차단하면 사람들이 미친다고 했다. 제2차 세계대전 당시 나치는 유대인을 대상으로, 일본 731부대는 마루타를 대상으로 실험했으며 아직도 일부 독재국가에서는 뇌세탁을 위해 감각격리를 사용한다는 다큐멘터리를 본 기억이 났다.

도대체 왜 그녀가 이곳에 갇힌 건지 이유를 알 수 없었다. 며칠간 벌어진 일이 기억나지 않았다. 가끔 조직원이 아니면서도 조직에 관해서 알게 되는 사람들이나 조직의 기밀에 접근한 조직원에게 벤조디아제핀을 주입한 적이 있었다. 벤조디아제핀은 며칠 동안의 단기 기억을 지워버리는데 유용했다. 벤조디아제핀 주입에 뇌세탁까지 한다는 건 엔젤이 기밀에 접근했거나 도망쳤다는 걸 의미했다. 이해할 수 없었다. 도대체 내가 왜 그랬을까?

엔젤은 소리 내어 웃었다. 자신의 웃음소리라도 들어야 견딜 수 있을 것 같았다. 내가 깨어나서 날짜 표시를 했던가? 엔젤은 고개를 갸웃하며 벽을 바라보았다. 갇힌 이후 매일 손톱으로 벽을 긁어 날짜를 세었다. 하지만 창문도 없는 방에서 하루를 가늠하기는 힘들었다. 손톱 끝은 모두 닳아 없어진지 오래였고, 오른손 검지의 손톱은 얼마 전에 떨어져

나가 버렸다. 엔젤은 다시 벽에 눈금을 새겨 넣었다. 눈금 위로 피가 흘러내렸다.

***

츠바사는 현관 앞에 널브러진 여자를 보고 인상을 찌푸렸다. 출근 전부터 재수가 없군. 두 달의 긴 입원 끝에 다시 일을 시작하는 첫날이었다. 노숙자 따위로 아침부터 기분을 망치고 싶지는 않았다. 츠바사는 새 구두를 신은 발로 여자를 찼다. 여자가 신음 소리를 내며 몸을 비틀었다. 여자의 얼굴을 본 순간, 츠바사는 비명을 지를 뻔했다. 엔젤이었다.

***

츠바사는 햇살이 드는 창가로 엔젤의 휠체어를 밀고 갔다. 캘리포니아의 드넓은 바다가 창문 밖으로 펼쳐져 있었지만 엔젤은 풍경에 아무런 관심도 없었다.

의사는 심각한 뇌손상으로 인해 엔젤이 모든 기억과 능력을 잃었다고 했다. 츠바사는 그 말을 믿을 수 없어 별의별 짓을 다 했다. '엄마'라고 말하면 밥을 주겠다면서 굶기기도 했고, '그만해'라고 말하라며 때리기도 했다. 하지만 엔젤은 전혀 나아지지 않았다.

"너랑 내가 다른 가족들에게 거짓말 하고 디즈니랜드 놀러 갔던 거 기억나? 네 열여섯 살 생일 때였는데."

엔젤은 대답이 없었다.

"은행잎 주워 왔어. 너 노란 은행잎 주어다 책 사이에 끼워 두곤 했잖아."

엔젤은 쳐다보지도 않았다.

***

적막함이 너무 싫어 츠바사는 텔레비전을 켰다. 텔레비전에서는 조세핀 하워드의 캘리포니아 주지사 취임식이 방영되고 있었다. 조는 투표 사흘 전 기적적으로 깨어났다. 무소속으로 출마해 민주당과 공화당에 밀려 내내 예상득표율 3위를 했던 전세가 완전히 역전된 뒤였다. 이지는 조의 피로 범벅이 된 옷을 입고 거의 일주일을 버텼다. 게다가 수술 당일을 제외하고는 예정된 선거 유세를 취소하지도 않았다. 유권자들은 조를 대신해 나타난 이지의 눈물에 흔들렸다. 조가 혼수상태에서 깨어났다는 발표를 하는 이지의 환한 웃음에 유권자들은 단숨에 조의 편이 되었다.

"오늘 오전 11시, 캘리포니아 주 새크라멘토 주 의회 의사당에서 조세핀 하워드가 캘리포니아 주지사로 취임했습니다."

조는 보도진과 초청인사 만여 명이 지켜보는 가운데 연단으로 올랐다. 그리고 이지가 든 성서 위에 손을 올려놓고 주 대법원장 앞에서 취임선서를 했다. 이제는 이지와 만나는 일에 더 많은 주의를 기울여야 했다. 츠바사는 한숨을 내쉬며 채널을 돌렸다.

"으, 으, 으……."

엔젤의 신음에 츠바사는 리모컨을 던지고 엔젤에게 달려갔다.

"왜? 어디가 아파?"

"으, 으, 으……."

"혹시 소변이라도 본 거야?"

츠바사는 재빨리 기저귀를 확인했지만 기저귀는 깨끗했다.

"갑자기 왜 그런 거야?"

츠바사는 이유를 알 수 없어 발만 동동 굴렀다. 아무래도 의사에게 데려가야 할 것 같았다. 츠바사는 엔젤의 옷을 가지러 방으로 달려갔다. 늦가을이긴 하지만 제법 쌀쌀한 날씨였다. 츠바사가 외투를 가지고 거실로 돌아왔을 때, 엔젤의 신음 소리는 멎어 있었다. 츠바사는 놀라서 엔젤을 바라보았다. 엔젤은 뚫어져라 텔레비전의 화면을 바라보고 있었다. 바뀐 텔레비전 채널에서는 조의 주지사 취임 뉴스가 나오고 있었다.

"조세핀 하워드 주지사는 자매이자 영화감독인 이사벨라 데스테가 들고 있는 성서 위에 손을 올린 채 주 대법원장 앞에서 취임선서를 했습니다."

츠바사는 텔레비전과 엔젤을 번갈아 바라보았다. 분명 엔젤의 시선은 조를 향하고 있었다. 츠바사는 바닥에 던져놓았던 리모컨을 슬그머니 집어 들고 채널을 돌렸다. 순간, 엔젤의 입에서 신음 소리가 터져 나왔다.

"으, 으, 으……."

츠바사는 다시 채널을 조의 취임뉴스로 돌렸다. 엔젤의 신음 소리가 멎었다. 츠바사는 울음이 터져 나오려는 입을 막고 다시 채널을 다른 곳으로 돌렸다. 기다렸다는 듯이 엔젤의 신음 소리가 터져 나왔다. 츠바사는 다시 조의 취임뉴스로 채널을 돌렸다. 그리고 주저앉아 얼굴을 감싸 안고 울었다. 드디어 엔젤이 반응을 하기 시작했다. 이제는 희망을 가질 수 있었다.

* * *

츠바사는 노트북에 조의 취임식을 다운받아 무한정 돌려보기 해 놓았다. 엔젤은 지겹지도 않은 지 사흘째 조의 취임식만 보고 있었다. 도대체 무엇이 엔젤의 관심을 끈 것인지 알 수 없었다. 혹시 동양인이라 관심을 가진 걸까? 츠바사는 혹시나 하면서도 이지의 영화를 다운받아 틀어 보았다. 엔젤은 조의 취임식 화면이 사라지자 다시 짜증을 냈지만 화면에

이지가 나타나자 입을 벌리고 바라보기 시작했다. 츠바사는 일본인이 주인공인 다른 영화를 하나 더 다운 받아 틀어 보았다. 하지만 이번에는 엔젤의 신음 소리가 끊이지 않았다.

"으, 으, 으⋯⋯."

결국 츠바사는 다시 이지의 영화를 틀어 주었다. 조의 취임식에도 이지가 나와서 좋아하는 걸까? 츠바사는 엔젤의 어깨를 감싸고 물었다.

"이지가 좋아?"

엔젤은 화면에서 시선을 떼지 않았다.

"왜 이지가 좋은 건데?"

엔젤은 여전히 대답이 없었다.

"너랑 비슷하게 생겨서 그래? 하긴 내가 이지를 처음 봤을 때도 너인 줄 알았었지."

츠바사는 성형수술로 완전히 변해버린 엔젤의 얼굴을 쓰다듬었다.

"그래도 네가 훨씬 예뻐."

츠바사는 엔젤의 이마 위로 내려온 머리카락을 쓸어 올려 주었다. 워렌을 믿는 게 아니었다. 엔젤이 아버지의 손아귀에서 벗어나 날아가길 바랐다. 다른 평범한 소녀들처럼 깔깔 웃었으면 했다. 워렌은 엔젤이 미국에서 자리 잡으면 연락처를 알려주겠다고 했다. 아버지 몰래 엔젤과 만날 수 있으리라 생각했다. 하지만 워렌은 엔젤이 츠바사와 연락하지 않기를 원한다고 전했다. 츠바사는 워렌에게 다시 엔젤의 연락처를 묻지 않았다. 이미 워렌의 배반을 눈치챈 뒤였다. 엔젤을 볼 수 없더라도 엔젤이 원하는 삶을 살아간다면 그것으로 충분하다고 생각했다. 하지만 모든 것이 츠바사의 바람과는 다르게 흘러가 버렸다. 엔젤을 다시 만나 엔젤의 인생을 돌려주려 했다. 하지만 너무 늦었다.

"미안해, 엔젤. 정말 미안해, 엔젤."

츠바사는 엔젤의 머리카락을 쓰다듬으며 속삭였다. 엔젤의 눈에 눈물이 차오르기 시작했다.

31세

1. 조, 미국, 새크라멘토

조는 새벽에 잠에서 깨어났다. 빗소리가 들렸지만 창문을 열어 확인하지는 않았다. 백색소음기가 내는 소리였다. 주지사의 침실에서 벌어지는 일은 당연히 기밀이었다. 어디를 가나 빗소리나 파도 소리가 따라다녔다. 불안했다. 지금 조는 인생에 있어 어떤 때보다 보호받고 있었다. 적외선 조준기, 헬기, 무장한 자동차, 로켓 발사대, 24시간 옥상에 대기하고 있는 저격수. 선거유세 때 벌어진 암살시도 때문에 조의 안전에 모두들 신경을 곤두세웠다. 그런데도 뭔가가 불안했다. 무언가를 잊고 있는 듯한 기분이었다. 그게 무엇인지 확실하지 않아 초조하고 짜증 났다. 굉장히 중요한 것을 잊고 있다는 느낌이 언제나 조를 괴롭혔다.

복도 쪽으로 난 문을 열자 비서실장인 모니카가 신문을 들고 서 있었다. 아무리 일찍 일어나도 모니카는 이미 일어나 침실 밖에 대기하고 있었다. 모니카가 들고 있는 신문을 향해 손을 뻗자 곧바로 딱딱한 모니카의 잔소리가 들려왔다.

"제가 여러 번 말씀 드렸을 텐데요. 미합중국 대통령은 물건 따위를 잡기 위해 몸을 숙이거나 손을 뻗어서는 안 된다고요."

"전 대통령이 아니라 주지사인데요."

"지금은 그렇죠. 하지만 미래에는 대통령이 되실 거예요.
미리 연습해 두시는 게 좋을 겁니다."

모니카는 조가 대통령이 될 거라는 사실을 조금도 의심하
지 않았다. 모니카 덕분에 조도 어느새 자신이 대통령이 되
는 걸 당연한 걸로 여겼다. 조는 조간신문을 들고 침실로 들
어섰다. 신문은 이미 색색의 펜들로 기사마다 표시가 되어
있었다. 빨간색은 반드시 읽어 봐야 할 기사로 중요한 부분
에 밑줄이 쳐져 있었고, 파란색은 시간이 날 때 읽으면 도움
이 되는 기사들이었고, 초록색은 조에 관련된 기사였다. 모
니카는 무엇 하나 놓치는 법이 없었다. 모니카는 신문기자들
이 붙인 '킹메이커'란 별명이 가장 잘 어울리는 사람이었다.

2. 이지, 미국, 로스앤젤레스

베스에게 도움을 받았던 많은 사람들이 파티에 참석했다. 노
숙자, 미혼모, 전과자……. 전혀 어울리지 않는 사람들이 베
스를 위해 이 자리에 모여 있었다. 이지는 조의 경호원들이
멀찌감치 떨어지기를 기다렸다. 조의 비서실장인 모니카는
이지의 집 정원에서 파티를 한다는 계획에 질겁했다. 하지만

이지는 고집을 꺾지 않았다. 따사로운 햇살이 가득한 날에 집에 갇혀 있는 것도 억울했다. 결국 모니카는 경호원을 두 배로 늘리겠다는 이지의 말에 정원파티를 허락했다. 아마 츠바사가 파티에 참석한다는 것을 알았다면 결코 허락하지 않았을 것이다.

츠바사는 처음으로 이지에게 부탁을 했다.

"엔젤을 만나줄 수 있어?"

그 부탁을 거절할 수는 없었다. 이지는 엔젤에 대한 츠바사의 사랑을 충분히 이용했다. 하지만 츠바사의 엔젤이 아는 사람이라고는 생각하지 못했다. 이지는 휠체어에 앉아 들어오는 여자를 보고 깜짝 놀랐다. 베스를 담당했던 인턴이었다. 꽤나 건방지다고 생각했었는데. 이지는 멍한 눈빛으로 침을 질질 흘리는 엔젤을 바라보며 할 말을 잃었다. 츠바사는 아무렇지도 않게 엔젤의 침을 손수건으로 닦아줬다.

"그런데 이 아줌마는 왜 이걸 타고 왔어요? 걷지 못해요? 왜 인사도 안 해요? 말 못 해요?"

네이던이 이지의 호기심을 대신 채워주려는지 츠바사에게 질문을 퍼부었다. 네이던은 베스의 각막을 이식받은 일곱 살짜리 아이였다. 각막이식을 받은 것뿐이었지만 네이던의 눈빛은 베스와 많이 닮았다. 심성도 착한 편이어서 네이던을 보고 있으면 베스가 살아 돌아온 것만 같아 이지도 조도 네이던을 특별히 아꼈다.

"네이턴."

이지는 츠바사의 눈치를 보며 네이턴을 잡아끌었다. 츠바사는 이지를 보며 미소를 지었다.

"괜찮아."

츠바사는 무릎을 구부리고 네이턴과 눈높이를 맞췄다.

"네이턴. 엔젤은 사고를 당해서 말을 못해. 잘 움직이지도 못하고. 아기 같다고 생각하면 될 거야."

"어른이 다시 아기가 될 수도 있어요?"

"그래. 그렇단다. 그러니까 네이턴이 엔젤을 잘 돌봐줘야 하는 거야."

"알았어요. 이 휠체어 내가 밀어도 되요?"

"그럼."

츠바사는 네이턴에게 휠체어 미는 법을 알려주었다. 네이턴은 휠체어를 조금 밀더니 금세 지쳐서 휠체어 앞에 주저앉았다. 조는 앞치마를 벗어 츠바사에게 내밀었다.

"고기 정도는 구울 수 있지?"

츠바사는 앞치마를 받아들며 황송하다는 듯 조에게 고개를 숙였다.

"당연하죠. 주지사님께서 고기를 구우시는 건 말도 안 되지요."

"누가 보면 네가 정말 내 말이라면 꼼짝도 못하는 줄 알겠네."

조는 입을 비죽이며 의자에 앉았다. 얼마 전 라스베이거스 카지노의 세금 인상 문제가 불거졌을 때, 츠바사가 편을 들어주지 않은 것이 서운한 모양이었다. 츠바사는 당시 입원 중이었다고 변명했지만 조는 믿어주지 않았다.

"베스의 기일에 파티를 하자는 고약한 아이디어는 물론 이지 생각이겠지?"

츠바사가 화제를 전환하기 위해 이지에게 물었다.

"당연하지. 베스는 천국에서 행복할 테니까. 우리는 파티로 그날을 기념해줘야지."

"베스가 천국에 갔다고 어떻게 확신해?"

"신이 있다면 당연히 베스를 천국으로 데려갔을 테니까. 그리고 만약 신이 없다면 천국도 없는 거잖아?"

"뭔가 비논리적이지만 논리적인 느낌의 대답이네. 역시 말로 먹고 사는 사람다워."

츠바사는 다 구워진 고기를 접시에 담아 테이블에 올려놓았다. 이지는 네이던을 불렀지만 네이던은 엔젤에게 말을 가르치느라 여념이 없었다.

"아줌마, 엄마, 라고 해 봐요. 엄마, 엄마."

네이던은 엔젤의 코앞에서 '엄마'라는 말을 반복했다.

"네이던. 엔젤을 그렇게 괴롭히면 안 돼."

이지가 야단치려고 일어서려는데 츠바사가 붙들었다.

"내버려 둬. 엔젤이 저렇게 좋아하는데."

"엔젤이 좋아하는 줄 어떻게 알아?"

츠바사는 엔젤을 바라보며 웃음을 지었다. 이지는 츠바사에게 보조개가 있다는 것을 새삼스럽게 깨달았다.

"눈을 마주 보고 있잖아. 엔젤은 누군가와 시선을 맞추는 건 굉장히 드문 일인데. 아마 네이던이 굉장히 맘에 드나 봐."

츠바사는 엔젤에게서 눈을 떼지 않았다.

"행복해 보이네."

츠바사는 고개를 끄덕였다.

"넌 어때? 제이슨이랑?"

이지는 피식 웃었다.

"제이슨과 내가 언제는 평화롭게 잘 지낸 적 있었나? 매일 아웅다웅이지."

이지의 말에 조가 옆에서 코웃음을 쳤다.

"불쌍한 제이슨이 아무리 발악을 하면 뭘 하니? 이 마녀의 손바닥 안에서 꼼짝 못하는데. 아마 곧 있으면 나타날 거야."

이지는 아무런 대꾸도 하지 않았다. 제이슨과는 만날 때마다 사소한 일로 싸웠다. 그런데도 예전처럼 안달나지 않았다. 이상하게도 제이슨이 결국 자신에게 돌아올 거라는 확신이 들었다.

"이지! 이지!"

엔젤과 놀고 있던 네이던이 이지에게 달려왔다.

"왜? 무슨 일이야?"

"엔젤이, 엔젤이······."

네이턴은 숨을 헐떡이느라 제대로 말을 못했다. 모두들 놀라서 엔젤에게 달려갔다. 엔젤은 휠체어에 앉아 다가오는 사람들을 향해 고개를 돌렸다. 여기저기 살펴보았지만 딱히 다친 곳은 없는 것 같았다.

"너 아까 무슨 얘기하려고 했어? 엔젤 얘기하다 말았잖아."

뒤를 쫓아온 네이턴을 보며 이지가 물었다.

"엔젤이 엄마라고 말했어. 내가 가르쳐줬어."

이지는 한숨을 내쉬었다. 네이턴은 아직 어렸다. 꿈과 현실을 구별하지 못했다. 가끔 엉뚱한 상상을 현실이라고 믿어버리기도 하는 나이였다.

"그래? 정말 그랬어?"

츠바사는 놀라서 희망에 찬 눈빛으로 네이턴에게 되물었다.

"이 나이 또래의 아이들은 가끔 상상을 진짜라고 믿더라고."

이지의 변명에 츠바사는 금세 풀이 죽었다.

"아냐! 진짜 엔젤이 엄마라고 말했다니까."

네이턴이 화가 나서 발을 동동 굴렀다. 네이턴은 어린 나이인데도 누구 못지않게 고집이 셌다. 조가 슬며시 네이턴의 손을 잡았다.

"그럼. 당연히 그랬겠지. 우리 네이턴이 거짓말 할 리가 있어? 일단 가서 밥부터 먹고 또 엔젤이랑 놀아."

네이턴이 조의 손을 뿌리치고 엔젤에게 달려갔다. 엔젤의 휠체어 앞에 무릎을 꿇은 네이던이 엔젤을 설득하기 시작했다.

"엔젤, 빨리 말해 봐요. 이지가 안 믿잖아."

엔젤은 멍한 눈빛이었다. 이지는 한숨을 내쉬며 츠바사의 팔을 붙들었다.

"됐어. 가자. 쟤 고집이 얼마나 센데, 아마 한 시간은 족히 엔젤을 괴롭힐 거야."

츠바사는 못이긴 척 돌아섰다. 하지만 얼굴은 실망이 가득했다. 네이던은 계속 엔젤을 조르고 있었다. 그들이 식탁을 향해 두 걸음쯤 뗐을 때, 엔젤의 목소리가 들려왔다.

"으, 어, 엄, 마."

츠바사가 놀라서 그 자리에 주저앉았다. 네이던이 엔젤의 목을 끌어안으며 환호성을 질렀다.

"잘했어요. 엔젤. 그것 봐? 내 말이 맞지? 내가 가르쳤다니까!"

네이던이 이지를 바라보며 입을 비죽였다. 하지만 네이던의 목소리는 들리지 않았다. 츠바사의 울음소리가 드넓은 정원을 울렸다. 이지도, 조도 어떻게 해야 할지 몰라 츠바사를 바라보기만 했다.

3. 조, 미국, 새크라멘토

조는 모니카의 잔소리를 한 시간이나 감내한 끝에 침실로 올 수 있었다.

"츠바사가 어떤 인물인지 몰라서 그러십니까? 물론 마피아를 알아둬서 나쁜 점만 있는 건 아닙니다. 그래서 저도 츠바사와 굳이 절연하라고 말씀드리지 않았고요. 하지만 절대 츠바사와 함께 있는 모습을 들켜서는 안 된다고 몇 번이나 말씀드렸잖아요. 운이 좋아서 무사히 넘어갔지만 혹시라도 헬기 캠이라도 떠서 그 모습이 찍혔다면 주지사님이 얼마나 곤란하실지 생각해 보셨습니까?"

조는 한마디의 대꾸도 하지 않았다. 모니카의 걱정이 과한 것은 아니었다. 츠바사와 함께 있는 모습을 들켜서 좋을 건 없었다. 조는 개인적인 시간이 거의 없었다. 매일 빼곡한 일정에 시달렸고, 언제나 누군가의 시선을 의식해야 했다. 가끔 주말에 이지가 네이던을 데리고 올 때가 유일한 개인 일정이었다. 하지만 오늘은 베스의 기일이었다. 그저 일 년에 한 번쯤은 하고 싶은 대로 하고 싶었다. 그래서일까? 언제나 조를 괴롭히던 가슴속 무거운 상실감이 사라졌다. 인생에서 굉장히 중요한 무언가를 잊어버리고 사는 듯한 초조함과 불안은 흔적조차 남지 않았다. 워낙 충격적인 일이 많아서일 수도 있었다.

몇 년 만에 만난 엔젤이 사고로 완전히 망가졌다는 것도 놀라운데, 츠바사가 엔젤의 양오빠였다니……. 드라마에서나 볼 수 있는 일 같았다. 하긴, 나와 이지도 자매인 줄 모르고 만났으니까. 조는 희미한 웃음을 지었다. 이지가 없었다면 지금 조는 완전히 혼자였을 터였다. 단 한 번의 행운에 삶의 시름이나 절망은 순식간에 날아가 버렸다. 또 그런 행운이 내게 올까? 조는 침대 옆 협탁에 놓인 베스의 사진을 보며 물었다.

누군가 그랬지. 인생에 세 번은 기회가 온다고. 내겐 네가 첫 번째 행운이었고, 이지가 두 번째 행운이었어. 마지막 세 번째 행운은 누굴까? 베스는 대답이 없었다. 그저 언제나 그랬듯 조를 향해 따뜻한 미소만 보이고 있을 뿐이었다. 어쩌면 이미 세 번째 행운을 만났을 지도 모르지. 조는 불현듯 그런 생각을 하며 잠이 들었다.

〈끝〉

허스토리

지은이 | 최문정
펴낸이 | 황인원
펴낸곳 | 다차원북스

신고번호 | 제313-2011-248호

초판 1쇄 인쇄 | 2014년 07월 15일
초판 1쇄 발행 | 2014년 07월 22일

우편번호 | 121-897
주소 | 서울특별시 마포구 양화진길 55 신우빌딩 312호
전화 | (02)333-0471(代)
팩시밀리 | (02)334-0471
E-mail | dachawon@daum.net

ISBN 978-89-97659-40-1 03810

값 · 13,800원

이 도서의 국립중앙도서관 출판시도서목록(CIP)은
서지정보유통지원시스템 홈페이지(http://seoji.nl.go.kr)와
국가자료공동목록시스템(http://www.nl.go.kr/kolisnet)에서 이용하실 수 있습니다.
(CIP제어번호: CIP2014020876)